坛城诀

范二 著

作家出版社

一

　　真是天不负人，驱车钻进太行山，立刻便享受到秋日的舒爽，暂时忘掉那蒸笼般的都市。但眼前，仍有堪比都市的嘈杂和人来人往，不知是为此清凉，还是为那佛光……望着从寺院里升腾而起的香火浓烟，隋梦川的心却似又被熏蒸了一般，难以舒爽起来。身处此情此景，他有些莫名地心烦。

　　刚刚经过几小时的奔波，隋梦川搭秦医生的车，从渤海之滨的三水市来到五台山，等北京的老周一家赶到，然后再一起行动。这是他第二次来到这个旅游胜地，第一次是在十年前，那时刚有了私家车，几位朋友结伴，在地图上画着圈儿到处跑，只要车子开出了三水市，便像鸟儿飞出了笼子，狗狗跑出了院子，不知怎样撒欢儿才叫美。

　　隋梦川在三水都市报工作，负责科普栏目时，秦医生经常给他写文章，一来二去成了好朋友，犹如神交。

　　秦医生名叫秦术仁，父亲是位老中医。当年秦老中医给儿子起名时也是容易，扭头看一眼药柜，立马就想出了十个八个。"仁"字他不记得当时看了哪一味药，带"仁"的中药实在太多；中间字"白术（zhú）"当选，但还是读了"树"，希望儿子将来树立仁心仁术。自打亲朋好友知道这取名经过之后，再找秦老中医瞧病时，只要方子上有砂仁、附子、白术之类，有人便拿秦老中医寻开心：

　　"掌柜的，方子可是您开的，我可把你们爷俩都领回家了！"

听过刘宝瑞相声《假行家》的人会哈哈一乐，但后面排队候诊的大妈可急了：

"你把人领走干嘛？别二小拉胡琴——自顾自（吱咕吱），我们这儿还排着号呢，秦大夫，您先别走！"

秦老中医的儿子长大后也从医，只不过学的是西医，当了个眼科医生。或许是有三分暗示七分家传，秦医生虽没发大财，做人做事倒如老父亲所愿，古道热肠，医术过硬，口碑甚佳。过春节时，他们家贴对联从来都不换方子，"忠厚传家远，诗书继世长"，年年都是这词儿，也不嫌老套。秦家说，两次世界大战打那么厉害，他们家都没换过，这对联永不过时。或许，这就是他们家的家风传承。

"梦川兄，老周也快到了，我们先去订住的地方吧，今天就在周围随便看看，明天一早再去逛庙。"秦术仁道。

此次五台山之行，缘于秦术仁和北京老周两家夫人相约，隋梦川跟着出来散心，没什么想法，别人如何安排，他都无所谓。

北京老周叫周庆魁，本来也是三水市人，辞职之后才去了北京。老周比隋梦川大几岁，这些年通过秦医生这层关系，二人也渐渐熟络起来。周庆魁虽然去了北京，但亲属基本上都在三水，他也时不时回来吃吃海味。三水人本来就讲究吃，当当吃海货，不算不会过，吃到肚子里那才是自个儿的，才过瘾。

周庆魁在三水工作时，曾干到了医药集团公司副总经理位置，是副厅局级领导，去年辞职下海，在京城跟人合伙经营着一家公司。但在社交场合，人们仍习惯介绍他原来的局级领导身份，周庆魁不知是真不理解还是假装不懂，前不久几位朋友小聚时还感叹：

"我也奇怪了，怎么别人还是愿意介绍我原来在国企的职务呢。"

隋梦川笑道："如果我向陌生人介绍你，我也愿意说你是局级领导。"

大家不言而喻，一笑了之。谁不愿有个领导朋友，似乎可以借别人的高度，长自己的分量，如同穿了一双增高鞋，让别人也高看自己一眼。被介绍的人呢，即便介绍语与实际情况不完全相符，谁也不会计较。不管在职也好，离职也罢，反正别人会给你的人生保留一个最高分，彼此听了都很爽。但秦术仁忽然对这个问题来了兴趣，他提出换个介绍方式没嘛不可，就从人生最低分的时候介绍起：这位是小时候尿过裤子的周某某——这跟没介绍一样啊，小时候谁没尿过裤子？这位当医生的仍不罢休，他有寻根究底的好作风，医术就是这么练出来的，而且自认为即使站在舞台上，也会是个捧哏好手，便又问周庆魁：

"我说老周，假如你是个被公开处理过的贪官，或者是秦桧之类的后代子孙，这时别人会怎样介绍你呢？"

"哥们儿，你什么眼科大夫，先给自个儿瞧瞧吧，看清楚了没有？你才是秦桧的后代，我怎么可能是呢！"周庆魁道。

"嘻！我这不是假设嘛，瞧我这嘴，哪壶不开提哪壶，非举他干嘛，我就不信，你们姓周的就没坏人了。"秦术仁竭力想找出一个历史人物来反击，"周公旦、周瑜、周树人……这些不是，有了——周扒皮！"

"哈哈，你别费劲了，周扒皮是小说《半夜鸡叫》里的地主，还不一定有这人呢，这不能算。"周庆魁笑道。

"今天还真让你难住了，你等着，等我回家翻翻《辞海》，我就不信关公能打得过秦琼。"秦术仁道。[1]

"你快替我翻翻吧，我正想知道我还有什么基因呢，回头我得把它发挥发挥。"周庆魁道。

"哟，还想找未知基因呢，难道你觉得自己还不够坏是不？你也甭往祖上找了，你这代已经发生基因突变了，就从你这儿开始发挥

---

[1] 出自侯宝林、郭启儒相声《关公战秦琼》，作品嘲笑的对象是山东军阀韩复榘的老爹，他过生日，他的儿子请了一个戏班子到家来唱堂会，在堂会中他非要看山东好汉秦琼战胜山西人关羽的戏，结果舞台上让相差四百年的唐将秦琼与汉将关公战上了。

吧，未来你就是周姓史上代表性负面人物。"秦术仁道。

隋梦川道："你们二位也甭斗嘴了，吴玉如先生有句话，'世上已无羞耻事，倘知羞耻做人难'，你们太低估现代人的脸皮了，有些人在网上炒作热度，没事儿还想找点事儿呢，管它好事坏事，拿起来就炒作。你以为饭局里不这样，不信你们注意看看，如果有人说'我就是那个座山雕''我就是黄世仁'，或者说'我是刚从大西北回来的'，其他人会肃然起敬，不仅不会割席而坐，还会抢着敬酒呢。"

"唉，二师兄说得对呀！"秦术仁道。

"秦大夫，我可没骂你，你却骂我猪，咱不带这样儿的。"隋梦川道。

"哥们儿，我不是骂你，咱三个人你是不是行二？"秦术仁道。

……

周庆魁和夫人穆小雅、女儿晴晴一家三口，在秦、隋二人办住宿手续时赶到了。晴晴今年十六岁，好几年前隋梦川见过她，孩子根本不记得。周庆魁刚想让孩子叫一声"隋叔叔"，突然间脑子快速一转，自己的孩子还是"随"自个儿吧，别"随"叔叔，于是换成了"这是隋主任，叫叔叔"。

"叔叔好！"晴晴开了口，但脸上没啥表情。

"啊呀，闺女长这么大了，你好你好，长得真漂亮！"隋梦川道。

"怎么弟妹没来呀，我可不欢迎你自个儿来，老是灌我酒，今天我少了一个帮手，看来我得小心了，哈哈……"周庆魁见面照例要开个玩笑。

"不凑巧，她们单位周末有个读书活动，脱不开身，这次我要单儿了，您就将就一下吧。"隋梦川道。

正值周末，来五台山的人着实不少，他们办完住宿手续已是下午五点多，大伙儿约定休息半小时，六点到餐厅吃晚饭。

三家人见面，聚餐是最快乐时光。小单间坐六个人正好，三位老友相聚，没那么多客套和寒暄，周庆魁最年长，每次都主动坐到中间位置，然后隋梦川、秦术仁分坐两侧。酒必不可少，秦术仁提议喝当地酒，但周庆魁说自己汽车后备厢里有存货，不必在酒店里要，便把车钥匙给了晴晴，让她取酒过来。

周夫人穆小雅每次聚会都负责点菜，谁爱吃啥她了解个大概。菜的档次不一定多讲究，但荤素搭配要得当，还得对每个人胃口。老公周庆魁对点菜很挑剔，为此还曾在单位跟同事闹了不愉快，她看着菜单对周庆魁道：

"老周，这儿有凤爪哟，给你点一盘？"

"你今天来啥精神儿了，成心想气我？不过，今天我不会生气，你们可以吃，你点！你点！我怕它不成？"

秦术仁听了两口子的对话，不知就里，便问道：

"嫂子，这鸡爪子是什么典故？"

"你问老周。"穆小雅笑着道。

周庆魁也乐了："嗐，都是好多年前的事了。那时我还在医药集团下面的厂子当厂长，我平时不爱吃鸡，尤其是看见鸡爪子心里就硌硬，感觉吃进去它会抓我心似的，可厂办主任就是不长眼眉，每次都点鸡爪子，天知道他是自己爱啃，还是故意让我闹心，后来我就让他管仓库去了……不过我走之后，他倒提拔成厂长助理了，新来的厂长就爱吃鸡爪子。你看，他们两人因鸡爪子手拉手，跟我就成了对手。"

"我怎么不知道你还对这小手爪儿过敏，咱们经常一起吃饭，难道你就没吃过？我怎么记得你吃过似的。"秦术仁道。

"我哪有吃过，我都是看你们吃。"老周道。

"那你有没有试试，到底是对母鸡爪过敏，还是对公鸡爪过敏？"秦术仁道。

"你又来劲了，又打算研究一下鸡爪子是吧？还是好好研究你的眼科得了。"老周道。

"你还说对了，好多人说我'眼高手低'呢，我得补补短板，好好研究一下手，就说这凤爪吧，我明明记得你吃过一回的。"秦术仁道。

"瞎说，我怎么可能吃呢！你还'眼高'呢，我看你是有眼无珠。"老周反驳。

"没错，我印象特别深，那还是只做了美甲的凤爪，五颜六色的，你一点儿都不过敏，吃得美着呢。"秦术仁一本正经地道。

在座的都笑了，尤其是两位夫人，周庆魁道："你恶心不恶心，当大夫都委屈你了，改行吧。"

"要不是我这个当眼科大夫的，谁能经常给你上上眼药，是不是，嫂子？"秦术仁道。

"上得好，上得好，就得让他擦亮眼睛……孩子回来了，咱别乱说了。"穆小雅道。

周庆魁正不知如何反击，见晴晴拎着两瓶五粮酒进来，便问："晴晴，车里没别的酒了吗？你秦叔叔不要这种酒。"

"没有别的了，就这一种了。"晴晴道。

"没关系，甭换了，就凑合着喝它得了。"秦术仁道。

"你倒挺能将就，我怕你喝这外地酒水土不服，回头你不仅能满嘴跑火车，还能跑野鸡呢。"老周道。

"哈哈……没关系，我什么酒都能漱口，跑什么醉什么，跑车也是醉车，跑鸡也是醉鸡，跑螃蟹也是醉蟹，要不您给我要几只试试？"秦术仁道。

秦夫人苗艳香开了口："你别在这儿不着四六了，到山上要海鲜，到猪圈里捡狗粪，到姑子庙里拜唐僧，你还有没有谱儿！"

"好吧，那今天就委屈你们了，凑合着喝吧……哎，晴晴，你怎么穿这衣服了？"周庆魁冷不丁发现了什么问题，而进门来的晴晴犹如站在舞台中央的聚光灯下，所有人的目光把她从上到下打量了一番。原来，晴晴穿了条满是开洞的牛仔裤，膝盖和大腿处露着白皙的肌肤。

经周庆魁这么一问，晴晴的脸刷的一下红了，表情瞬间如凝滞了一般，不知所措，两腿并拢在一起，手中酒瓶也下意识挡在了大腿前，嘟囔了一句："怎么啦？"

穆小雅欲言又止，朝晴晴白了一眼，心里在说："不让你穿你非得穿，怎么样？你爸爸也不喜欢吧？"但正值青春期的晴晴，这两年跟妈妈冲突不断，她能答应跟着出来就已经是"恩赐"，所以穆小雅没敢招惹她。

周庆魁似乎感觉到了这短暂的尴尬，孩子是第二任媳妇所生，平时他对孩子宠爱有加，但当面教子、背后教妻的老理儿他还是懂的。然而毕竟是女孩子，脸皮儿薄，此时不宜较真儿，于是赶紧打圆场："我是觉得咱闺女这漂亮的大长腿，要是晒成黑一块白一块的，弄成个斑点腿，那可就麻烦了，出去让人当宠物狗看。你秦叔叔又不是皮肤科医生，他可是只会治眼不治癣。不过……没事儿宝贝儿，幸亏咱还没爬山，明天再换衣服哈。"

周庆魁这么一说，大家会心一笑，秦术仁刚要张口说话，只听晴晴道："我明天换条短裙，两条腿一起晒！"其实她也觉得老爸的话有点儿道理，但还是忍不住要顶回去。

苗艳香道："晴晴快坐吧，别理你爸，净拿咱找乐子，太阳晒还能晒出癣来？谁说你秦叔叔只会治眼，别看他平时跟睁眼瞎似的，他要是高兴了，什么病都会治，咱明天再说明天的。"

"嘿，媳妇，有这么夸老公的吗？我怎么就睁眼瞎了？"秦术仁道。

"你不睁眼瞎咋的，人不分好赖，药分不出贵贱，我还冤枉你了。"苗艳香道。

"瞧你说的，分好赖那不是眼科医生的事儿，那得找精神科。"秦术仁道。

"行行行，我睁眼瞎行了吧，我看走眼了，真矫情。"苗艳香道。

两口子斗嘴转移了大家的注意力，几个大人不再盯着晴晴，但关于穿衣的话题却在脑子里延续着。

隋梦川道："周兄还记得崔健的《新长征路上的摇滚》吗？'不

是我不明白，这世界变化快'，是不是信息时代发展太快，一不留神咱们就落后边儿了。"

苗艳香接话道："对呀，其实时尚、潮流这东西，就是没准儿，说不定是继承了以前什么时候的东西，只不过现在给重新塑造了，所以也用不着不理解年轻人。"说着搂了一把晴晴，以示对她的支持。

周庆魁别看刚才说了晴晴，也不认头让孩子看自己是百年的木鱼——老梆子，跟不上时代，于是赶紧表白：

"对对对，我可不是不理解下一代，我是不理解所谓的时尚，但理解不理解，你还得跟着走，对吧梦川，你上小学时穿什么衣服？"

"粗布褂。"隋梦川道。

"对呀，没过几年就穿'的确凉'了吧，到现在纯棉又回来了，而且还很高端。"周庆魁道。

"也许再过几年又没了。"

"是呀，梦川你小时候背什么书包？用什么喝水？"周庆魁继续问道。

"一开始是自家手缝的，后来都是绿军挎，喝水一般是搪瓷缸子。"

"对呀，现在这东西又摆出来卖了，这叫'文创'！你小时穿衣服打不打补丁？"

"肯定有呀，破了也得穿。"

"对呀，现代人不一样，他还愿意多花钱去穿一身儿'济公服'呢，但人家叫'时尚'，不是当'和尚'！你听过马三立相声《秘方》吗？"

"听过听过，不就是买了包痒痒药，好几层纸包着，最后一层包着个纸条，上面写俩字儿：'挠挠。'"

"对呀，就这'挠挠'，你们说搁现在叫什么？"

"不叫'挠挠'，改成'抓抓'？"

"不对，现在叫什么？叫'盲盒'！买的就是个不知道。"

周庆魁像是在说相声，真把大伙儿逗乐了，尤其是晴晴，刚才还噘着小嘴不高兴呢,这下子乐得前仰后合,老爸居然说出了她们年轻人喜欢买的玩意儿,想象着打开盲盒,只看见两个字时的那种失望和无奈。

三位男士斟满白酒,两位夫人要了红酒,但服务生端上来两个凉菜之后,半晌也见不着人影。旺季人多容易理解,但那杯中溢出的酒香不停地刺激着鼻孔,令人难耐。

周庆魁审时度势,当机立断:"兄弟们,咱不能坐这儿傻等吧,酒菜不用多,有俩就开喝,咱们开始吧。"

"对,兄弟坐一桌,没菜也能喝。"秦术仁也找上了辙,这酒不开喝都对不住这词儿。说罢,大家都举起了酒杯。

这种没开局仪式的喝法,并不是周庆魁的风格,按照他的应酬习惯,这第一杯酒,他若不是字正腔圆地把三家聚首、异地会师以及祝福希望的话说全面了,他才不会喝下去呢。

跟老朋友在一起,轻松随意,喝着尽兴,相互知根知底,不用在乎谁多谁少,也无需煽情和仪式,反倒是加快了喝酒速度,一来二去,这第一瓶白酒很快就见了底,又开了第二瓶。

几两酒下肚,除了晴晴,每个人都开始话多。周庆魁开始分别敬酒,这倒好,开场时那些没说过的套话一句也没浪费,现在全想起来给补上了,另外还又加上了预祝明天心想事成的内容。跟隋梦川碰杯时,周庆魁多说了几句话:

"我说老弟呀,听说你最近也不太顺,都这岁数了,明天你也好好求求吧。"

隋梦川有些尴尬,不知如何接这个话茬儿,报纸各方面下滑普遍如此,但他郁闷的并不是这些,大概是秦术仁跟老周聊起过。他赶紧转移话题:

"周兄咱不谈扫兴的事,那也不是咱自己能左右的,您看咱几个人这日子凑的,八月二十五,来了五台山,喝着五粮酒,逛逛五爷庙,就冲这巧劲儿,咱也必须再喝一个。"

"好，隋总，你要是凑出五个五，而且也和我们这次出行有关，我喝三个，这叫五羊开泰。"秦术仁听着兴奋，端着酒杯站起来。

"好啊，咱们住着五星级，怎么样？"

"不对，这酒店根本没星儿。"秦术仁不认可。

"我说的就是无星……我们经过五里堡。"隋梦川开始乱找。

"五里堡在哪儿，我怎么没看见。"

"我看见了，路上肯定有个五里堡。"

"这个不能算，我还不知道，就咱跑这一道儿，能裁出二百个五里堡来。"

"那就玩会儿'捉五魁'，这个怎么样？"

"哈哈，这个可以有，也该'捉魁哥'一回了，虽然还没开始玩儿，可以算你对了一半，那我喝一个，来来来，干杯！"秦术仁跟进提议，夫人和嫂子也很兴奋，于是红酒、白酒都一饮而尽。

"捉魁哥"也就是想一起打打麻将，周庆魁有此爱好，只是他到了北京之后很难凑个局，现在听到老友的召唤，像是注射了兴奋剂：

"对呀，好久没玩了，那咱们吃完饭玩会儿吧？"

不料除秦术仁之外没人响应，不光是因为舟车劳顿，主要是考虑到来这里不是度假，转天早上还不能睡懒觉，要赶人少时进香，然后返回，有五六个小时车程呢。

隋梦川也开始话多，见周庆魁正有点儿扫兴，他扭过头来跟没人理会的晴晴说话：

"晴晴，你知道'捉五魁'嘛意思吗？"

"不知道，是捉我爸爸玩吗？"

"不是，你以为老鹰捉小鸡呢，是打麻将一个和牌法，如果你听牌了，四和六之间再来一张五就和牌，这就叫'捉五魁'。"经隋梦川这么一解释，晴晴更糊涂了：

"叔叔，那差个二、差个三就和牌，能叫'捉二''捉三'吗？"

"其他的都没有，就这'五'叫'捉五'。"

"哦，这么回事儿呀，干嘛就是'五'呢？"晴晴继续问道。

"这里面有文化渊源，历史上把考举人中了前五名叫五魁，你要是在学校考前五名，也是中了五魁。"隋梦川道。

"爸爸，你是不是中过五魁，要不怎么叫这名字。"晴晴侧脸看着周庆魁问道。

"宝贝儿，我是先有的名儿，后上的学好吗，不过我真的经常考前五名，梦川估计上学时也是五魁吧，要不然怎么能上这好的大学。"周庆魁笑道。

"可以算吧。"隋梦川微笑着点头。

"看来我只能当五魁女——五魁他闺女了。"晴晴叹气道。

"晴晴别没信心，你听过'俩五一十'的故事吗？"隋梦川问道。

"没听过，怎么又是五呀。"

"这是我小时候听的故事，说有一天麻雀要和蛤蟆比赛，看谁数数儿快，从一数到十，你知道麻雀那嘴，叽叽喳喳叫得快着呢，而蛤蟆是呱……呱……呱地叫，比赛时麻雀数：'一二三四五六七八九十'，'一二三四五六七八九十'。蛤蟆就不紧不慢：'俩五一十'，'俩五一十'。蛤蟆能不赢吗？麻雀输了也郁闷：这主儿怎么不按常理出牌呀！"隋梦川说完，众人哈哈一笑。

晴晴略有所思："叔叔，这个故事跟经常听的《龟兔赛跑》差不多吧？"

"差不多，但《龟兔赛跑》说的是兔子太大意，而乌龟坚持不懈；刚才这个故事我觉得是癞蛤蟆要赖，偷工减料走捷径，你琢磨琢磨是不是？"

晴晴似懂非懂地点了点头。

夫人们一看孩子和叔叔聊得热闹，笑在脸上，乐在心里，但周庆魁听着他们的对话，却有了感想：

"这个蛤蟆是有些赖，但它的做法值得借鉴，我们也可以学习这样的工作方法，这样发展就快了么，三步并作两步走，保证天下无敌手。你想，反正也没讲好一个一个地数，那直接数十百千万亿不就更快了。"

"没那个，讲好了就数到十，再数多了蛤蟆就不会了，这叫一招鲜，吃遍天，您说的那个也太泡沫经济了吧。"隋梦川争辩，但他心里明白，周庆魁那话像是在说给自己听，也或许是在提醒秦大夫呢……

酒喝不少了，时候也不早了，三个男人喝光了两瓶仍意犹未尽，变着法子想再加点酒，但几次尝试皆被两位夫人制止，各自回房休息。

第二天清晨，在女士们的催促下，隋梦川勉强起来吃了个早餐，春困秋乏夏打盹，睡不醒的冬三月，再加上酒精的作用，他只想睡不想吃，更不想跟着他们去逛庙，恨不得睡到返程才好。

头天晚上的一场小雨，让清晨的五台山更加清凉，甚至是凉得发冷，但那目光所及的绿色，每片叶子像刚上过油彩，亮晶晶地呈现着生机，把每一双眼睛都变成了美拍。

周围的寺庙开始升起缕缕青烟，秦术仁催促大家快点儿集合，早点儿进庙："早点儿走吧，过会儿人越来越多了，咱都住这儿了，可别起大早儿赶个晚集。"

五爷庙在五台山虽算不上大寺，但香火却异常地旺盛。五台山五座主峰峰顶平缓如垒土之台，从而被称为五台山，传说这是被龙王的五个儿子为了夺回清凉石而削平，但他们终被文殊菩萨降服，并让五个龙子各守一山顶，第五龙子就安排在最高的北台，专司播云布雨，从此五台山送走炎热，成清凉之山。千百年来五台山青庙、黄庙为邻，藏传佛教和汉传佛教并重，这在四大佛教名山中独树一帜。

秦术仁办理了退房，一行人还没走出酒店庭院，就听晴晴尖叫了一声："啊呀！讨厌！"

"怎么了闺女？"周庆魁忙问。

"你看看，地上全是些蜗牛，我踩了一脚。"晴晴道。

"大惊小怪，蜗牛有什么好怕的。"穆小雅嘟囔了一句。

"我不是怕，它们太讨厌，爬得满地都是，我是不想踩它，踩到鞋上怪腥的，"晴晴一边踮着脚跳着走，一边说道，"也不知这些蜗牛怎么想的。放着草地不好好住，非得往外爬，外面不是马路就是楼，你们看呀，爬出来的不是被车轧死了就是被人踩死了。"

"晴晴说得对，有些蜗牛就算是闯过马路爬上了墙，等太阳一晒也变成了标本，基本上是全军覆灭。"秦术仁道。

"秦叔叔，你说为什么它们还往草地外面跑呢？那不等于出来找死吗？"晴晴问道。

"我也说不好，可能是些有追求的蜗牛吧，不想在草地住一辈子，还想去看看沙漠，遛遛早市，或者也想去逛逛寺庙？"秦术仁道。

"秦叔叔您说得好有诗意啊。"晴晴乐不可支。

"秦大夫又在这儿乱号脉了，依我看，它们就是长着找死的基因，不是你该去的地方，找什么诗和远方，自己还以为跑出草地就变成福寿螺了呢？"周庆魁道。

"福寿螺是什么呀，爸爸？"晴晴问道。

"晴晴你没听出来，你爸爸不是在找诗，他是在找段子呢，那福寿螺虽然又福又有寿的，但跟蜗牛下场也没啥两样。"秦术仁道。

"也不完全是，这福寿螺在上个世纪可是被奉为宝贝，是从国外引进养殖的，还是蛮有福的，不过现在傻了，它被国家列为外来入侵物种，成田间害虫了，对吧梦川，你们报纸还报道过呢。"周庆魁道。

"不错，确实有这样的报道。"隋梦川回应道。

"要不说外来的和尚好念经呢，敢情这福寿螺还是外国移民……呸呸！我说错了，今天过来拜庙，哪能胡说八道呢，这事跟和尚没关系，我错了，我错了。"秦术仁抬手做打嘴状。看到秦术仁如此，跟在后面的两位夫人"嘻嘻"笑出了声。

走不多久就到了五爷庙门前，果不其然，这里已是摩肩接踵，清晨远远望见升起的缕缕青烟，此时已渐渐变成浓烟滚滚，这浓烟若是在都市里看到，十有八九便是火灾，但在这儿可不是，虽然有烟火，但不是灾，那都是给神灵传信的通道。

在五爷庙门前，并肩同行的秦医生低语："梦川，你就听一回老周的，到里头好好拜拜，去去晦气。"

"啊，啊……"

面对朋友的关心，隋梦川实在不好直接回答，十年前曾来过五台，那时也没有许过任何心愿，纯粹就是看风景，现在有事就厚着脸皮来麻烦神灵，连自个儿都不好意思。

周庆魁和秦术仁两家先去敬香，隋梦川只是跟着看，别人自然不会为他代劳，据说谁表达心意就须自己来，拿别人钱请来的香不算，神灵分得清楚着呢，但就是不知道花腐败来的钱许愿算不算，神做不做记号。

隋梦川环顾四周，看看是不是记忆中的场景，上一次来时走马观花，已没多少记忆，但感觉变化还是有的，院内的香炉好像有了不同，那香灰池如同是由小饭盆换成了大锅，但仍然不能满足络绎不绝的信男信女。倘若不是燃香实行了标准化，对长度和粗细进行限制，还不知有多少人要扛着扁担似的巨香进院儿呢，多大的香炉也不够用。

别看晴晴平日有点青春期叛逆，此时却有板有眼地跟着敬香，只见她双手合拢，将点燃的香举至齐眉，略沉片刻，接着把香高举过头顶作揖三拜，然后把香插进香炉。看了这一幕，隋梦川自愧还不如个孩子懂事，难怪自己被神抛弃——不对，也许神压根儿就不认识叫隋梦川的这个人，所以也谈不上抛弃，但身在其中的孤独感才下眉头，却上心头。

望着香炉冒出滚滚浓烟，隋梦川想起文成老先生的解读："敬香也好，烧纸也好，捐款也好，这就好比你拿起公用电话跟神联系，你不投币哪能接得通呢？钱花了，信号也就接通了。"

文成先生是隋梦川认识的一位退休多年的老前辈，年近耄耋，依然精神矍铄，退休后发挥余热，传播传统文化乐此不疲，多次参加报社举办的文化活动，他与报社几个年轻人之间的谈笑，隋梦川至今记忆犹新——

"如文先生所说，香火是人与神之间的通信渠道，那么扛着巨香来烧的不就是相当于抢占了带宽吗？通话质量、接通时间跟别人不一样啊，他这么霸道，神还会偏向他吗？"

"再比如说，一个发了昧心财的人，如果天天跟神联系，神肯定跟他熟，而那些连通信费都花不起的人，神就不认识呗。神想不起来你，也就不会去保佑你，那些混了个脸熟的人，神也不好意思不管吧，这样的话，是不是说明神也嫌贫爱富？"

"我就在想，是先发了横财再求神保佑好，还是先去求神保佑我发横财好，这个谁能告诉我。"

"这还不好办？你就把这选择难题去问问神呗，求神帮你选一下。"

"对呀，可我怎么问呢？我说神呀，请保佑我弄明白是先让您保佑好，还是后让您保佑好？"

"你是在考验神的智商吗？我估计神会问你是哪个相声社的。"

"不对，神肯定生气，你小子如此三心二意，好吧，我保佑你在该得到保佑的时候得不到保佑。"

"你求的是哪路神呀？怎么听着像相声社的班主。"

"我看你那两个问题都不靠谱，你还是想想请客的事吧。"

……

进庙来的人各怀心事，隋梦川跟着同伴走了一会儿，眼看着别人又求又拜，实在是有些尴尬，便提出自己转转。驴子不喝水也不能把它摁在河里，别人不好强求，只好约定一小时后在门口集合。

庙里虽然人多，但还算不上人声鼎沸，本来就是个洗心的地方，毕竟不是闹市。最热闹的无疑是庙内的戏台，这里可以锣鼓喧天，可以唱念做打，堪称世间奇景。戏台传说是专为爱听戏的五爷搭建，还愿的人争先恐后地请戏班子来为五爷唱戏，倒形成了五爷庙的独特文化。如此高调的许愿、还愿，有爱大声唱出来，也分不清这戏是演给神看，还是演给人看。

戏楼两侧的对联让人回味无穷：车骑凭步走，走遍了四海九州不离咫尺；人物借身装，装出来千兵万将就这几员。老百姓的智慧真是伟大，台上戏花样繁多，千百年登场无数，而真谛早已铭刻于戏台两侧，看懂否，读懂否，就看个人造化了。也正是因为有了这个台子，站上面的人会让你真假难辨，他也有了大张旗鼓表演的机会，可在戏中成就人生。当今人们挂在嘴边的各种"平台"，倒是跟戏台有相似之处，都能够在台上表现自我，真真假假，虚虚实实，忽忽悠悠，功成名就。

再观其他庙堂，最有特色的便是多处挂有"有求必应"的匾额。若在以往，隋梦川根本不会犹豫，但友人的劝说，让他内心忽然有了挣扎，他觉得这"有求必应"四个字像是摆在自己面前的考题，又像是一服药，到底该喝不该喝呢？如果求，求什么呢？求改变自己，还是改变他人？改变他人改变得了吗？自己的命运能改变吗？

隋梦川不知如何是好……

二

二十世纪八十年代初，隋梦川赶上高考恢复的黄金岁月，随着潮流，成了"天之骄子"中的一员。那时也顾不得什么梦想，反正是稀里糊涂地从山东农村来到三水市读大学，摇身一变有了城市户口。毕业时也没用自己找工作，没做任何努力就被分配到了这家都市报社。

分配单位不是自己所选，当然他也不排斥，毕竟当一名编辑、记者多少还有些自豪感和神圣感，而且上中学时也喜欢诗文，甚至曾梦想着当个作家、诗人什么的。

走出校门的隋梦川既有些忐忑，也有几分欣喜与自信，但他的离校又显得那么平淡，其他同学分了个天南海北，他分在了本地，感觉就没有离开。同窗别离，不少人真情井喷，眼泪狂泻，哪怕四年中根本就没说过一句话的男生女生，火车站站台上一样难舍难分。隋梦川没感受到这份离去的伤感，因为他不需要送别，随着奔赴外地的同学一个个离去，本市同学也不再回校，他才开始体会一个人的寂寞，但心中的伤感并未盖过那份对新生活的期待。对他来说，毕业如同换个宿舍楼，搬搬家而已。

到单位报到去。接待他的是总编办公室，他也不清楚总编办公室是啥职能，从来没经历过相关实习，不了解新闻单位呀。

门虚掩着，他轻轻敲了两下，也不知里面的人是否听见，便轻轻推门至半开，刚能容他一个人进入，怯怯地往里挪了两小步：

"老师，我来报到。"那嗓音也像是半开门，气力用得很小，既发得出声来，也不至于吓人一跳。

屋内一共有四人，两位年龄稍大的男同志正在低头看东西，其中一位像个谍报员，戴着个大耳机在摆弄一台收录机；那两位女同志则抬了抬眼皮，理所当然地没有搭理他，那眼皮的动作像是在告诉隋梦川：你没有按当地规矩进门喊句"大姐"，谁知道你来找谁，再说屋里四个人，女的还有两个呢，你眼睛也没盯着我一个问，人家凭什么先理你。

屋内办公桌都是两侧带抽屉的写字台，颇有厚重感，桌上摞放着厚厚的书本和报纸。一位老先生左手托腮，右手拿笔，感觉最不同的是，他办公桌上居然有两部电话，一红一白。隋梦川很是惊讶，不清楚此人是什么领导。老先生大概看到了隋梦川手里拿着张单子，也像是听清了隋梦川的话，抬起头微微一笑："你是来报到的？"

"对，老师，我是刚分来的。"

"把东西给我看看，你是头一个，其他新招的学生还都没来呢。"老先生显得很高兴，他接过报到单瞥了一眼：

"噢，你是哲学系的隋梦川，欢迎你啊，你还是我们换来的呢，本来你们学校想给我们个女生……你打算什么时候开始上班？"

"我这两天把东西搬过来就能上，不知道有没有单身宿舍。"隋梦川道。

"都安排好了……小张！你跟要闻部打个招呼，就说有个毕业生分到他们部门，过两天就去上班。"老先生吩咐道。叫小张的是那位年轻女同志。

隋梦川后来才知道，办公室接待他的是魏主任，戴耳机的是位老编辑，解放前燕京大学毕业，因为外语好，被安排在总编办公室听听境外广播，了解一些新闻信息，记录下来供报社参考，而他本人并不司职总编办，只是因为有"收听敌台"之嫌，要免打扰，勿声张，倒也真像个谍报人员。另外还有个原因，就是很少有部门能配有一台好的收录机。

一起分到报社的校友还有两个人，一个叫于詹宇，计算机系毕业；一个叫刘欣，来自中文系，都是本市人。于詹宇因家住较远，也要求住单身宿舍，便与隋梦川住在了一起。

宿舍被安排在一所二层高旧洋楼的二楼，房间谈不上有什么设施，除有照明的灯泡，墙上插座也只有一个，无暖气，也无卫生间，整个小院仅楼下有个公厕；墙皮一碰几乎能掉下一片，门窗腐烂得勉强能遮雨，风肯定是挡不住，开关窗时都不敢太用力，生怕把它整个推下楼；木地板和木楼梯因缺乏保养近乎朽木，走在上面时刻都担心着会不会下陷。

于詹宇话不多，总给人一种很严肃的感觉，烟抽得比隋梦川要凶，这点让隋梦川自叹弗如。那劣质的烟草味时常弥漫整个房间，幸亏这潮湿、老旧的单身宿舍绝不缺少味道，让人几乎分辨不出哪是烟味儿、霉味儿、鞋袜味儿、酒味儿、方便面味儿。于詹宇住进来后，同为校友又同舍、同事的缘分，怎能少得了同吃同喝，于是傍晚在市场上买些小菜，再买一瓶白酒，二人一直喝到瓶子见底，共同话题还是以学校的居多——

"唉，我们理科系不如你们，那么大个系没有几个女生。"

"我们哲学系比你们好一些，但比不上中文。"

"两年前校学生会在球场上搞的那个中秋晚会，有个跳新疆舞的是不是你们班的？"

"不是不是，那是我们上一届的师姐，怎么了，你认识她？"

"不认识，就是印象挺深的，一直没机会跟人家认识……还有一对儿校园模范夫妻，几乎天天都看见他们俩黏一块儿，那男的好像住你们宿舍楼。"

"对对，但那男的不是我们系的，女的是。不过听说这对模范夫妻毕业之后就吹了，他们一个分到了南边儿，一个分到了北边儿，结果就南北分治了。也有人说，是他们提前经过了热恋期和磨合期，也正好到了重新分配期。"

"你别说，还挺有道理，分配到一块儿的同学，结合的概率一定大，所以分配工作这事儿，一定程度上也分配了感情。比如说咱们两个，如果是一个男的，一个女的，是不是也可能搞上对象？"

"嘿，你当是组织给解决个人问题了，哥们儿，那是在特殊时期，特殊战场，比如说在敌后做地下工作。现在你就做你的梦去吧，看看梦里你能不能变成个女的，不过你要真变成个女的，我还不敢跟你一块儿住呢。"

……

二人一直聊到打哈欠，隋梦川换个话题："住这儿虽说上班近些，但条件实在太差，你干嘛不住家里？"

"吃不吃先端上，住不住先占上，先要着呗，我们家房子小，人多，回家还得琢磨跟谁挤着睡呢。"

"呵，学计算机的是不一样哈，比我会盘算，我是一个人吃饱全家不饿，不走这脑子。"

"我看你是不知道锅是铁打的，不让你牙疼一回，你都不知道什么叫真要命，等着瞧，等你想结婚时就该着急了。"

"我还想问你呢，你这学计算机的怎么来报社了呢，我看一般要文科生。"

"我们系人多，想去个大单位也不好进，正好这里要学技术的，说是以后要搞什么电脑排版。"

"哦……"刚来到报社，隋梦川连铅字排版还没见识过呢，他说的电脑排版更不理解。

"我听说你分到要闻部了，我怎么要去校对组见习三个月呢？"于詹宇问道。

"这事儿我哪知道，或许是让你熟悉流程吧。"

"听说你们哲学系不少人会看八卦算命，你没学一点儿？回头给我算算啥时能混上房子、当个官什么的。"

"系里是有研究这个的，但我可不会，推论都是建立在规律的基础上，也未必就是算命，顺其自然就好。"

于詹宇有些失望……

刚住在一起的头两个月，二人每周都会聚聚餐，但自从于詹宇有了女朋友，他就很少准时回来住了。

一个周六的中午，隋梦川刚要躺下小憩，突然传来"咚咚咚"的走路声。房门破旧，并不隔音，木板间的缝隙大得像有无数个门镜，哪怕捏着嗓子小声说话也能让人听到：

"小心点儿，这儿没灯，别把高跟鞋踩缝里了，木地板都烂了。"

当隋梦川发觉来人停在了自己的门口，赶紧起身坐在了床边。门打开了，于詹宇见屋内有人，似乎有些意外和尴尬，但那张天生就显严肃的脸马上就变得喜滋滋的，侧身牵进来一个姑娘：

"梦川，这是我女朋友晓丽。"

"你好。"隋梦川打个招呼。

"你好。"姑娘也回应着

打过招呼之后，隋梦川便没了主意，两只脚刚才顺势下了地，直接踩在了鞋上，也没来得及蹬进去，一时间手足无措，宿舍连个能坐人的椅子也没有，只有一个方木凳，上面还放着个电炉子，经常用它煮面吃，总不能对着一个陌生的女性说"请上床"吧。

晓丽姓汪，个头儿不算高，但与墩子身材的于詹宇倒是挺般配。她面容姣好，身板笔直，脸微微上仰，给人一种不苟言笑的感觉。只见晓丽忽然捂起了鼻子，皱起眉头，眼珠像是碉堡里的探照灯一般，左右上下扫了一遍，定是屋里的味道触动了她的神经。隋梦川像是做错了什么，恨不得两条腿能挡住床底下的鞋袜。

于詹宇领晓丽坐到了他的单人床边，二人开始嘀嘀咕咕地对话，声音虽然小，但屋子就这么大，隋梦川还是能听见只言片语。二人那说说停停、欲言又止的感觉，像是要说的话刚涌到嗓子眼儿，却突然停住，被含在了嘴里。

隋梦川识趣地穿上鞋，说道：

"你们聊着，我去趟单位。"

汪晓丽的脸上立即释放出一丝笑容，但那笑容像是眼前飞过了一只瓢虫，小小翅膀扇起的旋涡，小得让人感觉不到，快得嗖的一下就不见了。

宿舍离报社办公楼只隔两个路口，中间经过一段自由市场，一位看起来五十多岁的大姐正跟摊贩不依不饶，责问为何买的桃子不给她一般大的，那咄咄逼人的架势，吓得摊贩满脸堆笑，怎么解释也无济于事，最后白饶给她一个大桃子才了结。大姐拎着桃子离开了，但嘴里还嘟囔着这次吃了亏，下次绝不轻饶，她那仰着脸的角度，全然一个在红场上接受检阅的俄罗斯士兵，而且是打了胜仗归来的。

败下阵来的摊贩无奈地跟旁边人道："仰脸婆娘低头汉，十个九个都不善，俺不敢惹她。"听着摊贩的话，隋梦川忽然想到刚见过面的汪晓丽，晓丽的神态跟这大姐怎么那么像呢？

要闻部里没有属于隋梦川的办公桌，二十多人的部门，挤得只剩下过道，屋里好在有台二十四英寸的彩电，这算是他最要好的伙伴。隋梦川目前只需跟着前辈们熟悉工作，干得最多的是值夜班，看别人接电话、接待来访、写稿子，所以很快就与前辈们混得稔熟。

要闻部除了部门开会，平时很少能见到人齐的时候，两个月下来他才弄清每个人的分工，行话称"跑口儿"。"跑口儿"的事也跟瓜分租界似的，自己的地盘就是自己的码头，别人不可越界。时间久了，每个记者在自己地盘里都是座上宾，俨然一方大员，在那个物质并不丰富的年代，记者们也混成了特权阶层，走走关系、办点私事比一般人有优势。汪晓丽家讨不到彩电购置票，于詹宇便托隋梦川帮忙，隋梦川就试着问了问自己曾跟着见习的要闻部前辈王希碌。

老王此人心直口快，尤擅贬损他人，人送绰号"黑嘴王"，某年的联欢会上，有同事用侯宝林相声《卖布头》改编了一段，形容老王的黑嘴能"气死猛张飞，不让黑李逵，亚赛过唐朝的黑敬德"——比的都是些英雄人物，人家老王美着呢，不气恼。据说部门工作分口儿让大家发表意见时，他就很严肃地表态：

"大家放心，我肯定是先把自个儿的口儿跑好了，但也不至于像狗似的，有尿没尿，后腿一跷，天天要显示自己的领地，弄得大伙儿之间紧张兮兮地，说句不好听的，哪天我出意外报销了，我跑的那些单位也不会跟着我一块儿烧了是不是？什么你的我的，都是社会的，国家的。"

对于隋梦川所求，王希碏根本没当什么难事，只回答了三个字——"没问题"，没几天就送到手上。此事让于詹宇在女友面前大有光彩，汪晓丽再遇隋梦川时，那脸上的笑容，也由瓢虫飞过变成了小蜜蜂飞过，已经能看得出脸上的笑肌在动。

三个月后，新来的大学生终于分配了工作岗位，隋梦川到出版部当了新闻版编辑，刘欣做了副刊编辑，于詹宇暂时去文体部当记者。因为要组建的电脑出版部门尚未成立，除于詹宇之外并无其他人员，亦无单独办公区，报社准备外调一个电脑专家来主持工作，就把于詹宇临时安排在采编部门，熟悉工作流程。这让于詹宇又气又喜，气的是既然电脑部门就他一人，何不让他担当负责人筹建；喜的是自己居然成了文体部记者，有机会接触明星。

于詹宇还有意外之喜，汪晓丽对此尤为高兴。汪晓丽在轧钢厂是工会干部，经常担当单位晚会的主持人，父母都是没文化的工人，对文化人格外高看一眼。于詹宇虽然不是名人，但他能靠近名人，那也不是一般人能办到的。

在文体部的风光让于詹宇改变了初衷，对电脑排版早没了兴趣，甚至规划着在文体部写出一本与名人交往的书，就叫《与某某某零距离》——汪晓丽听了越发自豪，那笑容是隋梦川没见过的绽放，像是长着一双大翅膀的蝴蝶飞过，那笑肌活动幅度要大得多，退回自然状态也慢得多。

于詹宇渐渐很少回宿舍了，其实他回与不回，隋梦川并不掌握。

也许为了图方便，也许是为了躲尴尬，隋梦川晚上经常跟值夜班的记者搭伙，睡在办公室。

隋梦川终于有了人生中第一张办公桌，它比上学时的课桌要大两倍，在他眼里，那两侧的抽屉和柜门，也仿佛私人卧室，而这大桌面便是私家园林。从小到大用过各种课桌，从两头垒墩子搭成的长木板课桌，到水泥面的预制板课桌，再到铁皮书桌、木制书桌，统统比不过对办公桌的亲切感。对他来说，办公桌不仅是办公家具，更像有了一块领地、一个位子，有了主人翁的自豪感。

出版部三十岁以上的老编辑居多，是一个功底深厚的团队，碰巧的是，十个人当中就有马老师、牛老师、杨老师、朱老师，还有一个熊老师，他们自嘲每天一群家畜开会，研究主人们感兴趣的内容和标题。年轻编辑只有隋梦川和从要闻部调过来的贾菲。贾菲大专毕业就到了报社，年龄与隋梦川相仿，但资历却比隋梦川早两年。部门文书小常也是位年轻女性，高中毕业就参加了工作，她告诉隋梦川，贾菲是不想再风里来雨里去地跑，便要求来做了新闻编辑。

新闻编辑的主要劳动工具是毛笔和红墨水，再加一把直尺，这让隋梦川一下子有了当老师的感觉。当学生时就怕老师的红笔字，几乎所有的荣耀和羞耻，差不多都是这红墨水闹的。记忆中的红墨水，就是能力和权力的象征，小时候曾经兴奋地用红墨水写了作文，结果老师都不敢批改了——你这哪是作文，分明就是血书啊，看来你们家的墨水还挺全，下回是什么颜色？绿的还是黄的？现如今，天天挥着饱蘸红墨水的毛笔，那感觉，跟写蓝黑色钢笔字就是不一样，像掌握生杀大权的判官，可以判一些文字的死刑，痛痛快快地在它身上画个红叉，颇有法院布告上在死刑犯名字上画红叉的感觉。

刚到这个部门时，杨老编辑就勉励他：好好干吧小子，干编辑挺好，别看也就天天杀几只"蚊子"（文字）、小咬儿什么的，不会得病，都发泄出去了，编辑里头出文人，但不出杀人犯！总给咱报纸写文章的红学家周汝昌先生，还有荷花淀派作家孙犁先生，都是编辑出身，连伟大的马克思，博士毕业后还当过《莱茵报》的主编呢……对于杨老前辈的话，隋梦川还没有多少感悟，初出茅庐的他，还不知自己的梦想在哪里，别看家人给起了个带"梦"的名字，他能看懂的就是干眼前的事。

隋梦川很快进入了工作状态，每天除了桌上、纸上、报上的波澜壮阔之外，生活中并无多大起伏。

转眼已是第二年的春夏之交，此时同学来信已经断流，文书小常也再没机会说"你的女同学给你来信了"。其实隋梦川也已几乎不写信，也许是同学泪别之后各忙一隅，不管挣扎也好，得意也好，反正离开了大学这个起跑线，谁也顾不得谁了，哪还有心情去跟同学汇报人生。

这天早上的编前会之后，部主任老马传达报社的一份通知："报社开展义务献血，咱部门人少，出一个就行了。"马主任稍顿片刻说道，"年轻的同志积极报名吧。"

众人出现短暂的沉默，马主任讲话时，并未把目光瞄向哪一位，但隋梦川明白，年轻人里头二十岁出头的也就三个，除自己外，还有贾菲和小常，别等着主任安排，于是他不假思索：

"那我去吧。"

"好，小常回头跟办公室报一下名单，小隋该歇班儿就歇班儿。"

不知道在报社献血如何，隋梦川倒是想起大学同窗献血的经历，女同学们像是迎接前线归来的英雄，纷纷买吃的喝的到男生宿舍看望，室友们也跟着沾光，所以在他心里，献血不可怕。

采血后返回报社已近中午，隋梦川便直接回了宿舍，路上顺便买了些吃的。宿舍里有个电炉子，能将就着烧水煮面，总编办的老大姐关照了的，让他自己改善一下伙食。

老远就听到了宿舍里有说话声，肯定是于詹宇和汪晓丽在了。见隋梦川中午前突然回来，二人很是意外，因为这个时间，应该是到单位食堂吃午饭的，于詹宇问道：

"梦川，你怎么回来了？"

"实在抱歉，打扰二位了！"

"我意思不是说你回来，是问你怎么不去食堂吃饭。"

"我呀，刚才这么掐指一算，知道你们今儿要在这儿做好吃的，所以就赶回来了。"想起于詹宇老想算命的事，隋梦川故意逗他。

"别瞎说了，你今天没上班吗？"

"我今天去献血了，放我两天假，就不用去上班了。"

"你报名了？"

"是啊，我们部门也没那么多人，老同志多，我就报名了，这次没有你吧？"

"我没有报，不知道后来谁去了，反正我们部门年轻人多。"

汪晓丽急忙插话道："你可千万别报啊，你要报名我跟你急！"

于詹宇没作声，汪晓丽扭脸对隋梦川道："你也真够胆儿大的，家也不在这儿，谁照顾你呀，献完血有什么感觉？"

"其实没什么，没什么！"隋梦川笑了笑，这又不是上刀山下火海，谈不上胆大胆小。

于詹宇心中有种怪怪的感觉，一边庆幸自己没被选中，面对献血归来的隋梦川，一边又有些英雄气短，那种内心深处的不自在，可能只有他自己方能体会。

"正好我们俩也买了些菜，我来做饭吧，一起吃。"汪晓丽突然间一副很勤快的样子，蹲下身打开了地板上的塑料袋。

隋梦川也发现了地板上的菜，有鱼，还有豆腐和青菜，原以为他们俩是要买回家，没想到是准备在宿舍里开伙。宿舍本来没条件烧饭，只有一个电炉子，也没自来水，洗菜、洗碗要用楼下的公共水龙头，但自从于詹宇有了女朋友之后，逐渐添置了些炊具，买了菜刀、菜板、洗菜盆等，于詹宇的小日子过起来了，隔三差五地改善伙食。

汪晓丽下楼洗刷完毕，回到屋内准备做菜。

"用电炉子做菜危险，我来吧，你在旁边指挥，过几天我租个煤气罐去。"于詹宇挺身而出，替汪晓丽掌勺。

电炉子做饭确实危险，以前不过用它煮个面条而已，但要用它做大餐，那可是烂抹布缝口罩——不争气。隋梦川在一旁担心地盯着，生怕炉丝突然跳起来触碰了锅底，替于詹宇捏了把汗。

若在平日，隋梦川也会伸手帮忙，但今天例外，他们二人决不让隋梦川插手。仅能摆放两张单人床的宿舍，眼瞅着两个人在跟前忙活，隋梦川也不自在：要不我帮你切葱吧——不用；我来铺桌子——你别管了；地上我来扫吧——你坐着，别动！被别人伺候的感觉，并非在啥时候都那么舒坦。

"于兄，没见过你做饭，没想到还真有两下子。"隋梦川没话找话。

"以前在家也做，但都是打下手，当'墩儿工'，今天学着做主厨，给晓丽做个蘸水鱼，她在一个云南菜馆吃了一次，结果喜欢上了，非要自己试试。"

"是吗，那我今天有口福了，怪不得你们买那么多调料呢，但咱这儿条件也实在是太差了。"

云南菜隋梦川未曾品尝过，对他来说也算是新鲜事，更何况是敢于在如此斗室中做菜，看来只能靠爱情的力量了。好在这道菜以水煮为主，三人很快便以床头柜当餐桌，开始享受自制美味。

这是于詹宇有女友之后第一次与隋梦川饮酒，由于刚献过血的缘故，隋梦川喝得较少，他对这道蘸水鱼赞不绝口，当然不纯粹是因为客套，是他根本不知正宗的蘸水鱼是啥味道。汪晓丽似乎对今天的成果相当满意，兴奋地道：

"詹宇今天做的蘸水鱼比那家菜馆的好吃，我就爱吃这个菜，哈哈，以后我就叫你'蘸水鱼（于）'吧。"说完，一边笑着一边把脑袋往于詹宇身上靠。

隋梦川哈哈一笑，他刚才也差点儿称于詹宇"蘸水鱼兄"，但当着人家女友的面，没好意思开此玩笑。面对汪晓丽的撒娇，于詹宇略有拘谨，但马上又装作若无其事。

隋梦川道："光会做菜还不行，还得有捧场的人，若没有晓丽的偏爱，蘸水鱼再好我也不知道，是吧？"

二人听得出隋梦川话有所指，恨不得借着酒劲儿立即搂抱在一起，但此时只能深深地对视了一眼，然后劝隋梦川少喝点儿，好好休养。

"我说梦川，你这名字还挺有诗意的，谁给起的？"想到自个儿的名字让女友报成了菜名，于詹宇把话题转到隋梦川身上。

"嗐，我不过是欺世盗名罢了，我父亲姓隋，母亲姓孟，父亲在四川当过兵，姓隋的姓孟的去过四川，就这么简单，哪有什么诗意。"

"哦。"于詹宇一下子没了追问的兴趣。

"我如果是在四川长大的话，估计早就吃到蘸水鱼了，不过肯定比不上这一次，这次吃的是'蘸水鱼兄'做的蘸水鱼，当然与众不同，而且今天是我的'处女吃'哟，太值得纪念啦，下次再吃的话我就不是'处女'了。"

"哈哈哈……"于詹宇大笑，而汪晓丽的笑里还夹杂着一丝娇羞，幸福得总想往于詹宇身上靠，但碍于有个第三者在，只好尽力克制着欲望。这间潮湿的老房子本来五味俱全，刹那间似乎烟消云散，满屋子仿佛只剩下荷尔蒙和多巴胺在弥漫。人终归是进化了的社会动物，可以适时地节制，不像街头的狗，见了面又舔又闻，只顾自个儿亲热，哪管别人围观，早就没有任何羞耻了。

之后，在于詹宇和汪晓丽的打情骂俏中，隋梦川听出了端倪，原来汪晓丽跟家里人闹了意见，于是更懒得回家，他们二人打算干脆在单身宿舍过小日子，可毕竟还有个室友，恨不得隋梦川给他们行方便，但这事儿又难以启齿。

第二天，隋梦川像往常一样到单位上班，单身汉的日子，上班不上班，对他来说差别不大，同事们有些不解，关心几句也就各自忙碌去了。

三

　　隋梦川也开始搞对象了——只能这样表述，反正不能叫谈恋爱，按"黑嘴王"的说法，恋爱应该是日久生情或一见钟情的进一步升华，是异性相吸到情感互动的一个更高阶段，哪怕是狗见了猫，相互吸引乃至形影不离，也叫恋爱；而搞对象呢，则像是找来个配种的，考虑到品种、个头儿要般配，放在一起不排斥，能实现雌雄互动，在此基础上可能会进入恋爱环节，当然也可能永远只是配种关系，只不过是臭味相投，或者说是利益捆绑了两个人而已。

　　王希碟给隋梦川介绍过一个对象，他本来是受老邻居吴婶之托，给她大女儿找男朋友的，于是他便想到了隋梦川。这出乎家人的意料，王希碟对这种事向来懒得理会，一不留神就甩出几句"黑嘴理论"，好好的事他都能给说黄了，谁指望他这"黑嘴"去把黑的往白了说，这次他居然主动做起保媒拉纤的事，确实罕见。

　　当初隋梦川刚分到报社跟着老王见习时，有人就劝隋梦川小心点儿，你就等着挨骂吧，老王那张"黑嘴"可不饶人，以前新来的要闻部主任主持部门例会，就值夜班问题让大家发表意见，以便制定夜班管理制度，王希碟觉得这事没必要公开讨论，发了一堆牢骚，他说若有一个草案让大家讨论一下倒也正常，但总不能让牛自己去研究鞭子是抽脑袋好还是抽屁股好吧，或者说牛本来在好好犁地就得了，难道非要再找头驴来在旁边给它计时、看牛犁地的姿势标准不标准吗？老王的牢骚并未引起领导重视，开会时仍让他发表意见，他干脆就说：

"我觉得不用研究，最简单的就是主任们也都一起排班儿，值夜班问题一切都解决了！"

新领导顿时语塞，从此，关于夜间值班管理制度问题就没了下文。

"黑嘴王"最近又一次发威，他把新来不久的"葛公子"奚落一番。"葛公子"名叫葛也夫，也有人叫他"公子哥（葛）"，是三水市老人事局长的二公子，比隋梦川大个两三岁，相比王希碌还算是隔代人。葛局长以前从事过中苏友好工作，所以给儿子起了这么个名字。小葛在原来的单位表现不佳，被人评价不务正业，他调到报社后，担心别人说他是短期镀金，逢人便讲自己懒得做官，更喜欢自由自在。葛也夫也许是真心告白，因为他就喜欢唱歌跳舞，吃喝玩乐，但当着王希碌的面自我表白时，却触动了"黑嘴王"的神经：

"你快拉倒吧，我就不信，世人都晓神仙好，唯有功名忘不了，你爹给你准备的官帽还没想好戴哪一顶吧，你真一辈子不当官，我管你叫爷！而且我还告诉你桃花源在哪儿，我跟你一块儿住去。"

葛也夫哭笑不得，也不好争辩，他觉得自己图的就是快乐，没想那么多。

王希碌虽说嘴"黑"，但对小字辈儿的隋梦川，却像变了个人，不仅没大声嚷过，也没有过冷嘲热讽，对隋梦川的个人生活也挺上心。这介绍对象的事他就权衡良久，若非一边是老邻居，一边是带过的徒弟，没个七八成把握，他还真不会去操这份儿闲心。

王希碌认为两人挺般配，于是便把隋梦川带到自己家里吃了顿饭，借机让老邻居一家来串门见个面，聊聊天儿，过程设计得一切都很自然，也没让姑娘直接跟隋梦川接触。

几天过去了，邻居吴婶却没给王希碌回信，搞得他有些焦躁，本打算自己去问一问，但一琢磨这事儿不能着急，迟到的消息往往是好消息。后来，吴婶倒是把想法告诉了王希碌的老娘，晚饭时老娘跟他说：上次你带回来的那个孩子虽然挺好，外地人啦，农村家庭啦，这些都没关系，可就是觉得他有点傻，你看他一个人去献血，还有宿舍都让别人占着的事儿，自己一点儿没主意，这将来能不吃亏吗？

听完老娘的转述，王希碌一股无名火噌地上蹿，直撞脑门，差点儿当着家人的面扔筷子，他看了看吃饭的父亲还有妻子、女儿，忍了忍没说出口。王希碌生气的不是人家看不上自己的徒弟，本来就是萝卜白菜，各有所爱，谁也不指望改变谁，他生气的是她们家人说的理由，居然说自己徒弟傻，人家傻的话能百里挑一考上大学？人生观不同，也强求不得，真正让王希碌有点恼火的，是自己干了一件多余的事，满以为自己的判断是秤杆儿配秤砣、老头儿配老婆儿——般配，却不料让人家不费吹灰之力便给推翻了，他想不明白自己究竟错在哪儿。等妻子陪孩子到屋内去写作业，他对老娘说：

"妈，您以后少跟吴婶她们家来往，这家人什么玩意儿！"

"你这是怎么了，咱跟吴婶多年的邻居了，又没跟人吵过架，怎么就不来往了呢？"

"你看她怎么说人家小隋，这种人，难道就不会经常在背后骂咱们家人傻吗？就您这样儿，一天到晚给什么人都帮忙。"

"你着的哪门子急，你吴婶家本来也是外地人，吴叔在你爸的研究所干临时工，好多年才转正，肯定是了解外地人的苦，所以人家不想让闺女嫁个外地单身汉呗。"

老娘的话王希碌理解，不再争辩。真是无巧不成书，说曹操，曹操就到，有人敲门，正是吴婶来了。

"嫂子，您吃完饭了，王所长又散步去了吧。"

"吴婶请坐。"王希碌替老娘应酬着。

"哎呀不坐了，我来是有个急事儿，看能不能给帮个忙。"

"没事儿，你说吧，别客气。"

"正好希碌在家，实在不好意思，我们家二姑娘明天要考英语听力，她那个叫什么随身听的录音机，突然坏了，我想希碌是当记者的，应该有这东西，想借一借让孩子今天晚上用一用。"

"我是有个小录音机，但是个小磁带的，估计可能用不了，你们家的那个是用这么大的磁带吧。"王希碟边说边用手比划着。

"对，对，就是外面卖的歌曲带子那么大。"

"真不凑巧，我拿给你看看，真的用不了。"说罢，王希碟便去翻自己的挎包，他不想让吴婶误会他是不舍得外借。

吴婶看了一眼王希碟拿出来的机子，果然那磁带也就一毛钱的一半儿大，脸上顿显失望："这可咋办呢？"

老娘在一旁突然发话："别着急，我见楼上老刘家的儿子成天戴着耳机，他们家好像有这东西。"

"老刘家我不太熟……"吴婶面露难色。

"你别管了，我给你借去。"说罢，老娘穿上鞋就出了门。

这种情形王希碟见多了，王大娘在小区可是出了名的热心肠，拦都拦不住她，她才不想是不是自己家的事呢，也不去想给人家弄坏了咋办，好在至今她还没让人拒绝过，所以她才成竹在胸。还别说，在这个小区里，王大娘可比退了休的王所长有名气，她掺和小区的事无比上心，还一直在居委会帮忙呢。

吴婶有些不好意思，在客厅里一个人面对王希碟，介绍对象的事若不提好像不合适，毕竟是她有求于人，怎么也得面子上找个托辞：

"大丫头的事让你费心了，这丫头上个学不如人家吧，心气还挺高，我们也管不了她。"言外之意，这是姑娘没看上，不是我们的事儿。

"您想多了，这种事儿很正常，哪能见一个成一个呢？回头我要遇上哪个领导或者哪个老板的儿子没对象，我再给你们介绍。"王希碟说的半真半假，吴婶也不知他话里有话，只是讪讪地笑着：

"那可太谢谢你了，谁知道孩子有没有这福分。"

不管真的假的，能不能实现，反正听了这话，吴婶就立刻洋溢出一种幸福的期许。这倒无可厚非，自古以来，哪个有地位的父母不希望门当户对，哪个寒门不盼着平步青云，就算是皇帝，还要把女儿送出去跟外族和亲呢，更何况普通老百姓。在吴婶眼里，王所长家就是有能耐的大官了，肯定认识不少有头有脸的人。

王大娘不一会儿就回来了，满面春风，像是中了大奖：

"你看看，还真巧，老刘家说这个可以用，我告诉他明天就还他。"吴婶满脸乐开了花，刚才脸上的那些为难与无奈，依赖与期望，歉意与局促，顿时一扫而光，只剩下豁然开朗，心满意足。她接过机子，一边嚷着"太好了！太谢谢了！"一边转身而去，像是一只刚上满弦的玩具鸭，头也不回，呱呱呱呱地朝着门口直奔而去。

几日后又是王希碟轮值夜班，他吃过晚饭后就到了单位，路过出版部门口时，听见里面传出了音乐声，放的是台湾歌手刘文正唱的《秋蝉》，忍不住站在门外听到一段终了：

> 听我把春水叫寒，
> 看我把绿叶催黄，
> 谁道秋下一心愁，
> 烟波林野意幽幽。
> 花落红，花落红，
> 红了枫，红了枫，
> 展翅任翔双翼燕，
> 我这薄衣过得残冬。
> 总归是秋天，总归是秋天，
> 春走了夏也去秋意浓，
> 秋去冬来美景不再，
> 莫教好春逝匆匆。

王希碟知道准是隋梦川在办公室里，这个不需要值夜班的人，反倒天天晚上混在这儿。

"咚咚!"敲门声把缠绕在五线谱中的隋梦川拉了出来,他起身按停了收录机,拉开门,见王希碌拎着包站在门口,便问:"王老师,您怎么来了,今天值夜班吗?"

"你一个人?一会儿到我们屋看电视吧。"王希碌道。

要闻部有台彩电,是给夜班配备的。新闻热线值班主要是接电话,大多是做些给群众解释和与管理部门的联系工作,发现有价值的线索,便进行电话采访,甚至赶到新闻发生现场,第二天一早交稿子。天气好的时候,打进的电话就少,越是特殊天气,来电就越多,多到让人应接不暇。当然,倘若一晚上电话不响,值班人也着急,总不能第二天上交个"昨晚无新闻"吧,再说白待一宿也不划算。于是,如果晚上十点以后仍没线索,值班人会主动出击,到熟悉的领域打探,医院、公安局都是他们常去的地方,只要有什么突发事件,总会跟这些机构扯上联系。老记者们都懂得这套路,常值班的也被人称为"夜记"。

这天打给新闻热线的电话出奇地少,但王希碌好像并不着急,打了几个电话就跟隋梦川一起看电视,介绍对象的事他也不想再提,他不知该如何表述被人拒绝,让时间去忘掉一切,再好不过。

"梦川最近写的言论不错,歌词用的好,语言活泼,通俗易懂,以后多写点儿没坏处,好好发挥发挥。"

"王老师过奖了,我就是尝试着写写看,但这样是不是有点不严肃?"

王希碌夸的是隋梦川最近刚发表的一篇言论,议的是百姓关心的政府部门办事态度和效率问题,针对群众反映的某个窗口单位脸难看、事难办、拖拖拉拉净扯淡的报道,隋梦川配写了一条评论,经部主任看过后发表。隋梦川在行文中借用了当下流行的歌词来表达,其中有些语句就来自刚才听到的那首《秋蝉》,评论的标题是《你这只秋蝉叫人心寒》,指出这样的窗口单位只会空口鼓噪,不去务实干事,并告诫这些人"莫教好春逝在你之手",鞭挞这种只给人添堵、不给人方便的行为和现象。

但王希磲的话让隋梦川有些意外，"黑嘴王"说好话的时候不多，别看他撑人时出口成章，但夸起人来那可是惜字如金。原来，他刚站在门外听完这歌，就是因为听到了熟悉的句子，他正想跟隋梦川探讨一下呢：

"我觉得挺好，把文章写活泼了有什么错，行文没毛病，立意、论述又准确，这就是好文章，值得表扬，没想到你小子还有两下子，新闻评论就是应该有犀利的观点、客观的论述、活泼的文笔，以后多写，将来肯定有出息。"

尽管王希磲自认为算不上真正意义上的师傅，但还是感到特别欣慰，高兴得不知怎么夸才好。对隋梦川来说，他不过是发了篇小文章，让老王这么一夸，还有点不好意思：

"让王老师见笑了，我不过是灵机一动罢了，我属于'墙头芦苇，头重脚轻根底浅'，无有大才，哪会有什么出息。"

"嘿，你是要说我'山间竹笋，嘴尖皮厚腹中空'吧。"王希磲哈哈一笑，其实他从来就没觉得"黑嘴王"的称呼难听，甚至有人直呼其号，他倒也十分受用。

"哎哟，我哪敢呀，又不是跟您对诗，您误会了。"隋梦川并不是去影射前辈"嘴尖"，他刚才也无意去说下句。当然了，王希磲也不当真，一笑而已。

时间已快到晚上十点，热线电话虽然响过几次，但王希磲仍然没有发现有价值的线索，好像他也没打算出去转马路。

"梦川，最近你不忙吧，帮我改点东西可以吗？"

"忙倒不忙，我来报社没多久，能给您改什么？"

"帮我改改论文。"

"您还写论文？我对新闻还不怎么熟悉呢，哪敢给您改。"隋梦川说的是实话。

"这不要评职称么，非得有论文才行，天天忙得要死，哪有工夫写，我们这些老三届，有几个能写得了，大部分人都是瞎抄一气，弄出个心得体会，还有的干脆找人代写，叫什么论文，别糟蹋'论文'这俩字儿了，以后别人写的都不敢叫'论文'了！再说，也没杂志能给这么多人发表呀，这不让我们参加宣传系统的论文大赛，统一出个论文集就得了。不过既然写，我就不想写得太差，拿出去怎么也得像回事儿，我不像你们在大学里做过论文，有经验，你就帮我看一下结构，看看需不需要调整，或者增加一些论述、论据什么的。"

"哦，是这样啊，那我正好跟您学习学习了。"恭敬不如从命，隋梦川觉得再客气下去，反倒不好。

王希碟从办公桌里取出一摞稿纸交给隋梦川，隋梦川暗自感叹，这前辈的钢笔字还真漂亮，虽不工整，但有个性，颇有行书味道，又近乎草书。论文题目是《论记者岗位在社会关系中的作用》，虽然只有七八千字的样子，但看得出王希碟是真想从一个"论"的角度来写这篇东西。

电视里正播放着连续剧《西游记》，小妖女们在唐僧面前搔首弄姿，风情万种。这几年流行交谊舞，单位里不少人成了舞迷，外面不管像不像样的舞厅，几乎天天爆满，有些单位即便开个大会，也要把舞会当作最后保留节目。看着电视里的画面，身子卧在躺椅里的王希碟问道：

"梦川你喜欢跳舞吗？"

"谈不上喜欢不喜欢，我压根儿就不会跳。"隋梦川道。

"什么？你这学文科的大学生居然不会跳舞，在学校里没学过？"

"也算是学过一次，之后就再也没学。"

"那为什么呢？没人教吗？咱这小伙子，长得也不至于不敢跟女孩儿对脸吧。"王希碟笑了。

"倒不是因为我的脸，我是担心对方的脸，搂着个难看的吧，我不想看，搂着个漂亮的吧，我又怕看个没完，总不能老盯着人家眼珠儿都不转，我真佩服那些跳舞的人，心理素质真好。"

"其实你习惯了就好了，把注意力放在舞步上就没事儿了。"

"我也试图去习惯，可我大脑一紧张，下面两腿就僵直，跟棍儿似的，女同学说，跟我跳舞时她像挂了双拐。"

"哈哈，你这同学够损的。"老王嘴上这么说，其实心里却在想，这女同胞跟自己倒是同类。

"这还不算完呢，另一个同学说，'不止有双拐，上面还挡着一个木头脑袋呢'，您说我还跳个什么劲儿，咱也不能'毁人不倦'吧。"

"我明白了，'山有木兮木有枝，心悦君兮君不知'①，你呀，你就是榆木脑袋——不开窍，亏大了，人家女同学就等你表现暧昧呢。"

"也许吧，榆木脑袋就榆木脑袋吧，要是变个风流脑袋，也不是什么好事儿。"

"哈哈，坚持有底线的自己，挺好！我去年还写过关于跳舞的文章呢，不过没给发表，给退回来了，我估计是因为打击面太大，咱单位有不少爱跳舞的，编辑准是怕挨骂。"

"是么，您能不能让我拜读一下。"

"好吧，多一个读者也不枉我写一回。"王希磾起身翻抽屉，找出那篇稿子，递给隋梦川看。

文章不足千字，却尽显其"黑嘴"文风，其中写道：这突然开放的夜生活，让一些人像是被关了几个月后突然放出的饿狗，扑向地上一块块从未见过的肉，既不敢立即吞将下去，又舍不得离去，只是咬住它，一点点地试探，直至熟悉这个味道。慢慢地，它也不再心存戒备，开始大快朵颐地享受。不管这交谊舞在西方社会是何种调料，在何种场合调味，但到了咱们这儿，那就是骑车擤鼻涕——到哪儿甩哪儿，它就像国人迷上麻将一样，推开桌子就是舞池，闻"机"就可以起舞。这又好比给饿狗喂肉，你不需考虑把肉放在盆里还是碟里，扔在地上，它照吃不误……也许，交谊舞之所以热度不减，最关键的

---

① 出自《越人歌》。

是，这种聚会比下馆子吃饭要划算，跳舞不仅活动了身子，还可以冠冕堂皇地享受那种异性间的暧昧……

隋梦川读罢，边回味边道："王老师您这比喻也太绝了，话糙理不糙，其实这不是在骂人，您是在描述一种状态。"

"是啊，本来给报纸写稿也不能乱写，读明白了就没事儿，算了，就当我自己写着玩儿吧。"

"王老师，如果让您说，这舞男舞女的，到底有没有不存在丝毫暧昧的舞伴？"

"这玩意儿，它本来就得暧昧，不暧昧那舞还跳得出味道来吗？"

听了王希碌的点评，看着电视里眼神迷离的猪八戒，那"咚哒咚哒咚哒……"的音乐声，在隋梦川耳朵里，似乎也变成了"打动打动打动……"自然界本来"动"是绝对的，"静"是相对的，看来人类情感也有此规律，要不有了"打动"这个词呢。要想"动人"，先得"人动"，就像女人身上那飘曳的裙摆、飞舞的长发和与脸颊厮磨的头饰，引人注意的核心在于要"动"。生意人大概是善于发挥人类的情感规律，那些所谓的吆喝、叫卖、走街串巷，皆同此理，反正不能躲在深闺，好酒也怕巷子深么。除非你是神，那就不需要动，在深山老庙里坐上千年也有人朝拜。

二人正说话间，葛也夫推门走了进来，不用说，看葛也夫穿得笔挺的样子，以及像是打了兴奋剂的神态，料定他是刚从舞场回来。

葛也夫进门便问道："王老师，您值夜班呢，晚上有词儿了吗？要是您已经写完稿子的话，后半夜我替您值吧。"

"还没什么线索呢，实在没有可写的，你干嘛来了？是不是又去练武（舞）功去了？"

"是，今天又学了个新跳法，您想不想学跳舞？想学的话我可以陪跳。"葛也夫笑道。

"算了吧，我可没那个兴趣，我就是学会了也没时间跳，不过你以后可以带着梦川练练，再给报社培养个'文舞兼备'的人才。"在王希碌眼里，单身汉隋梦川才是个该去跳舞的人。

"可以啊，梦川回头给我们秀秀舞技。"葛也夫道。

"嗐，刚才我还跟王老师聊了，我根本就不会跳舞。"隋梦川道。

"大学都念下来了，居然学不会跳舞？我看不可能，你是不屑与我们为伍吧？"葛也夫也是真不太相信。

"是真的不会，兴趣这个问题确实奇怪，我对歌舞演艺这些东西也不是不喜欢，但就是没有投入的热情，所以这辈子注定成不了演艺明星。"隋梦川道。

别看隋梦川自己不跳舞，但挺佩服那些"文舞兼备"之人，甚至有些羡慕，偶尔也后悔没在学校里把跳舞也修炼了。艺多不压身，多一手总比少一手好，说不定就大有用武之地。拥有一身舞艺，不仅仅是自己娱乐的问题，还可以促进工作，给单位争光，人家贾菲在要闻部当记者时，每到活动的联欢助兴环节，某市领导必选都市报的贾菲陪跳，让其他媒体的女同行们嫉妒不已。

而且，这交谊舞也不仅仅是有益于外交，内交作用也不小，拿葛也夫来说，物以类聚，人以群分，他和同事就自发组织了一个"隔三差五"爱舞团，外人只知是隔不几天就跳一回，但了解底细的人，则说成是"葛三叉舞"，什么意思您自己想去。潇洒的葛公子自然就是"葛团长"，圈子活动久了，也就有了"舞圈文化"，而且是大圈套小圈，核心层、紧密层、骨干层、松散层、外围层分得清楚着呢，都是生活在太阳系里的人，人与人交往也免不了有行星绕日的规律，那些偶尔参加一次就再也见不到的人，就称为哈雷彗星层了。"葛团长"是个领军人物，无疑处在核心层太阳的位置，不过他也为此付出了代价，炽热的温度最终烧坏了他的婚姻，结婚才两年的妻子跟他离了婚。

葛也夫的婚姻本来是一桩门当户对的佳话，他娶的是一位官员的爱女，离婚的事让葛老爷子极为光火，与亲家爹低头不见抬头见，但这不争气的儿子偏偏跟人家闹掰了。结婚时不少政界朋友前来贺喜，现在几乎都知道他们成了冤家，让老葛抬不起头来，见了儿子就没好气：汉唐时代那么多公主被送往异域联姻，两方打仗归打仗，还没听说过退婚送回来的呢，你小子这么轻易就跟人家分了，我这张老脸往哪儿搁！所以，葛公子对葛老爷子也是能躲就躲，自己照旧过着潇洒的日子。

"小葛，我也正想问问你，因为我不跳舞，对你来说，你觉得跳舞有什么吸引你的地方？"王希碋想验证一下他文章里的描述。

"这不明摆着的事儿么，不过人跟人可不一样吧，对我来说，现在经常跳舞，就是喜欢那种投入和发泄的感觉，我喜欢的我就去干，不喜欢就不干。当然，我也不是为了有一技之长和当什么明星，反正只要是好玩的东西，我这人就有特别的冲动，也许过一阵子我就喜欢别的了，比如去下下棋，打打牌，或者打打球什么的。"

听葛也夫这么一讲，王希碋想起他离婚的事，刚想问他"以前人们东西坏了就修修，现在年轻人是不是坏了就换换，不喜欢了也换换"，但转念一想，这样谈话有些尴尬，总不能每次聊天都呛他，让人家以为我老王看他不顺眼，于是换个角度接着道：

"我也没去过舞厅，这跳舞的是一晚上搂着一个跳，还是换着人跳，要是不认识的人呢？"

"哈哈，两口子还许离婚呢，舞场上当然可以换了。王老师，您难道没看过电影里的老上海滩吗，有始终两个人跳的，也有轮换着舞伴儿跳的，因为并不是每个人都擅长跳所有曲子，您要是看哪个女孩跳得好，也可以上前邀她跳一曲……不过，今天晚上就闹了一出误会，有位小伙子去邀请一位不认识的女士跳舞，本来女士是起身同意的，但一起来的两个男的以为那小伙子讨便宜，过来就给推一边儿去了，双方差点儿打起来，那小伙子也不是一个人来的，幸亏舞厅把警察喊来了，要不今晚上大家都跳不成了。"

王希碋听葛也夫嘚瑟离婚的事儿，心中暗骂：脸皮真厚，我不好意思问你，你自个儿倒不当回事儿。但后面的舞厅小插曲引起了他的兴趣，便追问道：

"结果呢？"

"结果带到派出所去了，我们继续跳舞，后面就不知道了。"葛也夫道。

"太好了，看来葛公子今天是给我提供线索来的，今天晚上有词儿完任务喽，我马上去派出所了解一下。"王希碌抓起摩托车钥匙、头盔、提包就往外走，"你们在这儿稍等，我过会儿就回来。"

屋里只剩下两人，葛也夫见隋梦川经常与值夜班的人一起，他以为宿舍被于詹宇独占，便问道：

"你们宿舍就两个人吧，是不是于詹宇跟女朋友住那儿了？"

"他们是经常住，但如果我在的话，他们就会离开。主要是我觉得屋里太潮，空气不流通，也懒得回去。"隋梦川心想，于詹宇当然想占宿舍，但苦于没法解决室友的住宿问题，不好明占罢了。

聊天儿中葛也夫告诉隋梦川，报社马上要组建电脑排版室，下一步准备招聘工人，培训电脑排版，还不知道于詹宇后面该怎么安排，听说他不想离开文体部。

葛也夫是有房子住的人，即便不回老父亲那儿，他也有地方睡，写了一会儿东西便离开了。

一个多小时之后，王希碌回来了，还顺便买了些啤酒、火腿肠和五香花生米，发现葛也夫不在，便问：

"咦！葛公子走了？还准备跟他好好聊聊跳舞的事呢，我发现这舞场内外新闻可不少啊……走就走吧，等我写完这几百字，咱俩来顿夜宵，本来今天都不想写了，还得感谢葛公子，又调动起我的积极性。"

"我奇怪，葛公子自己没想把它当新闻来写。"隋梦川道。

"这很正常，他那是兔子不吃窝边草，他要是写舞场新闻，真成了驻舞场记者了，生怕别人不知道他天天泡在舞池里。你认识咱们文体部的李扬波吧，他是跑戏曲、曲艺的，那就得天天出去看戏，不看戏怎么能写得情真意切呢？因为舞台上经常会发生一些意想不到的事，经验丰富的老演员会机智补台，都是很有意思的情节，要是写得干巴巴的就没劲了，一看就是没到现场，"王希碌说着露出一丝坏笑，"可惜呀可惜，这天天到现场的记者又不能写……"

"也别说，不管是什么一技之长，都可以成为资源呢。"隋梦川有些感慨。

"是啊，可别小瞧有些行当，俗话说狗有狗道，猫有猫道，各有各的门道。"王希碌像是想起了什么，突然话锋一转，"咱们单位那个理发室你去过吧，以后到那种地方少说话。"

"去过呀，怎么了？"隋梦川问道。

"剃头铺子，是消息窝子，那里边的人，没有不知道的事儿，一个剃头师傅足不出屋便知天下事，就跟诸葛孔明似的。"

"噢，这我不明白，为什么这个地方特别呢？"

"这都是行业习惯，来剃头的什么人都有，但来剃头的哪有坐那儿跟木桩一样不说话的，自己还担心师傅打盹儿呢，回头把脑袋当西瓜皮练手了，所以没话找话，让师傅保持注意力，再赶上一个爱打听事儿的师傅，那就更不得了，一个爱说，一个爱问，什么左邻右舍，这公司、那领导的，他听到的事，真真假假太多了……你说，新来当记者的要是都去剃头铺见习，那该是什么结果。"

"您这个主意别出心裁，起码会养成耳听八方的习惯，只是别道听途说变成长舌妇就行，哈哈……"

"再说这舞厅吧，我虽然没去过，但也听说不少传闻，一个舞厅也是一个平台，会在那里认识各色人等，练就应对各种突发事件的能力，你要是在这里头混，不复杂起来都不行……算了不说了，你还是自己去历练吧。"王希碌猛然间觉得自己说得太多了，居然又把隋梦川当成还跟着自己见习的角色。

五百字左右的小消息，不一会儿就完成了，王希碌把写好的稿子放在了转天值班主任的桌子上，然后二人把着一个桌子角喝起了酒。因为给隋梦川介绍对象的事没了下文，王希碌也正想找个机会聊一聊。

"梦川，你回老家时父母催你找对象吗？"

"不怎么催，见面时也会问一问，他们着急没有用，将在外君命可以不受呀，所以他们基本也不管我。"

"那父母对你找对象有什么要求吗，比如对方家庭、女孩长相什么的。"

"这倒是没有，我父母农民出身，靠天吃饭惯了，对象也得靠天给了，他们本来也不了解城市生活，所以养我就跟种庄稼似的，爱长什么样长什么样，他们不会去干涉的。"

"那你自己有没有什么条件？"

"我真没想过要什么条件，顺其自然吧，但只要是心里认可就行。"

"我明白了，你这个没条件呀，比有条件还难！"

门口突然传来葛也夫的声音："哈哈，人生得意须尽欢，莫使金樽空对月，你们也不等我就开局了。"原来葛也夫并没回家，也拎了几瓶啤酒回来了。

"我们还以为你回家了呢，这是去哪儿又转了一圈儿。"王希碌道。

"不是转了一圈儿，我出去见了个人，我倒真想再跳一圈儿。"边说边拎着酒瓶以舞步姿态转了个优雅的三百六十度，"不过我一想王老师让等着，哪敢走啊，得回来。"

"你这话鬼才信呢，连你家葛老爷子都管不了你，你还怕我老王不成，来来来，赶紧补上一瓶。"

"王老师，采访还顺利吗？"葛也夫从兴奋当中渐渐稳定了下来。

"你说舞厅的事？都写完了，这得谢谢你呀，你要是不来，我今天晚上都白值夜班了，实在也没什么词儿。"

"派出所怎么给您介绍的？"

"警察说的不像你介绍的那样是个意外，其实他们之间在以前就发生过争舞伴儿的事儿，这次冲突是进一步升级。幸亏警察来得及时，给调解了，不然的话还不知闹成啥样了。来，我敬你们二位一杯酒！"

"不客气，不客气。"葛也夫以为"黑嘴王"当真是谢谢自己提供了新闻线索，但"敬二位"这语气又捎带着隋梦川，感觉摸不着头脑，只听王希碟接着道：

"以后干脆咱仨合作，葛公子每天派往前线侦察，我在后方采访整理，梦川负责编排发表，我们成立舞场特攻队，好不好？"

"嘻，您别取笑我了，这哪是特攻队，分明是把我一个人给献出去了，我又不是关公，能千里走单骑。"

"你这是得便宜卖乖，其实巴不得一个人玩儿，我们想到前线去还不够条件呢，阶级敌人真要发过来一堆糖衣肉弹，我们接都接不住，没那个技术呀，是不是梦川？"

葛也夫一丝自豪感油然而生，只要是他自己愿意享受的生活方式，就不太在意别人说什么，便道：

"梦川，改天我带你去舞厅试试，也不能老让我一个人战斗啊。"

"好好好，那得等我学会了，要不然给您丢面子。再者说，人家若嫌不过瘾，要求换队员，我这儿刚要成为一颗行星，结果让人一脚踢成流星了，那多没面子。"隋梦川应付道。

"呵，看来王老师把什么都教给你了，王老师没您这样的哈，这不属于见习业务范畴。"葛也夫认定，是王希碟把"隔三差五"爱舞团之事说给了隋梦川。

"谁说不是业务范畴，刚写的一段舞场新闻还是你教的呢，你怎么这么快就忘了。"

"得，我喝酒！"葛也夫争斗不过，只好认输。

谈笑之间，几瓶酒很快成了空瓶。快结束时，王希碟还没忘记给隋梦川介绍对象的事：

"我说葛公子，大公子哥儿，你认识人多，别光自己在外面快活，饱汉子不知饿汉子饥，想着点梦川，看他孤孤单单的，给他介绍个对象，不过你现在也是单身哈，这事比较难办，就算有个好的，估计也让你自个儿留下了。"

"放心吧，我朋友多，肯定给梦川找个好的，但有言在先，以后梦川也得陪我值夜班。"葛也夫这酸酸的、半真半假的要求，倒是道出自己与他们二人之间有种说不清的隔膜。

"这算什么，葛兄以后夜班我替你值就是了，给你腾出时间出去选美，反正晚上我基本都在这儿，只要领导同意就行。"隋梦川道。

说归说，谁也不会当真，两人不在一个部门工作，代替值班本来就不合窬性。

不知不觉时间已过了午夜十二点，热线电话也不见铃响，王希碤放倒折叠床准备休息，葛隋二人也各自离开。

刚走出报社的隋梦川突然犯了难，万一回宿舍撞见于詹宇和汪晓丽，这可如何是好。让汪晓丽爬起来走人？不太妥；她若是不走，仍维持原状，更不妥。算了，干脆再回办公室睡一觉也罢。

接下来的几天，隋梦川把王希碤的论文认真读了两遍，他佩服王希碤这种不拿工作总结当论文的态度，但王希碤写得越是认真，隋梦川越是不敢轻易下笔：改吧，自己是个没多少工作经验的生瓜蛋子，业务深度远不及人；不改吧，又有做人太尖、不帮忙之嫌。思来想去，还是有则改之，无则也不加勉，他除了改动几处笔误，还给调整了三段内容的顺序，并简单修改了一下承接段落，总算能在王希碤那里交代得过去。这样，王希碤论文当中就夹杂了三两页隋梦川的笔迹。

葛也夫说要组建电脑排版室的事果然不假，于詹宇在宿舍当着隋梦川的面发起了牢骚：

"我跟领导说想在文体部干下去，领导不同意，文体部的领导也不发表意见。去电脑室可以，也不给我个说法儿，有啥意思，还不如继续在这儿干呢，说不定明年就能轮到我出国采访了。"

隋梦川明白他想要的"说法儿"，因为此前于詹宇曾表达过此意，无非是想让报社给他个部门管理职务，他觉得自己既然是这个新部门的创始"元老"，不让自己挑头儿当领导也可以，但好歹也给个副主任、助理之类的管理岗吧。于詹宇看好这个难得的机会，如果成功的话，那么在新来学生当中，他将最先一鸣惊人，那感觉该多爽啊。

隋梦川不知该如何去劝说于詹宇，人家追求地位提升无可厚非，然而事情并未朝于詹宇期盼的方向发展，调令下来了，让他去新组建的电脑室。临时工就是临时工，不是你想留在文体部就能留得下，临时去的地方多了，天安门、上海滩、大饭店……哪儿也不能留下来不走是不是？还是电脑室更需要他，这也是报纸出版"告别铅与火、迈入光与电"的一次重大革命，参与此项工作的都是元老，光荣无比。然而，看来于詹宇对那份光荣并不向往，最终还是选择了另谋出路，过了不久，社内就传出他要调走的消息。

原来，于詹宇当记者期间，跟赞助过体育活动的一运输公司老总很投缘，老总见他学历好，又有经商头脑，在得知于詹宇有些不满之后，便趁机试探，问他有没有跳槽的想法，这位老总行将离任，他正打算培养个自己人。果不其然，于詹宇那副貌似无所谓的样子，掩饰不住心中的渴望，这个机会能让他早早地实现当上领导的愿望。就这样，于詹宇得到一个去担任总经理助理的承诺，而且三年之后还有望成为副总经理或者总经理。

于詹宇毫不犹豫地向报社提出了辞职，办理了调动手续。自然而然，那个在报社宿舍过小日子的打算也随之告终，他与隋梦川匆匆道别，踌躇满志地走了，像是在告诉隋梦川：他已经走上光辉大道。

同伴的调离，让隋梦川心里五味杂陈，回不回宿舍睡觉这事不用再为难了，一个人是方便了许多，但也可能失去了许多，说不清心里是什么滋味，那感觉就如同当初于詹宇看他献血归来一般，是羡慕？是担心？是欣赏？是自愧？是离愁？

似乎哪一种又都不是……

葛也夫还真给隋梦川介绍了一个对象，并约好了见面时间。

"人家是位领导的女儿，人品长相都挺好，我向你保证，人不好我绝不会介绍给你。你单身在外，在这儿找个能当靠山的家庭也不错。"葛也夫道。

听了葛也夫的话，隋梦川很想开口问他"那么好的姑娘你怎么没跟她谈"，但想到人家热情牵线，便把话咽了下去，答应一见。

第一次见面定在下班之后，葛也夫带着隋梦川来到女方单位门口附近，等姑娘推车出来，引见之后他便离开了。隋梦川与女孩子一起骑车送她回家，路上边走边聊，除此之外也没别的创意。

姑娘姓刘，在外贸公司办公室工作，人看起来性格温和，长相端庄，也不张扬，见一面后记住跟记不住没啥区别。人很知书达礼，感觉也很有主见。两人一路上能说的话题不多，聊聊各自单位工作的事就很快到了她家附近，望着那个领导干部居住的大院，隋梦川不想往里走，而姑娘也没打算让他进去，两人离着大院还有两三百米就分手道别。

一连几次见面都是如此，姑娘对隋梦川倒有好感，隋梦川也没觉得她哪儿不好，但总觉得二人之间缺乏吸引与冲动，那感觉就像别人给了一件特大号的毛呢大衣，知道料子不错，但就是不合身，想往身上穿，但又觉得别扭。

他们曾一起去看过电影，但坐在一起的感觉，无异于身边坐着个陌生人。没有话题的时候，偶尔也会聊一聊葛也夫，可每当此时，本来对葛也夫应该很熟悉的刘姑娘，却总是躲躲闪闪，话到嘴边又落下，像是有意克制着说话的分寸，给人一种讳莫如深的感觉。

见面多了，再陌生的人也会成为朋友，说话也由拘谨渐渐变得轻松。终于有一天，隋梦川冷不丁地问：

"你和葛也夫是不是谈过对象？"

姑娘略微迟疑，但很快便平静地说："我们俩谈了不长。"

隋梦川的怀疑得到印证，好似突然间打通了任督二脉，豁然开朗。刘姑娘话既出口，已明白不可能再继续，尽管这只是葛也夫结婚前的一段经历。

其实，隋梦川并非纠结于此，两情若是久长时，又岂在别人的一朝一暮，问题在于他感觉刘姑娘喜欢的并不是自己这类人，别看她自己表面沉稳，但骨子里，却喜欢那种风流倜傥的男生。

　　对于葛公子的心意，隋梦川也猜了个八九不离十，料想是刘姑娘喜欢葛也夫，葛也夫也觉得刘姑娘是难得的好人，但他心里更喜欢的是靓妹，如同贾宝玉面对着薛宝钗，心里却想着林妹妹。尽管葛也夫下不了决心去跟刘姑娘交往，却又担心刘姑娘找一个自己看不上的人，于是隋梦川就成了他理想中的一个替身。然而葛也夫没想到的是，他找的这替身担当不了这角色——剧组本来缺的是匹白龙马，你却找头驴来顶替，叫声不一样，姿态也不一样，这戏如何拍得下去？

　　反观刘姑娘，她与葛也夫的无缘倒成了她的幸运，否则这"前妻"的称呼，也许早就落在她的头上。

四

　　两年后，隋梦川终于准备结婚了，女方叫袁明静，他在大学同学的聚会上与她相识，是同学的中学同学。她大学中文系毕业，在图书馆工作。小袁父亲两年前因病去世，一个姐姐也于几年前出嫁，平日只有她和母亲一起生活。不用说，这个家需要个男人，隋梦川也很清楚自己的责任，这里不光需要个女婿，也需要个儿子，甭说一个女婿半个儿，他当整个儿子人家也不嫌多。

　　双方家境都不宽裕，谈婚论嫁的事袁家并没有难为隋梦川。隋梦川孤身在外，刚毕业没几年，没啥积蓄。结婚也好，不结婚也好，对他来说顺其自然就好，他不想再给家里添负担。

　　出版部的杨老编辑问他打算如何办喜事，大家一起祝贺一下，隋梦川面有难色：

　　"我家里人管不了，也没能力管我的事，我又没结过婚，还真不知道该咋办。"

　　"你没吃过猪肉还没见过猪跑呀，三水这地方的人可是爱挑理儿，小心日后媳妇不饶你！"

　　隋梦川大致也了解，在三水这地方，"挑理儿"的事倒是常见，七大姑八大姨，一个眼的六舅母，谁都可以站出来挑你理儿，也不知是真关心呢，还是就为图个嘴痛快，反正话茬子要占上风。可话又说回来了，真没人挑你理儿，又像没人关心似的，俗话说得好，褒贬是买主儿。好在小袁家的亲戚少，只有一个叔叔在本市。如果搞结婚仪式，会有一堆人得机会挑理儿；不搞仪式的话，就只剩下自家人挑理儿了。

杨老编辑对隋梦川说："亲戚少不是理由，其实根本就不会少，她姐姐有婆家吧，婆家还有娘家吧，娘家还有娘家吧。这么跟你说吧，就这一个'婆'一个'娘'，不管生在什么地方，最后能把全国人民扯成一家，任何一个人都能把关系扯到国家主席那儿去，这就是地球村，都能互联。"

面对同事们的热心，隋梦川只好如实相告，岳母赵姨说她老伴去世刚两年，若不是看隋梦川平时一个人生活，就不着急让孩子结婚了，这让隋梦川有了一个借口来搪塞，守孝传统容易获得理解。

其实赵姨担心的是，两个孩子都这么大了，几乎是天天在一起，搞不搞结婚仪式已经不是最重要的。最终，旅行结婚的计划也取消了，赵姨把小袁的叔叔、姐姐家人召集到家里来搞了个聚会，算是见证了二人婚姻。

隋梦川没休婚假便上班了，开完早上的碰头会，编辑们开始紧张地修改和发排稿件。临近中午，工作基本完成，马主任习惯性地一声"啊哈"响起，表示着又到了放松时刻。只见杨老编辑拉开抽屉，拿出一卷不大不小的红纸，说道：

"大伙儿手头儿都不忙了吧？咱们喜酒没喝上，就喝会儿茶、聊会儿天儿吧。"

"就差我了，我马上就完，各位老师你们先聊着。"从文体部调过来当编辑的李扬波赶忙道。他的编辑业务还不是很熟练，总比别人慢半拍。

"没干完活儿的我们可不管了，问问马主任今天报纸开个天窗行不行，不行的话把你自己照片贴上发了算了。"杨老编辑道。

"天窗不能开，发自己照片那得有条件，咱自己干报纸还不懂吗，能给咱们这些人发照片，够上版条件的估计也就两种，要么是通缉犯，要么是讣告，你说选哪个好？"熊编辑道。

"哪个也不选，我看你这野生动物就是不通人性，没我们这些家畜厚道，干嘛不说点好听的，才子李慢慢干，咱不着急，下面还等着喝你的喜酒呢。"杨老编辑道。

"好了好了，我这儿是饭馆里头让座——已经完了。"李扬波道。[①]

"老杨今天怎么老想着喝喜酒，是不是李编辑喜事临门了？"马主任道。

"我是想说梦川，我们大伙儿本来准备去喝他的喜酒，结果他啥仪式没搞，我写的这副对联贴不贴也没意义了，就送给他作个纪念吧。"杨老编辑道。

刚干完活儿的李扬波连忙凑了过来，说着"我看看，我看看"，与隋梦川一起打开纸卷，一只手举起对联，一只手推着眼镜念道：

"这上联是'随天随地肆乘肆'，下联是'缘你缘我壹加壹'，呵，上鞋不用锥子——真（针）好，杨老师把隋姓和袁姓暗含其中，不过这算术题写对联我还是头一次见……杨老师，'一加一'我明白，这'四乘四'是嘛意思？"

"你明白嘛呀，你知道'一加一'等于几？'四乘四'都不懂，一看你就没开过汽车，'四乘四'是四轮驱动呀，没见过吧？没有'四乘四'，上哪儿'一加一'去，你小子也得抓紧，找对象就得有'四乘四'的劲头，你看人家小隋，一下子蹿你前面儿去了。"杨老编辑道。

一屋人都笑了，李扬波也笑道："好，我加油……嘿，还有横批呢，'诗话万千'，杨老师，您这搞文学的怎么玩起数字游戏来了，一下子就万千了，这是形容他们的婚姻像诗词一样美不胜收吧。"

隋梦川红着脸不知说什么，一旁的马主任道："你这才子还没解

① 出自高英培、张振铎相声《别扭话》，年轻人在饭馆找座，在正用餐老者身旁道："哥们儿，别满处转悠去了，这老家伙眼看就完了。"老者听完不吃了，起身道："小伙子，老家伙现在就完了。"

释到位呢。"

李扬波愣了神儿，不解地望着马主任。

"你再问问杨老师。"马主任接着道。

杨老编辑道："才子李解释得没错，不过另外还有层意思，你知道《随园诗话》吧。"

"啊，知道知道，原来如此，太巧妙了。"李扬波似是恍然大悟。

杨老编辑道："最巧的是，这个随园原来的主人就姓隋，是江宁织造隋赫德，园子叫'隋园'，后来袁枚买下他这个园子，成了新主人，就更名为'随园'，不是姓隋的隋了，并写出了《随园诗话》这一名作。还有人说，随园就是《红楼梦》里的大观园呢，最初在金陵小仓山建这个园子的人就姓曹，叫曹寅，所以，不排除曹雪芹就是以这个园子为蓝本，写出了《红楼梦》。"

"那就是说……梦川是情定随园了，说不定就是这里的贾宝玉呢。"李扬波道。

"别别别，我可做不了贾宝玉，我这梦不是红楼梦，我是因为我母亲姓孟。"隋梦川道。

"是吗？这么说是孟母三迁之后，孟母第四迁带你迁出大观园了呗，所以你才遇上了真爱。"文书小常也跟着打趣道。

"这可不对啊，我母亲姓孟，孟子的母亲并不姓孟好不好？"

几个人逗着，让这短暂的休憩，无异于闹了一回洞房。

人称"才子李"的李扬波，刚从文体部调过来当编辑不久，因为他是戏曲、曲艺记者，刚开始干得还挺乐和，但最终没有培养成爱好，天天跑剧场跑怵了，总想换个岗位，最终来出版部当了文化版编辑。报社希望变动岗位的大有人在，一些人希望推行轮岗制，但没能如愿，因为轮对了叫人尽其才，若轮错了那就成了兔子拉车——乱套，皇帝轮流做，那只能是神话。来出版部不到三年的贾菲又回了要闻部，因为做编辑实在清苦，相比从前干记者时的风光，她当然心有不甘。不过，这期间她把生孩子的事办完了，算是没白调动一场。

关于李扬波这"才子李"的雅号，一说是他上学时发表过几篇诗歌，并拿着诗作找某个诗人请教，算是成了这位诗人的门徒；一说是因为他写东西常常署名"木子"，但因字迹潦草，那个"木"字怎么看都像个"才"字，于是人们喊他"才子李"。

李扬波别看人长得像北方汉子，但心思极细，十分讲究外表，衣服经常熨得不留半个褶，当记者时天天骑车到处跑，却一点儿没影响他的形象。他比隋梦川年长三两岁，对象也搞过好几个，但始终未到谈婚论嫁的地步，不光是因为他太挑剔，女方也嫌他太算计，搞对象下馆子他都心疼得慌，恨不得每次都由女方掏钱。他比隋梦川早来报社三年，单位里也有几个同窗，因此社内消息他要比隋梦川灵通得多。

这天下午，干完当日版面的同事们基本都已回家，屋里只剩下李扬波和隋梦川，二人之前相互了解不多，李扬波还是继续前几天的话题：

"梦川，说归说，笑归笑，真得给你道喜啊，人生三大幸事，你基本上都经历了，'洞房花烛夜，金榜题名时'，你大学也上了，媳妇也娶了，'他乡遇故知'就更没得说了。"

"李老师瞧您说的，我是洞房并无掌花烛，大学上得稀里糊涂，当时能考上个学校就行，啥想法儿都没有，以前那个金榜题名全国才多少人，现在一个学校一年就招好几千呢。"

"咱们要在那个时候，不是进士也起码是个举人、贡士什么的吧……我说，你怎么没休假就上班了？"

"也没有什么需要干的，证也领完了，仪式不搞了，不用装修房子，旅行又没票子，所以干脆上班吧，省得还得让你们几位老师替班。"隋梦川自嘲道。

"你别客气，都是同事，以后你也别喊我老师，我比你大不了多少。"

"好嘞！"隋梦川也奇怪呢，社会上咋就统一成了两种称呼，一种是"官称"，还一种是"师称"。认识的喊"××局、××处、××科、××总"，不认识的统称"老师"。三人行必有我师，没毛病，但后面那句"择其善者而从之，其不善者而改之"就不见得有人理会了。"才子李"虽比隋梦川年长，仍算是同龄人，够得上改口条件，叫个"李兄""波兄"也还过得去。

"你跟岳母她们住一起了？"李扬波继续问道。

"是啊，她们家房子也不大，我也正打算借房子住呢。"

"现在房子是太紧张了，我比你早来三年，才刚分了个伙单，跟另一户共用厨房厕所，就这房子还差点儿不给呢，说我还没结婚，没房子我怎么结婚？后来费了好多周折才分给我，听说明后年单位还要分房子，你也差不多有资格了。"

"李兄，我有个不解，你为何到这个部门来，不是编辑们都想去记者部吗？"隋梦川问道。

"我跑了好几年戏曲曲艺，可我实在是对这个不感兴趣，眼睛又不太好，还要天天晚上去看演出，跟领导要求换个岗位没给换，正好这儿缺个编辑，贾菲又调回要闻部了，所以我就要求来这儿了……梦川，最近《人民日报》上有个招聘广告你注意了吗？"

"什么广告？我不知道。"

"深圳要新创办一份报纸，在全国招聘人才，这不，给你看看。"

隋梦川接过报纸一看，的确是深圳面向全国的招聘广告。

"李兄，难道你打算去试试？"隋梦川不解。

"现在的单位尽管不错，但难有出头之日，论资排辈还不知排到何时，看看前面那一大帮老前辈，就咱这十个八个新来的学生，要等到猴年马月？长江后浪推前浪，奈何前浪是堵墙，那是什么墙？那是the Great Wall……葛也夫也跟我聊过了，他也想去。"李扬波口沫飞扬、神情激动地一通解释，隋梦川明白了个大概。

诗说"不识庐山真面目，只缘身在此山中"，但若不是深处其中，还真难以理解这些苦衷。三水都市报当年成立时，采编队伍招录的几乎都是同龄人，新来的学生要想在这批"高年级"前辈中崭露头角，那还真得有点儿本事。让隋梦川更为不解的是，李扬波为何要约本单位人一起报名，这明摆着存在竞争。其实，是李扬波一个人下不了决心，他既想找个伙伴儿，也想通过别人的看法验证一下自己的决定——同伴过关，那就一起出征；同伴不过，就算是找了个陪榜的，反正他自己是信心满满。

"我看看广告，回家跟对象商量商量。"隋梦川道。说实话，他还真有点动心，深圳的开放环境令他向往，李扬波说的那些理由似乎也有道理，但自己毕竟刚刚结婚，有了妻子，已不是孤身一人。

晚上，隋梦川跟袁明静说了招聘广告和李扬波相约报名的事。出乎他的意料，小袁既没感到吃惊，也没表示反对，倒是很平静地对他说："报呗，反正报了名也不是非得去。"

"你可真有意思，什么是'不是非得去'，就是说我可以报我的，到时候你可以不让去？您这是放风筝呢，让你多高就多高，说收线就收线。"隋梦川笑道。

"不是跟你开玩笑，真的是想让你试试。"袁明静一本正经地道。

"我去的话你不反对？"隋梦川觉得妻子的反应有些奇怪。

"我不反对，我这边有家。再说，我也挺喜欢南方，将来也可以调过去呀！"

"妈妈肯定不会同意吧，毕竟是刚结婚不久。"

"我妈当然不会支持你，放心吧，我可以做她工作，将来带她到南方养老呀！不要忘了，我妈最听我的话，她才不舍得我呢。"袁明静自信地道。

这一点隋梦川还是相信的，毕竟妻子在家最小，在父母眼里她聪明伶俐有文化，父母最喜欢她。而姐姐没上过大学，嫁的也是个普通工人家庭，如果妻子提出什么建议，岳母听她的可能性较大。

可是在袁明静心里，不只是报名那么简单，隋梦川把情况介绍完毕之后，她立即想到了各种可能，从本心讲，她不排斥南方，而且自己工作也可调动，即使让梦川报了名，能去与否仍不确定，通过这次应聘，可以验证一下他的实力。反之，如果自己一开始就反对，便有拖累丈夫之嫌。更重要的是，倘若单位情况真如李扬波所说，那倒不如让他出去闯一闯，她也希望丈夫有个好平台。另外，她心底还藏着个小秘密，从小被父母严加管教，当年上大学时，就恨不得去外地，远离父母。现在父亲已不在人世，她虽然不再寻求放飞自我，但这点小私心，她仍然藏在深处，未跟任何人提起。

对于隋梦川，妻子同样也不了解他的所想。隋梦川只是看了则广告而已，于己可视为什么都没有发生，何况刚刚结婚不久，分居对两人都是伤害。再进一步想，单位的未来虽不可知，去南方的结果同样未知。既然都不可知，就没必要选择伤害家庭那条路。

因为应聘的渊源，李扬波、葛也夫和隋梦川开始了秘密接触，他们就像地下工作者，一伺办公室同事不在，便凑到一起畅想，三人都写了简历，函寄报名。后来，三人都收到了去北京面试的通知。

面试在一个星期六的上午进行，整个华北地区只有这一个面试点。两周之后，隋梦川收到了录取通知书，李扬波和葛也夫也同样被录取，通知书给了他们两个月的时间办理调动和报到。

然而从此之后，三人却陷入了沉寂，没了刚报名时的意气风发。

午夜的收音机，轻轻传来一首歌，但那不是童安格的《明天你是否依然爱我》，而是叶丽仪的《上海滩》——"是喜，是愁，浪里分不清欢笑悲忧"，这熟悉的歌词仿佛初次听到。录取通知书的到来，让隋梦川不知如何面对，收不到也就罢了，如今却像捧了个烫手山芋，它带来一丝欣喜的同时，也带来了彷徨与沉重，不是当初想的那样轻松了。事情总得摊牌吧，报名时跟妻子说归说，笑归笑，但那都是序曲，现在真该你出场唱戏了，不出声不行。

袁明静听到隋梦川被录取的消息，一如当初的平静："那好啊，这下你有机会实现梦想了。"

妻子的一句话，让隋梦川如坠五里迷雾，他还不知道是为了什么梦想："你是在讽刺我吧。"

"我讽刺你干嘛，人挪活，树挪死，你有机会我高兴还来不及呢，这样我也有借口出去了。"

本来就未下定决心的隋梦川，担心妻子心里不快，没有顺着她话题继续：

"我还没决定去呢，不着急，还有时间，看看李扬波他们再说吧。"他想看看妻子的真实态度与决心，至于自己去不去，跟才子李没有关系，各走各的路，谁也替不了谁。他觉得虽然袁明静言称支持，但或许是怕自己难过，毕竟面临许多现实问题。

最让人看不懂的是葛也夫，这公子哥不知为何要南下。

葛也夫要离开的主要原因，还是与父亲的隔膜，他想逃避。但令他没想到的是，这次葛老爷子的怒气，更甚于离婚给他带来的刺激，老爷子坚决不同意他去南方。

葛也夫没直接问父亲，父子见面依旧是横眉冷对，他从母亲那里听说了父亲的决定。也难怪父亲如此生气，父亲本指望他在仕途上有所作为，别贪玩儿，在三水市还能助他一臂之力，但到了南方，葛老爷子担心鞭长莫及。

终究胳膊拧不过大腿，葛也夫接到录取通知书一个多月后，在母亲以及哥哥姐姐的劝说下，只好放弃南下。

得到葛公子放弃报到的消息，李扬波像霜打的茄子——蔫了，他不再神情激昂地憧憬未来，反倒是怯怯地问起了隋梦川：

"梦川，你……你怎么样，还决定去吗？"李扬波说话时像牙缝里塞满了菜渣，边说边不停地扭动着嘴唇，搅动着舌尖，嘴角嗤出嗞嗞的气流声，瓶子底似的镜片后面，眼皮不停地眨。

"怎么了，你不打算去了？"隋梦川反问道。

"葛也夫不去了。"李扬波喃喃道。

"李兄，不知你是怎么想的，说实话葛公子去与不去，跟你我没啥关系，自己的路用自己的脚走，别人的眼光不是来给你照亮的，他的情况跟咱们不一样，人家在哪儿都是邮票背面盖章——有后戳儿。不过，我也不一定去了，因为我老婆怀孕了。"隋梦川暗笑，本以为才子李是要坚定不移地背上行囊出发了，没料到他怯了阵，这个最想离开的人打起了退堂鼓。

别看这不是一次集体行动，但其中两人的放弃，似乎给了李扬波一个退却的理由。他终于松了一口气，要不然他总觉得自己像战场上的逃兵，趁人不注意悄悄溜掉，于是无奈地说了一句"我家里也不同意"，算是给自己找了个台阶，画上了句号。

深圳之行的波澜，就这样悄无声息地在心海里复归平静，原本以为能做一朵随船远行的浪花，末了却不过是被航船搅了平静的涟漪，那内心短暂的激荡，除了留下一丝被认可的欣慰和谈资之外，再没有任何改变，剩下的该咸还是咸，该涩还是涩。

袁明静确实怀孕了，当隋梦川把放弃南下报到的决定告诉她时，她依旧没有意外："不去就不去吧，其实姐姐姐夫他们还说呢，一家人在一起多好，干嘛非要去外地，咱这地方也不错。"

姐姐袁明红在一家无线电元件厂当工人，丈夫毕广发在一家运输场干调度，企业正面临重组，说不好哪天就下岗。他们家有个不到上学年龄的女儿苗苗，三口人住的一室一厅的房子，还是袁家为了老大结婚，用一套大单元房找房管部门给置换开的，一室一厅给了袁明红，两室的房子由老两口和二闺女住。

袁明红比袁明静大五岁，她只上过小学，也没出过远门，现在知道了山东有多远，以前就知道北京在哪儿，当隋梦川和袁明静商量旅行结婚到武汉、成都时，姐姐还在旁边问："成都在北边儿吗，离北京远吗？""姐，成都离河北省石家庄不远。""哦，那还行。"妹妹逗她，她也信了。

父亲活着的时候，就担心姐姐一家，那姐夫也不争气，到现在连个班组长也没混上，都快下岗了，父亲恨铁不成钢："你瞧他们毕家哥俩这名儿起的，能好得了吗？一个叫毕广发，合一块儿成了毕废，那不就是全废么；一个叫毕广林，合一块儿就是个毕麻，也好不到哪儿去。”

姐姐听说隋梦川和袁明静有去南方的想法时，显得很不高兴，既担心，又失落：“跑那么远干嘛，家里有事儿找都没法儿找你们，还指望你们帮忙呢，你们在这儿混好了，我们还能沾上点儿光，再说单位都快给你们分房子了，干嘛不要了。”

袁明静因为怀孕，于是小两口放弃了出去借房住，就跟母亲住在了一起，这也让姐姐很担心，她原本想让苗苗住在姥姥家就近上学的，所以妹妹两口子走与不走，都不尽如人意。

晚上，隋梦川想起住房的事，总觉得不能装聋作哑不理会，便与妻子商量：

“姐姐他们想让孩子明年上这边儿的学校，妈妈这儿也住不开呀，要不咱们还是出去借房子住吧，明年我们单位也说不定就分房子了。”

“不用管她，咱妈不让我出去，她让我住这儿照顾我呢，等生完孩子以后再说，苗苗上学先让她们送呗，要不就让她挤着住。再说了，我们俩出去住，就你做的那饭，宝宝能长好吗？我光吃你做的，肯定得变难看。”袁明静嗔怪道。

“呵，我头一次听说有这事儿，古代美女貂蝉吃的能有现代人好吗？成天兵荒马乱的，还不是长成个大美人。”

“你见过貂蝉？你知道她长什么样？你喜欢她那样儿的？”袁明静边说边伸出两个手指头，对隋梦川来说，那功夫不亚于二指禅，别看她用劲儿不大，但关键是物理知识运用得好，选择的受力面积小，让两个手指尖刚刚能捏住即可，隋梦川赶紧告饶：

“哎……我瞎说，貂蝉能好看吗，貂什么样？蝉什么样？这还不知道吗，合一块儿不就是一个长得跟老鼠似的知了么，还不如个狐狸精好看呢。”

“什么？狐狸精好看，是谁呀？”

“狐狸精么，就在我旁边。”

袁明静笑了，再无力继续缠斗，她也想到姐姐家的难处，便道："听说姐夫要下岗了，你能不能找人给关照一下？"

　　隋梦川没啥社会关系，想不出该去求谁，他忽然想到了于詹宇，记得他像是去了一家运输公司，不知道是不是姐夫在的那家。

　　第二天，通过查阅汪晓丽厂子的电话，隋梦川联系上了汪晓丽，并获得了于詹宇的传呼机号，给他发了个留言。

　　于詹宇回电了，他在电话里告诉隋梦川，自己去的确实是同一个集团公司，但不是同一家下属企业，毕广发工作的运输场他并不熟。令人意外的是，他告诉隋梦川又准备辞职，去跟别人合伙做生意——难道辞职也适应破窗定律，有了第一回就会有第二回？于詹宇解释说，当初调他过去的那位老总没能兑现，他不仅没继续升迁，当个助理还引起了公司员工上访，下面一堆人等着升迁呢，哪能让个外来人轻易占便宜？于詹宇不能接受重新下到一线锻炼，自己就是奔着这个领导岗位来的，要不然他还不从报社辞职呢。

　　隋梦川打电话的工夫，王希磲进来了，摆了摆手便不声不响地坐在了旁边。

　　"王老师，您找我有事儿？"

　　"你先说你的事儿，等你打完了再说。"他在旁边听了个大概。

　　"不用了，联系完了，看来不那么好办。"

　　"是你连襟的事儿吧，那家运输场的事儿我也知道些。"

　　"王老师，您觉得找人还有希望吗？"隋梦川知道老王比自己有人脉，但又不好意思总让人家帮忙。

　　王希磲也不客气，善意地提醒道："我说梦川，覆巢之下，安有完卵，我觉得这事儿办与不办没啥区别，还不如把精力放在给他找别的出路上呢。"

　　"为什么？"

　　"那家公司有几百人要下岗，你姐夫只是其中一个普通得不能再普通的工人，你能找上什么关系帮他？即使能找到跟一把手说得上话的人，你想想，这几百人当中还会有多少人能通过关系找上他，又有多少人能找到下面的副总呢？如果每个人都去找了人，就等于谁都没找人；都有关系，就等于都没关系；都想求关照，就等于都得不到关照，人家关照不过来么，这很正常。所以实话跟你讲，我也有认识那儿的人，但这种情况下找人也白搭，干脆也别浪费口舌了，人情就是支票簿，撕一张少一张，没办法。"

"您的分析我明白，但我既然答应了，说什么也得努力一下，死马当活马医呗。"隋梦川道。

王希碡也理解，办成办不成是能力问题，办不办是态度问题，不能让人家认为有忙不帮，不讲情面。

"梦川，你最近是不是有个想调走的事？"王希碡问道。

"前些日子是有这么回事儿，您是怎么知道的？"隋梦川很意外。

"我是从报社领导那里听说的，有人告诉报社领导了，当然了，谁想调走报社也不会拦着，现在已经不是从前了。"

"我是有个机会去南方，但我放弃了，也没跟别人讲，领导怎么会知道呢？难道是他们俩说的？"

"谁呀？"

"跟我一起报名的还有李扬波和葛也夫，我们一起去面试的，他们俩也被录取了，但都放弃了。"

"我明白了，已经这样了，目前也不会有什么事，算了吧。"王希碡心想，这确实算不上什么事，但处于关键时刻就不同了，说它是回事儿就是回事儿，假如此时是与同等条件的人竞聘，那就对他不利，可以说你有外心，做事不安分。当然，眼下小隋并无这种机会，所以王希碡说了句"目前也不会有什么事"作罢。

隋梦川听不懂王希碡的话中话，而王希碡似乎欲言又止。原来，王希碡可能被提拔为采访部门的副职，正在走考评程序，但不知何故，有人提出王希碡弄虚作假，而且指名道姓地说，王希碡评职称用的论文是由隋梦川代笔。对于此种言论，王希碡原本没放心上，因为事实很容易搞清楚，自己犯不上着急。报社领导对他说，既然有此反映，就不得不进行调查，也许上级部门还会派人来了解。事儿虽然不大，但一旦认定他论文作假，那就等于他主任记者（副高级）职称就不够资格；若无副高职称，当副主任的条件便显不足。所以，千万别拿闲事儿不当事儿，如此一想，事儿就大了。

王希碌本想提醒一下隋梦川，可能会有人找他了解关于那篇论文的事，但又恐小题大做，没必要，还有串通的嫌疑，就算调查也不惧，该来的就来吧，小隋应该不至于胡说八道。

思来想去，还是"黑嘴王"本色占了上风，走自己的路，让别人猜去吧。我是真是假，用得着天天跟人表白吗？表白了别人会信吗？走自己的路，崴没崴脚只有我自己知道疼不疼。基于这份自信，他放弃了事先提醒隋梦川的打算，闲聊几句便离开。

几天过后，隋梦川接到了社办室的通知，邵建设副总编找他谈话，一听说"谈话"二字，隋梦川心里像是十五个吊桶打水——七上八下，一般情况下通知时会说"领导找你有点事""××报道的事领导让你汇报一下"，或者说"领导让你过去一下"，这个"谈话"，感觉上有点严肃，他是头一次遇到。

隋梦川边想边来到了邵建设的办公室，屋里还有一个上级宣传部派来的领导，这阵势让隋梦川有些发蒙，没受过这么隆重的接见，看来"谈话"还是有什么要事的。

"他就是隋梦川，小伙子挺能干。"邵建设介绍，"小隋这边坐，这是部里来的韩处长，今天过来找你了解点儿情况。"

隋梦川那微笑着的脸立即平静了下来，大脑却一下子飞了十万八千里，始终没找到一个落脚点，到底什么情况会跟自己有联系？难道是应聘深圳的事？怪不得王希碌前两天问起呢，可这事儿早已无果而终，一没动手，二没动口，不过就是动了动心眼儿而已，难道犯了大错吗？再说这事儿跟单位没发生任何关系呀，搞对象还可以吹呢，何况我没搞它，也没骗它，这能算我惹事？短短几秒钟，隋梦川胡思乱想了一通，正琢磨如何应对领导的问话，却听韩处长道：

"今天喊你来，是想了解一下关于王希碟的事。"

"王希碟怎么了？"隋梦川准备好的一肚子话给憋了回去，但调查王希碟的话同样让他吃惊不小。

"王希碟是位挺能干的同志，业务能力强，听说你以前跟他一起干过，最近有人反映王希碟弄虚作假，找你代写过论文，有这回事儿吗？"

"什么论文？我最近没有写论文。"

"就是以前准备评职称时，他写过一篇论文，是关于记者岗位的社会作用的。"

"啊，是那篇论文呀。"隋梦川一下子松了口气。

"怎么，你知道那篇论文的事儿？"邵建设和韩处长突然瞪大了眼睛，看着隋梦川。

"我知道，好像叫《论记者岗位在社会关系中的作用》。"

"对对，是这篇，你记得很清楚么，我们想问问你，这篇论文是不是你帮着写的。"韩处长问道。

"这怎么说呢，说没写吧，我还写了；说我写了吧，其实又没写。"

"你这是什么意思？"两位领导皱起了眉头，不知道这位小编辑葫芦里卖的什么药，难道要弄领导不成？

隋梦川道："我哪里会写论文，在学校里还没写好呢，刚到报社没多久，哪儿写得了新闻论文，我又不是学新闻的。"两位领导微微点头，眯起眼睛等着隋梦川的下文。

"当时是王老师已经写完了，让我帮他看一看论文结构，我就给调整了三两段顺序，稿纸上没法改，我只好照着抄了几页。"

"那就是说，你没替他写，只是替他改了改。"韩处长问道。

"甭说写了，就是改也没改多少字，我哪有那能力，真是高抬我了，领导千万别这么说，这让人家王老师怎么想。"

"那你改动的篇幅有多少？占多少比例？"韩处长问。

"说实话，我就在换段时添了几句过渡的话，您要不信的话，可以找出底稿比对比对，我不过是在王老师的论文当中抄了几页。"

"底稿不一定能找得到，不过你说的也有道理，那时你刚来，若能帮王希碌写论文，还真得有两把刷子才行。"邵建设说着，露出了满意的笑容。

隋梦川见两位领导半天没再问什么，便道："如果没事儿了，我可以回去了吧。"

"哎，等等，要不这样吧，你回去写一个说明材料。"韩处长道。

"什么材料，这还有必要写吗？"

"有必要，你刚才怎么说的就怎么写，写一份说明，然后签上你的名字。"

隋梦川回到办公室，写证明材料实在是不情愿，但想起来又觉得好笑，搞得有点严肃吧，他赶紧给王希碌打了个传呼，待王希碌回电话时他问道："王老师，您摊上什么大事了，上级找我取证来了，还让我写证明呢。"

"果然来找你了。"

"您本来知道呀，干嘛不早告诉我一声，让我紧张了半天，不会有什么事吧。"

"没什么大不了的，所以没告诉你，不过是'小小寰球，有几个苍蝇碰壁，嗡嗡叫'，哈哈，你爱怎么写就怎么写吧，没关系！"

"是不是有什么事？坏事还是好事？"

"报社准备提拔几个副主任，我是候选人之一，不知是谁去上级领导那儿告我状了。"

"原来如此，那您说这个证明该怎么写？"隋梦川很担心影响了王希碌。

"没关系，你就如实写好了，没想到给你添麻烦了。"

"不是不是，是我给您添麻烦了，忙没帮上多少，还给您添这么大一个乱子。"

"这不怪你，哪儿还没几只苍蝇，老话说'苍蝇不叮无缝的蛋'，但苍蝇吃大粪吃饱了，哪管它有没有缝儿，无论是白馒头还是黑铁球，它在上面擦擦嘴、拉拉屎的事还是要干的。"

隋梦川正准备写这个证明时，却猛然间意识到并不好下笔，事情虽简单，但这标题咋起呢？写个"关于为王希碟代笔写论文情况的说明"，似乎不妥，人家并没有让我代笔呀，容易误会；写个"本人未替王希碟代笔写论文证明"，又太严肃了，与事实也稍有出入；或者就按领导要求的刚才怎么说的就怎么写，那就应该写个"关于本人给王希碟论文说没写也写了、说写了又没写的问题说明"，这样真实贴切，但做标题太啰嗦。考虑再三，隋梦川只好放弃，当编辑当出毛病来了，不要标题算了，就写个"说明"二字。

隋梦川把说明材料写好后交给了人事部门，他满以为此事已了结，可没想到十多天后他又接到了通知，说上级领导还要找他，他写的证明有问题。来找他谈话的仍然是韩处长，但这次谈话时没有了报社领导陪同。见到韩处长，隋梦川试探地问道："韩处，听说我写的说明材料有什么不对？"

"小隋不要有什么想法，你写的是实际情况，没有什么不对。"韩处安慰道。

"哦，那您找我不是材料的事儿？"

"还是材料的事儿，你写的东西有关领导看了，觉得态度不够明朗，不能当作证明材料。"

"我就是按实际情况写的呀！"

"你说的也没错儿，但领导指出的问题也在点儿上，到底是写了还是没写，这是个原则问题，你总得有个结论、表明个态度吧；写了就是写了，没写就是没写；写了一句话也是写了，写了几篇纸也是写了；不能把写了写成没写，也不能把没写写成写了，反正你写的'说没写也写了、说写了又没写'的写法是很不严肃的。"

隋梦川听得直替处长憋气，我的妈呀，这位处长莫不是学相声出身吧，绕口令功夫可真了得，他若说"提着蝲蛄的喇嘛打了别着喇叭的哑巴一蝲蛄"，肯定没问题，但绕来绕去，感觉还是让自己表明就是代写了，只好试探着问道：

"就是说我光把情况表述一下还不行，还要我自己把结论写出来，是要我这样改吗？"

"对对对，你理解得没错，就是要有结论。"

"那好吧，我回去重写，还是交给人事处吗？"

"不用了，我等你一会儿，你改完了就给我吧。"

回到办公室，隋梦川左思右想不知如何改动，琢磨好一会儿才开窍，原来还得怪自个儿，自己在写这份证明材料时掉进"代写与未代写"的误区，本来就是个"改动"吗，何必要顺着"代写"的思路去写。于是，他去掉了"说没写也写了、说写了又没写"的表述，改成了"为王希碌改动了几句话"和"换段落顺序时抄写了几页"，二十分钟便把说明改好，送到了韩处长面前。

韩处长拿过隋梦川新写的说明，若有所思地看了五分钟，最后挤出几个字："好吧，就这样吧。"他这话，听不出有任何感情色彩。

后来隋梦川才知道，这次要提拔副职的有要闻部、文体部、专刊部以及子报子刊几个部门。王希碌在要闻部就地提拔，葛公子呢，去了子报《渤海周刊》当副总编辑。

这天上午，隋梦川拿着拼版大样去给邵建设审阅，在门外听到屋内正在谈话，便止住了脚步，隐约听到邵建设说："反对你的人太多，要不是我向领导班子力保，这次就没戏了"。

隋梦川只好退身返回，过一会儿再回去时，恰好碰见刚走出来的王希碌，二人相视一笑。王希碌似乎感觉到了隋梦川听到了谈话，他低声说了一句："下了班你等我，咱俩一块儿走。"

下班回家，他与王希碌并肩骑车而行。

"王老师，该称您王主任了吧，哈哈！"隋梦川笑着说。

"哎哟，这个王副主任还差点儿没当上呢。不过真得谢谢你啊，这次也多亏了隋老弟鼎力相助。"王希磔道。

"瞧您这话说的，有什么需要感谢的，事情本来就是这个样子。"

"因为这次想提拔的人太多，不排除有些人想把我挤下去。"

"为什么呢？您的能力不是有目共睹吗？"

"那是你觉得，他们还觉得自己天下第一呢，一见有待遇了都能耐着呢，这次我要是再不争，那就真悬了。"

"您说什么，这还要去争？不是凭本事选上来的吗？"

王希磔边骑车边下意识地扭头往身后看了看，刚离开单位不远，他似乎是看看身后有没有其他同事，然后说：

"其实这次竞争这个岗位不止我一个，还有从你们部门调回要闻部的贾菲，现在主要盯市领导的新闻报道，还有一位老同志，也想退休前要个名分，再就是葛也夫，有人提议让他干，幸亏咱们单位要出个周刊，这才把他安排到那儿去了。"

"这我就奇怪了，谁有能力谁上呗，怎么还用争呢。"

"你太天真了，不争？那你就等着吧，一直等到没人可用也不会想起你，会哭的孩子有奶吃，没人会想着把好处留给老实人，因为老实人不会给他们找麻烦，所以即便天上掉下大馅饼，也不会落到不伸手的人手里。"

"我还是头一次听人这么说。"隋梦川道。

"你是有所不知，有些时候不是光看能力，再说我这个黑嘴老是得罪人，谁会求着你当官。"

说到此时，王希磔又生怕让这位小兄弟小瞧了自己，毁了敢黑一切的"黑嘴侠"形象，便又接着解释："我为这事还被我们家老爷子数落了一番呢，自己能上的时候不上，到头来别扭的是自个儿，我父亲毕竟当过研究所的一把手，也是提拔过不少人的，他心里肯定有数，但也是头一次这样说我：你以为你是谁？你不在领导面前表现，人家凭什么把位子给你，领导不用你，一是对你不熟悉，不熟悉的人谁敢用？到时不负责任咋办？二是觉得你跟他不是一条心，将来不好领导。所以，老爷子逼着我去找领导表态，他还说，已经到这时候了你不上，如果让一头蠢猪在你头顶上指手划脚，你工作起来会是什么心情，而且这对集体的事业也没好处。"

这番话，隋梦川觉得它离自己生活太远，也无论如何想象不出王希碟是如何去找的领导，是哪位领导力挺王希碟上位，他不想，也不便去过细探究。

五

十几年后，李扬波眼里的这些"长江后浪"，也一步步接近了潮头，葛也夫成了报业集团子报《渤海周刊》的总编辑，李扬波跟着葛也夫做了副手，隋梦川则成了社区报的常务副总编，毕业时一起分到报社的刘欣因爱好古玩玉器，成了知名鉴赏家，堪称记者中的专家型人才。

隋梦川负责的社区报从属于主报《三水都市报》，并无独立刊号，而是随主报在特定区域内加版发行。基于报道业务上的统筹，这份社区报的总编辑由已经成为要闻部主任的贾菲兼任。

春节假日，单位如无特殊安排，隋梦川一般都要回老家过年。自从有了私家车，他再也不用挤火车和长途大巴，开车虽然辛苦，但比起其他回家方式，仍是他的首选，关键是回家后能解决走亲访友的交通问题。

开豪车回家过年的老乡可不少，高速路上挂着"京"牌的豪车尤其多，老家的收费站如接驾一般，对归来的游子格外小心，不定哪个车里就有京城回来的大人物。

隋梦川的邻居小泉，不到三十的年龄，在北京做肉食批发生意，因开着个"京Q"牌照的奥迪，小伙伴们都称他小Q，把小泉的妻子称之为"Q妻（Q7）"。也不知是平日在京城让堵车憋坏了，还是别的什么缘故，本来挺老实的小伙子，一坐进那个豪车就脾气大变，在老家的马路上、胡同里撒欢似的跑，每年都得让警察拦下几回。

小泉汽车操控台上经常摆着两面小国旗，前挡风玻璃内侧还插有一张红色通行证，谁也不知他有什么特权，也不知这通行证能通往哪儿，也许只能通往公共停车场，连自个儿小区都通不过去。反正，这东西在老家好使，车开到大街上格外让人高看；进哪个单位找人，保安都会客气地放行；马路上警察瞥上一眼，既好奇又不便多问；车停在家门口，邻里们看它的眼神都饱含羡慕，跟他家爹娘打招呼的客气劲儿也不一样。唯一感觉接地气的，就是回来过年时，车头上总喜欢贴上一副对联，像是挂了京牌的农用车。不管怎么说，一辆车就能给回乡人把面子争得厚厚的，比那山东大饼还要厚，太划算了。

隋梦川自从有了个副总编的职务，回来聚会也不同以往，跟朋友酒局也多了起来，饭桌上喊着也好听，再也不用说当个编辑、记者了，外人也不知道报纸大小，从此加入了称谓里有"总"没"名"的行列。公家人的身份在这里还是挺受人尊敬，家乡人很少会问你挣多少工资，但问你啥职务却是必不可少的。

家中老娘干了一辈子农活，还差点成为小脚女人，裹脚没等完成便迎来了新社会，裹半截就解开了，成了"解放脚"。老娘不识字，别人问她儿子在外地干什么，她也不清楚，只知道在报社，听见有人来找儿子时喊"隋总编"，很是好奇，待人走后她赶紧担心地问：

"儿子，你在那儿干啥活儿呀？怎么还总编，也编篮子、编筐吗？"

"娘，我们不编篮子，也不编筐，是编文章。"

"蚊帐那么细密，怎么编？我都编不了，那得上机器织。"

"不是呀，是报纸上发表的文章！"

"噢，我还以为你又干农活了。"

这下子老娘放心了，农村孩子当年考大学出去，就是免得在家受累，至于干什么工作，老娘才不管她呢。儿子回到家，她也主要是看长胖了没有，要是瘦了，会以为在外面受了苦，至于胖了有什么不好，她才不管呢，她有她的理论：心宽体胖嘛，瘦得跟秫秸秆儿似的，哪干得动活儿。说来道去，还是以能干活儿为标准。

隋梦川的孩子五岁时，放在老家跟着奶奶过了十几天，接回三水时竟然胖了五公斤多，让袁明静直呼后悔。老娘可一点儿都不当回事儿，她跟隋梦川说："孩子想吃为啥不给他吃，像你小时候，想吃还没的吃呢，哪能让孙子饿着，胖点怕什么，面团儿越大才能抻得越长呢，以后俺孙子准能抻成个大个儿。可不像你姐姐家那孩子，小时候还得追着喂饭，急煞人！"

后来听姐姐说，老娘给孙子吃太多，有时孩子撑得睡不着觉，在炕上直打滚儿，瞪眼一个多小时才能睡着。老娘早年养家禽就擅长填鸭饲养法，看来她这把老手艺在孙儿身上找到了用武之地。

除夕夜，老父亲似乎越来越不讲究老传统了，除了晚饭前让孩子们门外"迎家堂"，烧烧纸放放鞭炮，出去磕头拜年的事也不提了。尤其是过年期间地上的灰土，以往是绝不允许打扫的，现在可好，他自己觉得碍脚了就一扫了之。隋梦川笑着问：

"爸，您怎么也往外扫财了？"

"有啥用？以前讲究那么多年，该穷还是穷，现在不讲究了，你们也有出息了。"父亲道。

初一一大早，拜年的人开始络绎不绝，隋梦川也走起了街坊四邻。小泉和Q妻照例来隋家拜年，但碰巧隋梦川不在，二人没待多久便离开了。若是隋梦川在家，他定会多坐一会儿，在他心目中，梦川哥是从这儿出去的"秀才"，又比自己年长，两个人所在的城市又相距不远，所以总想见面聊一聊，尤其是过年回乡的时候。

热心的高中同学大郭打电话招呼聚会，听说今年隋梦川在家，便约饭局：

"梦川，今年不着急回去吧，我约了几个同学和朋友初三聚聚，你可得来呀，是不是又要提前跑回去，不想见我们？"

大郭话有所指，原来隋梦川总是过了初二就返回单位，能凑上聚会不太容易。

"哪里哪里，干媒体的本来就是天天忙，今年没急事儿的话，能待到初五初六，聚会你都约了谁？"

"还是上次聚会的那几个，女的有孙艳梅、刘桂萍，男的有郑前进、梁教授和解侦探。"

大郭说的这几位，都是隋梦川高中同学中见面较多的，混得也都不错。大郭在当地开了个小饭馆，买卖不大，关键房子是自己的，小日子过得去，每年都热心地攒些同学来吃饭，尤其是那些已经有点身份和地位的同学，到他这儿聚会，让郭老板格外有面子。

郑前进是个肉食品生产企业的老板，不知道有多少银行贷款，反正听说企业每年有几个亿的产值，有底气，聚会时常常要抢着给大郭付账，但一般都被大郭拒绝。他儿子想报考三水的重点大学，因差几分，托隋梦川帮忙也没办成，搞得隋梦川老觉得欠他个人情。

刘桂萍在本地当中学老师，日子过得很精致，她的女儿倒是在三水读书，刚入学时曾托付隋梦川关照，隋梦川也不知该关照啥，去学校看了两次，但等孩子熟悉了环境之后，也没了联系，没帮上人家什么忙。

孙艳梅是部队干部子女，当年在班上就像个交际花，当过文艺委员，现在跟老公一起干着文化传媒公司、贸易公司、工程咨询公司、科技公司，只要有机会挣钱的生意，她都能做。

梁教授看起来虽不太像个教授，倒是当真在北京一所大学的研究所工作，也算是同学中最有学问的了，很受人尊敬，也很能张罗喝酒。他因常给政府和大企业做课题，与校外的世界打交道频繁，擅长积累京城官场段子，加上教书时又练就一副好嘴皮子，很能给酒桌调节气氛。对于这些齐鲁乡下人来说，管他真的假的，酒桌上听的都像是真的。正因为梁教授接近了接近权力中心的人，在酒桌上接近了梁教授的同学们，自然而然地会萌发出接近了中国权力中心的幻觉，等换到另一个酒桌上时，可以自豪地复述一些京城段子。

解侦探是在老家早早地入了公安队伍的，干了多年的刑侦和预审工作，自称练就一套看人识人的本事，但平日在酒桌上很少显露，倒像是个冷眼旁观者。几年前聚会解侦探说的话，隋梦川至今难忘：老隋你这人哪，别看你学习考试能力比我强，但我看人的功夫，那可是经过多少次实践检验的，几乎是百发百中……我看你这一生，事业上很难靠得上别人，没有贵人相助，全得靠自己打拼，很难，很累啊！听了他这话，也不知该高兴还是不高兴，隋梦川一笑了之。其实对于解侦探的话，他并不是完全认同，事在人为，但他感觉又似乎有点儿道理。

这次聚会并未如上次那般热闹，大概是因梁教授没到，郑老板后来也称有事放了鸽子，只有隋梦川与大郭、解侦探和两位女同学见了个面。

等了一年的京城段子没听到，多少有点扫兴，但东方不亮西方亮，不是只有当教授的才能有主场，在今天的酒桌上，解侦探俨然一个脱颖而出的球星，发挥得淋漓尽致。他看了面相看手相，掐了指头画八卦，倒是让两位女同学尽了兴，远比听京城段子还过瘾。她俩你来我往，把家里孩子、孩子对象、生意项目、合作伙伴都毫无保留地让解侦探把脉。

解侦探的脑袋毕竟不是电脑，也不知一次接这么多单子还能不能正常运算，说出来的话是不是信口胡来，反正两位女同学酒也喝多了，脸也红了，嗓门大小也不顾了，散场时仍要拉解侦探换个地方继续摆阵。别看如此，她们还是有所保留，没到把家庭财产、性生活状况一股脑地让解侦探把脉的地步。当然，也许能掐会算的解侦探早已了然于心，只不过未当面说破而已。

隋梦川本想凑个热闹，问问解侦探如何看得出来自己是孤独之命，只能靠自己辛苦打拼，但总也插不上嘴，只能眼看着两位女同学尽兴。看来，不只是会跳舞的帅哥能摆平女同胞，会看相算命那更是高手，更有技术含量。也不知解侦探说的是否属实，他说已经有企业老板跟他预订了，希望他退休后帮着搞营销，凭特长发展会员，短时间内就能统领个万儿八千的中老年妇女，挣钱发财那不成问题。

回到家，隋梦川正在跟妻子讲着晚上的笑料，手机响了，是王希碌打来的。奇怪，难道这黑嘴王也打电话拜年，平时可是连个短信也懒得回的。

原来是王希碌有事要说，电话足足打了二十分钟。目前在报社主管广告部的王希碌还差三年就要退休，他准备退居二线，但这个广告部主任的位子尚无接替人选，社领导想听听他的意见，大概春节后就要决定。老王觉得隋梦川合适，准备推荐他，最好早点儿面议。隋梦川把通话内容告诉了袁明静，二人决定第二天就返回三水。

儿子一家第二天就要返回上班的消息，让老娘很是落寞，回来时说能多待几天，怎么突然就回去呢？她本打算给儿子做点他爱吃的，这又来不及了。但听说是关系到儿子前途的事，老娘马上没了抱怨，还嘱咐别耽误了正事儿。

第二天一大早，老娘就起来做了早饭，吃完后她又煮上了鸡蛋，然后重复每次都要问儿子的问题：豆包你们那儿有吗？花生你们那儿有吗？芋头你们那儿有吗？煎饼带不带？萝卜要不要？尽管没啥需要，但隋梦川多少会带一点，要不然老娘会失落，你需要她的东西她才高兴呢。考虑到返程提前，隋梦川跟老婆孩子未等鸡蛋煮熟便出了门，去哥哥姐姐家道别，顺便拿些东西。邻居小泉也刚发动汽车，见隋梦川出来便下车打招呼。小泉一口一个"哥"地叫着，听说隋梦川这就准备回三水，他略显遗憾："还没跟你好好聊天儿呢！"

"怎么了，你准备回北京吗？"隋梦川问道。

"我还得过两天，我打算把孩子放在老家，但跟媳妇没达成一致，为这事闹了一天了，还想找你聊聊这事儿呢。"

"其实孩子放哪儿养都不是主要的，关键是从小得引导好了，别将来在三观上出问题就行。"

"说起来容易，你是不知道我媳妇那脾气，恨不得孩子天天跟官二代、官三代一起混。"

"这样吧，等你回北京，欢迎到三水市做客。"隋梦川道。

回到车上，袁明静问何事说那么长时间，隋梦川笑了笑："还不是孩子教育的事儿，两口子意见不一致，小泉想让她媳妇听听我的看法。"

几年前的大年初一，小泉携新婚"Q妻"来拜年的情景又浮现在眼前。女方原来在北京某酒楼当服务员，别看是南方农村来的姑娘，人家可是见多识广，眼见酒楼一个单间装修费就得上百万，食客消费一桌数万，这让她从此立下了远大抱负：

"梦川哥，我不知道你们这些大学生是怎么想的，反正我们家小泉的第一个任务就是要多赚钱，不挣到能买颐和园边上或者西湖边上的别墅决不罢休，但这还不是最终目的，什么是'富贵'，光有钱只是'富'，人有了地位才叫'贵'，将来也得进个政协、工商联什么的，这样才有机会接触上层圈子，我将来要让我的孩子跟上层家庭结亲，一般家庭我不考虑，要是能知道领导的孩子在哪个学校上学，我花多少钱也要把孩子送进去，就让他（她）接触这些官二代，让他们有机会成为朋友……隋大哥，不是我这人太势利，我在酒楼上班时，看那些请客吃饭的看得太多了，咱们这些从底层爬出来的人，就是些稻草，稻草搁在厨房只能烧火，放在牛棚里能当饲料，拿它捆白菜只能跟着卖个白菜价，可要是绑在螃蟹身上，就能卖出大闸蟹的价钱来。"

如此励志的农村女孩，还没怀孕就把未来孩子的未来婚姻给定位了，人生目标如此精准，让隋梦川听了一堂从未听过的课，Q妻的形象也在眼前高大起来，不得不刮目相看。

回程路上开了大约三个小时，已经接近半程，隋梦川突然接到老父亲来的电话："你见到你娘没有？她是不是跟你走了？"

"不可能啊，怎么了？"

"她上午就出去了，看你没回来，她拿着煮鸡蛋去路口等你去了，到现在也没回来！"

隋梦川瞬间脑袋大了，早上天气不好，又耽搁了些时间，哥哥让他早点儿赶路，别绕道回老娘那儿取鸡蛋了，给了几个现成的煮鸡蛋，等会儿他会过去，跟老娘说一下。看来，是老娘没等大儿子过来便出发了。老娘不会用手机，也没让老伴儿给儿子打个电话，她以为儿子准会路过这个路口，但她不知道，就算车子路过这儿她也不一定看得到，看得到也不一定喊得到。隋梦川赶紧停车与家人联系，哥哥和姐姐也正在忙着找呢，老娘平时去的地方都没有见到。隋梦川在就近的出口下了高速，准备回返。

　　隋梦川想到了解侦探，朝中有人好办事，解侦探立即帮忙查看了隋家周围的路口。半小时后接到来电，警察已经在一个路口监控中发现老娘的身影，猜测她是朝闺女家方向去了，顺路找下去应该不成问题，隋梦川可以继续他的返程。

　　隋梦川调转车头，又开上了回三水的高速，但不久大哥来电，说解侦探遇上难题了，他居然再也没发现老娘的身影！甚至担心发生车祸被人丢弃路边，但附近马路两侧没什么迹象，交警当天也没接到事故报警。这就奇怪了，难道老娘玩起了反侦查手段？隋梦川不再犹豫，下了高速，再上高速，往老家方向开去。

　　最终，还有不到一小时就到家的时候，隋梦川听到了好消息，外甥在他家附近的小区里发现了姥姥。

　　原来，上午老娘在马路边儿没等到儿子，便拎着鸡蛋按照记忆方向朝闺女家走，由于她走的都是便道内侧，所以没在监控中出现。路途也就四公里，但老娘走得很慢，中午饿了，她就把拎着的鸡蛋干掉两个，直到午后才走到闺女家旁边的一个小区。小区内有几个老太太正聚在一起享受午后的阳光，这好机会岂能错过，老娘半天没跟人说话了，于是便凑过去加入群聊，初次见面就聊得不亦乐乎。十个鸡蛋她路上吃了两个，剩下的和老太太们分着吃了。吃人嘴短，拿人手软，有准备散场回家的老太太，不好意思马上走人，只好继续陪聊，心中暗暗佩服：这个外来的老太太真厉害，人家出来聊天儿都带着饭，一聊就要一把蛋的呢。

全家人又在女儿家团圆了，老娘心里高兴得很，满不在乎地道：

"我要是不跑出来，你们能都回来吗？"

经不住大伙儿你一句我一句地问，老娘跑路的经过这才弄清楚，原来老娘拎着鸡蛋来到十字路口马路边一站，车是不少，半天没人理会，路边旅行社广告牌上美国自由女神像提醒了她——对呀，这小媳妇举着个笤帚疙瘩就是招呼人吧，怕人看不见还点了火，戴个大帽子准是怕火星燎了头发，自己是不是太矮了点儿，没人注意得到，于是她也把拎鸡蛋的手举过头顶，举一会儿就累了，过一会儿她再举起来。

一位交通巡逻警察路过，见老太太总是朝着汽车举手，以为老太太示意要过马路，便过来搀扶着她走斑马线，哪知她非要朝路口当中的交通岗台走，说要到那上面站会儿。警察哪里知道，她是想学那美国小媳妇，找个高处站。

警察笑着劝她，那儿不能站，若让她站台子上，四个方向的车估计都不走了，马路全得堵，一旦媒体报道，自己第二天就得下岗。老娘纳闷儿，你们不是总有人站那儿吗，我站会儿怎么就会堵呢？敢情自己还有这么大能量，于是很高兴地到便道上去了。

大哥逗她："你还不知道呢，不光交通警察服了，今天公安局解侦探也服了，说你是不是小时候在山里送过鸡毛信，特别会藏猫猫。"

"我这辈子鸡毛倒是拔过不少，送谁呀，没人要，都扔了，你爱信不信。"见根本对不上话茬儿，大哥干脆来点她感兴趣的：

"你知道梦川跑回来多花了多少钱吗？"

"多少钱？"老娘不懂，开车回来还要花钱？

"好几百块呢！"

"是吗，那么多呀……花就花了呗，要不你少给我点养老费。"老娘冲着隋梦川心疼地说，惹得大家直笑。

大哥接着逗她："娘，你不光让他多花了钱，今天可能还耽误他进步的事了。"

老娘有些发蒙：进啥子布，儿子做买卖了？那又不是菜，放一天就蔫儿了，不就差一天吗？要么儿子又上学了，还得考试？就记得他上小学时老师总这么说——你儿子进步了。大哥见老娘一副不解的样子，便接着说道：

"娘，这'进步'呀，就是指升官儿，你儿子今天赶回去是商量要升官的事儿。"

大哥这么一说可不得了，老娘心里一阵愧疚："啧啧……是真事儿吗？要不你回去跟领导说说，这事儿不怪你，都是我惹的。"

老娘围着田边地头和锅台转了一辈子，就怕见官，哪管它什么行当，只要听说儿子当了官就行，这在她心目中就是有出息。

"不是的，我哥逗你玩儿呢，没有的事儿。"隋梦川道。

不管怎么说，老娘还是觉得自己做了件了不起的事，高高兴兴地过了一天。

正月酒局多，王希碟听说隋梦川改在了初五回来，恰恰赶上了自己的朋友聚会，干脆就让隋梦川一起参加，二人早一点儿到饭馆聊一会儿。

开车赶回三水市已过下午四点，隋梦川稍事休息便赶赴王希碟的饭局，自己刚从外地回来，便给王希碟带了些面食。五点刚过，两人前后不差五分钟就都赶到了。

"过年好！王老师给您拜年！"

"梦川你家里人都好吧。"

"谢谢，家里都挺好的。本来昨天就回来了，我老娘昨天玩儿了把失联，结果我半道儿又回去了。"

"今天也好，赶上回来一起破五，剁小人儿，三水这地方真正意义上的过年要一直到初五，以前过年期间脏水脏土都得存着，到初五才可以泼，所以有'破五'的说法。当然了，那个时代用水少，估计也是因为没有下水管道，现在谁家还把脏水留到初五，除非他们家下水道上装截门——就是要气氛（粪），哈哈。"

"我们老家不这样，初一初二之后过初七，迎接'上天言好事'的灶王爷下界，走亲戚也基本在初七之前，初七之后就很少走动了，除非距离特别远。"

王希碌对隋梦川带来的豆包和年糕非常感兴趣，说他家老爷子就喜欢这类面食。两人说起工作的事，隋梦川并不明白他为何要退居二线，因为王希碌距退休还有三年。

"谁知道这是啥时实行的政策，前些年听说是为了给年轻人让路，把年轻同志扶上马送一程。"王希碌道。

"那您是继续在广告部呢，还是换个部门？"

"两种都有可能，本来退居二线可以留在原部门，你来干主任我还放心些，帮你介绍一些客户资源就得了，要是换了别人，我在这儿干好还是不干好？干了也许说你'咸吃萝卜淡操心'，不干说你'占着茅坑不拉屎'。广告部平日工作都是谈钱的事，钱多钱少到头来算谁的责任？所以我跟领导提出，退居二线后我去干我的老本行，写点东西。"

王希碌略作停顿，然后继续给隋梦川分析：

"广告部现在有两个副手，一个老孟跟我年龄差不多，水平和能力一般，他从干印刷厂工人开始，谨小慎微地干到现在，已经很不容易了，他也巴不得扶正，弄个正职待遇，但不光领导会担心他挑不起来，他自己也未必有信心，夕阳无限好，只是近黄昏呀，这个年龄的人都想往上提一提，而且最好是还不用担什么责任，天底下哪有那么多好事儿。咱这儿是没有处级调研员什么的，要有的话他准想弄这么个待遇。

"我还有个助理小卢，他比你年龄还小不少呢，原来在市委给吴书记开车，也不知是因为领导变动原因，还是他自己想从机关出来，反正刚来报社没几年，社领导即便想关照他，也得考虑他的经验和素质问题，顶多是找个闲职提拔提拔。所以依我判断，广告部主任这个职位，选调的可能性很大。

"你的优势是干过编辑部，现在干社区报也涉及经营，各方面干得都不错，大家有目共睹，应该是领导会考虑的人选，经验上你不用担心，但广告部是个要害部门，只有领导放心的人才行，一般人是不会选的。"

王希碟一句"放心的人"，让隋梦川忽然有些底气不足，假如去争取这个岗位，那自己算不算是"领导放心的人"，还真没把握。什么样的人是让领导放心的人呢？工作踏实的？与领导有交情的？不同领导会不会有不同的"放心标准"？社会评选"放心产品"是要按照条件投票的，可这"领导放心的人"别人也没法去评选呀，那当然只有领导才知道自己放不放心了，即使选错了，也只能认头。如果参照太阳系行星运行规则，放心的行星必定是贴着中心转的水星、金星吧，那千年等一回的彗星肯定不靠谱。

"我听说葛公子想来干广告，他虽说是当了子报《渤海周刊》的总编辑，但这小子还是老奶奶吃奶嘴——太嗫（作），一副吊儿郎当的样儿，没出过什么大乱子，也没争过什么好面子，他来这儿估计有高人给出主意，谁都知道广告部是啥地位，葛公子来的话只是平级调动，所以不会是来当个广告部主任那么简单。他尽管有些关系背景，但人不太稳当，玩儿心太大，所以我想推荐你过来，对你来说是往上提一步，不知道你自己怎么想。"王希碟继续道。

隋梦川道："经营岗位对我来说倒是个锻炼机会，我愿意去试试，但不知领导心中是不是早有人选，咱别自作多情，到时候让人嗤笑，弄个不知天高地厚。"

"不用想那么多，我也是从编辑部来的，人生如同高速路上开车，你不加速冲，永远不知道前面有没有空当，在别人后面跟跑，一样耗油，一样交费。而且，广告部这个岗位毕竟不是让人来享受的，没有能力、没有付出是干不好的，我们来是为了有所作为。据我所知，后继人选方面领导还在犹豫，所以才让我推荐，你也知道，广告业务现在调整为邵总编分管，他应该是倾向于用有编辑部经验的人。"

"不太明白，为什么是总编辑来管经营了呢？"隋梦川不解。

"形势不一样了，广告不好干，咱们一把社长调来没几年就要退休了，他才不想自己忙活呢，天天去医院做保健治疗，说有这病那病的，谁知他哪儿有病。眼下广告要想有起色，也必须与编辑部紧密配合，单纯就广告谈广告，很难拉来大客户。梦川，你跟哪位领导关系密切一些？"

隋梦川笑了笑："我是黄鳝倒进了泥鳅盆儿——都差不离儿，没有特别走动的。"

"我觉得你还是趁年假没上班，能走动的就走走吧。"

大路朝天，各走一边，王希碌只能点到为止，隋梦川虽然跟自己说得来，但也不是亲属晚辈，同事间说到这份儿上，已属难得。

"每年过我都回老家，还真没有去领导家拜年的习惯。"

"该接触也得接触，否则领导还以为你眼里没他呢，有时候就差那么几句话。"

隋梦川心存感激，同时又萌生出一种冲动，很想知道这位愤世嫉俗的"黑嘴王"如何跟领导打交道，但最终没好意思开口。

朋友们陆续赶到了，他们多是王希碌的同学，有大学的也有中学的，还有一起上过培训班的，有当官的官位也不大，有经商的也算不上大老板。这帮人凑成的饭局，吃得轻松，喝得也尽兴，都是平时轮流坐庄吃喝的朋友，聚会也不一定有主题，就是时间长了大伙儿要见面热闹一番。有一点最重要，他们都不属于同一个单位，可以说几乎没有勺子碰锅沿儿的时候。

在这个日子聚会，端起杯来都有词儿，你给我拜年，我给你请安，召集人王希碌带酒三杯之后，大伙儿便迫不及待地开始互敬，生怕拜年落后，先拜先敬，争取主动。

鉴于以往聚会总闹出"酒架"，不是在酒桌上吵就是回到家跟媳妇吵，老周同学赶紧给大伙儿提醒：

"我说哥儿几个，今儿个可得悠着点儿，大过年的，谁肚子里都不缺酒，咱们当回猴子就得了，可别再弄出个老虎、傻猪什么的。"

老周叫周庆丰，他说西方人这样形容男人喝酒：初喝是"猴子"，大伙儿都活泼殷勤；再喝是"孔雀"，有人便开始得意洋洋，卖弄炫耀；三喝变"老虎"，酒壮尿人胆，口若悬河有气势；继续喝到第四阶段，就会变成"猪"，这时候五官麻木，四肢无能。

虽然老周同学有话在先，但哪知这酒一喝起来，谁管得住酒桌上交情，你敬一圈喝八个，再回敬一轮又八个，这一晚上不喝二十来个你都走不完程序。尤其是召集人王希碌，他也不能这样说话："差不多了哈，你们都别喝了，赶紧吃碗米饭走人吧。"这请客的也没有这样傻到家的，那是花钱找挨骂。

结果，这几位老友还是一如既往，不见着老虎，哪能显出武松，服务员端上盘饺子就扯出了故事。

"饺子就酒，越吃越有，我们老板今天送你们一份饺子，提前给你们端上来，免得你们喝完酒吃不下了。"

老周看着赠送的饺子，问道："我说老王，你没点饺子吗？今天可是'剁小人儿'吃饺子的日子。"

王希碌道："主食我还没点呢，看看大伙儿想吃什么，过会儿咱再加。"

"哟，老王今天好反常呀，你居然把小人给忘了，这还用问我们，就吃饺子吧，挺好，就算是饭店替咱们'剁小人儿'了。"老周忽然想起了什么，又扭脸问，"听说你又让人写信告了，没事吧？"

所有人都把目光投向了王希碌，不知道会有什么消息公布，老周同学的这句话，把还在强装布老虎的"黑嘴王"给激活了：

"大家别担心，本来也不会有什么事儿，就是有点烦人，他妈的，居然有人告我和广告代理公司有利益输送，要查我，查就查呗，咱也不怕！那代理公司也不是我找来的，那是市领导介绍来的，报社领导定的，有好处也不可能输送给我，反正我也快到点儿了，干脆就不干了。"

"知道什么人写的信吗？你这是得罪小人了吧。"老周问道。

"你以为小人脑门上写着字呢，花钱刺上'小人'二字，除非他是个外国的二货，看见个汉字就崇拜得不得了，到文身店就点，来来来，这两个笔画少，把这俩字儿给我文脑门子上。也别说，要是生活在大宋朝，咱真得想法给这些人脸上刺个字儿，免得他害人。"王希碟道。

旁边老李同学听得有些糊涂："咱先别动肝火，要是气出毛病来，小人就正中下怀，更高兴了，老王你确定这不是正常的离任审计？既然确定不干了，也许是走正常程序吧。"

王希碟说："要是那样的话我就不生气了，领导把举报信都给我念了，说是封匿名信，你说这不是小人是什么？他若真站出来理直气壮地告我，我还佩服他是条汉子呢，也许小人知道斗不过别人，就只会没完没了地恶心你。"

老周道："哪个单位没有小人？春秋七国、魏蜀吴三国还不是今天这俩好、明天那俩好，说起来也是一种战略战术，只要是超过三个人以上的组织，就有出现小人行为的可能。"

"老周你别偷换概念，战略战术和小人行为是两码事，三国那时是形势使然，选取对自己最有利的生存之道，是不得已而为之，咱们生活中的小人可不是，他说的事儿，也许跟他没有半毛钱关系，或者说根本就不存在的事儿，就是不高兴了就造谣，让你难受，我反正也快退休了，但年轻的可得注意，尤其梦川，你的路还长着呢，今后可得小心点，有句话叫宁得罪君子，不得罪小人，能不惹就不惹。"王希碟接着道，"咱不是做人太世故，但人生在世，也得讲个战略战术，网上不是有这样一个故事吗，一头雄狮看见一条疯狗来了，它却若无其事地躲开了，小狮子纳闷儿，就问老爸，你敢和老虎、豹子打，为何见了疯狗就躲？人家他爸说啥，孩子，如果我打败了疯狗，结果是我比个狗强；如果我输了，我还不如狗；如果打了个平手，结果是我和狗一样，而且让疯狗咬了还得倒霉是不？所以，咱干嘛要去招惹一条疯狗呢？"

"这样说也对也不对，除非你处的环境特别好，或者有整治小人的机制存在，否则要想真干点儿事，不得罪小人也不可能，一人难称百人心，就像你说的，小人又不在脸上刻着，你怎么能不得罪他，你说是吧梦川？"老李同学道。

老李的话较合王希碟心思，他于是接话道："我也像你这么想，小人之所以存在，是因为有它的生存空间，当然了，如果没有小人存在，干干净净的一帮人在一起干事儿，那也就不需要机制了，所以说到底还是做人的问题。"

老周道："那你就别指望了，打孔夫子那年头就有小人，子曰'君子坦荡荡，小人长戚戚'，或者说自打有人的时候就有小人，猴子里头还有坏猴子呢，狗里头还分哈巴狗、看家狗呢，所以最好的办法还是要远离小人，你虽然不知道小人到底是谁，但单位里什么人什么脾气总能差不多了解吧。"

听了老周的话，隋梦川道："《伊索寓言》里有个驴子与狗的故事，驴子就是干活的，但它非要学狗的行为去和主人亲近，结果被主人痛打一顿，所以驴子不要指望主人会把它当狗待，小人的生活状态咱不懂，也许当小人就是他们的快乐所在吧。"

王希碟道："狗和小人可不一样，狗是一种生存状态，对别人来说是种需要，不是有句话说吗，'人在江湖走，哪能没有狗'。"

老周接道："我看这句话应该是'人在江湖走，总会遇上狗'。"

老李同学道："那也可以'人在江湖走，总得打打狗'吧。"

老戴同学道："干嘛非得打它，我倒是觉得可以改成'人在江湖走，总得当回狗'。"

众人哈哈一笑。

听了议论，王希碟道："你们说的都是不同的人生需求，各有各的爱好，反正我觉得，小人和不同生存角色的狗还是不一样，小人就是不好好做人，他们是灵魂上的龌龊，即使没有生存需求也要害人。"

他拿起筷子戳着碗底继续道，"小人是什么？小人就是盘子里的菜渣儿，留着没用，还得好好端着，弄不好就会洒你一身，弄脏了行头。行头是啥？就是你的形象呀！弄脏了衣服你还可以洗洗换换，顶不济衣服不要了，形象若弄脏了，洗清可就难喽，你们说小人能跟狗比吗？他比狗差远了。"

王希碟吃了口菜，见大伙没人插话，似是在琢磨他的新论，便接着道："当然跟小人着急也没用，世上冤死鬼多了去了！别以为只有窦娥冤，司马迁怎么样，岳飞怎么样，他们也冤，这世上只要有小人在，就肯定会有冤死鬼存在。"说到这儿，黑嘴老王嘴角露出一丝坏笑，"你们可以想想，你们身边的人谁会是小人，咱们会不会无意中也干了些小人的事，也说不定咱也把别人冤枉了呢，是不是？"

毕竟都是同学朋友，彼此熟悉，也有一些共同的圈子，一桌人的脑海立即像电影蒙太奇一般，闪过一个个名字、一个个形象，肯定？否定？差不多！不可能！一个个对身边人的研判，像是用上了超级计算机。当然，也有人心里怪怪的，这黑嘴不会是在指桑骂槐地说谁吧……刹那间气氛有些停滞，人性标签带来的紧张感，让人不太舒服。

老周说道："年年初五剁小人，而且是家家户户都在剁，怎么也剁了两千多年吧，按理说小人早该完蛋了，可他们是野火烧不尽，春风吹又生，照我看，那些小人也在家剁别人呢，就像老王说的，他还觉得别人都是小人呢，你们说是不是？"

王希碟道："老周说得有道理，我们'剁小人'，只有正月初五这一天，那么除了初五之外，大概都是小人的日子，琢磨琢磨人呀，写写告状信呀，天天跟过节似的，要不孔子说'小人长戚戚'呢，人家一年三百六十四天过节，我们一年就一天跟他斗，不公平。赶紧喝酒吧，来！为了没有小人的世界，干杯！"

"干杯！老王的菜渣理论说得好，小人就是吃剩下没人愿吃的那个，大伙儿吃菜呀，你们不会怕小人现身就不吃了吧，吃光了它就没小人了，酒也不能剩，剩下了也是小人，来来来，干杯！"老周早忘记了自己开始的限酒提议，他话音刚落，全桌齐呼"干杯"，所有的不愉快，都湮没在这觥筹交错之中，绝对步调一致。

"酒都干完了吧，我得说句话了。"一直在埋头吃菜的老戴放下筷子开了腔。老戴名叫戴佰盛（shèng），在宣传系统的影视公司工作，因吃喝嘴壮体态偏胖，个头儿不算高还一百多公斤的体重，在同学朋友间混为"盛（chéng）百袋方便面的大麻袋"，人送外号"麻袋"。

戴佰盛稍顿片刻，接着说道："按老王说的，小人是菜渣，我觉得你们得感谢感谢我才对，知道我给你们消灭了多少小人吗？哪顿饭我不得处理几个，要不然来害你们的小人还得多！"

众人听了差点儿笑喷，除隋梦川外，其余人都知道老戴有个拿剩菜汤拌米饭吃的习惯，一碗米饭常常要清理两三个盘子，在家、在外都是如此。王希磲赶紧道：

"我们确实应该感谢戴兄，别看今天我们没有动刀剁小人，但小人哪知道，我们这里有个超强无敌大麻袋，来几个小人也都给他嗦啰了，来吧，我们一起敬戴兄一杯！感谢他的冲锋陷阵。"众人又是一笑。

哥儿几个找个借口就碰一杯，老周又恢复了冷静，干杯之后说道：

"我说戴兄，虽说我们得感谢你，但说实话你这'重口味儿'也得改改了，健康最重要，你想呀，这菜汤味道是最浓，但里面有高温炒菜的锅底子，或许含有致癌物，你拿它拌米饭，那无论是菜渣还是佐料，是泥还是沙，是水还是油，是没熟的还是糊了的，一点儿都没糟践，全进了你的肚子，所以还是忍着点吧，别光图嘴痛快了，吃点干净放心的！"

"对对对！"其他人表示赞同。

老周又道："再说了，我们宁愿跟小人多缠斗几个回合，也不能让戴兄舍生取义，咱兄弟们还得在一起多喝几顿酒呢，是不是！"

戴佰盛虽然让周庆丰说得有点难为情，但老周最后那句话颇有感染力，戴佰盛毕竟是个酒场老手，赶紧又端杯起身道：

"经老周这么一讲，得引起我思想上重视了，看来黑嘴老王不是瞎说，这菜渣害人还是真的，你们就不用进行科学验证了，告诉你们实话吧，我这些年就是在奋不顾身地搞实验，实验的结果你们也看到了，高血压、心脏病、糖尿病全有了，都是让这些菜渣小人害的。"大家又是一阵笑，"不过，以后我是得改改跟小人的作战方式了，我来个君子既不动口，也不动手，从今儿个起，我就不理这些菜渣了，把它晾在一边晾死它，或者是让猪把它吃了，让狗把它吃了，来来来，谢谢哥儿几个对我的关心，我再敬大伙儿一杯！"

如此这般互敬，每个人都酒酣兴浓，这样的饭局大伙都很放松，就如同一群鸡鸭牛羊聚在一起，你叫两声，他叫两声，谁也不听谁的，谁也不跟谁犯顶。虽然王希碌喝成了"老虎"，但也仅仅是发泄了一通而已，酒桌上也不是个带头大哥，其他人也不是听众。

若不是此次聚会，隋梦川还不知"黑嘴王"被人黑了一次，报社也不曾要求他必须退居二线。隋梦川以为他是因嘴招恨，并未多想。但王希碌提醒他去找一找领导的事，却让他不知如何是好，不仅从未想过，也无从下手。

第二天醒来，隋梦川把老王的分析和自己的顾虑说给了妻子听，找哪个领导呢？去办公室找还是家里找？去办公室吧，节日期间不一定在，也体现不出亲近感；去家里吧，又不是熟门熟路，就冷不丁地闯领导家门？假如登门，拿不拿东西？价钱多高的？能直接给钱吗？人家若不收钱，尴尬的岂不是自己？领导是否讨厌别人登门？若撞上串门的同事该如何是好？即便这些都不是问题，那家里有什么合适的礼物呢？——隋梦川找了一堆不想去的理由。

面对丈夫的犹豫，袁明静也没啥好主意，不仅想不出有什么可以拿得出手，求人办事她也没有历练，但既然王前辈亲口建议，必然有他的道理，希望丈夫抓住这个机会。

小两口犯了难，第一个难就是去找谁的问题，这可不是在地上玩套圈游戏，套上哪个娃算哪个娃，人家老王并没有说那么具体，三个主要领导一个是外单位调来没几年的胡社长，另一个主管编辑部的总编辑邵建设，还有一个是分管经营工作多年的陈副社长。

胡社长人称"嘻哈胡"——开创三水特色"和牌"法，能在嘻嘻哈哈中功成名就。他是会常开，事儿总研究，但就是很少见他拍板儿，云里雾里地，总像是在躲迷藏。职工形容胡社长是念迷魂经的和尚，功夫不在唐僧的紧箍咒之下，任何人见了他都如同废了武功，只能是茶呆呆发愣，天大的本事也使不出来。

胡社长调到报社头三年，打过交道的干部都领教了他的功夫，事事念在口，就是原地走。人家从来也不说不办事，表态也令人鼓舞，开始一般说"这个事儿不错，咱们应该支持"，然后就是提出意见，"咱再把事情弄明白点""咱们下次再开个会定一下"，反正是最后他也没签字，他所说的"下次会"，也不知猴年马月。

但你以为这就看懂了胡社长，那就错了，他也有让人猜不透的时候。前年底有家广告公司想承包葛也夫主管的《渤海周刊》的广告业务，胡社长极其认真仔细，毛病挑了一轮儿又一轮儿。眼看着新年到来，要错过创收好时机，急得葛也夫不停地诉苦。在拖了一个多月之后，胡社长突然把葛也夫叫到他办公室来，催他抓紧签署承包合同，之前那些没完没了的疑问，似乎都已不存在，搞得葛也夫感觉幸福来得太突然，丈二和尚摸不着头脑。至于是啥物质让胡社长起了化学变化，或者是胡社长的器官、感官自行发生了进化，那就搞不清楚了，反正最后是皆大欢喜。

邵建设是从编辑部一步步干上来的，他熟悉报社情况，经胡社长提议，也有的说是胡社长听了上级领导的建议，并经领导班子开会决定，从此广告业务让主管编辑部业务的邵建设来抓，为此还引起主管行政和经营工作的陈副社长不快。尽管陈副社长即将退休，但在他未退休时就交出主管权，有没管好之嫌。在他看来，等退休手续办完之后再调整，爱谁主管谁主管，那时皆与自己无关了。

按理说，去找一下邵总编是正根儿，可邵总编跟自己这么熟悉，用得着去他家吗？况且从未与邵总有啥私交，贸然登门，人家会高兴吗？

隋梦川拿起手机，下意识地重拨了王希碌的电话，他想对老王表示感谢，也想顺便再听听他的建议，但马上又犹豫了，毕竟自己的人生要靠自己摸索，没人会给你画好路线图，画好了也未必适合你。于是，趁尚未接通，他连忙挂断电话，眼睛还没离开手机屏幕，没承想王希碌回电了：

"梦川，你刚才打电话了？"

"王老师，我没啥事，不小心碰了重拨键。我回来跟对象说这事了，她也特别感谢您，有您这样的前辈是我的幸运。"

"你就别跟我客套了，正好我告诉你一个好消息，昨天喝完酒，我那位培训班的同学老戴私下跟我说，他可能很快要来咱们报社任副社长，接替要退休的陈副社长，都已经跟他谈过话了，但还没公开，你知道就得了，不要跟别人讲，他若来的话，对你也许是件好事。"

"是吗？太好了。"隋梦川很是意外，但也说不清欢迎不欢迎。

又是一个新情况，照这局面，也没啥犹豫的了，找邵总编为上上之策，那么下一个问题又来了，拿什么东西去给人家拜年呢？两口子又犯愁。

"要不你取点钱去吧，再跟咱妈借点儿。"袁明静道。

"不，我觉得不妥，还是拿点合适的礼物比较好吧。"且不论手中是否宽裕，那种拜年送钱的感觉，隋梦川想象着就不舒服。

"咱家有啥值钱的东西，你还不知道？这几年咱也没收到过什么贵重东西。"

袁明静说罢，起身去开柜门，拉抽屉，看看有没有能拿得出手的东西。她一边用手翻着柜中的东西，一边一个个地否定着：皮衣肯定不行，号都对不上，再说领导也不缺件衣服……裤子更不行，有穿一条裤子之嫌……呵，这里面有双新鞋子，但正月也不能送鞋（邪）

呀……这儿倒是有支金笔，但东西小气了点，不像个物件，就笔尖那点儿合金，搁眼珠子上都看不见……这儿有个工艺闹钟，出去开会时发的，大正月的，有给人送终（钟）之嫌，算了……一条金项链，这是自己的结婚纪念物，谁都不能给，即便能给也不行，又旧又没包装，就这样送人，像是刚从路人脖子上抢夺来的……咦，想起来了，家里有个羊脂玉的手镯，这可是祖传的好东西。

想起羊脂玉手镯，袁明静眼前一亮，直奔存放的箱子。手镯装在一个盛过中药的旧铁盒里，用绒布包着，是当年袁明静考上大学时老妈给的奖励，因考虑到姐姐袁明红的感受，袁明静只好把它雪藏了，一共也没戴过几次。

袁明静拿出手镯，朝隋梦川眼前晃了晃："这个东西可以吧，绝对拿得出手，可惜就是没有包装，不过可以出去配一个。"

"别别别，这可万万使不得，这东西怎么能随便给人呢！"

看到妻子拿出了家传宝贝，隋梦川连连摆手。他知道，这可是袁明静的姥姥传给岳母赵姨的，岳母又传给了二女儿，再往上还不知是谁给姥姥的呢。这手镯也确实是件好东西，油光发亮，温润如凝脂，无一丝杂色，但蹊跷的是上面还细细地刻了一片约一指宽的如意状云纹。

"对我来说无所谓，反正我也不戴，我也不可能去卖了换钱，能用它办点事岂不也好。"袁明静不假思索地道。

隋梦川明白妻子的心思，为了打消她的念头，赶忙道：

"我的事你不用太上心，何况这是家传的东西，即使有必要送人，那也得征得老妈同意。农村有句俗话：狗窝里放不住剩馒头。家里就这么件好东西，你快留着吧你。"

隋梦川本以为妻子不再考虑手镯的事儿，不料午饭时她还真问起了老妈：

"妈，您给我的那个手镯还记得吗？"

"记得，当然记得了，怎么了？给你了你也不戴。"

"我知道，我想问问您这手镯是怎么传到您这儿的。"袁明静试探着问道。

"哎呀，这手镯呀，要不是你姥姥就我这一个女儿，她还不舍得给我呢，我的爷爷在清朝末年当个小官，给人家帮了个大忙，这是人家给的谢礼，传到你姥姥手上时她特别喜欢，生怕我给她弄丢了，所以我结婚好多年以后她才给了我。"

"噢，这么说也是别人送的礼物了，如果我把它送人可不可以呢？"

"什么？你这么着急就要传给你儿子了，他就算有了女朋友，也不见得就是咱家媳妇，着啥急给他，年轻人打打闹闹的，不给摔碎了才怪。"

"我是说送给外面帮咱忙的人。"

"你要把它送外人呀！你可知道，这镯子给了你，你姐姐还不乐意呢，你居然舍得给别人！"

隋梦川赶紧打岔道："妈，您别听她说，家传的东西，怎么能给人呢？"

袁明静把打算去给领导拜年的前前后后说了一番，弄得隋梦川颇为内疚，便道：

"妈，这事儿没那么复杂，不是非得送人家贵重东西，我带点儿吃的喝的就成，再说去不去也无所谓。"

赵姨对着袁明静道："明静，你给梦川走走关系我不反对，但这镯子可不能随便出手，它值不值钱另说着，要是给咱家的子孙还行，不是咱的后代就算了吧。"

赵姨的话打消了袁明静的念头，隋梦川的那份歉疚也随之消散，想到岳母担心让孩子摔碎的话，思绪突然间开了小差：这羊脂玉手镯虽然是个物件，但已经烙上了家族的传承印记，饱含着上辈人对下辈人的情感，若要以这种名义把它送出去，真有些对不住它了。倘若它有灵性，发现它的新主人不是闺女、儿子，会不会真来个"宁为玉碎，不为瓦全"？不过，这个风险终于过去了，让它凭空紧张了一番。

再或者，它也许喜欢到一个富贵人家，与在一个普通人家的价值可不一样，附着在一个名人身上它也跟着价值不菲，能让人天价争抢，若一个环卫工人戴着它，在路人眼里它也就是个塑料环儿。这东西若这么想有它的道理，人会把人宠坏，人也会把物宠坏，如果是这样，岂不又让它白高兴了一场，说不定还在怨恨我们呢。

隋梦川胡思乱想着，炒菜里的肥肉似是变成了羊脂玉，咀嚼时小心翼翼，生怕会把牙硌了。

回到卧室，袁明静心里依然放不下让丈夫拜年的事，如果过了这个年假，再去领导家可就不合时宜了，也辜负了王希碟一番好意。她在房间里继续翻找，找出了一个多年前别人送的名牌手包，包很精致，但她一次也没用过。手包是认识隋梦川那年一位男士送的，她拒绝了对方，从此也没有用过这个手包，最近正打算送给姐姐用，这些隋梦川并不知情。

看到妻子又在挖空心思找礼物，隋梦川道：

"别为送礼的事犯难了，没必要那么纠结，也许送不送礼并不重要，当年我升这个副职的时候，不是也没给领导送东西吗？"

"你这个副职能跟一个部门正职比吗？你不想想一个部门有几个助理，要不是当时逼着你去参加竞聘，不会有人想起你。别看你工作干得好，你不好意思去跟别人争，就显你品格高尚了是吧？告诉你吧，你的高尚没人替你攒着，没人给你记着，什么'你若盛开，蝴蝶自来'，不信你等着瞧，你要不去找领导，你等来的就是些毛毛虫。你看人家'蛙扑姐'，连我们这些外单位的人都明白，她光靠傻干，能上那么快吗？当年她跟老王他们竞争副主任的时候，都快人脑子打出狗脑子来了。"

袁明静本来翻箱倒柜心里不痛快，隋梦川的话让她打开了闸门，把想说的话一股脑儿端了出来。

隋梦川无话可说，妻子希望自己能够发展快一些，其心情他也理解。至于贾菲，他还真不清楚人家是怎么做到的。

袁明静口中的"蛙扑姐"，指的就是贾菲，她这雅号可是大有来历。最初，"蛙扑姐"是赶潮流的代名词，贾菲在同事中最早使用能上网手机，而且说话总冒出新名词，一段时间里聊天必说"wap"，搞得这帮拿惯钢笔的门外汉们越听越糊涂，还不好意思再往深处讨教，要么是因贾菲并不太懂，要么就是自己根本听不懂。

　　除了这个"wap"让大伙儿刮目相看之外，大伙儿又私下给她总结了几条：一是贾菲喜化浓妆，一旦发现妆容有损，常会受惊般地"哇"叫一声，然后翻出化妆包，扑向卫生间补妆；二是她若看见办公室放有水果零食，准会"哇"的一声地扑将过去，不管三七二十一就动手；三是每逢在活动中遇见有熟悉的市领导，她会"哇"的一声扑向前去，热情地挽着领导的胳膊，如同上个世纪年画中少年儿童簇拥着领袖人物，脸上也同样灿烂着年画般的笑容，那种与领导的亲近感，让其他媒体记者既羡慕又嫉妒。就这样，贾菲这"蛙扑姐"的雅号便渐渐传开了。

　　现在的贾菲已是要闻部主任，当年她竞聘副主任时，别人以为她并无多大优势，不料人家贾菲拿出了市领导批示十几个，都是表扬她的报道，如"此报道非常好，非常及时，希望报社多发此类新闻"之类。尽管有人说，批示多是她平时求来的，领导只是举手之劳，她张了嘴，领导一般会给个面子，又不是什么难事。但谁会去找领导核实，问一句"您批示表扬我们是出于真心还是假意？"这岂不是白吃馒头嫌面黑——不知好歹。批示就是真的，你吃一道烤乳猪，能满足口腹之欲即可，没必要去弄清那猪仔是其父母自然受孕所生，还是人工配种所得吧。

　　再者说，谁都愿意相信别人的溢美之词是真的，这说明人家明察秋毫呀；若是别人总批评咱，那咱内心就不能淡定了，那一定是他们不了解情况！所以，贾菲拿来的领导批示被报社建档入库，作为宣传报道成就存档。

　　至于还有人说贾菲在采访工作中经常不到现场，仅凭材料编发消息，多次报道失真，导致某些被报道单位有意见这档子事儿，那也只有当事领导心里清楚，一般同事和读者也不可能了解真相。这些同样缺乏证据支持的坊间传说，最终没对贾菲产生任何影响。

就这样，贾菲在不被看好的情况下升任了副主任，连王希碟这样能力强的前辈，当年都无力抗衡，报社最终增加了一个副主任名额，由两个变成了三个。

想到此，隋梦川笑道："亲爱的，我可没法跟人家美女记者比呀。"

"跟男女没关系好吗，我是说人家那种不达目的不罢休的态度，你光工作上动心思有什么用，把那劲头儿拿出一点儿来，琢磨一下自己的前程好不好！"

"好好好，我这就准备去，礼品的事就这样吧，你也别为这事烦恼了，我拿点老家的小吃就得了。"隋梦川应付着，知我者非妻子莫属，她说的话虽不能完全认同，若在平日，二人还会常有争论，但此时隋梦川如同被人捏住了七寸，动弹不得，也无以辩驳。

隋梦川接过妻子递过来的小手包，心里很不是滋味，既觉有愧，又寻思着礼物不太合适，但不想再让妻子为难，又拎了两盒家乡特产下了楼。

坐进了汽车，当他把双手放在方向盘上的一刹那，大脑这才反应过来——自己还不知道邵总家的地址，这车往哪儿开呢？如何去拜年？趁着热车的工夫，隋梦川快速琢磨着解决办法，总不能这样返回家去，那该如何跟妻子交代？好在曾经跟总编出去开会，他知道单位司机接他的大概位置，但至于是哪个楼门、几层几号就不得而知了。万一领导有多套房产，今年并未在那个小区过年咋办？直接给领导打电话这个办法不太好，倘若领导开口"你别过来了，有话单位说去"，或者"我们也没在家"，下文该如何继续？除非你已经站在了他家门口，碍着面子也会让你进去一坐吧。因此，能不能问到详细地址是关键。

隋梦川脑海里迅速调取着名单——最知情的当数单位司机，总编办公室的人也可能知晓，但在这时间节点打听领导家地址，岂不等同于拿着喇叭，告诉同事你要去领导家。其他人呢？葛公子、贾菲……他们可能知道，但万万使不得。要说最可靠、最不可能传闲话的，就数老王了，但隋梦川又犹豫了……他决定，到小区后直接给邵总打电话。

于是，他抬脚松开了刹车，汽车缓缓地上路，俨然要去完成一项神圣而伟大的使命，但目标和结果却不那么清晰，思绪不能与行驶的车流融为一体，感觉像是划着小船闯进了大海，摇摇荡荡地在浪里前行，以致后面总响起"嘀嘀……嘀嘀……"喇叭声。

半个多小时后，隋梦川开到了他印象中的小区。小区内几乎停满了车，他把车子停到一个不太显眼的角落，地上满是刚放过的鞭炮皮，他一边担心着轮胎会不会压响了漏网之炮，一边想着打电话之事。忽然，透过车窗他发现刚开进小区的红色轿车有几分眼熟，咦……这不是贾菲的车吗？难道她也住这个小区？应该不是，没听说过她的家在附近，十之八九也是来串门的吧。

隋梦川把刚掏出的电话又放回了口袋，在这个节骨眼儿上给邵总打电话欠妥：如果他事先知道贾菲来，不一定会答应让我进门；如果他不知贾菲来，那前后脚进去两个人，岂不尴尬？就算邵总不介意，跟"蛙扑姐"一起聊，那也只有看她嘴皮子的份儿了。于是，隋梦川只好按兵不动，静观车外。

从红轿车下来的果然是贾菲，她穿着那件标志性的狐狸毛领的红色皮上衣，手里拎着个手提袋，而且还带着个女孩，是她的女儿。远远看去，女孩似乎很兴奋，对环境也很熟悉，下车后兀自跑到了一个楼门前，贾菲冲她招手说了些什么，孩子这才等着贾菲赶过来，二人一起进了楼洞。

望着贾菲走进的那个楼门洞，隋梦川确定应该就是邵总编家。楼一共有六层，虽不知道是哪层哪室，但好歹近了一大步，过会儿给邵总打电话时，可说"我已经到门口了"，如此这般，他不至于婉拒吧……或者，邵总也许会因事下楼，那就可以迎上前去，碰都碰上了，他无法再找托词。

隋梦川边想边等待着恰当时机，视线总围绕着那个楼门转，为避免碰脸贾菲的尴尬，他始终没有下车，脖子扭得都有些僵硬，原以为二三十分钟后贾菲会从楼内现身，但一个多小时过去了，依然不见动静，以至隋梦川怀疑贾菲是不是当真家住此处。

天气预报说今天降温，并在后半夜有降雪。车外的风渐渐刮起来了，而且越来越大，已经听得见它穿过车底的声音，抹过墙角的声音，擦过窗口的声音，摇动树梢的声音，听得出里面有哨声、笛声、琴弦声，还夹杂着噼里啪啦的打击乐声。难怪民间高手能用树叶、手指甚至一切可吹得出响声的东西奏乐，原来大自然每天都在演奏着交响曲，只不过心静之时方能听懂它的旋律，也方能听到内心的声音。

猛然间，一种对自己的厌恶感涌上心头，他感觉自己像是在跟踪、偷窥的小人。不管是不是巧合，若让人知晓，无论如何都有口难辩。况且，即便没有偶遇贾菲的因素，自己此次登门是否就问心无愧，过往多年都不曾拜访，现在需要邵总，便兀自跑上门来，不正是平时不烧香、临时抱佛脚吗？从没犁过的地就指望收获好粮食，这活脱脱不就是一个势利眼所为吗？

一连串自我拷问，让隋梦川打了个激灵，好似被寒冷刺醒了一般，感觉那冷从外凉到内。车里已是冰冷无比，身上的薄棉服难以抵御这冰冷，但即便是厚棉服又能如何呢？你若本来就是冰冷，棉服也仅仅能够维持你的冰冷，再厚的外衣也不会让你升温。

于是，隋梦川打定了主意，瞥了一眼贾菲的汽车和那个楼门洞，发动车子往家返。

回程车开得特别顺畅，他又恢复了赛车手般的感觉，连呼吸都觉得格外痛快。进到家门，袁明静正笑眯眯地等待他的好消息，见隋梦川原封不动地拎着东西归来，瞬间满脸诧异，二人对视良久，她才问出一句：

"这是怎么回事儿，你没去，还是人家不要？"

"都不是，邵总说他没在家，让我回头到单位见，我就没上楼。"

隋梦川不想过多解释，不想让妻子再为此事劳神。经他这么一说，袁明静也没再追问，她眼瞅着那点拿不出手的东西，内心反倒释然了。

六

　　大雪如期而至，大地上的一切，仿佛是展示春节长假后的成果，都变得白白胖胖，有了"黄狗身上白、白狗身上肿"的感觉①。老天还在无私地抖落着口袋中的几片残留，天都大亮了，仍然零零星星地飘落着雪花。雪后的街道，如同上年纪女人脸上扑了厚厚的粉，虽然是短暂的洁白，但也遮掩了那些碍眼的色斑与褶皱，让出门工作的人们，一下子洗掉了节日的酒气与油腻，以及心中的负累与显耀，多多少少拥有了片刻白雪般的心情。

　　节日期间报纸并未休刊，通过实行轮休解决出报问题，所以上班第一天并不是全员到岗，即使如此，楼道里仍不时响起拜年声："过年好""过年好"……无论平日里两人之间有无过节，打交道多不多，职位高与低，只要是打头碰脸目光相遇，谁也不会吝惜问候一声、客套一番——此时此刻，可称得上是世间最和谐时刻，只不过这个时刻有些短暂，也就半天光景。

　　那些各部门的负责人，不光想着客套，还要到领导那里点个卯，一是表明自己已经按时到岗，二来也算弥补节日里未曾拜访的欠缺。

　　等隋梦川来到社领导们所在的楼层，已经看见各部门主任鱼贯而出，鱼贯而入，他顺势跟上了拜年队伍，逐个门串。社领导总共有七

---

① 出自传说中的唐朝诗人张打油（见《旧诗新话》）的打油诗《咏雪》，原作为：江上一笼统，井上黑窟窿。黄狗身上白，白狗身上肿。

位，全部房间走完也就十几分钟。当他来到邵建设办公室门口时，却发现大门紧闭，听总编办公室的人说，邵总编去市里开会了。

隋梦川反而轻松了许多，他想起仓央嘉措的那句诗——"你见，或者不见我，我就在那里"，即使邵总编在这儿又如何呢？如何张嘴去问不该问的事呢？胡社长那里也得去一下，甭管他是否有点"嘻哈"，人家毕竟是单位一把手，你拜与不拜，他也都在那里。

阳面金角位置便是胡社长的办公室，门开着，里面正有人说话，听声音像是贾菲。胡社长已经看见了走到门口的隋梦川，隋梦川赶紧开口道："胡社长过年好！"正跟社长说话的人转过脸来，果然是贾菲。

"贾主任过年好！"隋梦川顺口道。

"啊，隋总也回来了，过年好！"贾菲笑着回应。

贾菲脸上泛着红晕，眼角闪着泪花，这一幕隋梦川并不奇怪，毕竟与她共事多年，不知情者若看她含泪走出领导屋子，还会误猜有什么事情发生，其实连贾菲自己也搞不懂咋回事儿，当记者时她就说过多次，平时也没症状，但一跟领导谈话就眼角流泪，自己也感觉不正常，咨询原因，说可能是笑神经太紧张所致。

此话被王希碟听见，当即打趣道："妹子别当回事儿，那不是病，就算是病咱也别治，留着，有好处，跟领导汇报工作时，人家肯定会以为你是真情流露，你都激动得流泪了，还不打动他？等到你自己当了大领导，你这毛病自然就好了，那时候你就不用流泪了，光剩下看我们流泪了。"

贾菲赶紧求饶："王老师求求你了，你就别损我了！"

塞翁失马，焉知非福，"黑嘴王"的调侃说不定真的应验，人家贾菲一路攀升，与各界领导都处得那么融洽，难道多少就没有这几滴眼泪的功劳？

与胡社长寒暄之后，隋梦川与贾菲一起走出了社长房间，快到电梯口时，贾菲冷不丁对隋梦川小声说了一句：

"听说你要有好事，恭喜你呀！"

"你说啥呀，我能有啥好事？"隋梦川一脸蒙呆。

回到办公室，贾菲的话让隋梦川琢磨良久：她说的会是什么事呢？贾菲比自己消息灵通，说不定听到了什么风声。

下午，总编办的张姐也来串门拜年，隋梦川刚毕业来报到时见到的小张，现在已是总编室的元老级人物，别看人家不是啥级别的领导，但哪个部门都买她的账。在总编办，张姐比那些新来的年轻人还勤快，跑腿送文件的事她从不推辞，但就是经常有去无回，别看出去得利落，回来可费劲着呢，她出去一趟就聊个半天儿，若评选谁最了解报社，最能团结同事，她准名列前茅。

张姐的部门主任用人所长，大概是不想听她在屋里煲电话粥，便经常安排她出来送文件，有需要协调别的部门，也让她出马。人家张姐很清楚自己的优势：我要是干记者，绝不比你们差，谁让我当初没上大学呢。所以张姐的出现，一般就两种情况，一是被她的主任派出来了，二是她自己想出来了。

张姐是来下发通知的，转天下午报社要开中层干部大会，有重要事情宣布。

社区报编辑部办公室是个大开间，十几个人都集中在这个房间，并不方便单独聊天，张姐给了通知之后，刚转身走了几步，突然又折返回来，走到刚刚落座的隋梦川跟前，弯下腰，低下头，那头发几乎快扫着隋梦川的脸，低声道：

"听说你小子要有好事，将来别忘了姐姐啊。"

隋梦川又一阵发蒙："啥事呀，我不知道？"

张姐摆了摆手，没说话，微笑着转身离去，只听那门咣的一声，像是给放了一个上班开门炮，这就是张姐的风格，到哪个屋都会带风带响。

贾菲的话还没琢磨透，又来了个张姐，隋梦川真像是到了梦中，也许天上真要掉馅饼砸到自己头上，但他很快恢复了镇定，王希碟说的情况也就刚刚三两天时间，不可能这么快就会有进展吧，何况无任何人跟自己谈话。总而言之，反正应该不是什么坏事，否则人家张姐怎么会说这番话呢？

下班回到家，袁明静听了隋梦川上班第一天的遭遇，立马喜不自禁，一扫昨日让丈夫出去拜年的沮丧，脸上写满了愉悦，心里头开始做出各种假设，好似丈夫已经成为单位重要领导的感觉，菜做得比平时又快又好。

第二天下午，节后第一个大会在多功能厅举行，百余名中层干部，把大厅填得满满登登，主席台上并不都是本单位领导，还多了两个人，是市委宣传部韩副部长和戴佰盛。

会议并不长，除了要求大家不打年盹儿，尽快投入工作之外，主要是宣布戴佰盛调入本单位任副社长，主管行政和经营工作，接替即将退休的陈副社长。领导讲话照例要总结、表扬一下陈副社长任职期间所作出的杰出贡献，同时介绍新来的戴副社长亦是有能力的优秀干部，希望新领导班子团结奋斗，一起给报社带来新气象。

新老交替皆大欢喜，如同春夏变更，永远都是前面过得温暖，后来将更火热，至于秋冬转换么，在这种场面估计永远也不会出现。

会议并未涉及中层干部的变动，一些传言没在会上得到证实，比如说有关葛也夫外派援藏的消息，其实大家心里清楚，若是中层干部调整，根本不需要劳烦上级领导过来宣布。

在散会的人流中，隋梦川看到了王希碌，王希碌也盯着隋梦川看了看，那眼皮往上挑了挑，似乎在问：怎么样，这两天找领导了没有？隋梦川心领神会，嘴角微微一笑，脑袋似晃非晃地轻轻摇了摇，那动作幅度小得几乎看不出来，也不知王希碌懂了与否，各自回去作罢。

过了不久，总编办通知隋梦川到邵总那里去一趟，隋梦川不知何事，心想几次欲见邵总都没见到，今天是巧了。来到邵建设的办公室，发现今天参会的韩副部长也在这儿，韩副部长还是韩处长时隋梦川就认识了，两人并不陌生。

邵建设道："梦川你先坐，我和韩部长在这儿聊天，说起节日期间有些报道的事儿，把你喊过来咱们当面聊一聊。"

听说要谈新闻报道上的事，隋梦川心里咯噔一下，是不是出了什么差错？

"其实呢，新闻报道的事我并不分管，只是自己爱琢磨，所以借过来开会的机会，跟邵总探讨探讨，你也别多想，今天谈话不代表官方啊，只代表我个人。"韩部长言明谈话性质，让隋梦川稍稍放松。

邵建设接着说："是这样，春节期间你们是不是发了关于歌星明亮回京的报道？"

"好像是吧。"隋梦川有些不确定。

"我知道你歇假了，你回去好好看看，是关于歌星明亮（被媒体和歌迷昵称"亮仔"）放屁的报道，今天韩部长就是对这个报道有点儿个人看法。"

隋梦川想起来了，春节期间是有这么个报道，说的是当红歌星明亮回到北京，机场一大群女歌迷前去迎接，真不凑巧，亮仔因头天与朋友饮酒过度导致肠胃不适，未能控制住肚中强劲暖湿气流，当众放响。亮仔正在尴尬之际，不料歌迷中却爆发出了一阵"哇！"的欢呼，紧接着出现"亮仔棒！放放放！亮仔棒！放放放！"的喊叫，颇有山呼万岁的感觉，引发全国不少媒体报道，网络上更是炒作热点，甚至某网站把舞台上出现过的明星们的各种"虚恭事件"进行了集纳，为网民们提供了一个"屁脸大比拼"。

社区报的文化娱乐版也有报道，主要是理性地就歌迷狂热现象进行了分析和批判，当时报道的题目是《亮仔的屁事有点大》。

"哦，我想起来了，我们是发过这个报道。"

"要说这事也不叫什么事，所以我跟邵总私下交流了一下个人看法，我们聊的也不止这件事，还有其他一些报道，你觉得你们社区报关于明亮的那篇报道怎么样？"韩副部长问道。

"要说这个事件，它就是个无聊的屁事，我们的报道也基本是从批评角度来写的。"

"首先我不是批评你哈,我说说我个人的观点,它既然是个屁事儿,我们就不能把它当回事儿,你理它是一回事儿,不理它又是一回事儿,报道了就说明把它当回事儿,不报道就不会有任何事儿,不是说换个角度写就是好事儿,有些事你怎么做都不成事儿。当然了,我可能是没事儿找事儿,你也别把我的话当回事儿。"

邵建设笑道:"哪里,哪里,韩部长说的确实有道理,我觉得不是这一篇报道的问题,而是个如何对待所谓网络热点的问题,值得我们举一反三,在报道方向上应该深入研究。"

韩副部长的确不是在很严肃地说这个事儿,倒像是在谈一个哲学思维,看来他深谙《道德经》之精华,"夫唯不争,故天下莫能与之争","是以圣人无为故无败,无执故无失",这和戴佰盛酒桌上说的把菜渣小人"晾死"是不是一个道理?

隋梦川接着邵建设的话表态:"我回去再了解一下这个事件,以及这个报道发出的经过,然后我们按照邵总的要求,尽快开个业务研讨会,举一反三,再深入研究一下采编业务。"

隋梦川见两位领导并无继续说下去的意思,而韩副部长也不像要马上离开,或许他与邵建设还有话要说,于是便道:

"两位领导如果没别的事我就先撤了,回去组织大伙儿开个讨论会。"

邵建设点头表示同意,隋梦川回到编辑部,便召集部门开会,他先把当日大会上宣布的人事变动向大伙儿作了传达,又转述了两位领导对报道的看法,让大伙儿发表一下意见。

负责文化报道的记者小杜先开口:"其实这事就是挺无聊的,本来也没打算报道,当时我们也并不在现场,像这样一个明星返京的事,咱们也不可能去跟踪报道,我也是后来看了网上的视频,才了解到明亮在一大群女歌迷面前放屁的尴尬事儿,后来就发现好多媒体进行报道,多数是报道现场这个突发段子的,有从明亮不自重这个角度写的，比如《大歌星的不和谐发声》，也有替明亮解围的，采访了他的经纪人，说明亮因头天晚上饮食不当导致肠胃不适，下了飞机又怕别人等他太长时间，没来得及去卫生间等等。还有从歌迷不自重这个角度报道的，如《当粉丝莫当苍蝇》。一个在现场的摄影记者跟我说，当时也的确令人震惊，明亮意外放出声来之后，歌迷们先是惊呼，然后便奋不顾身地向前扑，给人的感觉就是她们恨不能长出翅膀来循着味儿走。也别说，追星族也不是现在才这么疯狂，我听老人就讲过，人家梅兰芳当年到我们老家那儿演出，真是万人空巷，演出完了戏迷都追着不放过，梅兰芳往路边吐个口水，都有戏迷恨不得趴地上舔，可能是当众人面不好意思，就掏出手绢给擦了揣兜里了……明亮的事我是看了别的媒体都在报道，我们娱乐版没有反应，就跟编辑商量一下，编发了这篇评论性报道——《亮仔的屁事有点大》。"

编辑部主任小奚接着道："是这样的，我们研究了一下本市的媒体，电视台娱乐信息中有关于歌迷围堵明亮的报道，但解说中没提放屁的事，两大日报尽管报纸版面上没发新闻，但在网站的娱乐频道中也有报道，而且提到了引发歌迷狂欢的场面，其实这些报道也都是转发的，因为我们的记者不会出现在这样的现场，所以我们决定做一个评论式报道，既关注了此事，也表明了态度。"

接下来，记者、编辑们你一言我一语地议论起来：

"我觉得该说就得说，比如像小奚说的，这样的现场我们的记者不可能在，其实也说明了我们总是离一些热点太远，我们报纸的读者能不一天天远离我们吗？"

"这个事儿不能称为热点，但是面对社会上年轻人都关注的追星现象，也确实存在着我们自命清高的尴尬。"

"我们就应该不理会这些无聊的东西，坚持我们的报道原则，不能被社会上部分人的偏好所左右，好酒不怕巷子深么。"

"我不认为它完全是种无聊的东西，年轻人追星是一种社会现象，存在就是合理，就要去关注，如果我们老是按自己的偏好去做报道，那就是脱离社会，是不符合市场规律的，到时候谁来担负媒体衰败这个责任？"

"对呀，小杜讲的解放前也这么追星，说明不是这代人才有的现象，古代如果有电视，那斗酒诗百篇的李白，到哪儿都有人追着请喝酒，不知有多少女粉丝想跟他缠绵呢。"

"我觉得社会上存在的不一定就是好的，就该随从，能让人发笑的也不一定是好作品，打嗝、放屁、摔跤、碰头、结巴、脏话等生活中的糗事，都会令旁观者发笑，打个比方说，假如一位演员在央视春晚上掉了裤子，全国人民都会发笑，但这不应是成为文艺作品没完没了运用的元素，就像有些小品和相声里的台词，可能适合我们私下聊天开开玩笑，但如果通过大众媒体推广和演绎，就是追俗和捧俗，作为媒体，应该起到正确的引导作用。"

"既然不好的东西反倒有了市场，那就要反思反思我们媒体所起的作用了，我们是不是干了不该干的事呢？有些节目不就是这样吗，观众喜欢什么就给什么，市场是有了，观众却给宠坏了，我觉得不应该是你喜欢的，社会就应该给你，媒体得区分理解'喜欢'和'需要'有什么不同。"

"那还用说，辩证唯物论不是说么，事物都是两方面的，你起了好作用，就必定有它的坏作用。"

"我看这事儿不是简单地用辩证法就能解决的，作为主流媒体，客观报道是使命，对这个'客观'就得有个分析判断，不是所有的'客观'是'真客观'，不是所有的'民意'都是'真民意'，有些极端的民意也会绑架媒体和政治。"

"咱们是不是聊得有点远，说着说着怎么就跑到政治和文化层面上了，咱就是个办地方报的，地方报里是个办社区报的，还是讨论一下领导交代的事吧，我觉得关于明亮这件事，你不理它就是个屁事儿，理它还是个屁事儿。"

"我觉得不能单纯地将小事与政治和文化来分开，小屁事儿里未必就没有政治和文化，再说我们是办媒体的，媒体首先要有政治高度，或者说要有以小见大的能力。"

"对呀，领导不是让咱们举一反三吗，除了明星的屁事可以不理会，其他的……其他的我还真想不出有什么可以不理会的，但倒是能想出不少你想理会还不能理会的……"

"你们说那么多，该报的，不该报的，大的小的，新的旧的，臭的烂的，我说有没有可能让报纸也像网络媒体那么简单，不管什么好事破事，什么破烂报道，后面只要加一句'小伙伴儿们，你们怎么看呢？'这就齐活，这种神操作，啥也不用管了。"

……

开过分析会，隋梦川致电兼任社区报总编辑的贾菲，跟她说了说事情的前后经过。

"你跟邵总汇报一下就行。"贾菲道。

现在的贾菲，并不想再牵扯这个社区报，因为所谓的社区报编辑部，只不过是采访部门一个分支，以社区新闻为主，报纸版面随主报仅在部分社区发行，所以它并非一张完全独立的报纸，但它的内容又不纯粹是新闻版面，有了一张独立报纸的内涵。

报社为了办好这份社区报，也考虑让贾菲的优势与隋梦川的特长相得益彰，只好委以隋梦川常务副总编的身份，让贾菲兼任这个社区报的总编。

起初，那种受重用的自豪感确实让贾菲愉悦了一阵子，毕竟这个"总编"的高帽不像隋梦川老娘想的那样，是个编筐的体力活，"戴帽"对她来说颇有好的预示。别看人们对"文革"时期的"戴帽"深恶痛绝，可今非昔比，不少人却求之不得，辗转反侧，不嫌多，也不嫌高，头衔能多到一张名片印不下，于是人们又发明了折叠式名片，加页加得像手风琴风箱，如同电影放完后那长长的片尾，不是为了给观众看，其实就是给自己看。

贾菲享受了几个月"贾总编"的尊呼之后，想法悄悄发生了变化，她像大彻大悟了一般，突然觉得这个社区报总编倒成了累赘，明明自己可以发挥要闻部的优势，何必操心费力去干一个"假总编"。人生道路万千条，大道总比小道好，最省力的路才是最好的路，如果事事都逞强，反倒会一事无成。于是，她把精力全放在了要闻部，几次对隋梦川说不想再兼管，已向领导提出，但好像又没那么坚决，至今这个"不兼管"的结论，报社也未公开宣布。

针对社区报的意见和指示，领导们从此很少通过贾菲来传达，多是直接找隋梦川。这让社区报的编辑们不知如何是好，找贾菲吧，人家声称已辞；不找吧，又没有正式宣布。编辑将拼版大样给贾菲看，她都懒得瞥一眼，也不提任何意见。

无奈之下，隋梦川探问邵建设的想法，邵建设说了句"再等等看"，也没了下文。邵建设的心思隋梦川当然揣摩不透，社区报不过是主报采访体系的一部分，如果要闻部主任不想兼管，也不可能让哪位报社副总编来兼任，就像县长不会去兼任个村长一样的道理，你这常务副村长就先主持工作得了。至于邵建设说的"等等"会等到何时，自然有他的想法。

贾菲自己还有烦心事儿没了结呢，春节前她被领导叫去谈话，询问要闻部记者黄立被人写信举报之事，哪有心情理会隋梦川这边儿的"屁事"。

原来，记者黄立接了封读者来信，信中反映某房地产项目施工扰民，而且还有质量隐患。按理说，涉及建筑质量问题，应到建设管理部门反映，由官方拿出鉴定结论，记者可以报道现象，但不能随便就质量问题下结论。黄立并未将问题移交市建委，而是借施工扰民之名，几次找这家房地产开发商核实情况。开发商担心项目形象受损，希望不要给报道，但黄立不予理会，不仅写好了报道，还在刊发之前让开发商先过目。开发商心里清楚得很，这所谓管理上的不足、质量上的质疑，横竖都不能见报，最好是黑不提白不提，只要有议论，就会产生不良后果，再想挽回可就难了。于是，开发商私下给了黄立两万元人民币，黄立从此只字未提报道之事。

然而，按下葫芦起来瓢，看似已经风平浪静的投诉事件，其实远未了结。话说给报社写投诉信的那位孙姓居民，就是住在房地产项目附近的一位大闲人。他是某事业单位职工，常以孙武、孙膑后人自居，专给领导找麻烦，有包揽词讼之热情。同事们则说他是孙悟空的后代，擅上蹿下跳，给他个弼马温岗位，他能整出天大的事来，绝对是看热闹不嫌事儿大的主儿。

这位孙闲人也曾想升升职，当当官，内心也渴望成就感，目标并不高远，哪怕是个小职务也行，在江湖之上也能唬一唬。他清楚自己是块什么料，却又时常很得意，觉得有别人没有的本事，比别人有思路，若让他主持工作，一定不比别人差。为此，他曾厚着脸皮去找老领导，这位领导与他同事多年，对他还算客气，不想戳他肺管子，如果去跟猪说它不讲卫生，跟狗说它老吃屎，必定给自己找不痛快，跟他谈谈人生大道理不至于出问题吧：

"老孙呀，你要求进步这很难得，我很高兴。"

"这么说，你愿意帮我了？"

"人生的路要靠自己走，谁也替代不了，好好走下去自然会有回报。"

"瞧你说的，哪天都是我自己走路，我可用不着别人。"

"走路时也得看好脚底，看好方向，别摔跟头。"

"没错儿，我看着别人脚底呢，就等他们摔跟头。"

"你看别人脚底干嘛，我意思是说要想进步就得努力，哪怕一点点的成就，也都是自己走出来的，是靠努力换来的。"

"我一直很努力呀！"

"我说的是努力去做好一件事。"

"我就是在努力地做呀，玩儿不是事儿吗？"孙闲人眼瞅着升职无望，听烦了那些大道理，又使出了泼皮赖肉功夫。

"那你玩儿蛋去吧，过来找我干嘛！"老领导见这家伙胡搅蛮缠，终于忍耐不住爆发。

"我不喜欢玩儿蛋，只喜欢玩儿人。"

"唉……整个一完蛋加混蛋，你走吧！"领导气得一扬手，下了逐客令。

"领导，你是说咱们俩蛋在聊天吗？"

"好了，你出去吧，我不跟你聊了，我得吃救心丸了……"

鉴于这位孙闲人不上班的贡献要远远大于上班的贡献，领导班子出于扬长避短、合理用人的考虑，非常一致地默认了孙闲人由三天打鱼两天晒网，变成长期居家晒网，并享受着工资照发的待遇。若有人挪揄他不工作还惦记着涨工资，孙闲人会很自豪地回敬：

"你知道老子给他们省了多大事儿，你别以为我在家躺着就不做贡献，领导们省心了，就是我的贡献！"

孙闲人本来平日里无所事事，喜欢黑白颠倒地过日子，到年底了又不需写总结规划，不料旁边工地的施工噪音触动了他的神经，让他产生一种莫名的烦躁，继而又演变成一种莫名的兴奋，他总想找个什么茬口跟施工方交涉交涉。终于有一天，他跟走出工地的工人搭讪，听到有人因分工和加班问题发牢骚："就这样还想干出好活儿来，肯定好不了。"至于到底为何会"好不了"，孙闲人也不清楚，但世上哪有没毛病的地方，他觉得只要去查，准会有问题。

"哼，我好不了，你们也别想好。"就这样，他找人了解了一些工地施工常识，观察了观察施工现场，凭道听途说再加点自己的猜测，便以建筑质量有问题为由去找开发商，其真正意图，无非是想要些"补偿"，否则他就将这些问题向有关方面反映。

面对异想天开讨要"补偿"的孙闲人，开发商不予理会，好言相送把他打发了事。干这种事，孙闲人是个有韧劲儿的人，他不想放弃，要让开发商付出代价，于是将项目有质量问题反映给了报社。

记者黄立跟他通过电话之后就再没联系，孙闲人期待了半个多月，没等到进展，便打电话催问黄立，黄立告诉他：

"此事经过调查，环保部门回复说，人家并未违反施工规定，至于建筑质量问题，我们作为媒体不能随意判定。要不这样吧，你把掌握的问题向市建委有关部门反映一下吧。"

　　孙闲人有些失望，本想让报社出面调查，报社却让自己去市建委反映，关键是自己并不掌握什么具体材料呀。他又生一计，既然已经向报社反映了，何不再借媒体之力来吓唬一下开发商，于是他打着继续配合记者调查的名义，又找开发商交涉：

　　"报社记者可是找我了，还让我继续写材料反映呢，你们看这事怎么办吧。"

　　本来孙闲人就不受待见，接待人员一听此话，更是气不打一处来：

　　"你尽管写吧，爱上哪儿反映就上哪儿反映，你以为我们就不做工作，告诉你吧，我们早就接待过了，就你这种人，给谁钱也不会给你！"

　　"嗬！好啊，那咱就等着瞧，我可就不客气了！"

　　孙闲人尽管恼怒，却也故作平静，言语之中透着威胁。他虽然不知道黄立调查此事的经过和细节，但感觉接待人员似乎话里有话。

　　两次都碰了钉子，但孙闲人的欲望并未被浇灭，他盘算下一步如何继续，总觉得这件事仍有路可走。孙闲人别看平日无所事事，却不是个等闲之辈，他被称为"闲人"，就是因为爱闲中生事，从不按套路出牌，偶尔也能得逞一回。他常以鲁迅先生的话来自证，"地上本没有路，走的人多了，也便成了路"，并以此反击那些想开导他的人。

　　与开发商两次接触无果，他决定继续利用黄立：我不光是闲人，我还会黏人呢，谁让这黄立搭上线儿了呢，搭上线儿就得扯到底，想躲？没门儿！他想通过报社给黄立施加压力，这样黄立就不可能再敷衍了事，只要记者一较真儿，那时开发商就该服软了。

　　于是，他便写了一封匿名信给了报社纪检部门，反映要闻部记者黄立不作为，收受"好处"，漠视群众反映问题。

　　孙闲人的匿名信到了报社纪检部门，因来信含糊其词，并无实质内容，纪检无法判断，只好与编辑部领导碰了碰，先了解一下情况。邵建设为此事找了贾菲，想听听她对黄立的评价，针对记者的管理问题，他也向贾菲提出了忠告。

隋梦川哪里知道，当他躲在车里伺机去给邵建设拜年时，贾菲正在汇报关于黄立的事呢。邵建设本想听到的是一句"查无此事"，可他没料到，这事竟让贾菲犯了难。

贾菲春节之前就找过黄立："小黄，下班后别走，我找你有点事。"

"好嘞！"

黄立心情很愉悦，他猜想马上就是春节，大概贾主任又需要他帮办些事项。但对于贾菲而言，这次谈话却不同以往，没有了之前的默契与随意，感觉二人之间生分了许多。

"小黄，这几天忙吗？"

"不怎么忙，主任你有事？"

"实在不好意思，这大过年的，这不让人添堵嘛。"

"你跟我还客气啥，需要我干嘛你就说呗。"

"有个事儿，社领导让我找你了解一下。"

"社领导找我？什么事儿？"黄立立马由兴奋变得冷静下来。

"你最近处理过什么群众来信线索吗？"

"处理过不少，你指的是件什么事？"他似乎意识到要说地产商的事。

"是这样，报社纪检接到一封投诉信，反映你漠视群众呼声，不认真调查问题。"

"是吗？是那件关于房地产项目扰民和建筑质量问题吗？"

"大概是吧，我也没见到投诉信。到底是怎么回事？"

黄立把来信反映开发商一事简单介绍："那信还在我这儿呢，一会儿我拿给你看。这事咱不可能随便给人报道，会不会是写投诉信的读者又来投诉我？"

"也许是吧，你当时没给读者答复吗？"

"给他答复了，跟他说了人家施工时间符合规定，至于质量隐患问题，那需要有专业机构的鉴定结论方可报道。"黄立胸有成竹。

"哦，那就行。听说投诉信上还提到了收受好处费问题，这是邵总告诉我的，我也没看到信。"

黄立警觉起来，他无法判断投诉信来自开发商还是那位读者："主任，正好今天我跟你汇报一下，年底前一直忙，还没来得及说，这事不是他们说的那样，我是收了钱，但不是好处费，那是我为咱部门拉的赞助。"

黄立不再犹豫，决定把到手的钱交出去。

"什么？给部门拉的赞助，什么赞助？"贾菲有些意外。

"咱们不是经常搞些特约报道的广告赞助吗，我就把这个接了，我觉得钱太少，他们才出两万，我正打算跟开发商多要些呢。"

"那你觉得这钱跟投诉你的人会有什么关系吗？"

"应该不会有什么关系，这是开发商愿意跟咱们合作，我还想跟你商量如何给人家广告回报呢。再说，咱部门逢年过节不是也需要些经费么。"

黄立说的"部门需要"，不过是想说"主任需要"，贾菲自然心知肚明。但黄立突然把球踢给了贾菲，让贾菲一时语塞，她像鸭子吞筷子——直了脖，愣挺挺看了好一会儿天花板，不知道自己这一脚球该如何踢。

报社确有各部门创收的先例，这些收入多用于部门活动经费和奖励，贾菲也曾鼓励手下留心这样的机会。但此类特约报道有个惯例，必须有事先确立的报道专题，报请领导批准之后，方可启动栏目赞助合作。黄立这一招是先斩后奏，贾菲像被人往嘴里塞了块刚出锅的熟肉，想吃烫得慌，想吐又舍不得。最关键的是，黄立是经她推荐调进报社，算是自己的铁杆儿。想到此，贾菲只好说道：

"那好吧，这笔钱你先别动，我看看情况再说吧。"

贾菲交际多，花钱的地方也多，能有可支配的小金库何乐而不为呢？但黄立一下子将私事变成公事，硬生生将她推到了前台，这让她不知如何面对。如果黄立犯错误被处理，她这个做上司的，定然脸上无光。借春节拜年之机，贾菲向邵建设进行了汇报，同时也道出了自己的顾虑，但关于黄立为人如何，贾菲只是应付道："以前觉得这人还不错，挺能干的。"

邵建设提醒道："这件事你不要把自己害了，影响了你的前程，谁的责任就让谁承担吧。"

说话听声，锣鼓听音，邵建设的话虽说是关心贾菲，其实又何尝不担心影响了自己，如果单纯只是黄立犯错，对要闻部和报社来说，按规定处理即可；但如果贾菲确认黄立是以部门名义要钱，则会牵连到部门创收政策与领导责任，贾菲还必须走完活动申请程序，这样才会无懈可击。

面对如此窘境，贾菲还有更多难以启齿的纠结，黄立不仅是自己推荐来的记者，她还欠黄立的人情，也不可能对邵建设如实相告。

黄立在原单位当记者时，贾菲曾因亲戚之事请托于他。亲戚家开的社区医院与附近另一家民营医院有竞争，为了打压对手，便托黄立留心对方医院的负面信息。黄立办事立竿见影，亲自到那家医院附近蹲守、采访，写出了一篇医院超范围治疗、药贩子在门口收药、涉嫌套取医保资金的报道。既然报纸上都有了报道，不管事大事小，医保管理部门自然要重视，结果那家医院受到严厉处罚，医保结算通道被迫关闭一年有余，医院半死不活难以为继。后来，被处罚医院曾到报社找领导申辩，最终也不了了之。这件事，成了贾菲和黄立二人之间的秘密。

此次收钱事件，贾菲难辨黄立的初心是公是私，但她早已有所察觉——黄立仰仗与自己的特殊关系，胆子有点大。这让贾菲心里不爽，却又无可奈何，回家跟宠物狗亲近，还讲个见好就收呢，要不然那狗东西没完没了，又舔又抱，高兴之余也让人心烦。

贾菲最担心的，是黄立确实存在违法违纪行为，作为顶头上司，她如果不出面摆平，那么黄立的事很可能演变成为一大丑闻，让所有人难堪，于自己的前程无益。看来，这球无论如何也得接了，往下走的路只有一条：自己承认黄立以前汇报过拉赞助之事，接下来，要么真正落实与企业栏目合作，要么退钱了事。她向邵建设汇报：

"小黄确实收了钱，但那是之前跟我说过的，是给部门拉的赞助，准备搞一个特约报道专栏，我开始不知道写信举报的跟这个是一码事儿。"

"哦……是搞什么样的合作？"邵建设有些吃惊，因为这种新闻栏目上的合作，必须经过总编辑事先批准。

"是我还没来得及跟您汇报，没想到小黄那儿进展太快，刚谈了个意向，人家就交了两万定金，他们想在一版上挂个'特约报道'栏头，但是钱数和时间还没谈妥，您看这个合作还继续谈吗？"

贾菲把裁决权抛给了邵建设，想给自己找个台阶下。

邵建设道："过了年，没多久就是全国两会了，两会题材会成为报道主流，这么大的国家大事，也轮不到一个房地产公司去特约报道，跟他们合作的事，我看就以后再说吧。"

"好的，我明白了。"贾菲应道。

"这笔钱的事你赶紧解决吧，纪检部门还准备调查呢，你去跟他们说明一下吧，小黄不会还有其他的事吧？"

"好像没有，我找他了解过，就是这个拉了赞助款搞合作的事儿。"

"没事就好，没事就好。"

"邵总，我还有个想法，也希望您支持一下，小黄这人别看挺能干，好像还有些原单位的习气，您看如果有合适机会的话，能不能让他去别的部门锻炼锻炼？"

"这倒不是不可以，但目前也没有适合他的岗位，报社经营部门其实挺缺乏有编辑部经验的人，这样也便于经营板块与编辑部配合，但戴社长又刚来，也不便于马上进行人事变动，回头看机会吧。"

贾菲萌生了远离黄立的念头，她在要闻部主任这个位置已干了数年，不出意外的话，必然是晋升副总编的有力人选。另外，她也没有提拔黄立做副手的打算，但如果突然调黄立离开要闻部，却又拿不出一个较妥帖的理由。贾菲的这点心思，邵建设有所察觉。

节后上班伊始，贾菲告诉黄立："我找纪检了，跟他们说了你给咱们部门拉赞助款的事儿，我说我知道这个事，邵总那儿我也汇报过了，按邵总的意见，跟地产商的合作就算了吧，赞助款你也抓紧退回吧。"

"那纪检还会找我吗？"

"我也说不好，没有其他事儿的话应该不会吧，这件事我都说清楚了，回头你给纪检补一个文字说明。"

黄立谢过贾菲，小学时学的"心里像打翻了五味瓶"那句话，始终都没理解过，现在却一下子体味到了——到手的钱得给人送回，酸呀；贾主任对自己够意思，甜的；苦的是还得给报社写个报告说明，这措辞可得好好斟酌，别留后患；那素不相识的举报人，想起来就恼火，辣心；咸的是自己不仅白忙活一场，弄不好还留个不好印象。

而贾菲呢，终于一块石头落了地，庆幸这事没给自己惹太大麻烦。至于那位孙闲人，等了多日不见动静，竟坐了一个小时公交到报社，找纪检部门询问处理结果，还扬言继续上告。而其实，当他听完答复之后，心里早没了指望，如斗败的公鸡——垂头丧气地回了家。

……

隋梦川就业务讨论会给贾菲打过电话之后，便想去跟王希碟见个面，然后再去拜访一下要退休的陈副社长。

王希碟仍在广告部的独立办公室，由于业务和管理上的需要，经营部门办公条件要比编辑部好得多，见隋梦川进来，王希碟笑道：

"梦川你看看，这办公条件还不错吧，怎么样？我让给你吧。"

"哈哈，您可真会开玩笑，给我个房子有什么用，我也不能把它搬走。"

"别的不敢说，我这办公室可比副总编的还大呢。当然了，再大

115

也不是分给自个儿的房产，主要是为了工作方便，能接待，还能开个小会，嘿，还有人羡慕我这待遇呢，急着过来顶我，也不想想自己是吃几碗干饭的，说什么给他个支点他就能撬动地球，支点就在天上挂着呢，要白的有白的，要红的有红的，他怎么不去用啊，甭说他是否够得着了，恐怕连红的白的都分不清，整个儿色盲一个，到他那儿还以为都是绿灯呢，想怎么走就怎么走。"

从王希碛的话中听得出，有人早想接替他的位子，虽不知老王又看谁不顺眼，但围绕着这个将要腾出的空缺，肯定上演着不少故事。隋梦川想引开这个话题，便道：

"您说的还真准，没想到这么快您那位戴同学就成戴社长了。"

"我也没想到这么快，听说他马上就到位，刚才我上楼去看陈社长，人家真利索，早就把自己的办公室腾空了，人也找不见了，说是给老戴腾地方，钥匙都交给社办室了。"

"是吗，我还想去一下呢。"

"甭去了，都办完手续走了，说句不好听的，跟跑百米竞赛似的，快着呢，生怕不让他走。"

"是这样啊，还没跟人家道个别呢。"

"我也纳了闷儿了，我退居二线的事早就批准了，可还不让我走，领导居然让我别着急，再坚持几个月，不知道怎么回事儿……对了梦川，这些天你见邵总了吗？"

"见是见了，但没提广告部的事儿。"

面对王希碛的好意，隋梦川只好含糊其词，上门拜年未果之事，他难以启齿，但他心里头明白，老王应该是问他拜访过邵建设没有。

"现在领导班子里新来了个老戴，他应该不会有不同意见，就是不知道胡社长和邵总他们俩有什么想法，也许是刚来新领导的原因，过一阵子再慢慢调换吧，主要是我不想拖太久，听（tìng）在这儿叫什么事儿，大伙儿都知道我要走了，有些事干还是不干？下面的人是找我还是不找我？两头儿都难受，我还想闲下来回家写写东西、玩玩鸟儿呢，刚让人订了两只鹦鹉，学着跟动物玩玩，这一辈子，跟人斗都斗腻了。"

"呵，您是想让鹦鹉来填补退居二线的空间吗？"

"不是，我上山下乡时就经常玩这些东西，在报社工作这些年没精力，你知道我爱拍鸟，这几年我那相机就没怎么用，以后有时间了，可以跟人家出去拍拍片儿。"

"是啊，有个业余爱好真好，生活不枯燥，好多人把业余爱好干得比主业还精彩呢。"

"这就对了，人家这才是聪明人，公事私事两不误，在他们看来，公事是平台，私事才是事业呢。"王希碌似乎想起了什么，伸手摸起了桌子上的一块玉石手把件，笑眯眯地继续说道：

"跟你一块进报社的那个刘欣不错，人家一心钻研古玩玉器，你看这个手把件儿，就是他帮我买的，这小子是挺有眼光的。"

"他现在不简单，都成业内专家级人物了，听说去年他跟你们一起搞的玉器展卖效果不错。"

"是呀，那次活动很成功，帮我们赚了点钱，这也是编辑部和广告部联手创收的一个尝试，领导给予了充分肯定，还让我们拟订了一个激励办法，以后跟其他部门合作都能适用，当然了，人家刘欣可不靠这点儿奖励，这种事儿，他会玩儿，不会白干的。"

隋梦川微微一笑，假想着如果自己真来广告部，跟刘欣的合作还得继续下去。刘欣在报社虽无一官半职，但人家闷声发大财，收藏颇丰，古玩玉器进进出出让他积累了不少财富，影响力也与日俱增，现在常以专家身份出现，去做鉴赏讲座或者搞鉴定，出场费不在话下。若不是他还想利用这个文化记者的身份，早就辞职开公司去了。

办公室门外闪过一人，大概是见屋内有人谈话，迟疑一下便离开了。王希碌透过玻璃看到了那人的背影，知道又是葛也夫。

"葛也夫总找我聊天，这小子最近有点儿苦闷。"

"葛公子向来是顺风顺水，快乐得像小鸟，他有何苦闷？"隋梦川笑道。

"唉，人就是这样，如果只给他一条道，就算一条道走到黑，也不会有选择上的烦恼，道多了反倒来事了。你知道那驴拉磨吧，就得给它捂上眼罩，它才会老老实实转圈儿，如果不给挡着点，它肯定老惦记着磨上的粮食，要不就是惦记着旁边的母驴。"

"这么说，外面传言让他去援藏是真的了？"

"是真的，领导考虑过他这个人选，他本来已经是好几年的处级干部，去援藏的话有可能给他提一级，回来后可以名正言顺地按副局级安排，但他爹不让他去。别看我老是骂他，他说话倒不背我，实话说，他自己也不想去，说还不如来我这儿呢。"王希碛喝一口水，接着道，"关键是，他这一不去，把社领导给闪了，又没有其他合适的人更换。现在小葛自己也有点乱，不去援藏吧还惦记着来广告部，领导可能没考虑过他，搞得他的副手李扬波也不乐意了，背地里老骂小葛，嫌小葛挡了他的道。"

"我也听说才子李最近情绪不好，我跟他以前在一个部门待过，别看一副书生模样，其实心眼儿挺小的。"

"嘿，你别小瞧了才子李，他比葛公子还官儿迷，总是一副'天将降大任于斯人'的架势，他都转了好几个部门了，自己不痛快了，就是这儿不好，那儿也不好，就让领导换岗位，好不容易才在周刊那儿弄了个副主任干，现在葛公子又成了他的仇人。"

总编室的张姐敲门进来了，还是送会议通知，见隋梦川坐在这儿，略显惊讶地说道：

"哟，隋总敢情你在这儿呀，有你一个会议邀请函，领导让我给你看看，你们屋的人替你收了，放在你办公桌上了。"张姐扭身而去的瞬间，又笑着冒出一句，"二位领导多多关照啊！"

不知道张姐是一语双关，还是无意中捎带上了隋梦川，这让隋梦川想起了昨天与张姐莫名其妙的对话，便道：

"昨天就很奇怪，在电梯碰见贾菲时，她居然悄悄地跟我说有好事，总编室张姐来拜年时也这么说，可没有任何领导跟我谈过话，也不知道是怎么回事儿。"

"可能社领导讨论人选时她们有听到，还有一种可能，有时候领导也会随口问问身边的人，听听她们对某人的看法，说不定泄露了信息。这帮家伙，精着呢，干了那么多年了，上面哪个人她不认识。还好，反正是个好信息，应该过几天就会明朗了……张姐那样说话是有她的目的，你不知道，广告部里就有她的亲戚，这个张姐可厉害，我估计她弄进报社的人比社长、总编辑弄进来的还多，听说行政和经营部门里，有好几个人都是靠她进来的，人家保密工作做得好，我到现在还没厘清呢，都不知道谁是谁的表舅，谁是谁的外甥，一不留神就跟着人家成晚辈了。"

回到社区报编辑部，隋梦川看了张姐送来的会议邀请函，函件是全国报业广告协会寄给报社的，一个月后将在南京召开一个"全国子报子刊经营研讨会"，邵建设让他先跟会议组织方联系一下，在报名截止前把参会人员名单报过去。

戴佰盛不久就上任了，虽然王希碡曾跟隋梦川说过，准备小范围为戴副社长设宴接风，但隋梦川始终也没接到让他出席的通知。实际上，这顿接风宴倒是摆过了，只不过戴佰盛没让王希碡叫更多人参加，他对刚来报社就与下属一起吃喝有所顾忌，所以接风宴还是成了他们的朋友聚会。

新副社长上任，表面上看似风平浪静，但暗流却在行政和经营部门悄悄地涌动：前些年不得宠的，幻想着会咸鱼翻身；太过得意的，担心能不能维持现状；之前相识的，计划着进一步加深感情；未曾谋面的，设想着初次见面时如何表现；还有的，琢磨着见了新副社长后，如何反映一下某某人的问题……

总编办公室虽然直属总编辑领导，但张姐还是很小心谨慎地面对戴佰盛的到来，她一改往日风风火火的形象，给戴佰盛送文件时，借用了一点淑女温柔，步履和语态进行了颠覆性改革——不就是动作慢一点、说话啰嗦一点么，以前送信是这样："社长，您的信。"现在则改为："社长您好，这里有一封 ×× 发来的信，是给您的，我给您拿过来了。"

细节决定成败，推门、关门动作也进行了升级换代，以前"嘭"的一声能让领导心脏打哆嗦，现在进出门却慢得像只考拉，瞅半天还没见她走进来、走出去，天知道她这种神功能坚持练多久。

不过俗话说得好，皮裤套棉裤，必定有缘故，别人哪懂张姐的苦衷，她倒不是为了在这把岁数最后冲刺，升个一官半职，而是担心这位新领导带着任务而来，万一大刀阔斧向裙带关系开刀，自己别往枪口上撞，以致城门失火，殃及池鱼，令她编织多年的这个"地下亲属网"成为靶子。

凡事都有两方面，张姐的"淑女装"还没得到身边同事点赞，反而让戴佰盛心中起疑：这位老姐姐是生就的这副优雅呢，还是精神上有点问题？

一时的表演和本性总有差异，能够将假装进行到底的人，也就真不是原本的他了。

七

　　正月十五过后，小泉给隋梦川打电话，说他到三水市来了，上午先去办点事，然后想跟隋梦川见个面。小泉是一个人开车来的，见到隋梦川时已是下午四点多，他当天看了几个楼盘，打算在三水买套房子，然后办个"蓝印户口"，把孩子转到三水上学，另外顺便了解一下这边的学校，希望隋梦川给他些参考意见。

　　邻居小兄弟跨省市来访，隋梦川再忙也得接待一下，晚上留他一起吃饭，这正中小泉下怀，本来他也没打算当天返回：

　　"好的梦川哥，我今天不回去了，明天接着在三水转转。"

　　隋梦川坐上小泉的汽车，带他在附近办理了住宿，并把车子存放妥当。隋梦川注意到，小泉车上已经没了那张"通行证"，却仍然摆放着中美两国国旗，便问道：

　　"你车上怎么摆着中美两国的旗子，是参加了什么外事活动吗？"

　　"没有没有，我这个卖鸡肉的谁让我去呀，我这是摆着玩的，我们那个市场上有卖各种礼品的，什么旗子都有，摆够了就随手换一个。"

　　"卖鸡肉的怎么了，你要是做大了，把中美两国的鸡肉都包圆儿了，总统都得邀请你进白宫。"

　　"嘿，真奇怪呀，你说话怎么跟我媳妇一模一样，她就恨不得我今年占领北京，明年垄断全国，后年就做世界鸡老大，你说我一个干鸡肉批发的，要关系没关系，要资金没资金，哪儿当得成鸡老大，连

121

个鸡屁股老大都未必当得上，这不是异想天开么，我看顶多是鸡皮疙瘩老大。"

"没有异想，哪来的天开？天开天天开，要看为谁开，你若有准备，早晚为你开。你媳妇说得挺好，成不成先得有个目标吧，说不定真有一天梦想就照进现实了呢。"

"哎呀，你们文化人，就别绕我了，我已经让我媳妇都快弄疯了，她不知给我立了多少个目标。"

"她今天怎么没跟你一起过来？"

"我没让她来，她在家盯着业务呢，这不想过来跟你聊聊天儿么，等我前期打探得差不多了，再让她过来定夺。"

进了小饭馆，隋梦川给袁明静打了个电话，告诉她邻居小泉来了，晚餐不回家吃。听说小泉媳妇没一起来，袁明静也就没来作陪，这正合两个男人的心思，喝酒聊天还自在些。

两个人的饭局，点菜是个难事，多要几道浪费，少要几个又太单调。隋梦川问小泉吃猪肉、鸡肉还是牛羊肉，干脆点儿，直指目标，免得猜来猜去费时间，这不像人多时，把菜单挨着点都无妨，总能有人捧场。

"哥，咱俩不讲客气，就来盘花生米、弄俩凉拌菜就行，喝完酒再来碗面汤。"

"人少也不能这么简单，还有酒呢，没肉的话，这酒怎么喝得下去？"

"反正我是不吃鸡肉，我天天睁眼鸡肉，闭眼鸡肉，看得我的眼都快成鸡眼了。"

"呵，别人鸡眼都长脚底下，还是你有眼光，鸡眼都长脸上了，你快赶上二郎神和马王爷了。"①

---

① 二郎神，是儒道释三方和古代官方尊奉的神祇，俗称二郎真君。《封神演义》定其名为杨戬，是玉鼎真人的徒弟。二郎神流传已久的神话传说有二郎治水、担山赶日、搜山降魔、二郎擒龙、二郎斩蛟等。在民俗中，二郎神更是一位神威显赫、

"嗐，你说的那个鸡眼没眼球，看不见，我不看可不行，天天看得都快要看吐了，不光我不吃鸡肉，连我儿子都给吃顶了，咱就入乡随俗，吃点海鱼吧。"

"那好吧，咱们来俩凉菜，再来一锅小杂鱼，这样一个菜能尝好几种鱼。"

小泉跟隋梦川聊了聊几个楼盘的位置，看看哪儿可以兼顾两地，他还想了解附近学校情况，为孩子入学做准备。隋梦川问：

"为什么要到三水办蓝印户口，你们孩子户口不在北京吗？"

"没有，孩子的户口还在老家，当爹妈的顶多算个北漂，儿子是个漂二代，他很快就要上学了，在北京找学校借读也不好办，干脆在三水这儿买房办个蓝印户口，让他来这儿上学，将来高考竞争还没那么激烈。"

"你过年时不是说要把孩子放在老家上学么？"

"我开始是这么打算的，可我那老婆不干，一是嫌老家高考压力大，这个你清楚，二一个呢，她最怕孩子将来一口家乡话，她不光不爱听，还怕影响孩子的前程。"

"这就奇怪了，说老家话就影响孩子前程？你什么时候听过毛泽东、周恩来、邓小平说标准普通话？而且现在学校教育不像以前了，电视、互联网都普及了，老家的小孩子都会说普通话。"

"是呀，我也这么跟她讲，可人家有一堆道理，你知道她给我们爷俩定了多少目标？先说给儿子定的：小学要进贵族学校，从小接触富贵家庭；大学要上北大清华，绑定未来精英阶层；女友要看对方出身，非富非贵不谈感情。"

"啊，这个追求确实不一般，有典型性。"

善于变化、英勇善战的天神，能安四方，护边陲，解民苦，助中兴。

马王爷为中国神话中的人物，马王爷即马神，俗称马王爷，全名叫"水草马明王"，是中国民间信奉的神仙之一。关于马王爷传说很多，传说长有三只眼，又称"三眼灵光""三眼灵曜"。

"幸亏是典型性的，要是非典型性的我还活么，问题是对孩子这样要求，靠什么？这不就给他爹出难题么，我小泉靠读书上学是来不及了，她给我的首要任务就是挣钱，挣大钱，有了经济基础之后，第二步就要向政界靠近，有机会结识领导层，给儿子婚姻创造机会，我有钱，他有权，这样才叫门当户对，以后干什么都能吃得开。"

"实现目标的路径倒是很清晰，也难为你了。来来来，革命尚未成功，同志仍须努力呀，干一杯！"

聊天儿喝酒，你来我往，二人从老家睦邻喝到在华北望邻，然后又喝到即将在三水结邻，酒喝多了，真言吐得就更多：

"哥，你别嫌我那媳妇势利眼，她也是小时候在老家给逼成这样的，她的父亲在村里受过欺负，让别人陷害了，说他合伙偷东西，关了一个多月，挨了不少打，还罚了不少钱，她父亲出来后就离家出走了，因为这事她都没上成学，初中刚上一年就出来打工养家了，这口气她永远忘不了，她现在一心想着挣大钱，结识权贵什么的，将来回老家搞个大项目，做个有名的企业家，争争门面，光宗耀祖。到那时候，当地的领导都得小心伺候着，小小村干部、乡干部算什么，都得围着转。"

"哦……"隋梦川无语。

"哥，咱再加个肉菜吧，我怎么越喝越饿了。"

"很正常，咱俩光说话了，都快三个小时了，能不饿吗？"

"要不咱来点肉吧，还是吃肉比较扛时候。"

"好，想吃什么菜你说，抓紧，过会儿人家后厨该下班了，咱们连面汤一块要了吧。"

"我想来个辣子鸡丁。"

"啥？辣子鸡丁？！"隋梦川以为自己听错了，或者小泉说错了。

"对，就是那个川菜辣子鸡丁。"

"你不是看见鸡肉都想吐吗？"

"是啊，平时看见鸡肉就想吐，喝酒后吃什么都不吐，我就是爱吃这个辣子鸡丁。"

"怪不得老人们总说喝了点酒就不知道自己姓什么了，原来你喝了酒也不是小泉了。"

"我媳妇也这么说我，喝了酒就不是小泉了，变'纯一狼'了，可我平时是真不吃鸡肉，再说这辣子鸡丁也不像鸡肉啊，跟嗑瓜子儿、吃爆米花儿差不多，吃不出鸡肉味儿。那美国鸡的吃法我不行，大火鸡往桌上一端，跟端上个小胖孩似的，让我想起一群鬣狗围着一头鹿又撕又啃。"

"看来啊，你不是不喜欢吃鸡肉，而是不喜欢吃法太腻的鸡肉。"

"可能吧，可能就是你说的这样。"

"你这习惯倒给我一个启发，你以为的并不一定是你以为的，你拒绝的并不一定是不喜欢的，你所坚持的也并不一定是你想要的。"

"哥，你这话有点儿深奥，这跟我有什么关系？"

"拿你吃鸡肉这事来说吧，因为你天天跟鸡肉打交道，或者说你了解鸡肉，不管是回家还是到饭馆，你首先是拒绝鸡肉，你也以为你不喜欢鸡肉，但实际上呢，你以为的不喜欢，只是不喜欢不合你胃口的做法，并不是所有做法的鸡肉。另外，你不吃鸡肉，并不是你不需要鸡肉，比如喝酒时，你还特别想吃辣子鸡丁，对不对？"

"好像是这样，照你这么说，你说我媳妇那样坚持她的追求，也不一定就是真的想那样？"

"这个我还真不敢断定，但有一点应该没错，人生的事业规划和赌气并不是一回事，通过你讲的来分析，你媳妇更多是抱着一种回乡扳回一局、出人头地的想法，这是赌一口气，也可以说是梦想，但从你们俩的事业目标规划上，我觉得不太实际。当然，人有目标是好的，比如说你想爬上珠穆朗玛峰，最后因体力不支，只爬到了八千米，那也是一种收获，八千米也超越不少山峰呢，问题关键在于，你得活着下山啊，不能倒在八千米山上。"

"是呀，要不我觉得压力山大呢，你说她这种追求会改吗，就像我似的，不吃鸡肉又吃起来了。"

"刚才我说人生有规划，事业也有规划，你媳妇说的那些可以算是人生规划，她的人生就想干成这些，但有些事是要在事业成功后才能干的，这就还需要有个事业规划。当然你们也有，比如说今年占领北京，明年垄断全国，后年世界第一，这也算是个规划，但太笼统，也不符合实际，事业规划得根据你的经营项目，或者准备干的项目，要有分析、有切合实际的阶段目标和实施方案。"

酒精的作用已经使小泉听得稀里糊涂，听隋梦川啰嗦了那么多，他问一句：

"哥，那你的规划是什么呢？"

隋梦川语塞，子曰"古者言之不出，耻躬之不逮也"，怎么也得给自己留点余地，便道：

"我跟你们不一样，你们有自己的生意，自己的事业，我们当年考学还顾不上什么规划，能考上大学就谢天谢地了，毕业后在大城市有了一份稳定的工作，现在只能说有点眼前规划，就是把自己的工作干好，孩子教育好，另外有时间的话再学习深造。"

"哎，你说奇怪不，我媳妇也说，她还想去什么长江黄河学院，读什么 CBA。"

"是长江商学院吧，读 MBA，或者是 EMBA。"

"对对，她说上这个学能跟好多名人做同学。"

"不是没这种可能，但是现在办 EMBA 班的学校多了，想通过上这个班结识圈子的人也多了。反正你可想好了，真要是为了学习倒也无妨，但很可能来这种班上学的，都是为了来结识别人的，说不定会大失所望，觉得别人还不如自己呢，当然了，认识个同学总比不认识人强。"

"是呀，咱本来就是北漂，我担心挣的这点钱打了水漂，更担心万一媳妇在这长江里也打了水漂，你说我不亏大了。"

"哈哈，原来你是怕媳妇让长江水给冲走了呀，要不你让她读南开的班吧，难以分开么……这是玩笑话，其实两口子分不分不在于她去学什么，关键是看你们俩的情分。另外我也提醒你，不能只是人家在长进，而你止步不前，要共同学习进步，假如你二十岁时一天就卖五百斤鸡肉，到了四十岁还是每天卖五百斤鸡肉，这就不好了。但是，假设你四十岁仍卖五百斤鸡肉，可另外你把鸡毛生意做大了，成为鸡毛大王，那也是一种进步。"

"你的意思是我也跟她一块上学去？"

"不是，进步不只是体现在上学方面，你也可以做大你的产业，或者成为这方面的专家，或者成功投资其他领域，这都是进步，但这都需要不停地学习来支撑，专业知识、时事政治、经济趋势你都得学，哪怕是你学习诗词歌赋、天文地理呢，这都是进步。"

"是呀，你说这些事儿我跟谁聊去，谢谢梦川哥，我得抓紧到这儿买房，离你近点儿。"

二人聊至饭馆闭店，隋梦川这才把小泉送至宾馆，回到家已是十一点钟。

葛也夫近来有些心烦意乱，虽然是以身体健康原因拒绝了外派援藏，但在外人看来，有不服从组织安排的嫌疑，他不仅放弃了一次提拔机会，还留给别人一个"不知好歹"的话柄。因此，他不光为自己的事烦心，随之而来跟李扬波之间的龃龉也令他难解。

李扬波最近数次想请葛也夫小坐，但都被葛也夫以各种借口回绝，"才子"遇上了"公子"，如同秀才遇上兵，有理也说不清，其实是葛也夫不知如何面对李扬波的关切。毕竟李扬波年龄已不小，一次提拔的希望眼看就要破灭。李夫人严玉箫出身干部家庭，是个国有百货公司的中层管理人员，李扬波极想在家人面前证明自己，但始终找不到机会。

葛也夫心想，如此下去，自己和李扬波的关系势必恶化，也难怪李扬波对自己产生怨恨，如果站在他的角度，自己也可能不满。所以，他还是想先解决自己的问题，走为上策，即可顺势破解与李扬波的矛盾。

邵建设的办公室最近难得清静，总有人过来谈话，一坐就是半天，其中有他叫过来的，比如王希碌就是一个，也有瞅时机要向领导表白的，葛也夫一马当先，还有李扬波。

王希碌被邵建设叫来谈话，是因为刚分管广告业务并涉及广告人事变动，邵建设需要从王希碌那里了解更多情况，这让老王忽然又有了存在感和责任感，好比刚要躺平忽然又来了精神，说明人家邵总挺看重自己的意见，本来退二线就意味着他在报社地位的终结。从邵建设的办公室走出，王希碌有了种心满意足的快感。

李扬波来找邵建设，主要是来表白自己有多么付出，多么发挥作用，多么有成就，若不是眼前坐着个总编辑，也许编辑部最大功臣就是他了。话里话外，他对葛也夫已是牢骚满腹，似乎周刊的工作葛也夫只是个陪衬。李扬波说自己还有一个优势无人能比，他早已在多个部门、多个岗位锻炼了一圈，熟悉各个岗位，能力最全面，别说能胜任一份子报总编辑，换报社哪个部门他都能独当一面。

邵建设当然明白，本来要调走的葛也夫没了下文，李扬波无非是想来个"你不走我走"，这是来请缨出战的，好事呀！但别人可能不知，邵建设能不清楚吗？李扬波在哪个部门都没待多久，他倒是经常放心地换岗，我可没那么多街亭让他把守，他也不是马谡可以问斩。李扬波在哪个部门基本上干不满三年，不是三年上一个台阶，而是三年准会"翻坑"，至于理由，都是这些部门缺氧——领导没水平，部门没活力，工作没意思。就这样，他先后干过文化记者、出版编辑、群工记者、财经记者、专刊编辑、子报编辑，子报副总编这个岗位，是他干的时间最长的一份工作。

邵建设看他那副着急的样子，只好安慰道：

"你是出了名的才子李，别着急，还会有机会的。"

不管真的假的，反正才子李听领导这么一说，就如同被注射了一针镇静剂，心头之火瞬间熄灭，然后心满意足地走出了门。

葛也夫最近怵头见领导，因为自己的选择让邵建设为了难，此时跟领导提要求，岂不有蹬鼻子上脸之嫌。纠结许久，葛也夫最终还是决心跟邵总进行一次沟通，否则这种状况让他太难受，尤其和才子李之间的关系。

葛也夫打电话求见时，没想到邵建设很痛快地答应抽时间一谈。葛也夫像做了错事的孩子，小心翼翼地进了邵建设的办公室。邵建设刻意嘱咐总编办的工作人员，勿让其他人进来打扰。

"邵总我先给您道个歉，实在是有负您的栽培，给领导们添麻烦了。"

"你不用内疚，这有什么麻烦的，身体有问题，那有什么办法，心脏现在怎么样？"

"本来也没多大事，说是先天性的左心室游离腱索，我自己觉得没啥问题，可我父亲就是不让我去。"

葛也夫当然不会把葛老爷子的真实意图和盘托出，这个所谓的"先天性心脏病"并无大碍，健康原因只是个借口。

"这咱都理解，心脏问题不可大意，因为谁也不知道它什么时候会出状况。你父亲身体还好吧，他年纪也大了，身边也需要有人。"

"谢谢您，他身体不错，还老提起您呢，说在三水市媒体里面，您是德才兼备的好领导，他在位时也常常得到报社的支持，还特别让我感谢您呢，对我那么关照。"

"哈哈，你父亲太客气了，都是干工作，不过这次对你来说确实是个好机会，这还是胡社长提出来让你去的呢。"

"太感谢了，领导们对我那么信任，我这回却成逃兵了，太对不住了，也让领导为难了。"

"这不算是什么逃兵，只是确实浪费了一个好的机会，这等于就是胡社长给你争取来的，除了你之外，报社也没有其他合适人选。其实外派三年时间也很快，换个环境挺锻炼人的，这次咱们把名额退了回去，挺可惜，最后从其他单位选派了。"

邵建设有意把"胡社长争取来的"这事作了强调，一个被下属拒绝了的善意，他也不想在葛公子面前栽自己的面儿。

"唉，都怨我没福气，让领导费心了，其实我还是觉得做报社的事情比较得心应手，广告部或者其他部门如果有需要的话，我随时听您招呼，一定竭尽全力。"

葛也夫欲把话题引到广告部上面来，但邵建设并不接话茬儿，说道："咱们报社也需要后备人才，你要好好努力，戴社长是从外面调过来的，很有经营工作经验，你们子报的经营工作以后由戴社长来抓，你要好好配合。"

邵建设说这话的意思，二人心照不宣，葛也夫原本就是期望能在报社直接升任副社长，没想到来了个大"麻袋"，一下装走了几个人的梦想，援藏机会他又放弃了，眼看着机会一个个失去，难免情绪上会有波动。邵建设的话戳中了葛也夫的那点失意，他连忙道：

"那当然，那当然，您放心，我一定会配合好戴社长工作。"

"过些日子有个全国子报子刊经营工作研讨会，好像是在南京，你跟戴社长一起去听听吧，学习一下外地的好经验，会议通知已经给了隋梦川。"

葛也夫尽管心思已不在子报上面，但听说安排他和新来的戴副社长出行，也不能怠慢：

"好的，隋梦川也去是吗？"

"对，小隋也去，戴社长那儿也说过了，你回头联系一下会议主办方。"

葛也夫想，不是传言隋梦川要去广告部吗，怎么还让他去参加这种会议？广告部主任这个岗位他还想争一争，便试探地问道：

"邵总，听说广告部王主任退二线了，接替他的人定了吗？"

"还没有，这要领导班子开会讨论才能定。"

对于这种人事安排，葛也夫贸然在领导面前打探，确实也太拿自己当根儿葱。邵建设明白他的心思，又不便多说，只得应付了事。

葛也夫心有不甘，仍想表白一下去广告部的愿望，只好拿李扬波来说事儿：

"可能您也听说了，最近不知道是不是因为我的事，才子李情绪不太好，他可能以为我妨碍了他，最近跟我鼻子不是鼻子，脸不是脸的。"

"哦，我没听说，怎么回事？"

"前些日子不是听说我要去援藏么，他可能准备着接《渤海周刊》总编辑的位子，没想到我哪儿都没去，他可能太失落了吧，看来我们俩的关系以后也不好相处，我希望领导能给考虑一下，有没有合适的机会给我们俩分开。"

"就算是你调走了，也不一定就是他来接任，这个工作谁来主持，还是要全面考察的。"

"是是是，您看看吧，如果有机会，或者我调开，或者把他调开，免得关系搞得太紧张，影响工作。"

葛也夫终于借李扬波的事把话说了出来，邵建设的话也令他心情大好，起码说明领导对自己能力的肯定。

"他也可能是一时的不快，过些日子就会好的，目前也没有适合调动的岗位，再说戴社长刚来，人家对报社还不太熟悉，人事上的事还需要慢慢来，李扬波的事你还是要多跟他沟通，俩人合作好，都在一起那么多年了，别影响了工作，让人笑话。"

"好的好的，我想办法，谢谢您。"

从邵总编那里走出来，葛也夫忽而又有些茫然，这谈话后的感觉，跟没谈话差别不大，啥问题也没个头绪。反过来又一想，这也不能怪领导，还不是自己有机会不去把握，于是内心平静了许多。不管结果如何，反正是把憋了许久的话终于说给了领导听，如同吐出了在喉骨鲠，挤出了鼻尖粉刺，排出了多日宿便，胸口那叫一个畅快。他摇晃着脑袋，如李扬波一般，心满意足地走了回去。

另外，安排他与新来的副社长一起出差，也令他喜不自禁，看来邵总并未打算把自己雪藏，这个机会得好好表现，一把手二把手都已经得罪了，别让新来的老三也另眼相看。葛也夫体内似乎涌出一股难以名状的热情，他兴奋地拨打隋梦川的电话：

"梦川你好，邵总刚刚找我了，说是有个会议通知在你那儿。"

"是那个子报子刊经营工作会吗？"

"对对，就是这个会，邵总说让我联系一下，让我、戴社长还有你一起去参会，你把通知给我看看吧。"

"戴社长也去开会？"隋梦川还不知情。

"对，领导说让戴社长去，正好熟悉一下这个领域的情况。"

"好，马上就要报名了，那我让人把信函给你送去。"

隋梦川想，既然邵总说了让葛公子联系，那就把信给他呗。张姐送信时并没说什么，只是让自己看看，可能那时参会人员尚未确定，所以这个"联系权"葛公子拿去也属正常，人家是中层正职，而且确实还管了个正经八百的子报，他去参会在情理之中，想到这儿，他又补充道：

"另外，会议要求各地提交子报子刊经营经验，最好是论文，我也准备了一篇，也麻烦你一起传给组委会吧。"

"啊，好的，太好了，我也没时间准备，你传给我吧，我一块儿把参会信息给发过去。"葛也夫道。

春意盎然的南京，迎来了这个全国报业子报子刊经营工作研讨峰会，相比其他接踵而至的国际性大会，这个一百来人的研讨会并没多少人关注，似乎连报业自个儿的媒体都懒得去报道。戴佰盛和葛也夫、隋梦川三人乘飞机在开会的前一天下午赶到报到，自从调到三水都市报社之后，戴佰盛与这两位下属还是第一次单独相处。

研讨会虽然会期仅有一天，但是加上报到和返回的时间，远道而来的参会者一般都要用去三天。下午报到后，戴佰盛被安排住了单人间，葛也夫和隋梦川则同住一室。按照戴佰盛的意见，为了不影响第二天早上开会，当晚并未安排饮酒，三人简单吃过会议餐之后，便来到秦淮河边散步。

人们说秦淮风景晚上看才最美，其实那不过是黑夜强行过滤了风景，世俗的光影绑架了你的眼神，让你与之合流，而那河面上的流光溢彩，也不过是幻化了的世俗光影。但就是这小小的吸引，也时不时被行进中的闪转腾挪所扰乱，弄得人如僵尸般游动，懵懵懂懂不得回味。当下的秦淮河，该是古诗中的哪一种情境呢？是孔尚任的"梨花似雪草如烟"，还是杜牧的"烟笼寒水月笼沙"，抑或王士祯的"浓春艳景似残秋"……

"来来来，这个地方好啊，过来照张相，这可是中国历史上最大的科举考场，你们都是参加过高考的，跟在这儿考过一样，我给你们两个拍照。"望见"江南贡院"匾额，戴佰盛突然来了兴致，向他们二人招呼。

"戴社长我们一起照吧，找个路人帮忙拍一下。"隋梦川道。

"不用，不用，我这个工农兵大学生哪能跟你们比，你们都是举人进士。"戴佰盛摆摆手。

葛也夫不愧是老人事局长的后代，说起话来很在行："戴社，工农兵大学生不也是大学生么，那可都是钦点的举人呀，更厉害。"

"哈哈……"戴佰盛笑了笑，他当然觉得自己不笨，但更庆幸自己幸运，无论是推荐上大学，还是工作后进修，哪一步也都有领导相助，"要不咱们一个一个拍，然后再找人拍个合影。"

"好。"葛、隋二人异口同声。

"把相机给我，我来给你们两个照。"戴佰盛伸手要过葛也夫的数码相机，"放心吧，别看我人有点老，这新玩意儿我会玩儿着呢，好……看我这儿……再换一个……尽管咱们没在这儿考过，但也是千锤百炼出来的……眼睛往上看，要往高处看……好嘞！"

拍照之后，戴佰盛道："明天一早开会，今天早点儿休息，我就不请你们小哥俩喝酒了，等开完会，明天晚上再找地方好好吃一顿。"

回到酒店，葛也夫本想去戴佰盛房间，跟他单独聊一聊，看戴佰盛多次说早点儿休息，不知人家有何作息习惯，便没好意思过去打扰，悻悻地回了客房。

葛、隋二人虽然同事多年，但一起出差还是头一遭。一起睡觉可不比一起上班，两个人都不说话便显尴尬，聊一聊吧，那还要有话题。

其实隋梦川有一肚子疑问想说：你为何不去援藏，浪费一个晋升机会？才子李是跟你闹僵了吗？你想去广告部任职吗？你曾给介绍对象的那位刘姑娘现在怎么样了？……好奇就罢了，也不能真开口问呀，但俩人躺在一个房间，总不能像张飞捉耗子——大眼儿瞪小眼儿。

而葛也夫呢，这么多年过来，他也不太了解隋梦川，也想问问他跟新来的戴社长以前认识否？领导跟你谈过去广告部没有？但这些话他也说不出口。

二人半天不知聊啥，只好看电视打发时间。

葛也夫忽然开口："梦川，你夫人是干嘛的？"

"啊，我老婆在区里图书馆工作。听说你夫人发展得不错哈。"

"我老婆比我厉害，现在是市房产公司的副总。你说你呀，当初给你介绍刘姑娘你不要，人家到现在还没结婚呢。"

"是吗？哪里是我不要，是人家根本瞧不上我，我是老坦儿进城，一身条绒，怎么能跟人家过到一块儿去，她怎么了？这么多年就没找到合适的吗？"隋梦川有些吃惊，既与刘姑娘有一面之缘，当然也很想知道她的近况。

"这个傻姑娘，高不成低不就，干脆也不找了。"

"是啊，要求越高，痛苦也就越多。我老婆有个大学同学，长相不算漂亮，人家毕业后找了个没上过大学的修车工就结婚了，现在一家三口幸福着呢，孩子也很有出息。"

"对呀，人就怕想不开，不认头。我听小刘说，全市有点身份的大龄男青年，她几乎都见过，更可笑的是有好几个她见过两轮儿，自己都腻了。"

"是吗？这么说也吃了回头草，难道是后悔当初的决定？"

"她不是有意去的，按她的话说，全市有点文化、又在机关上班的大龄青年也就那么多人，小刘见得太多了，本来就记不清名字，况且那男的又换了工作单位，介绍人也不是同一个，所以她没多想就答应见面，哪知自己以前见过对方，这一见面可就尴尬了。"

"哈哈，这么有戏剧性呀。"隋梦川笑了。

"这是她第二轮见了面的，还有几个没见面的，介绍人一提她就想起来了：'甭说了，我们以前都见过。'小刘说见二轮儿这个才有意思呢，那男的看来也是见得人太多，有点儿不确定，就问她你不是那个谁谁谁吗？你是来见我的吗？俩人报了介绍人的名字，暗号一致，那个尴尬呀！小刘直笑，那男的还以为小刘打算跟他结交，特别兴奋，结果聊了没几句小刘就问他：'上次咱们见面是在什么地方来着？'那男的还不错，想起来了：'好像是会芳楼吧。'这哥们儿可能见哪个女的都订这儿，小刘就说：'那好，咱这次去狗不理吃吧，可以吗？'这哥们儿先是愣了愣神儿，后来反应过来了，就说：'算了算了，我不饿，我不吃了，回见您了。'就这样，分手拜拜了。"

"还行，看来二人都是马三立的相声迷，有共同语言。"

"我在想，幸亏那哥们儿反应过来了，他若是没领会，答应去狗不理吃饭，那小刘下一步该咋办呢？"

"是呀，估计这顿包子肯定是吃不成，也许刘姑娘会给他提示一下相声台词吧。"

"我要是小刘，如果那人还不觉（jiǎo）闷，到了狗不理门口就改地方，说'我不想吃包子了，我想吃开水下汤圆——滚蛋'，哈哈……"

"刘姑娘应该不会这么损，但约会场面确实很有喜感，葛公子，你也可以创作个相声段子了。"

"你别说，我还真爱听相声，我不听相声都睡不着觉，你瞧，我这 MP3 都录满了。"

"什么？……"隋梦川正要发话，葛也夫的手机响了，他拿起来看了看，打进的是南京本地号码，便接通了电话。通话之后，他告诉隋梦川，原来咱们报社来参会的级别最高，会务组说除了报业协会的领导之外，戴社长是各省市参会者当中级别最高的领导，让我通知戴社长在第二天上午开会时往主席台上就座，有他的桌牌。

"我去跟戴社长说一下。"葛也夫起身刚准备走，似乎又想起了什么，"我还是给他打电话吧。"

葛也夫拨通了戴佰盛的手机：

"戴社，这么晚了打扰您，还没睡吧……刚才会务组来电话，说您是报社来的大领导，让您明天上午开大会时坐到主席台上，有您的座席，他们来电话问您有什么意见，没意见明天就这样安排了，如果您不愿意，今天晚上我就马上给回复。明天下午是专题讨论会，就不用坐主席台了。"

"这倒没想到，我想想啊……不需要我讲话吧？"

"他们没说，可能不需要，如果让您讲话他们就提醒了。"

电话那头，戴佰盛考虑片刻，自己也想不好这有没有必要，他本想推辞，但转念一想，既然会务组给咱报社脸面，何必拒绝呢，况且自己也是刚刚升任副社长职位，又是第一次外出，坐主席台也是一种宣传。想到这儿，便道：

"好吧，就听从人家安排吧，要有变化明天早上再说。"

联络完毕，葛也夫躺下便把耳机塞到耳朵眼里："咱们也早睡吧，明天跟戴社一块吃早餐去。"

隋梦川问道："你把耳朵堵上了，是睡觉怕吵吗？"

"不是，不吵我还睡不着呢，我是要听相声。"

"呵，古人云：'食不言，寝不语。'你倒是不语，却要听着别人嘟囔，这也叫睡觉？"

"我是听着相声睡觉。"

"刚才你接电话前我就想问你呢，听相声应该是让人乐和、兴奋的事儿，你是如何做到用它来催眠的呢？你是一听相声就犯困吗？"

"也不是，反正我就爱听云大师的相声，不听还睡不着觉。"

"哈哈，你说这让云大师知道了，他是该高兴呢，还是高兴呢，还是高兴呢？"

"嘿嘿，没办法，习惯了，反正听着听着就着了。"

葛也夫按下 MP3 播放键，调好音量，闭目听上了段子。不知他在说笑声中早已入眠，还是仍然在欣赏，反正脸上看不见有笑模样；也不知他是当真喜欢这些相声段子，还是喜欢得不知怎么喜欢了，以致麻木到把它当成了催眠曲。

隋梦川许久未能入睡，倒不是要看葛公子以毒攻毒催眠法，毕竟是换了个睡眠环境，多少有些不适应。不知过了多久，隋梦川将要入睡之际，突然间被一阵抑扬顿挫的鼾声惊醒，他没想到，这瘦条儿身量的葛公子也会打鼾，既然睡不着，干脆就欣赏欣赏吧——只听那鼾声忽高忽低，时急时缓，急时如丝如竹，缓时似瓮似磬；时而断断续续，若有若无，时而滔滔不绝，气势磅礴，堪称鼾中精品。这打鼾倒是像极了葛公子的为人，一会儿阳春白雪，一会儿下里巴人，一会儿白雪混杂着巴人。

听着听着，隋梦川似乎明白了，难怪葛公子睡觉时要戴着耳机听相声，大概是怕自己把自己吵醒的缘故吧。

似睡非睡地熬到了天亮，隋梦川无可奈何，想想也许自己的呼噜别人也不适应，只不过人家葛公子睡时始终播放着相声，隔离了外界声音罢了。这倒是个非常巧妙的招数，你若不想听到外界的噪声，你就得用另一种噪声去掩盖它，这比起让他人闭嘴要容易得多。所以，若想影响葛公子，也难着呢。

上午大会九点开幕，参会人员有一百多位。戴佰盛坐上了主席台，接受与会代表的注目。他略有些不自在，自己既非报业协会领导，又不讲话，完全就是个摆设，不过是享受了一下公布"出席会议的领导和嘉宾"名单的待遇。幸有南京当地报社领导台上就座，戴佰盛也就不那么孤单了。

当然了，会议组织、承办方还是愿意台上领导多一些，道理明摆着，高级别领导到场的越多，越能说明会议的重要性，说明组织得到位。参与就是支持，大道大理，皆大欢喜。

不光戴佰盛给三水都市报露了脸，隋梦川提交的论文（会议上的叫法，其实就是工作经验总结和探索）获得了一等奖，排在会议论文集的前几页。获奖名单公布时，台上的戴佰盛越发脸上有光，而台下的葛也夫心里却不知是啥滋味，冲身旁的隋梦川笑了笑，以示祝贺。

一天的会议当中，戴佰盛未作任何发言，也难怪，他从外单位调到报社时间不长，担心说出了外行话，让人耻笑。上午会议主持人挺周到，发现主席台上有领导未曾开口，便问了句："三水市的戴社长有什么高见，想跟大家说说吗？"戴佰盛只好摆手作罢。

下午的专题讨论会到五点就结束了，有些参会者已开始返程，大部分人留下参加招待晚宴。

会议刚结束，葛也夫便对戴佰盛说，他有个南京朋友要请咱们吃饭，晚上到秦淮河边小酌。其实，葛也夫是想起了头一天戴佰盛说的话，便电话请教朋友小邓，让他推荐一个吃饭的地方，小邓得知葛也夫陪领导出差，自然听得出葛也夫的话外音，哪能不给做个面子，便称饭馆已订好，邀请他们三位一起用晚餐。

戴佰盛受邀要出席晚宴并坐领导桌席，不便推辞，上午开会时都上主席台了，吃饭时也不能溜号儿。另外，考虑到自己刚刚扎进报业圈，多认识些业界领导也不是坏事。于是他告诉葛也夫，应付完招待晚宴再说，这种饭局时间不会太长。葛也夫和隋梦川只好做吃两餐的准备，晚宴算作演习，保存实力，预备秦淮河畔再战。

招待晚宴一个小时左右便曲终人散，此时还不到晚上八点，南京友人小邓已经开车来酒店门口候着，并在葛也夫的授意下，送了十盒当地土特产，葛、隋二人将礼盒送至客房，然后乘车奔向十里秦淮。

秦淮河畔正是灯红酒绿，多亏有小邓提前预订，否则找个称心的位子要费些周折。为了让朋友们尽兴，小邓陪起了酒，虽然三人已用过餐，但小邓照样得做足面子，半场的酒局也是个局，菜不可少点，当地的拌荠菜、状元豆、酱骨鸡、卤鸭头、臭豆腐还是摆满了桌子。酒上的是啤酒，让三位那本不空虚的肚皮，只好不停地向外侵占着公共空间。三人在晚宴上已饮了少许白酒，再饮上几瓶啤酒，醉意迅速显露，五官开始出奇地活跃。

　　酒精是人与人交往的催化剂，人何尝不是人与人之间的催化剂，因为有了小邓这个"外人"的存在，这三位报人的聊天，居然产生一种特殊的化学反应。虽然不能确定，假如戴、葛、隋三人单独饮酒会如何表达，但目前四人之间，那酒话极富善意和风度，捧夸成了主旋律。管他真的假的，敬酒总比罚酒好，听起来你我都惬意。戴佰盛第一轮先与小邓碰杯敬酒：

　　"邓总，我们得特别感谢你，今天拿出时间来陪我们，还给我们找了这么一个好地方，南京这地方太好了，南京人也太好了，邓总你就是个代表，本来我就喜欢这个地方，但是自从认识了邓总，我连这儿的人也喜欢了。"

　　戴佰盛与葛也夫碰杯：

　　"我敬小葛同志一杯，感谢你奉献出这么好的朋友，南京之行不虚此行，主要是因为小葛你来了，我们是跟着你沾光。"

　　戴佰盛与隋梦川碰杯：

　　"我也得感谢梦川，这论文给报社争光了，让我坐在台上倍儿有面子。"

　　戴佰盛第二轮与小邓碰杯：

　　"你这个葛兄弟可不得了，他前途无量，是我们报社的后起之秀，前些日子有个提拔机会他都不去。"此话一出，小邓面露惊讶，而葛也夫只好讪讪一笑："哪里哪里，戴社长过奖了。"

　　戴佰盛再与葛也夫碰杯：

　　"你老父亲可是个有能力的人，三水市谁人不识，谁人不知？我看你将来肯定会超过你父亲，将门出虎子，祝你步步高升。"

隋梦川在这个圈子里算是个局外人，戴佰盛也不会遗漏，该碰杯还得碰，虚话也得凑几句："梦川大才子，祝你多拿中国新闻奖、世界新闻奖，给咱报社争光。"

葛也夫、隋梦川当然也得敬酒，先敬戴佰盛，再感谢小邓尽地主之谊。

葛也夫敬小邓道："我们这位戴社长可是三水市响当当的人物，水平能力都是一流，是市里钦点直接派来的，将来你要是把业务往三水发展，你找哪个部门我们戴社长都能说得上话。"

葛也夫敬戴佰盛道："别看我这个邓老弟比我小，人家在南京生意做得可大了，南京市的好多政府网络工程都是他干的。"

小邓很老练，冲餐馆老板道："老板，再给上十瓶啤酒，这几位老大可得给伺候好了，他们可是三水市的大人物，要不是我介绍，你请人家还请不来呢，等回去给你这个饭馆好好宣传宣传。"

隋梦川想不出有啥可醉捧的，敬酒时只好连表谢意。若总结一下他们之间的敬酒话，那就是政界、商界、媒体领袖在这个小饭馆聚首了，但那餐馆小老板竟然不把几位领袖当回事儿，一笑了之。老板虽小，却见多识广，他天天都能遇见各界领袖在此用膳，比这四位大得多的人物常有光顾，联合国的什么顾问，还有什么教主和天师之类的大人物，经常有光顾呢，桌子底下空酒瓶越多，官就越大，老板才不稀罕呢，你三水市算个啥，不就是三点水么，我这儿蒸煮煎烹熬，哪个都是四点水。

小邓喝得也越发兴奋，再次给葛也夫作劲："戴社长，您几位别着急回去，我这葛大哥也是难得来一回，反正已经出来了，我明天拉你们转转，当天赶回去就是了，南京如果不想转，我们还可以去扬州啊，去那儿也不远，还不绕道儿。"

"太好了，此时正是烟花三月啊，戴社您去过扬州吗？"葛也夫迫不及待地问道。

"去过倒是去过，就是开完会就走人了，很遗憾，扬州确实很吸引人呀，有没有烟花也很想去，尤其是瘦西湖。"戴佰盛当真有些心动。

"梦川你怎么样，想去吗？"葛也夫扭头问道。

"我没去过，倒是很想去看看二十四桥。"隋梦川有些向往。

"哦，你想体味一下杜牧的'二十四桥明月夜，玉人何处教吹箫'啊。"葛也夫问道。

"那倒不是，我是想看到底有没有'夕阳返照桃花坞，柳絮飞来片片红'的感觉。"隋梦川道。

小邓接话道："呵，你们二位都那么了解扬州，那就去呗！我来给你们做导游。"

"小邓的老家就是扬州，他对扬州的历史文化很熟悉，给咱们当导游肯定错不了。"葛也夫连忙道。

葛也夫的介绍激发了小邓的表现欲，在这些媒体人面前，小邓要表现自己："扬州是文人墨客必去之地，你们几位文化人不去哪行，李白写了不少关于扬州的诗，但'烟花三月下扬州'是在湖北写的，当时是在黄鹤楼上为孟浩然摆酒席饯行。"说到这儿，小邓像是想起了什么，突然话锋一转，"嘻，也别怪咱们现代人老是攀高枝，李白当年还不是一事无成，在扬州逛完了逛湖北，后来还是靠孟浩然老大哥做媒，倒插门进了老宰相家，做了人家的孙女婿，李白不就是想找个靠山么，要不然他写了那么多关于孟浩然的诗，他欠老孟的人情呀。"

"你说的可能确有其事，还有一首诗叫《赠孟浩然》，头两句是'吾爱孟夫子，风流天下闻'，这一通捧，确实很直白。"隋梦川接着小邓的话道。

葛也夫对小邓的跑题并不感兴趣，他端起了酒杯："来吧邓总，反正明天见不着李白我没意见，扬州八怪也不想见，我比他们还怪呢，能见着扬州玉人吹箫就行。"

葛也夫说罢，戴佰盛开了腔："扬州自古多美女，俗话说得好，'多山多男，多水多女'，它能成为隋唐时期的繁华都市不是没道理，不过我没这眼福了，还是再找机会吧，谢谢邓总的盛情，我们回程票都订好了，就不改了，明天中午我们就直接奔机场吧。"

　　扬州话题让戴佰盛心里发痒，但还是选择了放弃，毕竟他并不太了解葛也夫，另外还有一个隋梦川呢，人多嘴杂，自己刚到新单位，在部下面前，还是谨慎为好。

　　小邓雇代驾把三人送回了酒店，并热情表示第二天再过来送机场，戴佰盛一再推辞，但小邓说："您有啥不好意思的，我是为了送葛大哥，不单单为您，是不是怕我去三水麻烦您呢？"

　　话说到这份儿上，再加上葛也夫一再相劝，戴佰盛只好由他去。

　　晚上，酒精的作用让葛也夫顾不得听相声催眠，但仍然习惯性地把耳机堵上，犹如睡觉前的规定动作，缺这一步不可，没过几分钟便进入梦乡。隋梦川呢，也没顾上理会葛也夫的呼噜，很快便昏睡过去。

　　第二天早上，隋梦川醒来还有点不解，这一觉睡得不像头一天，难道葛也夫昨晚没打呼噜，自己为何没被吵醒呢？不过，葛也夫酒后不打呼噜不太可能，顶多是呼噜的声调、节奏和音量会产生变化，唯一可能的原因就是自己没去关注。本来就已困乏，就算是听见了呼噜，也顾不得理会了。看来，世间能烦扰你的事不过如此，你当回事便事事压身，心中无事则天下无事。

　　约好九点半集合，三人提前五分钟来到了一楼大厅，等候小邓到来。眼看着时间快到了，还没见小邓的影子，葛也夫便打电话给小邓，但奇怪的是电话打通却无人接听。葛也夫心里盘算，或许小邓正开车，不方便接电话，等一会儿再说。

　　戴佰盛道："没事儿，不用着急，他赶不过来我们就打车吧，已经够麻烦人家了。"

　　"小邓这人还可以，一般说了的事他肯定办。"

"哦，看来你们关系不错，你怎么交的这么远的朋友？"

"他在三水上的大学，我跟学生会搞活动认识的，他毕业找工作、创业我帮了忙，做过人力资源公司，后来他回老家了，我们一直没断联系。"

又过了十分钟，仍然见不到小邓的影子，葛也夫心里开始有些焦躁，连续拨打三次之后电话终于接通，里面传来小邓慵懒的声音：

"喂……是葛哥，现在几点了？"

"还几点呢，咱不是约好九点半在酒店集合嘛，现在已经过了十分钟了。"

"哎哟，坏了，我还没醒，昨天跟你们分手后，我们当地一位领导又喊我过去陪客人，喝得太晚了，闹表都没叫醒，抱歉，抱歉，太对不起了。"

"哦，没关系，你太辛苦了，别过来了，我们打车走就行。"

葛也夫话虽平静，心里甚是郁闷，本来给自己做面子的事，最后却尴尬收场。戴佰盛倒是觉得少麻烦人家一次，少欠一份人情：

"没过来挺好，'金陵子弟别相送，欲行就行各自忙。请君即刻回三水，别意南京无短长'。"

葛、隋二人大呼："哈哈，高手呀。"李白的诗让戴佰盛改得恰如其分。

"咱们自己打车走就得了，小邓即便来了也不行，估计他还酒驾呢。"戴佰盛道。于是，三人赶忙叫车出发。

回到三水，葛也夫热情地把戴佰盛送回了家，隋梦川也享受了两盒南京土特产。他们三人一起出差的事儿，李扬波很快便知晓，他等待着能带回期待的好消息，但他失望了，葛公子一如既往，未透露任何跟工作变动有关的信息，他感觉自己跟空气般地存在。

几天之后，李扬波实在难耐那份期盼，欲通过隋梦川打探，考虑到隋梦川的办公室不便谈话，他就来到了楼梯间，然后打电话给隋梦川，让他来这儿说几句话。

隋梦川不知李扬波有何要紧事，居然神神秘秘地到楼梯间见面，俨然两个地下党接头。他推开楼道防火门，见李扬波正手足无措地站在门后抽烟，烟灰直接弹落在地，已形成明显的一团。隋梦川就在推开门的一刹那，烟雾扑面而来，他也条件反射地站住双脚。

报社早已实行公共场所禁烟，但瘾君子们虽不在办公室、会议室当众吸烟，打游击战还是会的，楼梯间和厕所都成了点火之地，这样一来，无处可排的烟气照样会发散到楼道。报社本着人性化考虑，每两层楼也设置了一个小吸烟室，但因非专门设施，不过是临时挂牌使用，排烟速度跟烟民的吞吐速度并不匹配，一些烟民并不愿在吸烟室扎堆儿，便出去打游击，变成"游吸队"。楼梯间是"游吸队"最爱去的地方，在这儿抽烟，只要听见有登楼梯声，便可立即转移，以免难堪。

物业做卫生的大姐很是不满，就问他们：明明有吸烟室，为什么非要在楼梯间抽，烟灰弹得满地都是。"游吸队"很委屈地诉苦道：这儿空气好一点，吸烟室的烟味实在是太浓。物业大姐好奇地问：你们不就是想吸烟吗，怎么还怕烟味？"游吸队"自知理亏，赶紧解释：他们进吸烟室之后，还没来得及点火呢，光喘几口气儿就晕乎了，若是再抽上半根，那就过量了，我们这功力也就才三成，不能一下子走火入魔。大姐问：那怎么别人就能坐在里面抽呢？"游吸队"道：能在里面坐得住的都是些江湖大佬，人家都练成了"葵花宝典"，跟湖南腊肉挂一块儿，用柴火熏仨月都不带换地儿的。物业大姐本来还生气，听他们这一解释，倒是笑了：怪不得我们有几个做卫生的姐们儿也想买烟抽，原来是沾了你们的光，跟着长功力了，这得谢谢你们啊……

见李扬波站在这儿抽烟，隋梦川既觉奇怪，又觉难为情，迟疑片刻还是前移小步，问道：

"李兄有何吩咐？"

"哦……其实也没有什么事儿，就是跟你聊会儿。"

"我记得你以前不怎么抽烟的，现在怎么倒抽上了？"

"嗯，最近抽得有点多，我想问问你，听说你去广告部，定下来了吗？"

"没影的事儿，我都没听说，没任何领导跟我谈过。"

"那你想去吗？还是继续待在编辑部？"

"哪儿都一样干，反正都是报社的事儿呗。"

"我听说葛公子还想去广告呢，他放着升副局的机会不去，真讨厌，搅和别人，你觉得他去得了吗？"

"哎哟，我说李兄，这种事儿我哪知道，都是组织上安排的事儿，他爱去不去，咱可操不了这心。"

"那他要是去了广告，你不就没上升机会了吗？"

"我也不知道将来干什么，听从安排吧，对我来说，继续在编辑部也行，换个地方锻炼锻炼也可以。"

物业做卫生大姐走楼梯路过，见两位编辑部的主任在谈话，烟灰弹了一地，心有不悦，又不好意思言语，只好扫了地上的烟灰，一言不发地离去，看得出那是无声的抗议，隋梦川便对李扬波道："咱别在这儿抽烟了，物业肯定有意见。"

"好，好，我不抽了，你觉得葛公子去得了广告部吗？你可得小心点。"

隋梦川当然明白李扬波的心思，便问道："那你是愿意他去呢，还是愿意我去呢？"

"这……这……你们谁去跟我有啥关系。"

"当然有关系了。"后面的话隋梦川并未继续。

"梦川，咱一起那么多年了，谁不了解谁呀，那天我老婆还跟我说呢，你们报社就你和隋梦川还像个样，他葛公子有啥了不起的，不就是个老人事局长的儿子嘛，我表叔在北京也是个局级领导，让他到地方上提个副部级，人家还懒得下来干呢。"

"是吗，那我得感谢嫂夫人，还这么高看我，我哪能跟李兄比，你是大才子，还出过诗集呢。"见李扬波破天荒地捧自己，隋梦川赶紧回礼，看来，"捧"是能让谈话继续的妙招，如同对方送你个果子，你总不能囫囵吞枣，怎么也得咂摸出点儿滋味吧。

"咱不是吹，报社有谁出过诗集？他们不就是把以前发的新闻稿汇总出本书嘛。"其实隋梦川并未见过李扬波的诗集，看李扬波说起这段辉煌经历，显得异常兴奋。

"那我也不如人家，到现在新闻稿还凑不成一本呢。"

"你是当编辑时间长了，你要是一开始当记者，也够出三本的了。"

"哪里哪里，我是用功不够，才气不足，跟你没法比……抱歉李兄，要是没别的事儿我就先回去了，那儿还有活儿等着呢。"

听隋梦川说还有工作要做，李扬波只好作罢。隋梦川边走边想起了南京小邓说诗人李白的话，才子李大小也算是个诗人，原来浪漫诗人的权力欲不比凡人差，假如唐朝皇帝喜欢把诗和官分开，当官的只管当官，写诗的只管写诗，告诉李白，你可以做一辈子宰相，但一辈子不准写诗，李白将会怎样选择呢？是不是他也会偷偷写一首"天生我材必有用"，然后再搁笔。但如果换作是才子李，也许他会选择一辈子都不看诗了。不过，才子李的情绪确实有点不对劲，以前从未见他这样急躁过。

广告部主任继任人选始终未出炉，急得王希碌不停地找领导："屁屁都拉出来了，还能憋回去？我是继续在这儿蹲着，还是站起来走人？外面人都知道我不干了，下面的人也不听话了，这不耽误事儿嘛。"王希碌这是一语双关，既想说明自己不能栽这面儿，又在说领导不能反悔，既然批准他退居二线，他就等着交接了。

胡社长对他说："你别着急，很快就定了，这广告的事儿现在由邵总负责，主要还得听他的意见。"

邵总对他说："虽然有预备人选，但也得听听其他几位领导的意见，还是有不同的声音，也有别的推荐人选。"

戴副社长对他说："咱俩谁跟谁，报社的事你比我熟悉，你说怎么办我能有啥意见，但这么大的事，最后还得胡社长定。"

为广告部着急的岂止是王希碌，李扬波更着急：怎么广告部人选到现在没定下来，是不是没人去？难道葛公子把领导得罪了，去不成了？他去不了我可以去呀——李扬波盘算着，似乎又看到了曙光，于是他决定再次出击，开始找领导。

李扬波先找了胡社长："胡社长，听说广告部现在没有人管，我想去。"

胡社长听他如此说，便道："怎么会没人管呢，邵总主抓呀，王希碌还是主任呢。"

"我不是那意思，我听说王主任退二线，后面谁来接任还没有人选。"

"也不是没有人选，是打算跟改制一起来考虑。这样吧，你的想法我知道了，我会好好考虑，广告部的事你还是找邵总谈吧，他主管这个工作，你找过我的事也可以跟他说，没关系。"胡社长面无表情。

李扬波又去找了邵建设："邵总，听说广告部主任没有人选，我想去干。"

"哦，你怎么知道没有人选？你说说你有什么优势，我们不排除任何一个有能力、有想法的同志。"邵建设了解李扬波，见他如此性急，便有意问道。

"不是王希碌退二线嘛，我想去干这个广告部主任，我工作如何您还不知道吗，现在这个周刊的活儿哪个不是我盯着，葛也夫他管了多少？"

邵建设感觉到李扬波最近情绪不对头，也不好再给他刺激，只好说道：

"人选方面有几个考察对象，我们会马上对每个人进行综合能力打分，由领导班子投票表决，选中谁先试用一年，不合格就下来，你也是考察对象之一，选上选不上都不要着急，这个工作不同于你在编辑部看看稿子，让谁去干，都不是件轻松的事儿。"

邵建设用这一哄、二吓、三规劝的几句话，还真把李扬波镇住了，他一时不知说什么好，突然想起胡社长说的话，便道："去广告部的事儿我也找胡社长了，他没意见。"

"哦，是吗？胡社长没意见就好，回头我问问社长，然后我们提交上会，通过领导班子集体决定。"邵建设才不会相信李扬波的话。

"您说，我不去广告的话，还在周刊跟着他干，有意思吗？！"李扬波已明显情绪化，但邵建设说的句句在理，他找不出反驳的理由，只好把矛头指向了葛也夫。

"这样吧，你先回去吧，还是刚才说的，每个人都有机会，但不是每个人都能胜任，另外，这件事也不是我一个人能决定的，我们领导班子这几天很快就开会研究，你也不要有心理负担，先好好工作，不管是什么结果，千万不要有情绪，也不要跟小葛过不去，他也有他的难处，你们要好好团结，不能耽误工作，影响了工作可就要追究你的责任了。"邵建设继续用他的三招儿，"至于个人发展的事，你也不要眼睛只盯着一时，机会不只广告部这儿有，我们编辑部还缺人才呢，是不是？"

邵总的话，像是给李扬波吃了服解药，让他泄掉了浑身的壮志与豪气，走路都像泄了气的皮球，无精打采，但等快进周刊编辑部时，他眼前仿佛又看到了曙光，于是昂首挺胸，目空一切地走了进去。

报社决定将广告部改为公司化经营，变为集团的广告公司，为集团内所有报刊服务，并发布公告，面向全集团选拔总经理，不分中层干部和普通员工，每个人都可提交经营设想、管理思路至社务办公室，并按领导面试分、个人报告评分、员工（中层干部）打分三部分来确定人选，三部分权重分别占40%、30%、30%。

这一决定让不少跃跃欲试的人望而却步，选上选不上也许不是能力问题，而是面子问题，隋梦川甚至没了去拼一拼的勇气，不知道领导心里是否有选项。王希碌料定，这一决定应该是按邵建设的要求推出的，胡社长不管内心愿不愿意，既然让邵建设主抓这项工作，当然得支持，而且还可以向上级汇报一下"海选用人"的改革举措，留下不拘一格公平选人的政绩。

实际上，报社出身的领导，对身边干部多少心中有数，是骡子是马已经遛了多年了，竞争上岗的过程，不过是验证一下自己的判断，还可借此堵住那些说三道四的风凉话，以免留有后遗症。

见隋梦川信心不足，王希碌分析道："你不是说过那个《驴子与哈巴狗》的故事吗，驴子羡慕不干活的哈巴狗，就学狗样蹦蹦跳跳去跟主人凑近乎，结果挨了主人一顿暴揍。我是这么看，主人需要驴子，也需要狗，每个人要清楚自己的定位，是驴子你就干你的活，是狗你就去讨主人欢心，非让狗去拉磨它拉得了吗？竞聘这事儿，让你做什么你就做什么，放平心态参与，该交报告交报告，该面试就面试，站起跑线上的管他是驴是狗，是人是鬼，你就只当没看见，跑自个儿的就是了。"

写一份经营思路报告，这对隋梦川来说不是难事，不久前参加南京会议时就提交过论文，以他的经验，只需将论文稍作改动，便是广告经营与报纸互动的报告。

李扬波本打算报名，但在社办室听说葛也夫也报了名之后，他嘟囔一句"我再想想"，便灰溜溜地走开了，又开始郁闷不已。其他报名的人他没放在眼里，但却很不看好自己跟葛也夫的竞争，那肯定是剧院关门——没戏了！于是，他更觉得是葛公子毁掉了自己的上升机会，心中的怨恨让他产生"手撕公子"的幻想，脑海中勾画着如何痛痛快快给他一记化骨绵掌……想着想着，他脸上慢慢露出了微笑，假如葛公子移位广告部，这对自己也是好事呀，自己何必去竞争广告部的职位呢？希望，又在他心头燃起。

报名竞聘的人有十多个，编辑部门略少于行政和经营部门人数，但最终交完报告并决定参加面试的只剩下五人，编辑部门只有葛也夫和隋梦川，其他报名人了解竞争形势后，不是选择了放弃，就是拿不出一个像样的经营思路。

王希磾的助理卢玉生很看好这次机会，也报了名，他觉得副手接任正职本来就顺理成章，自己有在广告部工作的优势，颇有志在必得之势。但他自知文化水平不高，便请外面广告公司的文案写手给自己起草了一份经营报告，提早打印出七份，早于面试前几天就给社领导每人呈送一份，顺便推介一下自己，拜托领导关照。

　　广告部副主任老孟压根儿就没打算竞聘，只盘算着退休前让领导解决个正职待遇，若让他担纲一把手，他早没了斗志，而且一旦改制成公司，他还担心自己的事业编身份呢。

　　最终，在葛也夫、隋梦川综合分数相差并不大的情况下，领导班子决定：选择隋梦川出任即将成立的广告公司总经理。葛也夫倒也坦然，本来也无明显优势，不久前又放弃了援藏，若说领导没意见，那是睁着眼说瞎话，领导不可能事事都要关照他的感受。

　　最失望的无疑是李扬波和卢玉生，李扬波受到打击，歇了病假，已经一个多月未在单位出现了。

八

广告部变成了广告公司，似乎一切都没多大改变，不过是部主任改成了总经理，副主任变成了副总经理。无论是合作客户还是公司内部，多数人还是习惯称呼"广告部"，感觉上它还是报社的一个职能部门，而不是一个独立的公司。尤其是公司员工，打心底就排斥公司称呼，他们不想让人觉得自己已离开报社，就要坚持是报社的一员。

王希碌把工作移交给了隋梦川，新上任的隋总本指望王前辈把广告部的人际关系谱给自己透个底，以便心中有数，可没想到王希碌说："你不知道更好，无知者无畏，否则你根本没法干活儿。"

话越少事越大，王希碌担心说多了反倒让隋梦川束缚了手脚。他自己也是从编辑部到广告部，一直干了八年，已深感对关系网的无能为力，潜意识里他有把接力棒留给继任者之意，忽而他又觉得像是社会上的某类家长，自己不努力还总是望子成龙，把光宗耀祖的使命留给下一代。此时王希碌又暗自愧疚，但他最担心的，是隋梦川畏首畏尾，或者深陷其中不能自拔。

王希碌给隋梦川腾出了办公室，屋内还留有少量物品，这次跟隋梦川约好过来清理。隋梦川想等他清理完毕再迁入，但老王说不要紧，没啥值钱东西，都是些奖杯、奖牌、证书之类，还有一些书籍。因他不再享有独立办公室，有些东西暂时无处安置。

离开广告部后，王希碌成了报社调研部主任，日常没什么硬性工作，用他的话说，这是"熬进了老干部活动室"。这里没人管考勤，一周来一两次即可，每人有一个工位，他连台式电脑都没要，倒不是报社不给配备，是他表示不需要，碍手碍脚的，用不了几回还得给它搞卫生。

王希碌找来两个大纸箱，光书籍就占了一个多，剩下的东西怎么也不好安放，尤其那十来个奖杯，他说：

"梦川，这些奖杯就留在这儿行吗？"

"好啊，放这儿还给公司添彩儿呢，反正我也没什么可摆放的……我看看，都是您这些年获得的荣誉啊，这么多！"

隋梦川扫视一遍，有"广告业务创新奖""全国优秀广告人奖""全国报业广告50强""全国广告最佳客户服务奖""三水市媒体经营优秀个人""三水市优秀广告企业""三水市最佳经理人奖"等等。

"你别着急，你也会有的，一年到头各种颁奖会有的是，虽说没啥用吧，你还得当回事儿上去领，要不然单位的人还以为你什么都没干呢。"

王希碌清楚这些奖杯有啥分量，有些奖项是作为主办方之一发放的，有些是作为会员单位差不多都有的。大部分的评奖几乎都是如此，组委会多设计出几个奖项，无非是让会员们名誉均沾，但他又觉得没必要让人看扁了自个儿，于是接着道：

"我也提醒提醒你，这些玩意儿虽说没多大价值，但你还得想着要，不然的话你一年干下来，可能连能说道的词儿都没有，人嘴两张皮，好坏不能由他们说，领导即使知道你干得不错也没用，还得用这些东西撑面子，唉……不都这样吗，比如咱们看电影，一般都是结尾皆大欢喜，可观众不是为了来看结尾、来听总结表彰的，都是看故事经过，过程才是最重要的，但是你可得想好了，在咱这儿，结尾要是结不好，那过程很可能就等于零。"

"哦……谢谢您提醒。"

"这玩意儿为什么叫'杯'呢？'杯'就是一个结尾，结尾让别人看好，就是'丰碑'，只有你自己看好，就会成为'墓碑'。所以啊，工作中你就得搬着屁股爬楼梯——自个儿抬自个儿，就这环境，没办法。"

"王老师，您这话有点深奥呀，看来我得慢慢体会。"

"我觉得你以后比我在时更难干，一是形势越来越不好，再就是企业化了，跟报社的一个部门还是有区别，够你喝一壶的了，不过这样挺锻炼人，好好干吧，已经有人在我面前夸你了，说你在公司的开场讲话挺实在，不错，不过这种礼尚往来的事，到什么时候都有支持的，有反对的，关键是自己把握好分寸就行。"

隋梦川"嘿嘿"一笑，他知道王希碟所指，是自己在广告公司员工见面会上说了这样一段话：我说句真心话，千万不要逢年过节给我送东西，我是担心咱们都太累，你说这个节送完了，还得琢磨下一个节，等哪天我不干了，你们更得琢磨了，送吧自己不认头，不送吧怕让人说太势利；我也累呀，你们送了我东西，那我也得琢磨拿什么还人情，你说我们相互走这脑子干嘛，都省点心多好。

想到此，隋梦川便说道："我那是想到什么就说什么，也不会卖什么关子。"

"这就对了，咱用不着卖关子，有些人一开会就废话一堆，别人不拽他袖子他都刹不住车，水龙头上镶金边儿——就是个嘴儿好，恨不得擦屁股纸没用公家的都要表白，单位的绿植长得好都有他吐二氧化碳的功劳，可会开完了，别人一句话也记不住，有啥用？广告部改制以后，你的权力可比我那时大多了，有一定的自主权，肯定下属与你的关系也就不一样了。"

"现在还没什么感觉，觉得和以前差不多。"

"那肯定是不一样的，我给你讲个搞笑的事，你猜我们家人在小区里谁最牛？"

隋梦川被问蒙了："这……我可猜不到。"

"我告诉你，我是处级干部，我们家老爷子更不用说了，比我高，好多人都知道是个老领导，但这都不管用，没想到我们家老太太最厉害！她不是爱在社区里帮忙嘛，当选过小区业主委员会主任，嘿，老太太比我们爷儿俩威风大了，从那以后她自个儿就没拎过菜，不是物业的帮着拿就是有人往家里送，当然了，这两年她年龄大了也不干了，我们也就沾不上光了。所以，你在公司的开场白挺好，就得事先把真话讲出来，免得大家都难堪。"

"是啊，权力不光有责任，还有风险，好在这是您的地盘，我做什么都瞒不过您，您可别不管不顾，光养鸟去了，瞅空儿还得管管我们。"隋梦川笑道。

"你还别说，广告公司肯定有我的人，你的情况我都会知道，但我告诉你梦川，如果是我的人不听话，你该整就整，别客气，别顾及面子。我就讨厌那种人，动不动就说我是谁谁谁的人，不靠别人他自个儿就不是人咋地？什么你的人，我的人，都是单位的人，国家的人，就得一视同仁。"

王希碌装完书，挑了几个奖杯放进纸箱，他指着剩下的几个奖杯道："梦川，这几个奖杯就留在这儿吧，本来也不是我个人的，都是代表报社领的，我就不拿了，拿回家也是让鸟在上面拉屎玩儿。"

"咦，这是怎么回事儿？"

"我不是在养鸟嘛，这是头一次养鹦鹉，我觉得那笼子太小，两只鸟在里面太憋屈，还老掐架，我就把它们给放出来了，嘿，这两个鸟玩意儿，居然再也不想回笼子里了，就在我书房里到处飞，到处拉。这下子可好，它俩占了我书房，我倒成外人了，都不好意思进屋了，这叫什么事儿，要不有句话叫'给点阳光就灿烂'呢。"

"无规矩不成方圆，您给它的环境太宽松了吧。"

"是呀，先让它们高兴几天，回头我就给它收收缰，再给关起来。"

"王老师，这个箱子有点重，您别搬了，我来帮您吧。"

"你不用管，我喊了俩广告部的小伙子，他们一会儿就过来，别看我不在这儿了，眼前说话还管点儿用，你别在意啊，我没通过你去下命令。"王希磦笑道。

"您这么说就见外了，那也不是我的财产，就是我的您也随便用，找个时间我请您喝点小酒，还得听前辈多多指点，这以后见面机会也少了。"

"好好好，我每周还来报社，还没退休呢，我可有的是时间，你以后可就难说喽。"

两个小伙子过来帮着王希磦搬走了纸箱，隋梦川送至楼道，碰上了张姐，她热情地跟王希磦打招呼："哎哟王主任，都搬完家了？这些年谢谢你了。"

"张姐别客气，以后我也帮不了了，再有事儿就找隋总吧。"

"你退二线多可惜，我们这些报社老人都挺佩服你的，还是你有本事，干什么都行，说不干就平安落地了。"

"你过奖了，我本来就一直在地上，压根儿就不是长翅膀能飞的主儿，我要是能长出翅膀来，我就驮着你去看世界哈，'背负青天朝下看，都是人间城郭'！"

"瞧你这黑嘴，又拿我找乐，就这几本书你还找别人搬呢，还想驮我？"

"哈哈……"王希磦笑而不答，扭头坐电梯去了，暗自庆幸张姐没把这诗的最后两句给接上——"不须放屁，试看天地翻覆"，那我这"黑嘴王"可就栽大面儿了。又一想，或许张姐根本就不知《念奴娇·鸟儿问答》，跟人家张姐转词儿有啥劲，他有些自责地摇了摇脑袋。等王希磦拐进了电梯，张姐那张一直微笑着的脸这才平移过来面对隋梦川：

"隋总，你这是要出门吗？"

"不出去，你找我？"

"对，跟你说几句话。"

进到屋内，张姐坐到隋梦川办公桌前："怎么样，姐姐没说错吧，我早就说你有好事嘛。"

155

"谢谢。"隋梦川不知说什么是好,"你找我有什么事吗?"

"其实也没什么事,我就是看你来这儿了,要是别人来我还不找他呢。"

"张姐没关系,你就说吧。"

"你们广告办公室那个小吕是我外甥女,你就多给关照一下吧,孩子太老实,又不会来事儿。"

"是吗?原来是她呀。"

"你认识吧?她回家还说呢,新来的隋总说话挺实在的。"

"我刚来没多久,人是认识,但就是还都不熟悉,她在这儿挺好的吧,是有什么要求吗?"

"没啥要求,这不是自己人嘛,你就把她当自己的孩子,按规矩她也得喊你舅舅呀,让她在你身边多锻炼锻炼,有活儿你就喊她,收拾收拾屋子啦,来人端个茶倒个水的,让她多干点儿,没事儿。"

看张姐说得一本正经,隋梦川心里想笑但又不好意思,人家张姐这话符合传统习惯,没什么不对,于是只好道:

"哎哟,我哪有这福气,有这么大的孩子,你不用担心了,锻炼的机会肯定是有的,这不准备要改革嘛。"

"我正想说这事儿呢,听说改成广告公司后要进行工资和人事调整,你不知道,咱这孩子就是怕出去跑业务,她呀,怕见生人,不会说话,只要让她在办公室待着,她干什么活儿都行。"

"你也不用着急,目前领导并没有说要怎么改,什么时候改,光这一个部门改也没用,报社好多地方都得改,再等等看吧。"

"好吧,那就拜托你了,姐姐就不跟你客气了,有什么活儿你就多吩咐让她干。"

"好的,好的。"

张姐起身,隋梦川绷紧了神经,等着"咣当"的关门声响起,但出乎意料,人家张姐像是练成了凌波微步,居然从打开的门缝中悄无声息地闪身而出,然后又慢慢地、轻轻地把门带上。隋梦川看得出了神，眼前的张姐已不是那个大大咧咧的张姐，也许她还是"咣当"一声出门的好，省得要目送这么久，神经也绷得时间长。隋梦川想不清是什么原因，反正感觉这张姐活得越来越谨慎了。

还有那广告副总老孟，比自己大不少的老同志，即将退休的人了，每逢见隋梦川，不仅工作上表态没得挑，一举一动也是小心翼翼，毕恭毕敬，让隋梦川过意不去，若不是隋梦川说句"咱别客气了"，两个人能再点头哈腰半个时辰。更让隋梦川感动的是，人家老孟真拿自己不当外人，对隋梦川说：

"我年龄比你大，你就是我弟，有什么不了解的尽管跟哥说，有不好办的当哥的来替你办，在这地方，谁也别想欺负咱。"

隋梦川不清楚老孟天生就有大哥风范，还是像张姐一样最近发生了变化。不管如何，多了个外甥女，又多了个哥哥，这也不是什么坏事儿。

张姐的话提醒了隋梦川，到广告公司之后忙着熟悉业务和赶进度，改革的事儿得去摸一摸领导的想法了，毕竟上半年即将过去。刚成立的广告公司换汤不换药，目前只是挂了牌子而已，财务和人事都还是报社统一管理。尤其是劳动人事关系，跟报社其他部门无异，有报社事业编的，有报社合同制的，有劳务派遣来的，还有临时聘任的，虽然在公司成立大会上，胡社长讲过"按现代企业制度进行改革"，但一如他之前的风格，光打雷不下雨。毕竟广告公司只是报社一盘棋中的一子，也没人说让广告去做改革先锋，兵马先行。

广告部改成广告公司，除了原本就是报社事业编人员，其他人都担心，将来自己的劳动关系会不会从报社里移出，变成广告公司的合同制员工，这对他们来说接受不了。表面看来，人们对于劳动关系的担忧，如同朝三暮四喂猴子，其实待遇没什么变化，不过是以前老子给饭吃，现在变成老子的儿子给饭吃。但实际上，谁也不想离开报社这艘大船，哪怕这是一条放下的救生艇，他们也不想跳上去尝试。究其原因，是他们想永远背靠那座"报社职工"的牌坊，那是他们安放在心中的顶戴花翎。

"我哪儿也不去，看报社能把我怎么着。"

"让我出去跑业务，门儿都没有。"

"爱给多少钱就多少钱，反正我们家也不差我这点儿工资，我就是图有个地方待着。"

"报社那么多部门都没动呢，凭什么就我们改。"

"我们同时进报社的有十几个人呢，要改大伙儿得一起改。"

"不用怕，咱看看那位市领导安排来的关系户，他怎么样，咱就怎么样。"

"我都在这儿干了快三十年了，我才不管呢，死也死这儿了。"

"凭什么那些事业编的都不动，他们是人，我们就不是人？"

"早不改，晚不改，偏偏在我快要退休了才改，这些年不是白白老实待着了！"

……

改制尚未动真格，员工已是议论纷纷，有一个人例外，他就是原来的广告部助理卢玉生。卢玉生不仅不反对广告改制，反而有些窃喜。他进报社时间没几年，感觉上也没把自己当成报社亲生的，与那些元老级别的职工坐一起，他都没资格去讨论报社的前世今生。别看他是个合同制员工身份，但他从不担心自己的未来。

主任助理不过是个临时待遇，并非体制内正式副处级的干部，改制成立公司后，卢玉生或许就有了当副总或者老总的机会，他更喜欢这个招牌。但要想成为广告公司副总经理，他还得过隋梦川这一关。

卢玉生已经不是一次想找隋梦川了，老孟这个原广告部副主任名正言顺地成为副总经理，可卢玉生的职务并没有明确，仍在沿袭着"助理"的称谓，但那是有广告部主任时期的称呼，改制之后没任何说法。小卢的工资奖金倒没受影响，尽管如此，他还是有些不甘——我这是在"助理"谁呢？还是助理老王吗？

卢玉生跟人合伙做着消防工程生意，他以跑关系要项目为主，钱没少挣。报社很少人知道他有钱，是个"隐形富豪"，只是他开的那辆保时捷（Porsche）让人误会，都以为是广告部为了开展业务而配备的。

曾有编辑部的人说："瞧人家黑嘴王，别看说话老是不中听，人还是挺有胸怀的，给业务助理配那么好的车，他自己就开个老桑塔纳（SANTANA）到处跑，没想自个儿享受。"

王希碌一脸无辜："你们可真够损的，想骂我呀，来个直接的不就得了，我不就是嘴黑点吗，怎么得罪你们了，这样捧杀我。告诉你们，我没那么高尚，比你们还俗呢，有好车我也想坐，你们不会是想把我羞死吧。"

渐渐地，越来越多人知道了卢玉生在外面有生意，而且赚了不少钱。即使如此，卢玉生还是想要个领导名分，不光是生意场上有面子，那也是他梦寐以求让祖坟冒青烟的事，老家人盼着有这么一天呢。最近，卢玉生又把保时捷换成了奥迪，他觉得这更像个领导用车，结果让报社门卫紧张了好几天，错以为社领导进出，规规矩矩行注目礼好多次才纳过闷儿来。

王希碌听说他换了车，见到卢玉生时道："你小子是公鸡戴眼镜——官（冠）不大，架子不小，不过幸亏你没在我当主任时换车，如果那时换这车，人家还以为我充大尾巴鹰呢，想跟社领导平起平坐。"

"哪里哪里，车一般，您要是用车就说话，我去接您。"卢玉生对王希碌还算给面儿。

"算了吧，本来单位的人就说，你这领导座驾就没拉过领导，后排坐的总是美女，我要是坐了你的车，你就真成司机了，咱别的，您了还是继续领导自驾吧。"王希碌道。

隋梦川刚调到广告，卢玉生就想以迎接隋总为由请他到一个朋友的会所，被隋梦川谢绝，但汇报工作的机会总是有的，卢玉生想跟隋总好好过过招：

"隋总，别看我以前没在报社干，对您是久闻大名了，您的名字老在报纸上看见。"卢玉生使出了第一招——捧，有鼻子有眼，这不为过。

"没什么，没什么，干报纸的人上个名字算不了什么，都一样。"

"不是不是，您写的东西就是好，我在市委跟着吴书记的时候，人家书记还夸过您的文章呢。"——第一招再加些力度，真假难辨，反正不需要认证。卢玉生口中的吴书记已经到了市人大，曾主管过宣传工作，在三水政界仍然有着巨大的影响力，但曾经在市委开过车的卢玉生，究竟与领导有多深的关系，谁也不知。

"是吗，我虽然认识吴书记，但没跟他说过话，他以前总来报社，对咱们单位挺关心的。"隋梦川道。

"是，他老人家跟咱们社领导关系好着呢，我经常送领导去跟他见面，下次再去的话我喊着您。"卢玉生顺势放出第二招——诱。

"哈哈，谢谢你的好意，我跟人家不认识，就算有事也是社领导去，我跟人家离着八丈远呢，瞎掺和啥呀。"

"您这就太谦虚了吧，您哪能老在这儿待着，锻炼个三年两年，您不是还得往上升嘛，吴书记说句话还是挺管用的。"卢玉生使出第三招——捧、诱并举。

"我想不了那么远，咱们先把眼前工作干好了，谁知道将来如何，干不好谁都没有将来。"

"您是好人，但是可别大意啊，我说句掏心窝子的话，这儿的人可不好管，不靠关系进来的没几个，都后台硬着呢，您是从编辑部来的，用得着过来跟他们受这累，在这儿待两年，将来升个局级得了。"卢玉生放出第四招——劝。

"这个情况我也听说了，谢谢你提醒，不过我觉得有个规律，如果大家都有关系，那就跟都没关系一样；如果谁都要照顾，那就等于谁都没照顾；全国都阴天的话，大家都得等着挨雨淋，不可能给谁掏个洞晒晒太阳。所以，我觉得与其个个考虑，那就不如一概不考虑。"

隋梦川想起了王希碟曾用来劝自己的理论。

"好，好，我真佩服您，难怪王主任那么信赖您，您脾气跟他还真点儿像，不过王主任在广告这几年也没落着好，他那么能说的人，最后愣是给整得没话了。"卢玉生使出第五招——吓。

"咱们做着看吧，我比人家王主任差远了，他多有能力，我还不知能不能学到家呢，所以广告公司的事，以后就得靠你们哥儿几个了，靠我一个人肯定不行，干好了咱们都好，干不好谁脸上都没光，咱们可是一条绳儿上的蚂蚱。"

话到此处，让正找不到切入口的卢玉生有了回旋余地，第六招可以适时放出——拉近：

"您这话说得好，隋总，我来报社时间短，听说您老家是山东的？"

"是啊，我是上大学才来三水，在老家上到高中。"

"啊，我听说我们祖上也是山东那边的，后来到了河北省，再后来我爷爷那辈又来了三水，这两年为了续家谱，我老家人还去过山东呢。"

卢玉生关于老家的话题引发了隋梦川的兴致：

"你别说，我老家也有姓卢的，附近还有个卢山，而且这个卢山的名字还跟你们姓卢的有关呢？"

"真的？这么巧。"

"这个卢山别看不大，可有故事，你知道秦始皇吗？"

"秦始皇我知道，他不是统一了中国嘛。"

"是，他统一了六国，秦始皇'焚书坑儒'可是留下了骂名，他杀了四百多儒士，那时也叫博士，但这事的起因，据说是一个叫卢敖的博士惹恼了他，卢敖也是个术士，他忽悠秦始皇求长生不老药，后来因为不满，他又骂了秦始皇，跑到我们老家那儿的山洞藏了起来，秦始皇没找到他，却把别的博士给杀了，后人就把卢敖藏身的山改名叫卢山，那个山洞就称为'卢敖洞'。"

"啊呀，我这是头一次听说，敢情我们祖上还是皇帝身边的人，而且早就是博士了，这我得找机会去拜一拜，我们家几代都没出个大学生了。"

"其实这个卢敖也叫卢生，跟你的名字就一字之差，他是古时范阳人，就是现在的河北涿州一带。"

"真的？这么巧哇！您懂得真多，这么说我跟这个卢生真可能有些渊源呢，隋总您回老家时我能不能跟您一块儿走一趟？"

"可以啊，那个卢山已经成景区了，当地还有恐龙地质公园呢，值得去看一看。"

卢玉生感觉谈话已到了火候，于是不失时机地拿出今天真正要用的招法——求：

"跟您聊天儿真长见识，我得一定去看看，感谢您给我们卢家找出这么一个祖宗，不过……领导，我个人还真有个事请您帮忙。"

"有什么事，你说吧。"

"您可能不太清楚，以前广告部就两个副手，一个老孟，一个我，这次改成公司以后，怎么就只有老孟成了副总经理，我这儿啥都没人提，还挂着个广告部助理的名呢？"

"领导不是说了嘛，广告公司仍然兼有广告部的职能，可能是这个原因吧，另外，也许是因为你还不是副处级干部，所以不能宣布你是副总经理，但你还是享受着副处级待遇呀。"

"奖金待遇是跟副处一样，但别的干部待遇我可没有，这事就拜托您了，您看我在这儿也没少出力，这个副处待遇您跟上级领导说说，能不能给我落实一下，钱一分不给涨我都没意见，我也不是为了钱。"

"你的情况我有所了解，回头我跟领导反映一下看看吧，虽说是广告部改成了广告公司，但后面如果按公司体制运转，还有很多问题不能解决，比如与报社的关系问题，员工待遇问题，奖励机制问题，业务范围问题，财务交割问题，管理团队问题，经营自主权问题，等等，目前我还没听到过任何方案，也没得到授权让我拿方案。你的事应该不是难题，本来已经有这个待遇，就是个名分问题，我觉得报社领导和人事部门应该都清楚……这样吧，你自己该找领导就找，咱们两边儿使劲儿，你说如何？"

对隋梦川来说，一个副总经理快要退休，一个未给明确职务，眼下哪个都得罪不得，否则自己岂不成了光杆儿司令。

隋梦川说出的一连串问题，让卢玉生听得有点发蒙，他哪知道还有那么多问题，但既然求于人，自己也得有所表示，于是他使出第八招——献：

"那好那好，您给想着点儿，等方便的时候争取一下，您放心，我不会辜负您，广告公司有事就交给我好了，我年轻，多干点儿，您就瞧好儿吧。"

卢玉生又把脑袋往前靠了靠，稍稍压低声音道："我说隋总，咱现在是一家人了，您也别跟我客气，您家里、个人有什么事也尽管说话，您现在忙，我们也得帮您解放解放，您就把我当个管家、当个小兄弟使唤，我外面认识人多，给您跑跑腿儿也是应该的，这个我比您在行，保证让您放心。"

卢玉生的话听着舒服，但隋梦川对此人不甚了解，也不知这位原市委书记的司机到底有多大能量，还是先激励为上：

"工作当然得靠你们了，你个人的事儿还是那句话，咱们两头都使劲，而且你得自己好好表现，这样我在领导那儿才好说话，行吗？"

"明白明白，您放心，您放心，那我就先回去了。"

望着离去的卢玉生，隋梦川下意识地伸手推了推鼻梁上的眼镜，想到了那个"大跌眼镜"的感觉。卢玉生虽然比自己小十来岁，但他那种世故与娴熟，让人叹为观止，相比卢玉生的套路，自己却只有招架之功，无还手之力。但这次面对面交流还是很有必要，起码大致了解了他这人的特点和诉求。同时，一种无助感涌上心头，那种无助是对身边人的忌惮，对于公司化改革的未知。

想着想着，隋梦川又露出一丝苦笑：刚多了个外甥女，多了个大哥，现在又有了个管家弟弟，不知后面又会多出什么亲属来呢。

总编室来了通知，让隋梦川跟邵总编、戴副社长一起去医药集团公司参观，并与对方座谈联谊。隋梦川知道，这是领导为了创造媒体与企业的合作机会，为承揽广告做铺垫。此时已近下午四点，他想起晚上还要接待袁明静的外地同学，赶紧给她发了个信息，告诉她晚上有重要活动，等结束后再去会面。

报社派了两辆车，除了邵建设和戴佰盛两位社领导，还有要闻部的贾菲和记者黄立，另外还有总编办公室主任杨陌林。一行人到了医药集团公司，早有公司办公室主任在门口等候，不一会儿，医药集团董事长冯总率众出来迎接。

"邵总好，欢迎邵总光临指导！"

冯总长得人高体胖，脸上泛着油光，说话底气十足，与瘦小的邵总编站在一起，一个像用铜钱铸造的，锃光瓦亮；一个像用一摞稿纸雕成的，浑身皱褶，也没啥分量。

"耀金老总好，好久不见，我们今天是带队学习来了，医药集团是全市的明星企业，你可是明星当家人呀。"邵建设道。

"不敢不敢，您是老师，我当不当明星还不得听您的。"冯总道。

冯总名叫冯耀金，邵建设当新闻部主任的时候他在医药公司负责宣传，算是老朋友，他跟来人一一握手："欢迎老朋友光临，早就听说您到报社了，现在该称戴社长了吧……哟，美女主任也来了，欢迎贾主任……杨主任好……这位是？"冯耀金并不认识隋梦川。

"他是我们新上任的广告公司总经理隋梦川，以前也在编辑部，您可能没见过。"杨陌林赶忙介绍。

"噢，欢迎隋总。"

冯耀金接着介绍他的团队，其中一个叫周庆魁的副总经理，是隋梦川认识的医生秦术仁的朋友，二人悄悄打了个招呼。

医药集团的大楼虽然只有十几层，但很气派，冯耀金指着泛金光的玻璃外墙说："这楼本来想拆了重盖，结果没批下来，我们两年前就开始改造，现在基本完工了，前后花了将近两个亿。目前八层以下办公，九层十层是文化活动中心，上面还有两层没确定好干什么，邵总帮我们出出主意，有什么好点子一会儿跟我们说说啊。"

"哈哈，冯总这么能干，哪还用我们出主意。"邵建设心里酸酸的，人家花两个亿改造办公楼，报社想都不敢想，其实也用不着想，真有两个亿的话，不用费脑筋就没了。

冯耀金带客人看了九楼的中医药文化展馆，又来到十楼的书画艺术展馆。两个展览虽然做得并不是很专业，但内容和展品都颇有水准，尤其是书画，在职工书画展的另一侧，是公司收藏的名家字画，在这里几乎能找到三水市所有书画名家的作品。戴佰盛叹道：

"这里好东西真不少哇，我们这些搞文化的都不如冯总有眼光，收藏了这么多艺术品。"

冯耀金笑得更自信了，那脸上的得意更加掩饰不住。

座谈会与晚餐合在了一起，就在医药集团的食堂。别看是食堂，这单间的装修却十分考究，墙上的字画也同样出自名家之手。冯耀金介绍道：

"这个房间专门用于接待，地方不起眼儿，北京的领导、书画名家、演艺界明星，好多人都在这儿吃过饭呢，咱三水的领导更不用说了。"

隋梦川看着挂满一面墙的照片，都是冯耀金等人与各界领导和名人的合影，背景也是集团的办公室或者餐厅，冯耀金说的应该不假，他有这个交往能力，人家犯不着跟外面小饭馆老板似的，打印些跟明星的 P 图挂在墙上。

主宾落座，上菜斟酒，冯耀金开场致词：

"首先欢迎并感谢邵总带队来我公司指导工作，作为本市最有影响力的主流媒体，多年来给了我们公司很大的支持，邵总是我认识的最能干的总编辑，为三水市办了一份这么好的报纸，来来来，我们医药公司的同志先一起敬敬报社的几位领导。"

邵建设回敬道："特别感谢耀金老总在百忙之中带我们参观公司的文化建设，医药集团是全国知名企业，也是我们三水市的骄傲，长期以来与报社紧密合作，一起举办过不少有影响力的活动。我二十多年前就来过这里，今天看到的医药集团公司，不仅效益喜人，而且文化建设也相当有水平，值得我们来这里好好挖掘，好好报道，我们要闻部的贾主任和黄记者今天也来了，我们就是来服务的，服务好耀金老总，服务好医药集团，这也是我们市级媒体的责任。来来来，我祝我们两家单位一起打好健康牌，打好文化牌。"

三杯过后，大家便开始捉对儿敬酒，邵建设特意嘱咐隋梦川与医药集团的几位领导建立联系。冯耀金与戴佰盛也是老相识，说话自然随便些：

"我说老戴呀，你看看，看得出邵总对你好了，把好吃的都让给你了吧，你看他自己瘦成那样儿，还不敬一下你们领导。"

"不愧是冯总呀，你太厉害了，你怎么一下就说中了呢？我以前比邵总还瘦呢，来报社没几个月就吃胖了，你们想知道有什么秘方吗？大伙听着哈，必须是邵总给的饭，再配上冯总产的药，这两样儿一块儿吃才行，吃嘛嘛香，身体倍儿棒。"嘭！嘭！戴佰盛边说边拍了两下胸脯，酒桌气氛瞬间燃爆，尤其是两位领导，更是开怀大笑。

戴佰盛接着道："所以，咱们得敬两位领导才对，哥儿几个说是不是？"于是，双方互敬领导的戏又上演。

两家单位领导出面联谊，当然各有所图，邵建设希望医药集团多给报纸投放广告，冯总希望多给宣传企业亮点，为自己的仕途铺路，他还期望着有朝一日能成为市级领导中的一员呢。

隋梦川很清楚自己的使命，此时他必须站出来，好在媒体人练就了提炼内容的功夫，不管是什么样的场面，总能找出个亮点来：

"各位领导，我也来敬一杯酒，中医有'药食同源'一说，我刚才就想，报纸生产的是精神食粮，同样也是治疗精神的药啊，其实我们是一家人，我们都是'药企'，都是为了百姓精神健康和肌体健康，为了咱们都生产出好药，一起干一杯吧。"

"说得好，隋总说得好，这两种药缺一不可，不过邵总，你们的药里面可得多放点我们的料儿啊。"冯耀金带头端杯响应。

邵建设心领神会:"这事儿冯总就放心吧,贾菲你们抓紧时间安排采访,可以做个系列报道,争取发头条,这么好的市级企业,有这么好的带头人,企业文化又做得好,得好好宣传一下。"

"太好了,美女主任,邵总可都发话了啊,后面就看你的了,你别老给化妆品代言了,给我们的药品代言吧。"冯耀金举杯指向了贾菲,在座的人也不明白冯耀金话中所指,他是在笑贾菲的妆容太厚呢,还是说她新闻报道上有所偏向,或者是二人之前有过关于化妆品的交集。

"好的冯总,报道上的事儿您放心,代言的事儿就算了吧,您就不怕我代言了产品卖不出去呀。"贾菲也不管冯耀金到底要说什么,干脆就来个直译,你说代言我就说代言。

"不会的,人家一看美女代言,病就好了大半,这不替我们增加疗效嘛,肯定会以为是我们药的功劳。"冯耀金笑里藏捧,贾菲听了美滋滋的。

"那可未必,我看这事儿冯总得慎重。"戴佰盛接过了话,一副一本正经的样子,"你让贾菲代言,观众会以为她以前有这病那病呢,这对咱贾美女……不是那个'假'哈,美女是真的,我打嘴。"戴佰盛边说边做扇嘴状,"这对咱贾主任不好,药品代言你得找我这样的老头儿,哪个老头儿没有一身病啊,让人知道一吃药就好,腰不酸了,腿不痛了,想胖就胖,想瘦就瘦,吃肉肉香,吃药药香,身体倍儿棒。"

"有道理,姜还是老的辣,是不是你还得搭一个老太太一块儿代言?"冯耀金笑道。

"我们家金屋里别看没有金子,倒是藏着一个老太太……算了,还是继续让她藏着吧,像我们这种水平的,出一个代言就够了,没有世界大事她不出山,两个一块儿出估计就过了,她一个人出来就顶半个天了,你们就凑合着给我搭配个年轻点儿的就行。"戴佰盛继续开逗。

"真给你配个年轻的，你们家老太太不用请就出山了，顶什么半边天，直接就闹翻天了。"冯耀金笑道。

"没事儿，我们家老太太大方着呢，好东西都让我先吃，不好的东西也让我先吃……什么？配个搭档不是东西？算了，咱不骂人了，是不是东西我来断定。另外我还有个建议，像这类宣传推广的活儿，你们就甭走脑子了，交给隋总他们就行了，这样我去试镜还方便。"戴佰盛怕话题越扯越远，赶紧往正事儿上引。

"可以啊，这个可以有，你们回头跟隋总他们商量个方案。"冯耀金手指医药集团办公室的人道。

邵建设道："耀金老总做事干脆，我们那儿正好有个活动，请了国学大师文成先生下周到报社做讲座，也欢迎医药集团的同志过来听听，感兴趣的话，我们也可以引荐到医药集团来做讲座，文成先生是报社文化顾问，中医药本身就是中华文化的重要组成部分，费用方面你们不用担心，这可以算作我们两家文化交流项目。"

"谢谢邵总，让我们跟着资源共享，您结识的高人多，有多少顾问我们都欢迎，您的意见我也赞同，我们可以在企业文化方面深度合作。"冯耀金道。

人在江湖走，哪能没有酒，说说笑笑之间，觥筹交错之时，双方顺手就把诉求表达了。

邵建设在饭桌上嘱咐贾菲，就这次联谊会内容，要给报社内部通讯写个报道，而且别忘了给市委宣传部的几位领导寄过去，他同时让冯耀金他们听到，以示对双方合作的重视。贾菲脑子里立刻有了一些烂熟于心的文字组合——联谊会举办得圆满成功，达到了预期效果，通过这次联谊，双方进一步增进了互信，加深了友谊，在市场推广、文化建设、携手共创健康社会方面达成一致，为双方进一步合作奠定了基础，开辟了广阔的空间……

联谊会的效果确实不错，但到底能不能拿到广告费就难说了。类似的联谊会也举办了不少，反正不管南来的北往的，黑的白的，还有八竿子打不着的，但最终能掏钱的却少之又少。

医药公司那位叫周庆魁的副总，正是王希碟的同学周庆丰之弟，他跟戴佰盛之间互有耳闻，但今天是初次见面。面对戴佰盛和老熟人隋梦川，周庆魁不但不热情，反倒有些躲躲闪闪，给隋梦川的感觉就是韭葱长出个大头来——装蒜。原来，他是不想让冯总觉出他有私交，所以采取了不主动、不积极、不亲密战术，以免让生性多疑的冯总误以为他想送人情。这人情如果要送，那也得由冯总来送，他不能当出头鸟。至于双方如何推动，听冯总的指示就是了。

坐在隋梦川身旁的黄立异常兴奋，不停地敬酒，喝得已显醉意，与隋梦川碰杯尤其多，令隋梦川暗暗叫苦，这哥们儿怎么喜欢自相残杀呢。

联谊会结束，来客都得到冯耀金赠送的一份礼物，是他们集团定制的纯金护身符，打开红色绸缎面的包装盒，金色的护身符不大，造型是一个葫芦状，表示悬壶济世之意。

"太珍贵了！"听着邵建设的赞叹，隋梦川也暗暗吃惊，难道这就是有钱人的任性吗，纯金伴手礼，难得一见，冯总真是给足了面子。

隋梦川打车赶到妻子正吃饭的餐馆，发现好友秦术仁、苗艳香夫妇也在，是妻子喊他们过来作陪的。秦术仁是个爱好写作的医生，因写作与隋梦川两口子结缘，一来二去成了好朋友，并对隋梦川两口子以哥嫂相称。

隋梦川跟浙江来的小宋同学握个手，刚要开口客套一番，秦术仁却抢先道：

"隋总，我们都喝得差不多了，你怎么才来呀，下半场该你了。"

"你放心兄弟，我也差不多了，咱俩都踢过上半场了，我体力如何你这当大夫的还不知道啊……你猜，我上半场跟谁喝了？"

"我怎么猜得着，你们干媒体的全市人都认识。"

"多巧啊，今天我们去的是医药集团，又见着你的好朋友周总了。"

"他呀，怎么样，周总搭理你了吗？"

"不怎么理我呀，感觉情绪好像不太高。"

"那就对了，他心里有事儿，这单位他待不长，有自己的打算，谁知道以后会有什么变化。"

"哦，怪不得呢。"隋梦川顿时明白了，难怪周庆魁的表现不太自然。

隋梦川向小宋表示歉意，小宋道："没关系，都是身不由己，理解理解，我这是来打扰你们了，隋哥，咱们坐一会儿聊聊天，酒呢……量力而为，我也踢不动下半场，咱就直接进入伤停补时吧。"

"伤停补时也太短了，那就再来个加时赛吧。"秦术仁接话道。

"我觉得可以，宋先生自远方来，总不能一见到我咱就散场吧。"隋梦川道。小宋是袁明静的大学同学，从浙江来到三水出差，与隋梦川是初次见面。

"早就听说姐夫很优秀，今日一见，果然不凡，好像在哪里见过。"小宋道。

"嗬，你当是林黛玉初见贾宝玉了，看来你这个宋秀才还得在乡镇多待几年，那酸劲儿还没过去，就他那傻子，还不凡呢，天天就知道傻干。"袁明静道。

俗话说，打是亲骂是爱，不打不骂不自在，虽然袁明静嘴上这么说，但听了小宋的话，心里还是美滋滋的。

"是呀，我都陪你喝一晚上了，都没夸我一句，一见隋姐夫你就来词儿了，哪怕你叫我一声秦郎中呢。"秦术仁听小宋喊姐夫，便趁机起哄。

小宋笑着正不知如何回应，只见苗艳香"啪"的一巴掌拍在了秦术仁后背上："你还郎中呢，我看你是一端酒盅就不知道怎么浪好了。"

"就是，上脸了吧，告诉你哈，只能回家浪。"已喝得面色微红的袁明静有点兴奋，借酒兴声援一下闺蜜。

苗艳香听了这话，倒有点不好意思了："回家呀，回家他就成懒猫了，啥活儿都不干，一回来倒头就睡。"

"就得回来睡呀，外面睡不成流浪猫了。"隋梦川道。

"我说哥呀，咱换个话题行吗，你就别再插一刀了，我这是得罪谁了，不就是当了回郎中嘛，再说咱也不是假冒的。"秦术仁道。

"得罪你媳妇了呗，还能得罪谁。"袁明静道。

"就是，他是三天不打，上房揭瓦。"苗艳香道。

"我说哥们儿，敢情你还是个流浪猫呀，老爬别人家房顶揭瓦。"隋梦川道。

"哥，喝酒喝酒，今晚喝完之后，我到你们家房顶揭去。"秦术仁道。

"太好了，我巴不得你去呢，我们家住一楼，你把上面那几层都给揭了，啥也别留，这样我的房子就变成别墅喽。"隋梦川道。

"这主意不错，反正我们是看热闹不嫌事儿大，不过秦大夫，上面那五层只许你揭房子，人可别碰啊。"袁明静道。

"两位姑奶奶，饶了我吧，我还有精力去碰人？揭房子那活儿我也干不了，我就会看病开药，来来来，我敬你们酒。"秦术仁双手作揖告饶，然后端起了酒杯。

"别呀，你这么称呼她们俩，那咱俩以后还怎么做哥们儿，我都长你两辈儿了。"隋梦川道。

"去去去，赚我便宜，这可没你什么事儿。"秦术仁道。

"对对，这是我和嫂子的特殊待遇，跟你没关系。"苗艳香道。

"看看，我们越扯越远了，再扯就快到浙江了，小宋同学就直接到家了。"隋梦川道。

小宋感觉都成了局外人，赶紧笑道："哎呀，你们三水人说话真逗，怪不得这儿说相声的人多呢。"

隋梦川问道："听说你怎么下乡镇去了？"

"我两年前从县里派到基层任职，在下面锻炼一下呗。"小宋道。

"噢，看来老弟是培养对象喽，好事好事，来来来，祝你早日进步。"隋梦川道。

餐厅服务生过来通知："你们还加菜吗，厨师马上就下班了，后面就啥都没有了。"

五个人相互对了对眼神，都摇了摇头。

"咱们点一下主食吗？"隋梦川问。

"点过了，要了碗面汤。"袁明静道。

秦术仁生怕酒不尽兴，便问道："小伙子我问问你，一会儿酒还能加吗？"

服务生回道："酒可以加，但我们到十点就不营业了。"

"那要是喝不完怎么办？"秦术仁问。

"喝不完你们带走呗。"服务生道。

"那再来六瓶啤酒吧。"隋梦川道。

众人似乎没有反对意见，于是服务生便去上酒。十点钟很快就过了，但五人聊得意犹未尽，餐厅里只剩下两桌客人，服务生又来催场：

"你们快点儿吧，我们准备关门了。"

听了服务生的话，秦术仁面露不快："你们饭馆这么干能好吗，哪有这么早就赶客人走的。"

"那我不管，我们老板就这么定的。"服务生道。

"这都什么年代了，还按点儿开门关门，你当你们是国有饭店呢。"秦术仁继续发牢骚，小服务生也不争执，站在旁边不离开，只是喃喃地道："你们快点儿吧。"

"我们北方的理念比你们那儿差些吧。"隋梦川对小宋道，顺便化解一下尴尬。

小宋早就想说话了："我们那儿可不这样，你想喝就喝呗，就算国企也没有这样的，老板不会管理，怕职工不愿意加班儿是不是？制定政策给提成呀，又要马儿跑，又要马儿不吃草，太不灵活！"

隋梦川对小宋的话颇有同感，他的思绪一下子回到自己公司，想就单位现状发些牢骚，却又不知从何说起，那岂是三言两语能说清楚的，还是先把眼前的事了结吧，于是他盯着袁明静问："要不咱回家继续聊天？"

　　"别回家了，咱们唱歌去吧，我们也好久没见面了。"秦术仁提议。

　　"好！老公这个主意不错，我来请客。"苗艳香力挺秦术仁，还要等隋梦川两口子表态，当然主要是看袁明静的想法，未等隋梦川张口，喝兴奋了的袁明静直接拍板："走！去！"

　　小宋同学更没意见，反正一个人出差在外也没别的安排，只待第二天返回，便笑道："这下子可真成加时赛了，而且还换了场地。"

九

转眼到了国学大师文成来报社做讲座的日子，贾菲上午打电话约隋梦川，说有事面谈，想在讲座开始之前到总经理办公室拜访，这是隋梦川履新后她第一次来。

"哇……隋总的办公室好气派呀！"贾菲一进门，快速环视一周，未及隋梦川开口，她已先声夺人。

"欢迎贾主任光临，这办公室看似是给我们用的，其实那是给客户看的。"

隋梦川已经好久没听到她的"哇"声了，原以为"蛙扑姐"改了习惯，看来还是见面机会太少，但今天这"哇"声不同于以往，似乎多拐了几道弯儿。

贾菲这一声"哇"可不是那么简单，不同的场合，她会发出不同的"哇调"。王希碟当广告部主任时，贾菲不是没来过这间办公室，所以说她此次喊出的是"吃惊哇"倒不至于，必定有着其他含义。贾菲毕竟早于隋梦川晋升中层正职，而且曾兼任过隋梦川的上司，如今隋梦川由一方办公桌变成一方领地，贾菲自然有祝贺之意，这是"致贺哇"；而且，广告公司因管理层级较多，以及形象和功能上的需要，办公条件要好于编辑部，所以要说她这是"羡慕哇"，也不无道理；另外，贾菲此次上门是有事相求，进门先示弱，来一声"讨好哇"，并不会作践了自己，在报社这一亩三分地，谁不知道要闻部才是要害，这点自信贾菲还是有的，真正自信的人不会吝惜夸赞别人，因此，要说这次她喊出来的是"不屑哇"，也未尝不可。

"说明领导还是重视你们呀，瞧我们的办公室，那个窄巴劲儿。"贾菲道。

隋梦川把贾菲引到沙发就座，说道："我先谢谢贾主任，跟医药集团的合作，还得靠要闻部鼎力相助。"

"咱都是一家人，就不讲客气了，我这次来就是想找个人来帮你。"

"噢……什么人呢？"隋梦川有些诧异，贾菲为何主动上门来帮我呢？

"你觉得黄立这人怎么样？"

"他一直跟你一起干，我对他没太多了解，怎么了？"

"小黄这人挺能干，脑子也挺灵的，还是从外单位挖过来的呢，当时答应给人家提拔的，这都过了几年了，咱单位也没兑现，领导也准备给他解决个副职，但我那儿不缺副手，就想到你刚从编辑部过来，也没个好帮手，这不让我来问问你的意见。"贾菲把提拔黄立的事冠以领导意图，这样一来就算隋梦川不同意，自己也有回旋余地。

隋梦川想起去医药集团的情景，他当时还有些奇怪，因为黄立并不是跑这个行业的记者，看来是贾菲有意让黄立提前介入，她说的也许没错，应该事先与社领导沟通过的。也或许，社领导并未应允，只是让贾菲探探自己的态度？从广告公司的角度来说，目前暂无再配备一个副总的必要，老孟尚未退休，另外还有一个着急上位的卢玉生呢。但贾菲前来，绝非多此一举，隋梦川道：

"谢谢贾主任关心，往后广告少不了你帮忙。就我个人来讲，多一个人帮衬当然是好事，而且小黄脑子又灵活，适合干经营，但现在有这么一个问题，还正准备跟邵总他们汇报一下呢，我这儿表面上只有一个副总，其实是两个，还有一个卢玉生享受着副处待遇，算是以前的主任助理，但广告公司挂牌以后，领导没宣布他是副总经理，他还正闹着要说法呢，我不知道领导们怎么想。如果黄立到广告来，我没什么意见，都是从编辑部过来的，邵总的思路不就是让广告和采编深度融合么，倒是需要这样的人，但最后还得看邵总他们的意见。"

"你说那个卢玉生呀，你可得小心着点儿，我听邵总说过，人家吴书记把他介绍到这儿来时，根本没提什么条件，就是给他安排个工作，是他自己打着吴书记的旗号忽悠了陈社长，说是让咱们好好给安排安排，领导也不能放着河水不洗船呀，也别说，这事儿搁咱身上咱也不好办。"

"是吗？这么说报社领导并不知道吴书记的想法，就尽量往好了安排，结果就送给了他一个主任助理待遇？"

"就是，听说后来社领导见到吴书记时，满以为人家会为这事儿感谢一下呢，结果吴书记啥都没提，就跟没这回事儿似的。我听说，小卢以前经常打着吴书记旗号出去做生意，弄得领导挺烦的。"

隋梦川感觉贾菲今天格外有兴致，居然跟自己说了那么多不曾听到的话，以往她是绝不会跟你聊关于市领导的事，那是她的专利，别人共享不得。今天她居然主动聊起了内幕，让隋梦川如同受到了恩赐般惊喜，感觉如同"和尚动得我动不得"①的时代已经过去，他正想趁此机会了解一下卢玉生，便道：

"好尴尬呀，这么说，或许吴书记本来想甩个包袱，没想到咱报社又当个亲人给供了起来，倒让吴书记亲也不是，不亲也不是。"

"可不是么，人家吴书记也不好明说'差不多就得了'，那显得领导多没涵养，这就是个心领神会的事儿。"贾菲对隋梦川的分析很认同。

"问题就在这儿，我们好多事就怕会错了意，传错了神，有这么句话，方向不对，活该受累。"

"对呀，这事双方都有问题，一边没说，一边也没问，凡事还是要沟通才行。"

---

① 出自鲁迅《阿Q正传》。

"不过，坏事说不定变好事，小卢有了这么个身份，也许还真能帮上点忙，他说他经常拉着邵总去跟吴书记聚会。"

"是吗？又是瞎吹吧，我觉得不太可能，邵总跟市领导联系一般是通过我这儿，再就是通过总编室，怎么会找他呢，当不当正不正的……不过也不好说，也许领导有什么私事让他一起去？这就不知道了。"贾菲的语气明显带有不屑，同时，对于未曾打过交道的卢玉生，她心里突然产生一丝厌恶和防范，在市领导和报社之间，她不认为还会有第二个人能挑战她这个联络员的角色。

"听说卢玉生在外面做生意，他经济状况还不错，现在就是希望有个正式副处级身份罢了。"隋梦川道。

"那咱就不管了，看看领导怎么处理吧，反正黄立的事儿你就多费心，他过来能帮你干点事儿，咱们一起工作那么多年了，你还信不过我？"

"那怎么可能呢，咱们俩都归邵总领导，邵总决定的事还会害我不成，肯定是对工作有好处。"

"估计这几天邵总很快就会找你，到时候你可别掉链子。"

"你放心吧，领导考察好的人，我怎么能反对呢。"

"要不这样吧，我把黄立喊过来，让他先跟你聊一聊。"说罢，贾菲便掏出手机，拨通了黄立的电话。

贾菲让黄立过来，一方面想进一步看看隋梦川的反应，但她更想达到的目的，是让黄立过来现场见证。不管此番调动成功与否，先卖个态度积极，买卖不成仁义在，让黄立知道自己当真为他的事操心，不至于心生埋怨。但贾菲这一性急，却让隋梦川不知所措，事情未定，就让人过来谈话，说什么好呢？这岂不有逼迫就范之嫌？便道：

"贾主任，这不好吧，毕竟领导还没找我谈话呢，光咱们自己说有什么用？"

"嗐，你又不是不认识他，没事儿，就算他不能来广告，聊聊天儿也没什么，领导那边你就甭管了，有我呢。"

隋梦川无语。不一会儿就听见了敲门声，是黄立来了。

黄立小心翼翼地走进屋，招呼一句"两位领导好"，就没再开口。看得出黄立是一溜小跑而来，进门还喘着粗气，隋梦川说一声"请坐"，也没了下文。黄立坐在了沙发旁的椅子上，三人面面相觑有十多秒钟，各有各自的小尴尬，都不知如何切入话题。隋梦川自然不会主动提起，去说"咱们来谈谈黄立过来当副总的事"；黄立则僵坐在椅子上，也不知如何主动进攻，他需等两位领导带入话题。

黄立当记者多年，又常与社会上五行八作打交道，也算是练就八面玲珑之功，若是他自己的战场，早已眉飞色舞，但现在场合不对，如同被捆住了手脚，纵有多大功夫也使不出来。他一只手习惯性地放进口袋摸烟卷，但一想全楼办公场所禁烟，隋总的办公室也不会例外，于是又把手抽了出来，手指交叉放在两腿之间。他的视线掠过贾菲和隋梦川后，目光便在腿部以下的高度横扫，避免与领导对视却又无话可说的尴尬，可地上实在是太干净，哪怕是堆放点杂志、字画、运动鞋、电蚊香之类，都能让他的视线多停留一会儿，并可以立即转换成话题，总不能来谈这地板缝有点大吧，而且这也不关隋总的事儿呀。

终于，黄立抬起眼睛，冷不丁发现了摆在书架上的几个奖杯，连上面的字还没看清，更不用说获奖年代，他像是抓到了根救命稻草，赶忙"现挂"：

"呵，广告公司干得不错呀，拿了那么多奖。"

"那都不是我的，都是以前王主任留下的。"隋梦川解释道。

又尴尬了，对话没有了下文。

作为中间人的贾菲脑子快速转着，她也不好直来直去，张嘴就说"咱来聊聊黄立调动的事"，但总不能让黄立白白过来一趟。关键是隋、黄二人也算是同事，虽不知根知底，但也不生分，她若中间介绍便显得多余。当然，贾菲还是知道自己的角色，她如果不张口，隋、黄二人不可能聊得起来，自己必须去做那个逗哏的，于是便开口铺垫：

"黄立来过隋总这儿吗？"

"没有，今天是头一次来这儿，隋总这儿条件还真不错。"黄立道。

"那当然，广告是咱们报社的命脉，全报社都得支持它的工作，隋总可是咱们报社重点保护对象。"贾菲接着道。

听贾菲这么一说，隋梦川不得不开口，总不能让她说单口相声，但又不能谈得太严肃，最好别让她扯到黄立调动一事，只好半开玩笑道："瞧贾主任说的，我倒成珍稀保护动物了，我又没长一对黑眼圈，一身黑白皮毛，保护我干啥。"

"你要是长了黑白毛，那我们就有钱挣了，直接可以卖门票了。"听隋梦川打岔，贾菲毫不含糊地跟进。

"如果真能作那么大贡献，我也认了，卖身就卖身吧，只是求求贾主任别让他们给我改伙食，送一堆竹子来，我还继续吃中餐、西餐，我牙口儿不好。"

"精神可嘉，但还是算了吧，我们哪能让隋总卖身呢，报社还有重任需要你呢。"

"重任不就是为报社挣钱嘛，不管白猫黑猫，能挣来钱就是好猫。"

"别价，广告公司还有一堆弟兄需要你带呢，哪能光让你一个人冲锋陷阵呢！"贾菲想把话题引回广告公司队伍上，但隋梦川不跟着她的套路出牌，仍在继续着自个儿的胡话：

"这样多好，还可以给你提供个新闻素材，绝对是独家——'某单位动物领衔，大卖黑白色相，效益连翻跟头'，这新闻，别人想抢都抢不过咱，他们要转发的话，后面也得标上出自三水都市报贾菲，否则你可以告他侵权。"

"你看你，还是三句话不离本行吧，说着说着就干起采编业务了，你还别说，就算是给你写报道，估计咱报纸也不敢这么写，人家网络上怎么都可以。"

"人家是新媒体，咱们是老媒体，我们不是总听到这样的话，

'老人老办法，新人新政策'，老的只会走老路，新的就知道装傻充愣打擦边球，不停地探摸底线，所以会争取到新政策，到头来就是一个'久而不闻其香'，一个'久而不闻其臭'。"

"管老的好管呗，管新的不是不懂就是怕担责任。"

"刚才你还说广告是报社的命脉呢，真正的命脉在你们那儿，你别跟没事儿人似的，你那儿是皮，我们这儿是毛，皮之不存，毛将焉附?"隋梦川找到回敬话题，这是真正的探讨，可不是虚情假意地捧。

"要不邵总提出来采编与广告深度融合呢。"贾菲终于抓到了突破口，事不宜迟，她扭脸冲黄立，"小黄，以后这种融合你得帮着隋总多干点儿。"

在一边干坐着的黄立，终于有了说话机会："两位领导给了机会，我一定好好好干，隋总您就放心吧，跟编辑部互动这块儿您就交给我，我一定全力以赴。"

黄立并没说"假如来到广告公司"如何，因为即使留在采编部门，这些工作也照样可以去做，所以他只说此项工作，至于是屁股坐在哪边儿干，就巧妙地回避了。

隋梦川本不想谈及的话题，最终还是没躲开，让贾菲找到了空子，也许真应了英国哲学家约翰·洛克的话，"你担心什么，什么就控制你"，聊着聊着，还是把自己聊了进去。面对黄立的表态，隋梦川只好道："那太好了，那太好了。"

"隋总，黄立可是我们那儿的骨干，而且他在以前的单位就参与过经营，人很聪明，他来你这儿太合适不过了。"贾菲道。

"那我得谢谢贾主任了，你挖来的人才支援了广告，便宜我们了，高风亮节，高风亮节。"隋梦川该客气还是得客气，也不能让黄立难堪。

"我是贾姐，不是靓姐，可别这么捧我。"不知贾菲真误会了，还是故意开玩笑，她接着道，"不过当着小黄的面儿我也夸夸他，这小兄弟办事也挺够意思，他能帮你办事儿，咱俩一起共事那么多年，我不会骗你的。"

贾菲不失时机地推介，黄立赶紧插话道："贾主任就是我姐，我有幸跟着她干了这几年，隋总您也别把我当外人，您和贾主任关系这么好，又同事那么多年，我把您当哥您不介意吧，您有什么事就尽管吩咐小弟，您二位也算是我在新闻圈里的恩人，认识你们是我三生有幸。"

"没问题，都是报社里的兄弟，别那么客气，如果有机会一起干点事儿，也算是咱们有缘分，贾主任这边儿更没的说，我刚到报社时就跟贾主任在一个部门，多年的老朋友了，我这儿的事儿她就能做主，有她做担保，我放心，我们一块儿努力哈。"隋梦川算是给足了贾菲面子，想说的想表达的都有了，三人也没必要再继续谈下去，贾菲道：

"好吧，那就拜托隋总了，不打扰你了，我们得去听国学讲座了，快到时间了，你是不是也得去？"

"对，我也去听听，办公室特别通知了的，说中层干部当日若无要事，都得参加，我一会儿就过去。"

贾菲和黄立起身，贾菲忽然想起什么，问道："你是怎么得罪李扬波了，那天在食堂吃早餐，听他说话好像对你有很大意见，骂骂咧咧的。"

"是吗？我也不知道怎么就得罪他了，也许当时他想来广告公司这个位置吧。"隋梦川苦笑道。

"感觉他像是有病，别理他。"

"我理会他干嘛，听蝲蝲蛄叫还不种庄稼了，干自己的事，哪顾得上听别人说三道四。"

"对，就得这样。"贾菲很认同。

虽然客套话说了一堆，但关于黄立任职一事，隋梦川须等社领导的指示，他觉得贾菲说的不会有多大出入，黄立这人看来十之八九领导要让他接了。最近亲戚队伍不断壮大，当上了表叔、表舅，也当上弟弟、哥哥，隋梦川突然间不知自己到底该是谁了，照此方抓药，是否自己也得去投亲靠友，往上找找亲戚？大爷肯定没的当，要么当儿子，要么当侄子，要么当孙子……譬如，自己也应该有好多"表叔"，就像《红灯记》里唱的，"我家的表叔数不清，没有大事不登门"，登门就得办点大事，关键是谁给你当呢？胡社长没几个月就到退休年龄，即使当上表叔，这表叔也只剩送行的份儿了……跟邵总编倒很熟悉，这么多年都不曾攀过亲，就怕把他吓着了，他准搞不清到底是谁病了……市委宣传部的韩副部长，还有已经到了人大的那位吴书记，都没啥交情，岂不有让人家骂"你也配姓赵"之嫌。那位阿Q前辈都死了一百多年了，咱不能过了几代人还没长进，没有新意，这也太LOW了吧。要说自阿Q前辈以来没有一点进步也不完全对，年轻人就不干，什么"远亲不如近邻，近邻不如对门"，这近邻是什么词儿？不懂！你OUT了，现在是"近邻不如进群"。

"咚咚！"有人敲门，是公司的小吕送信件，隋梦川打开扫了一眼，是全国报业广告协会寄来的，是关于承办明年广告年会的商榷函。还有一个红信封是婚礼邀请函，小吕道："隋总，咱们公司业务员小迟要结婚了，这是他给您的邀请函，您去吗？"

隋梦川打开一看，确实已在上面写了自己的名字，婚礼时间在半个月以后，便问道："这是他让你送的，还是办公室统一填写的？"

"是小迟自己填好了的，委托我们给发一下。"小吕回答。

"那好吧，到时候我看看单位有没有重要的事吧，争取参加。"

隋梦川赶往多功能大厅，听文成先生的国学讲座。现场基本已坐满了人，隋梦川找了个偏后的位置坐下来，主席台上除文成先生外，邵建设作为主持也在座。

文成先生年逾古稀，鹤发童颜，虽不是专业型学者，但在三水文化圈里名气不小，他上台可讲诸子百家、天文地理，下桌能摆易经八卦、奇门遁甲，被人称为通儒释道、懂文史哲的国学大师，他自称不过是个"杂家""白眉唠叨（老道）"。报社有不少编辑记者也都与他相识，报纸上也经常见到他的长文短句。邵建设简单介绍文成先生后，便坐到了台下，讲座开始。

文成先生不像娓娓道来的专家学者，倒像一个说书的上台，又像街头要把戏卖艺的，只见他"啪"的一声把讲义夹合上，其实这讲义夹里根本就不是他要讲的内容，只不过当个道具，就如同拍一下惊堂醒木，这就开场：

"各位下午好，时候不早，此时正好，很高兴您来听我唠叨，听着好，您就坐这儿洗洗脑，听着不好，您尽管抬脚就跑。千万别顾及我这张老脸，实话跟你们讲，我这脸皮一点儿也不薄。"文成先生端杯抿了一口水，稍顿片刻便接着道，"观乎天文，以察时变，观乎人文，以化成天下。老朽文成，既非大成至圣之先师，亦非联姻吐蕃之公主，不过是个识文断字之人，登上如此有影响的文化传播单位讲坛，实乃三生有幸，同时又惴惴不安，因为在座的都是文化界之骁将、中华之栋梁，文成讲的有不到之处，还请各位不吝赐教。那么今天我要跟各位讲点什么呢，用当下时髦的说法，我要跟大家'分享'什么呢？今天，我想跟诸位聊一聊'你身上的贼'……"

话音刚落，台下不少男同志立即瞪大了眼睛，相视一笑，立起耳朵等着下文，一些女同志则微微低头窃笑，这难道是要讲"有贼心没贼胆、有贼胆时贼却没了"的'贼'吗？这也不是生理卫生课呀。坐前排的邵建设也在发愣，这与事前沟通的讲座内容好像不相符呀，但他不动声色，继续听听看。只听文成先生接着道：

"老子《道德经》第十九章中说：绝巧弃利，盗贼无有。这个贼是什么呢？刚才看得出大家有点疑惑，这个确实是人体内的贼，但不是那个长在身上看得见摸得着的贼。"

会场一阵哄笑，也有的发出"嘻——"的声音，似乎很遗憾，白激动一场。

"'绝圣弃智，民利百倍；绝仁弃义，民复孝慈；绝巧弃利，盗贼无有。'各位发现没有，这儿有'三绝'，咱们三水这地儿也有'三绝'——包子、麻花和炸糕，这里说的是吃，而且还是小吃，连道菜都算不上。老子的'三绝'说的是'道'，是人之大道，国之大道：一绝是说，不要去当什么圣人和智者，于百姓有利的事按自然规律就好了，此所谓民心所向，水到渠成，不要强求；二绝是说，不要过分宣扬什么仁义，那样就太虚伪了，老百姓自会懂得孝敬与仁慈，此所谓大恩不言谢，内心的感动重于形式；三绝是说，不要耍小聪明，使小手段，过分追求眼前利益，人人都如此，盗贼也就不会存在了，此所谓人人为我，我为人人，路不拾遗，夜不闭户。今天呢，我就重点跟大家谈一谈这个贼。"

文成先生侃侃而谈，深入浅出，语言风趣，分析人一生中遇到的各路"贼"，有身边的贼，也有身上的贼。社会之中，贪污受贿、抄袭造假是贼，谄媚奉迎、招摇撞骗是贼，出轨劈腿、不担不为也是贼；我们身上也有很多"贼"，有三观之贼，健康之贼，思想之贼，事业之贼，交友之贼，这些都会影响人的身心健康，影响社会的和谐稳定。

最后，文成先生道：

"各位，讲贼不是我的发明，明代心学大师王阳明先生就曾提出'破山中贼易，破心中贼难'，那么我也可以告诉各位，'明贼易躲，心贼难防'，今天讲座开始时，有人误以为我要讲你身上长着的那个贼，其实它确实也会成为一个贼，它既是'明贼'，也是'心贼'。但是，用好了它就不是贼，用不好它就是贼，希望在座的年轻人不要养贼遗患，我为什么只说年轻人呢？因为在座的老同志都没贼了。"

"哈哈……"台下一片哄笑，文成先生接着道："刚才是玩笑话，你们年轻人千万不要犯傻，去问你们领导是不是真的，我比他们年龄还大呢，有没有我比他们还清楚，所以可以私下问我……其实，问我我也不会告诉你。好了，不跟你们开玩笑了，不管如何，在我们这个环境，不论是工作环境，还是生活环境，有贼就生乱，有乱即不安，不安则为社会之贼，但愿我们坚守文明诚信，节俭厚朴，则天下无贼，天下化成。"

讲座很精彩，但会场后几排也已变得稀稀拉拉。王希碌也在现场，散场时打了个招呼，本来前些日子就相约一坐，凑巧遇到，何不约一下呢。隋梦川回到办公室便拨了电话，问他晚上有空否，一起聊聊天儿。王希碌告诉隋梦川，今天的讲座是他们研究部主办的，晚上还要与文成先生一起吃饭，干脆就邀隋梦川一起参加了。

晚饭定在离报社不远的餐馆，步行也就几分钟的路。本来王希碌邀请了戴佰盛参加，但戴佰盛临时有事，没有过来，葛也夫和文化部的刘欣也来作陪，他们俩都是文成先生的熟人。隋梦川做编辑时也见过文成先生，只不过今天是头一次一起用餐。

王希碌道："文先生今天的讲座太精彩了，以贼开头，以贼结尾，这叫茅厕里挂表——有始（屎）有终（钟）啊。"

"哈哈，希碌老弟的总结虽然是玩笑，但很精妙，是不是我讲得有点俗了，邵总不会有意见吧。"文成先生道。

"不会的，我们邵总还特意让戴社长今晚陪您吃饭，但戴社长有点急事，如果能早结束他就过来。"

"哈哈，没必要，我们都是过来人，老夫不喜欢领导陪，也不喜欢陪领导，因为我会不自在，有你们几个我就很高兴。人与人在一起就是缘分，没有最好和最坏之分，不是假如有了谁才是最好的，也不是假如没有谁才是最好的，所以与谁在一起都要快快乐乐的。"

文成先生虽然七十有五，但对于酒，他向来是想喝就开怀畅饮，不想喝就滴酒不沾，别人无需劝，也不与人拼。他借用孔子的话，说自己喝酒是"从心所欲不逾矩"，倒也很贴切。与文成先生在一起，一般人都喜欢听他讲些八卦命理，但碍于"天机不可泄露"，他并不轻易给人看相摆卦。

文成先生的右手侧与葛也夫之间空了一个席位，是王希碌给戴佰盛预留的。半个多小时过后，王希碌忽然觉得那空座有些多余，便道：

"要不咱把那空椅子先撤了吧，小葛靠文先生近一点。"

文成笑道："哈哈，我早就想说，有缘之人不在亦在，无缘之人在亦不在，既来之则安之，随来随安，不来不念，来来来，小葛靠近点，咱爷俩儿这割席而坐是为哪般呢？"

"是是是，我也觉得别扭，戴社长如果来了，再给他加椅子吧。"葛也夫连忙将座椅碗筷移至文成先生身边，刘欣也随着往里稍稍挪位。

"葛总最近怎么样啊，你离我这么近，不怕我这'白眉唠叨'唠叨个没完吧？"文成先生道。

"哪里哪里，想听您老给指点指点呢，最近领导让我牵头负责新媒体发展，我自己也不是很懂，还不知道是好事坏事呢。"王希碌和隋梦川二人心头一愣，之前谁也没听说有这个安排，都以为会让个年轻点的七〇后八〇后来负责这项工作。王希碌问道："是吗，那周刊你还管吗？"

"周刊暂时还是我兼着。"葛也夫回道。

文成先生道："嗯，好事好事，当然不是坏事，年轻人么，多干点事有何坏处可言，你的一举一动，都是在积聚或者消耗能量，我们生命中一切现象，都受能量影响，人的所得所失也是一种能量守恒，你奉献给社会和世界越多，你的'得'与'德'就会越平衡，否则就会失衡，所谓厚德载物，薄德薄物，缺德缺物，无德无物。"

"文老，我倒不是担心活儿干多了，是想问您这个新媒体这项工作有没有前途。"

"大势所趋，当然前途无量，这是世界之运，当然还要有我们的国之大运相配，到这个世纪四十年代，中国将是飞龙在天、尊至九五之时，包括我们的中华文化复兴，都将惠及世界，刘欣你搞文化也大有可为呀，你们都赶上了好时候，机不可失，我可不一定活到那个时候喽。"

"文老您别这么说，就您这仙风道骨，我们不一定活得过您呢。"

刘欣道。

"哈哈，人各有命，未必注定，顺其自然吧……好了，咱们不聊这么严肃的人生话题了，我都讲了一下午了，晚上再接着讲，就真成婆婆嘴了，一个人说一次正确话并不难，难的是一辈子都能说正确话，所谓言多必失呀，希碌老弟是有大智慧的人，怎么样？你跟我们分享一下退居二线后的生活如何？"

隋梦川本来也想与文成先生聊聊，听文成先生如此一说，也就作罢。只听王希碌道：

"文先生是不是今天有点累了，好吧，您先喝口酒，让我这个跑龙套的来串场，我能说什么呢，我现在不是搞摄影，就是养鸟儿。"

"呵，你可比我这老头子还潇洒呢，放下世俗，去体味与天对话、与物对话，也是一种修炼，你在养什么鸟呢？"

"本来养了两只牡丹鹦鹉，也没经验，结果就剩一只了。"

"哦？那是怎么回事，病死了？"

"说来话长呀，这养鸟养得我都开始怀疑人生了。我刚买鸟时，人家给我配了一个笼子，就是那种圆的，能挂着的那种，这两只鸟也是临时给配的对儿，两只小玩意儿总在里面掐架，一只还不让另一只进窝。为了让它们生活好一点，我给买了小秋千、云梯，可笼子就显得太小，把玩具挂在里面反倒挤占了活动空间，它们也活动不开，于是我又给买了一个方形的大一些的笼子。这种笼子可能是用来养狗、养兔子用的，我把秋千、云梯、树枝都安放里面了，小鸟窝也不要了，免得两个争抢，因为这个笼子里面有个二层阁楼，放块软垫子就跟双人床似的，没想到这个笼子白买了，看着鹦鹉小拳头大小，新笼子的缝隙也就比原来的鸟笼子稍微宽一点儿，它们就跟会缩骨功似的，先是试着脑袋往外钻，后来整个身子就出来了。

"一开始感觉它们还不好意思，当着我的面儿不往外钻，后来它们就不管那一套了，甚至我站旁边它们还换着地方钻给我看，每次我都得费半天劲给抓回去。它们俩倒是不掐架了，合起伙儿来跟我斗智斗勇，即使是笼子门开着它们也不走，就是钻着进进出出，就跟成心跟我示威似的，'怎么着，到处都是门，我就是不走大门'。

"我想这可咋办，又想让它们住宽敞点，又关不住它们，干脆改造一下吧，要不这笼子白买了，我就又弄了一片尼龙渔网罩在笼子外面，把口系上，网眼大小也就一厘米左右，我想这回两层笼子就没问题了吧。"

王希碌说到这儿，文成先生好奇地问：

"难道加一层网子还不行？"

"两层笼子都没关住它。"王希碌道。

文成先生笑道："啥时都会有漏网之鱼啊。"

王希碌接着道："一开始这俩小家伙也看着新鲜——呵！又给我们罩了一层，你这是来考验我们的能力和决心吗？它们先是钻出铁笼子，再站在铁笼子上钻网眼，但网眼小钻不出来，有时候还困在渔网和铁笼子之间，我一过去，就趴那儿不动，也转不动身，可好笑了。

"我本以为这下子没问题了，结果后来你们猜怎么着，我也就离开一个小时的工夫，再回来时那俩鸟儿又满屋飞了。咦！这是怎么出来的？我赶紧查看尼龙网，好家伙，它居然用小嘴把那网眼撑大了，尼龙线都快嚼烂了，那网眼的四个结儿都被它嚼得移了位，可不网眼就变大了。

"这俩鸟发现网子也拦不住它，更来劲了，竟然不再担心出不来，还又钻回笼子里去吃食，压根儿就不把我放在眼里。

"我没辙了，又不想再把它们关回小笼子，念它们自由惯了，而且都能跟我斗了，估计也不会是只傻鸟，再关回去非得精神病不可，干脆就不管它了，我那书房也就直接当鸟房了，结果，好日子过了没多久，出事儿了，前些天在花盆里淹死一只。怎么回事儿呢？它们可能嫌笼子里的水碗太小，就到我书房里养莲花的大花盆里洗澡，可那花盆水面下有厚厚的一层泥，估计是那只鹦鹉去洗澡踩泥里出不来了。"

"是啊，鹦鹉确实爱洗澡，它们还有个名字叫爱情鸟，形影不离，终生厮守，现在一只眼瞅着另一只淹死，也真是惨哪。"文成道。

王希碌接着道："现在剩下这一只天天叫个不停，估计也不计较当初挨欺负了。我现在纠结了，也不知是让它再婚好呢，还是把它放飞让它彻底自由好。关键是我不知死的是个雄鸟还是雌鸟，我还琢磨就这事儿写篇文章呢，您说是不是我给它的条件太宽松了，倒把它给害了，要是一直关在小笼子里就没这事儿了。"

文成道："你说的是这道理，追求自由是动物的天性，但不是所有的动物都有能力享受自由，不是所有的自由都通向光明，你要享受更多的自由，必将遭遇更多的陷阱。对我们人类来说，有规矩的自由应该是上上之选，文明的进步就是应该走过蛮荒，让丛林法则加上文明的法则……你看你看，我真是唠叨，话题又聊远了，不说了，不说了。"

"文先生您也别客气呀，好不容易跟您坐在一起，您就多跟我们聊几句呗，在座的也没有外人，您都认识，我已经无所谓了，他们三个可都是报社股肱之臣，正事业当头呢，让我们多跟您学习学习，我们也如同那鸟，人生若能常有人指导，可以躲过淹死的机会。"王希碌道。

"哪里哪里，后生可畏，你们也都是我的老师呀，比如刘欣，我还得请教他鉴别古玉呢。"刘欣笑笑，双手作揖，文成先生继续道，"不过，你刚才说要把那只鸟放飞？这事儿可得考虑好了，据我所知，这种繁殖鹦鹉已没有野外生存能力，而且还是路痴，一旦放走，估计飞回来的可能性不大，可以说你给它自由，无异于杀它。"

"是吗？这么说我就得把它关着养了，可它就是闹着要出去，不行我就把它放了算了，是死是活与我无关。唉！人生如鸟，不是长个翅膀就可以乱飞，可那些飞上天的也不一定都是鸟吧，可能有牛，还有猪呢。"王希碌道。

"哈哈，希碌老弟所言极是，鹦鹉生也好，死也好，不过是草芥之命，渺渺宇宙，星如草芥，人如草芥，万物皆为草芥，所以善待一时，善待一念，你放它是为它所想，你不放它亦为它所想，问心无愧当可。"文成道。

"文先生，按照您的说法，是不是可以这样想，放它是它所想，但是我不对；关它，非它所想，也是我不对，反正里外都是我的错，谁让我跟它扯上关系了呢！"王希碟道。

"是这样，于心是这个道理，但并不代表就是最好的结果呀。"文成道。

"对呀，物竞天择，适者生存，我去适应它，它也得适应我，两者才能达到一个最好的状态，如果追根溯源，那就得彻底解除我和它之间的法律关系，鹦鹉不是会学舌吗，最好亲口告诉我'老王，我去美国了哈'，它中途掉海里或者到美国挨了枪子儿都与我无关。它若不想说，或者您使个法术让我跟它说鸟语也行，那我就得当面问问了它：哥们儿，你是走是留，来句痛快话儿吧。"王希碟道。

隋梦川笑道："王老师，这也不能成为解除法律关系的证据呀，什么样的动物能给您做第三方见证呢？"

"对呀，是得找个法官，但天上飞的、地上跑的都不行，我又得学一门外语，这事最好去找个随时能现身的神灵，比如说我跟鹦鹉一块去找棵大槐树，然后说'槐荫树，槐荫树，你开口讲话！'或者往地上跺跺脚，敲敲地面，'土地老儿，速速出来！'"说到电影中的台词时，王希碟特意用原黄梅戏《天仙配》中董永和动画片《孙悟空大闹天宫》中孙猴子的腔调，引得酒桌上一阵大笑。

"哈哈……希碟老弟，你一会儿天仙，一会儿悟空，你自己都成神了，还怕安排不好一只鸟吗？"文成道。

"我不是成神，我成神经了，万一那鸟跟我说：'别的不用管了，每天早上去给我抓虫吃吧'，或者'把你的床给我睡吧'，嘿！跟它商量着办吧，它倒来劲了，我该怎么办？"王希碟道。

"你说得还真形象，这世上确实什么鸟都有。"文成道。

"是啊，不怕翱翔的猎鸟，不怕笼中的笨鸟，就怕好吃懒做还事多的损（音 shǔn）鸟，它本来成不了人，还非要跟人平起平坐……说句心里话，我真想把我们家那鹦鹉放出去，它要是觉得外面不好呢，可以再回来，但文先生说它路痴，可能回不来了，我又担心害了它，这下子更不知如何是好了。"王希碌道。

"王老师您可真逗，难道这鸟出去经历风雨之后，也会懂得平平淡淡才是真，回来跟您过生活不成？"听着王希碌与文成先生对话，葛也夫也忍不住插话。

"那可不见得，去年我在澳大利亚旅游时碰上一只独脚海鸥，白白的羽毛，两条腿是红的，但它的右腿没有脚，只剩一根红棍儿，就靠左脚站立，当地人说这只海鸥可能是在海面上捕食时让鱼咬掉了脚，死里逃生，它不像别的海鸥，成群结队地围着人抢食吃，它就是老老实实躲在一边，有食就吃，没食不吃，你看看，它已经平淡了不是？我看谁再喊它到海上捕鱼，它肯定不去，就是到河沟捕虾米它都未必去。"王希碌道。

"王老师，我假设一下，如果您把剩下的这只鹦鹉放生，它也在外面损失了一只脚，然后又回到您家，那么您会高兴吗？您还会养它吗？"隋梦川问道。

"嘿，你这话问得真好，告诉你吧，它少只脚回来，我肯定还会很高兴，也会继续养它，总比不回来让我心有遗憾好。你换个思路看，缺胳膊少腿的，总比那些脑残强多了吧，它要是脑残的话，肯定连回都回不来了。我家那只淹死的鹦鹉，我估摸着就是脑残一类，不如剩下的这只聪明，刚拿回家养在小笼子里的时候，那只就老趴在窝里，白天晚上它占着窝的时候多，还不让这只进去。这一只呢，没办法，只好在窝外面蹦跶，蹿上蹿下地，这不也是锻炼身体长本事么。那只老趴窝的鹦鹉偶尔洗个澡想臭美一回，结果怎么样，脑袋进水了，给淹死了。而剩下的这只鹦鹉呢，人家也常洗澡，但活得好好的。"王希碌道。

"王老师我也想问您，为什么养少只脚的鹦鹉您还会高兴呢？就是因为它最终认输回家，还得依赖您，这让您心里得到了满足吗？可对您玩儿鸟儿来说，看着它也不美，养着也别扭呀。"一旁的刘欣也忍不住发问。

"生活就是每个人的艺术品，没有一个是完美的，残缺的美是常态，我也不在乎每天看一个瘸腿鸟了……你问我高兴的是不是因为我内心得到了满足，没错儿，我这不有病么，跟鹦鹉搞心理战。刚才我说正想写篇文章，说实话，以前采访、写作，我真没怎么走心，这次不行了，我得好好剖析剖析我和鸟玩意儿的内心世界。"王希磲道。

"佩服佩服，大道无形啊，走心为有心，有心为有道，希磲老弟很了不起，老朽甘拜下风，你这深入浅出的故事，比我的讲座强多了，以后你也不用再请我来讲了，你们三位年轻人说对不对？你们王前辈上台给大家讲学绝对没问题吧。"文成道。

"当然没问题。"葛也夫道，隋梦川和刘欣也点头称是。

"文先生，您就别再折磨我了，我养鸟都快养神经了，您看我，开始养鸟不过是有个玩儿心，为了给生活增添点儿乐趣，可买回来之后有了恻隐之心，等它们跟我斗智斗勇时，我又有了好奇心、好胜心，其中一只淹死之后，我这心可就乱了，放宽心也不是，放弃心也不是，放飞它也不是，放任它也不是，整个就是放不下心了，您还说让我登台，我自个儿内心还没整理出个头绪来呢。"王希磲道。

"哎哟，怪我了，怪我了，希磲老弟可要当心，当心情绪扭曲哟。"文成道。

"文先生您放心，我倒不至于出精神问题。"王希磲道。

"我不只是说你，本身这只活着的鹦鹉可能正处于情绪扭曲阶段，我记得隋总那儿曾经发表过一篇关于引力波的科普文章是吧，"文先生说到这儿，隋梦川笑着点了点头，只听文先生继续说道，"引力波是时空扭曲的涟漪，我觉得精神世界也是存在涟漪的，任何事情不会戛然而止，直接换台转换到下一种情绪，任何一种剧烈的情绪扭曲也会产生扭曲的涟漪。"文成道。

"文先生您越说越高深了，您可真行，什么远古的现代的，精神的物质的，科学的迷信的，每次都能信手拈来，难怪大伙儿都喜欢跟您聊天呢。"王希碟道。

"哈哈，希碟老弟这是批评我喽，我不过就是个'杂家'和'白眉唠叨'么。"文成道。

"刚才您说的话倒是提醒我了，我还是得考虑剩下这只鹦鹉的问题，如果说有三个选项：放飞出去，家里放养，或者再给它找个伙伴一块圈养，在这三者之间选择，您觉得它最喜欢哪个呢？"说着，王希碟把目光扫了一下另外三人，"哎，你们三位也别闲着，光听我们俩聊，假如你是那只鸟，你会选择哪一条？"

三只"小鸟"相视一笑，谁也没说话。王希碟先问面对面的葛也夫："葛总你先说说看，我这不是骂人啊，是探讨，文老先生还坐在这儿呢，我这黑嘴再黑也不至于拿你们开涮，你们几位帮我把这个话题搞明白了，下一步我就能把文章写好了。"

葛也夫道："依我的性格，放飞出去是第一选择，不会考虑别的。"

王希碟没吱声，扭头又问隋梦川："隋总你说呢？"

隋梦川道："我看这要取决于它是只什么鸟，如果是追求自由的鸟，它会选择放飞；如果是只有思想的鸟，它会选择家里放养；如果是只过日子的鸟，它会选择找个伴儿关起来养。"

"刘大记者，你呢？"王希碟又问刘欣。

刘欣道："要我看，最好是出去转一圈，再回来让你给配个女朋友，然后继续在家里放养。"

"嘿，还是你想得周到，但好事不可能都让它占着，不是我不能满足它这个要求，而是问题又回到原点，把它放飞出去，百分九十九就是黄鹤一去不复返，后面的待遇还如何落实？"王希碟道。

"希碟老弟问的这个很有意思，依我看，尽管我们知道这由不得鹦鹉来选，归根结底，生杀大权掌握在你手里，但我们还是要从灵魂深处寻找答案，听听心灵的对话，而实际上也没答案。当人类想要改变丛林法则时，同时又走入另一片丛林，无论是什么结果，希碟老弟大可不必心有负累，你养鸟的用心和尝试，已经给自己积聚了巨大的能量，这是你的回报。无论是鸟，还是周围的人，还是自然界，都会帮你储存这些能量。"文成先生道。

"文先生，您这又是什么理论发布？"王希碟笑道。

"这不是什么理论，自然界万物皆有能量，哪怕是精神世界，哪怕是一滴水，一片雪花，一粒微尘，哪怕是一个小小动作，都有能量体现，有正能量，也有负能量。比如说，青藏高原上一位农妇洗衣服掉下的一丝纤维，可以顺着小河进入大河，由大河进入海洋，还可以被鱼吞食，通过鱼体又可以进入某个人体内，甚至会进入他的血液，影响了他的大脑，说不定因此就当上了美国总统，这也是一种'蝴蝶效应'。大千世界，万物相连呀！再说个精神世界的，比方说，一个走在路上捡垃圾的人和走在路上扔垃圾的人，他们会接收到来自周围人的不同磁场和信息，一种是夸赞，一种是厌恶，这些信息都有能量啊，一个老是接收负能量的人，他的下场会好吗？"文成道。

"文先生，您越说越有玄学味道了，我这大脑已经有点儿转不过来了，来来来，我再跟您喝杯酒，我得先拿酒精杀杀毒、洗洗脑，否则您说的这些东西我这脑袋都存不住盘，存了也是乱码，要么就是显示'404'，网页不存在了。"王希碟道。

"哈哈……你说的这个我倒是不懂了，甘拜下风，来来来，这杯酒我敬你。"文成笑道。

与王希碟对饮之后，文成先生道："时间不早了，我已酒足饭饱，今晚感谢希碟老弟盛情，而且还给我们分享了一个人与鸟的故事，值得深思啊。其实也不是故事，算是心得，也是人与自然、人与社会的思考，受益匪浅，今天下午我教育你们，晚上你们教育我，咱们互相学习，扯平了。"

"文先生您言过了，我们哪能教育您呢，您走过的桥比我们走过的路还多。"王希碟道。

"不，人人皆可为师，哪怕是一个婴幼儿，老子不就说'常德不离，复归于婴儿'吗，婴儿的混沌纯朴，是大人们该学的。好了，有机会再与几位老总共同学习，我们都是同学，今天咱们就下课吧！"

话多酒少，谁也不会喝成醉态，跟文成先生坐在一起的时候大抵如此。隋梦川本来是想找王希碟聊聊关于承办全国广告年会的事儿，酒桌上实在插不进话题，只好等到晚餐结束。待散席告别之时，隋梦川便问道：

"王老师我有事请教，您晚一点儿回家行吗？"

"好，我还正想找你呢，咱一边走一边说吧。"

隋梦川把全国报业广告协会商榷承办明年年会，以及贾菲欲推荐黄立到广告公司的事简单叙述，王希碟道：

"年会的事我也想跟你说，我们上次承办已经是好几年前的事了，现在全国各地广告都不太景气，之前协会也跟我说过，希望咱们再承办一次，这事得看邵总的意思，胡社长马上就要退休了，据说已经确定邵总兼任社长，所以你得尽快跟他汇报，听听他的意见，而且又是他主管广告，我猜十有八九他会同意明年承办，他肯定要给自己主管的工作总结一下，有啥意义不说你也明白，你得做好准备。"

"还有一件事，去年您跟刘欣他们一起搞的玉器展销活动，今年有过什么打算吗？"

"这事呀，就是个很简单的商业活动，咱们宣传造势，然后跟商家销售分成，没多大意思，你愿意继续弄就弄，不搞就算了。"

"您现在不是在调研部么，我想请您帮个忙，看看能不能把玉器展销升级为一个全国性的玉器收藏展会，咱们本地的收藏文化深厚，也可以借展会深挖一下，搭建一个文化展览平台，报社可以介入经营。"

"这个好啊，想法挺好，但就是今年来不及了，这种会筹备时间长，你可以跟邵总汇报，如果他今年成为一把手，说不定想做个有影响力的活动，调研方面我可以配合你，在领导那边儿推动一下。"

"那太好了，那我就着手策划，回头拿给邵总。"

"对了，黄立来广告公司的事有领导跟你谈过吗？"

"目前还没有。"

"你这儿倒是需要个帮手，但不知小黄这人怎么样，骑驴看唱本，走着瞧吧，该来的早晚会来，也许领导那儿早计划好了……最近戴佰盛那儿跟你打交道多吗？"

"不多，因为广告基本上都是邵总抓，戴社那儿好多事儿就是走个过场，名义上他还是管报社经营。"

"前些天我们小聚了一次，我听他的话感觉对你印象不太好似的，说你心眼挺多，表面上是夸你，但我听着像是话里有话，我还奇怪呢，你是不是得罪他了。"

"哦，本来跟他也没多少事，前不久他给我打了个电话，介绍了一个做广告的朋友，希望跟我们有代理合作，具体业务是卢玉生跟他们谈的，因为卢玉生本来就认识那家广告公司，对方想要二三折的折扣，实在是太低了，我们没那个权限，这要报到邵总那儿批，结果让邵总给否了，我也跟戴社汇报了，不会是因为这事儿吧。"

"不是没可能，别看他大大咧咧的样子，心眼可未必大，咱问心无愧就行，我也是瞎猜，可能是我想多了，你干你的，不用当回事儿。"

二人边走边聊，权当是饭后散步，一直走了半个多小时才分手。

十

　　果然不出王希磲所料，隋梦川汇报了广告公司近期工作和活动思路之后，邵建设出奇地兴奋，支持承办明年广告协会年会：

　　"这个会可以接，你回复广告协会，我们来承办明年年会，但需要跟他们商量一下，开会时间能不能跟咱们的活动结合，就是那个全国玉器收藏展，这个活动太好了，最好让两个会同时举行，我们举全报社之力把这两个会办好，办出亮点，你回头写个计划书给我，我过几天就跟上面汇报，争取市里的支持。"

　　隋梦川哪里知道，邵建设正愁找不到合适的活动，作为将来接任社长后的一个展示机会，至于活动到底能有多大收益，能不能助力报社经营转型，他顾不得那么多。

　　"好的，已经写出框架了，我回去再丰富丰富。"

　　"你到了广告公司之后感觉怎么样？"

　　"还挺好的。"隋梦川也不知邵建设要问些什么。

　　"活儿干得还不错……公司的人手还行吗？够用吗？"

　　"怎么说呢，如果继续以前的广告经营方式，肯定是人有点多，业务规模处于不断萎缩状态，但如果要开辟些新领域，又显得人手不足，不少人已经待懒了，需要新机制和新鲜血液。"

　　"是呀，公司改革的事你慢慢来吧，也不要操之过急。"

　　邵建设大致了解广告公司的人员构成，虽然已经挂牌为公司，但也没理出个好思路，一个部门的改革，对报社整体能起多大作用姑且不论，结局百分之百会是鸡飞狗跳。在这个单位，到领导办公室坐地泡的事时有发生，目前最挠头的是李扬波，还不知如何把他平息。李扬波一直渴望升职，希望破灭后告病歇假，时间长了没有病假条被扣了奖金，他的家属就出面了，称家里困难，几次来报社要钱，甚至威胁要把家中老娘抬到报社来。最近的一次，家属在社委会开会时闯了进去，大闹会场，一干人马好言相劝也没用。最后，来几个保安把家属带走，会议才得以继续。而隋梦川听了邵总的话，还误以为邵总关心自己，便道：

"我没事，如果您有什么想法，我可以立即推进。"

"往后咱们多开辟一些新业务，在这方面多动动脑筋，我给你派个助手吧。"邵建设不再提公司改制之事。

"好啊，您准备让谁过来？"隋梦川想到了黄立。

"大概你也知道了吧，准备提拔一下黄立，考察工作都已经做完了，让他到你那儿，要闻部也没有岗位，而且你们公司老孟也没几年就要退休了。"

"贾菲跟我说过，我没什么意见，就是卢玉生一直想要坐实副处级干部身份，成为公司副总经理，他目前仅仅享受部门助理的奖金待遇。"

"这不太可能，他一直在外面经商，即使他有能力，按照干部管理规定，也不可能提拔他，他这待遇还有人提意见呢。"

说来也巧，隋梦川的手机响了，正是卢玉生打来的，隋梦川便笑着对邵总道："正好小卢来电话，我听听他有什么事。"

屋内没有其他杂音，邵总隐约听得见从话筒传出的声音。

"隋总，我跟您说一下，我没在单位，我先回去了。"

"哦，公司那儿没什么事儿吧。"

"没事儿，这不吴书记晚上到我们那个会所打球儿么，我就早回来准备准备。"

"哦。"

"我是想让您晚上也过来，跟吴书记认识认识呗，他总到我这儿来，而且今天晚上咱们邵总可能也过来。"

一旁的邵总皱起了眉头，隋梦川见状故意道：

"谢谢你呀。那这样吧，吃完晚饭我晚一点儿过去，邵总去的话我就不怕了，我就怕自个儿见大领导。"

"哦……好好好，不过吴书记有时候在这儿打一会儿就走，你还不知道么，领导事儿多，总有人找他，要不这样吧，他如果在这儿待时间长，我再电话通知你。"

"好吧，我这儿正有事儿，回头再联系。"

隋梦川挂断电话，还未等他开口，邵总便道：

"这个家伙，净胡说八道，根本没影儿的事儿，吴书记会去他那儿？什么会所呀，我没听说过。"

"我猜他也是忽悠我呢，要不然我一答应过去，他就改口了。"

"这个小卢呀，咱也对得起吴书记了，他能干的话就让他干点儿，不能干就算了，别让他搅和就行。"

"好的……邵总，黄立大概什么时候到广告来？"

"你跟贾菲碰吧，这个月就过去，另外，广告公司体制改革的事儿，你多听听戴社长的意见，人事和经营工作还是他分管。"

隋梦川刚刚感觉清晰一点儿的脑袋，像是忽然间泼进了一瓢浑水，嘴上虽然答应着，却是迷迷糊糊走出了邵总的办公室——这改制的事到底是哪位领导负责呢？领导到底想改不想改呢？他越想越有些糊涂了。

黄立到广告报到了，隋梦川召集了公司领导班子扩大会，大客户部、分类广告部、设计部、户外部、综合管理部等几个业务科室的负责人都参加，一是宣布黄立任公司副总经理，二是研讨一下关于玉器收藏展的运作方案。

广告公司少有认识黄立的人，隋梦川向大伙儿作了介绍，并让黄立负责与编辑部互动和新业务开发，老孟仍负责代理公司业务以及内勤，卢玉生主要负责大客户部，主攻房地产板块。

看得出卢玉生情绪不高，他一直盘算着老孟退休后能出任个常务副总，现在不仅连个副总还未落实，却又冒出个黄副总，心里酸得犹如喜欢的女孩让人领走了一般，他恨不得想骂娘，但又不知骂谁才是。

就在大伙儿你一言我一语讨论明年展会的时候，卢玉生却起身走到一旁：

"不好意思，我得赶紧给吴书记回个电话，别让他老人家等急了。"说着扭过身去低头拨打起了电话，然后把手机举到耳朵边，嗓门高高地，发言的同志也只好暂停，等着他通话结束。

"吴书记，我是小卢，您跟我们社长见面的事儿联系完了……"

刚说没几句，卢玉生的手机却突然响起了来电铃声，那是一首《双截棍》彩铃——"快使用双截棍，哼哼哈兮，快使用双截棍，哼哼哈兮"。一脸尴尬的卢玉生看了眼手机屏幕，摁停了响铃，嘴里嘟囔一句："真讨厌，居然顶进电话来了。"

在座的人有的回过味儿来，低头抿嘴，暗暗发笑，这个铃声太熟悉了，平时在办公室里不知听了多少回。他们猜了个八九不离十，料定是卢玉生在假装通话，没想到恰巧有电话打来，搅了他的表演。

大伙儿的猜测并不离谱，卢玉生刚来报社时，给人的印象就是个绞尽脑汁挣钱的人，为了挣钱会不择手段。跑大客户奖励高，他就专跑大客户，在同事中经常奖金拿最高。刚开始，大家以为他是沾了吴书记的光，靠领导关系拉了些广告，让人既羡慕又嫉妒。

后来，沾沾自喜的卢玉生透露了自己的生意经，他也指望靠吴书记之名要广告，但企业并不买账。他自恃最会揣度领导脾气，便有针对性地制定了奇袭计划，他曾经专挑下午六点左右这个时间闯进一些目标企业，连蒙带唬闯进门，之后就直奔厂长室或者总经理室，没关门的推门就进，关了门的就咚咚咚不停地敲，其实他并不知道老总在不在。

卢玉生讲得眉飞色舞：你们不知道为嘛这时候去吧，告诉你们吧，好多厂长经理都瞅这时候跟"小秘"腻乎呢，他们以为办公楼里的人都走光了，不会想到这个时候有人上门。我碰上过有在里边搂搂抱抱的，也有脱了衣服的，就算是什么都没干，让你撞上他也犯嘀咕，再加上你又是报社来的，只要堵上一个老总，广告费就算搞定了。我有好几单业务就是这么成的，咱这人不讹钱，就是让他到报社做广告，没毛病。

同事们啧啧称奇，当初羡慕卢玉生有靠山，奖金挣得多，现在却发现是技不如人。但后来发生在卢玉生身上的故事，终于让身边人得到了心理平衡。卢玉生硬闯老总办公室的招数，也不总那么灵，他后来改为跟踪领导和老板的汽车，看见汽车接了个美女，他能一直跟到停车的地方，然后再伺机去敲车门。结果，有一次居然跟踪到自家小区，而且自己媳妇被人接上车，卢玉生并未贸然上前，继续跟踪，等车子停在了僻静的林荫树下，卢玉生不再犹豫，把车开过去挡在了那辆车前，拽开那辆车的后门，当场跟媳妇大吵一场。那位老板其实跟卢玉生并不相识，他不过是卢玉生选中的目标而已。两口子大闹一场，结果卢玉生也没占上风，因为他跟本单位一女业务经理厮混的事早不是秘密，媳妇很硬气地跟他离婚，财产也没少分，成为卢玉生在同事面前心虚的一个笑谈。

就是从那时起，卢玉生把手机铃声改成了这首《双截棍》。他与那位相好的女同事结婚登记不久，卢玉生又犯老毛病，与另一新来女孩交往甚密，结果再次解除婚约。

现在，卢玉生相处的女友是另一位同事，这已经是他第三次准备新房，之前准备的婚房现任女友说啥也不住，反正他也不差钱，同事笑称他是"窝边草房地产公司老板"，专给女同事开发新婚住房，他倒毫不避讳，再次向同事们发出了婚礼邀请。

卢玉生摁断了来电，把手机放进了口袋，然后低头回到座位上继续开会。大概是怕再有电话打进，他又悄悄关掉了手机，一言不发，只是漫无目的地在笔记本上乱画。隋梦川看得懂，卢玉生的戏码就是演给自己和黄立看的。

散会之后，隋梦川喊卢玉生留下来，想跟他单独聊聊："卢总稍等一会儿，咱俩再说点事儿。"

卢玉生愣了一下，心里瞬间又有了些许期待。

隋梦川开门见山："有个情况我跟你说说，你上次跟我提的事儿我找社领导了，当初我以为不是个难事儿，现在看来不那么简单。"

"怎么了？"

"别看是改个称呼的事儿，也不涉及给你提高待遇，但问题不在这儿，问题出在你身上，是政策不允许，这还不是哪个领导的问题。"

"不明白。"卢玉生心里有些抵触，我不过是要个副处名分，怎么我错了呢？

隋梦川继续道：

"我了解了一下干部管理制度，不允许私自经商，你跟别人合伙开公司的事报社几乎无人不知，无人不晓，就这一条你就过不了关，除非你把外面的生意放弃了，这样的话你舍得吗？你自己觉得是理所应当的事，但到了领导那儿就必须讲原则，这也确实让领导为难呀。"

"啊，是这样啊，我明白了，那就拉倒吧。有多少领导都私下做生意，我不过是明着做而已，级别不给就不给吧，我生意要是不做了，但工资还那么多，那不是吃饱了撑的嘛！"卢玉生有些失望，但又没理由去责怪隋梦川和报社领导，着实有些郁闷。

"就是啊，你本来就不比别人差，小日子过得已经比我们强多了，好多领导干部还不如你呢。"

隋梦川的劝说，让憋了一肚子无名火的卢玉生舒坦了许多。在卢玉生眼里，像隋梦川这样的领导，无论是财富还是社会资源，都无法与自己相比，于是优越感陡然而生，忍不住道：

"还别说，牛皮不是吹的，火车不是推的，咱过得也不比他们领导差，报社还真不能拿咱怎么着的。"

隋梦川劝道："本来咱们就是一套人马两块牌子，你仍然是广告部助理，外人也不知道这当中的区别，咱们继续一起干点事儿。另外，广告部实行公司化，领导们也正在研究改革方案，也许不久的将来，我们干公司的人，都不与干部级别挂钩，你想争取的这个身份问题，可能恰恰是组织上要改革的问题。"

隋梦川说的是实情，按未来改革方向，就是要与级别脱钩，但卢玉生听后却暗暗叫骂，心里不知是啥滋味，说不清是无奈还是愤懑：自己梦寐以求的就是这个干部名分，你们却琢磨着改了它，什么企业化，我才不管呢，谁知真改假改。要改也行，先给我的改了，给了处级身份后再一块儿改，到那时爱改成啥样改成啥样。想到此，卢玉生道：

"改革不改革我不管，我没那么高的觉悟，如果给我落实了待遇再改革，我一点儿意见没有，我这可不是自私，也不是没有公心，昨晚我喝完了酒往家走，路边儿撒个尿我还想着给小树浇肥呢，特意走了好几十米远。"

隋梦川嘴角微微一笑，脑海立即浮现出狗狗找棵树或者找块石头跷腿撒尿的情形。按照卢玉生的逻辑，狗狗们对着树便溺时都是想着施肥灌溉，为自己的狗命积攒福报喽，于是他笑道：

"我明白你的意思，你是表明以小见大，我知道你在其他方面也挺慷慨，公司同事都向我介绍过，但我不知道你尿的是棵多大的树，要是树太小的话，今天下班后你最好再去看一看，看看它是茁壮成长呢，还是让尿给烫蔫了。"

"嘿嘿，咱不提了，隋总您拿我找乐。"卢玉生忽然有点不好意思，满腹怨气也没了踪影，他的软肋实在太多，他曾把搞一次对象送出一套房子称作献爱心，结果一群女同事都要求他继续作奉献，并给他颁发捐献证书，导致现任女友大发雷霆：你要敢再吃窝边草，就不用娶我了，我来取你——取你首级！卢玉生碰上这么一个女友，老实了许多。

"开玩笑归开玩笑，咱说点儿正经的，你还不是党员吧，我劝你好好表现，争取先加入党组织。我们是干宣传工作的，广告也是宣传工作的一部分，当领导要经得起考验，需要通过组织考察和党员们投票表决。另外，你得终止外面的经营业务，否则你自己说不清，到底是为了工作还是为了自己的生意，这必须严格区分开来。"隋梦川道。

这几个关键问题，等于给了卢玉生的梦想致命一击，他很清楚自己口碑如何，就算现在咬着牙去改，那"窝边草房地产公司老板"的帽子也摘不掉了。更重要的是，他舍不掉外面的生意，那才是让他自信的本钱。

"谢谢了隋总，让您费心了，我明白了，这事儿怨我，我以后再也不跟您提这要求了，让我放弃在外面混圈子，说实话也不太可能，以后我在外面折腾，报社这头肯定不让您为难，兄弟领情了，谢谢您了。"

"你干嘛这么客气，我也没给你做什么，其实我也得谢谢你，这么支持我的工作，咱们来日方长。"隋梦川的担心慢慢消散，团队和谐是成事的关键，他不指望卢玉生能帮多大忙，但也不希望他添乱，便接着道，"顺便问一句，今晚你去参加小迟的婚礼吗？"

"去呀，怎么了？您也准备参加吗？"

"我正在琢磨呢，晚上也没有其他事，是不是也去一下，人家也给我送请帖了。"

"您去不去无所谓，反正您跟员工都还不是太熟，我是得去，小迟他舅舅是市工商局的姜局长，我还找过人家办事呢，他跟咱报社领导也很熟。"

"哦，那肯定对咱们支持也挺大的了，我还是去吧，我搭你的豪车可以吗？"

"好啊，好啊。您走时喊我。"

一听隋梦川主动坐他的车，卢玉生很是高兴，他平时总觉得隋梦川与自己保持一定距离，说明自己没得到领导认可，亲密不起来。

婚礼在一个五星级的大酒店举行，三十张圆桌的大厅，T台，花拱门，头戴红花的女亲属，互不相识但圈坐一起的来宾，还有那永远不嫌声大的男主持，大概全城的婚礼都是如此。隋梦川出门前就准备好了红包，给两位新人道喜。邵总也来了，看来这小迟的面子足够大。隋梦川被引至邵总和小迟舅舅姜局长的酒桌，邵总向姜局长介绍了隋梦川，并感谢姜局长对报社工作的支持。

开场的介绍中，"亲朋好友"被一句话带过，叔叔、姑姑们都没资格出现在宣读名单中，重要嘉宾则要一一介绍——"前来给两位新人贺喜的嘉宾有：三水都市报总编辑邵建设、市工商局局长姜松涛……三水都市报广告公司总经理隋梦川……"

隋梦川没想到自己进入了宣读名单，更没想到的是姜局长进了嘉宾之列，也许一个普通人才配得上是"亲朋好友"，但若是成了"官"，那就既不是"亲"，也不是"友"了。

听着千篇一律的主持词，看着哇啦哇啦充当逗哏角色的主持人，还有那见过多少遍的套路，大多数人似乎都已麻木，新婚男女的神圣时刻都如出一辙地让给了俗套，除了一对新人的亲属，大概其他人都在想：这酒席啥时才能开吃？

隋梦川想起了自己那没有仪式的结婚，试想着如果和袁明静重登这婚礼舞台，也如此这般让主持人摆弄，自己会是什么心情？是否还会心花怒放？如果婚礼都变成了喧嚣，那又如何体现神圣？事实上，几乎所有新人除了台上对象是自己选定之外，其他程序大都身不由己，如若报社广告公司也开展为读者策划婚礼业务，是不是应该根据个人的兴趣爱好、人生履历、经济状况、家族特点提供不同的方案？如何体现出庄重与神圣？如何体现父母前的尊崇，教堂里的肃静，山野里的浪漫，球场上的激扬，教室里的童贞，邻里间的和合？婚礼如何进行心灵的策划，让初心呈现？……还有，如果接受卢玉生的邀请，去参加他的第三次婚礼，应该祝福他什么呢，祝福他永远住新窝，还是这个窝永远住下去？好像都不太合适……

婚礼刚进行了不久，邵建设跟姜局长耳语几句，突然对隋梦川说道："梦川，你一会儿替我上去吧，当一下证婚人吧，我有个紧急会，得马上到市里去。"

"邵总，您说什么？我跟他们都不太熟悉。"邵建设的话打断了隋梦川的遐想，感觉有些突然。

"你是他的顶头上司，你上去比较合适，是吧姜局长？"也许当真市里有紧急会议，也或许是邵总不想让报社的人觉得这位员工特殊，毕竟广告公司来了不少人。若不是姜局长此前亲自打了电话，邵建设也不会到场。

"对对对，我觉得挺合适的，就让隋总给当一下证婚人吧。"姜局长道。

"那好吧。"隋梦川虽觉突然，也只好答应，脑子赶紧琢磨上台后如何讲话。邵建设安排妥当之后，便匆匆离开。

隋梦川上台宣读了结婚证书，然后致贺词："我代表小迟单位同事，向二位新人表示祝福，同时也希望他们生活中能够以这十二个字作为准则：会孝敬，知规矩，正三观，懂感恩。"

小迟家人很高兴，吃饭时姜局长特意给隋梦川敬酒，称他的话实在，归纳得也好。

回到家，袁明静觉得最近丈夫的饭局太多，有些不悦，便问道："你今天晚上又是什么事？"

"今天参加我们员工的婚礼了。"

"敢情又出去派送人民币了，我说怎么这几个月钱越来越少呢，这种事咱能少去或者不去吗？"

"是啊，我也不想去，可我新到这个部门当领导，员工又给发了请帖，我如果不去，岂不显得我不近人情，给人印象不好。而且，小迟的舅舅是市工商局局长，对报社帮助很大，报社受工商监管的主要业务就是广告，所以今天连我们邵总都去了。"

"你参加谁的婚礼无所谓，我知道你想做得周到些，可你就不替你的钱包想想，替我想想，难道都没有你的面子重要？"

"哎呀，亲爱的，这两个不能放一起比好嘛！"

"我不比还不知道呢，幸亏比了比，以前你把钱放家里几乎都不动，现在倒是经常揣兜儿里了；我呢，以前一周能跟你吃六天饭，现在一周顶多跟你吃两次饭，你跟钱包亲了，跟我倒远了，你说是不是？"

"这不是刚接触业务嘛，需要熟悉一阵子，以后就会好的，咱先不说这个好不好，别让咱妈听见了，让她还以为我天天不回家外面有人了呢！"

"嘿，这可是你自己说的，我还正想问你呢，天知道你是不是外面有人了。"

"外面当然有人了！"

"好，你厉害，说说看，到底是什么人？"

"外面有男人女人，有好人坏人，有活人死人，有单位的人，还有社会上的人……"

"去去去，你快闭嘴吧，你累不累呀，别把自己搞得人不人、鬼不鬼就行。"

"喂，你猜我今天在婚礼现场充当了什么角色？"

"你能当什么角色，不就是个送钱换酒喝的呗。"

"他们居然让我当证婚人，问题是我跟他们都不熟悉，你说我这个证婚能起啥作用？"

"可不就没啥作用，本来嘛，证婚人应该是好友，或者是德高望重的长辈。现在的人都不管不顾了，只要是领导在，什么场面都得让领导先来，感觉婚礼成了晒领导的地方，也不想想，万一哪天领导出事了咋办，谁给谁作证呀？"

"是啊，我是觉得这个环节也太不严肃了，证婚还有啥意义，你看七仙女和董永，找棵大槐树证婚就没管什么用。"

"你就把心搁肚子里吧，你以为你怎么着，你也是当一回木桩子而已，人家以后好坏跟你没关系，甭说别人了，咱俩还没有证婚的呢……"

"唉，又提伤心事了，咱以后补上啊，或者跟儿子婚礼一起办，搞个两代人的婚礼，另外我还在琢磨，过些日子卢玉生这第三次婚礼还请不请证婚人呢？谁敢上去给证婚呢？"

"什么？你还要参加卢玉生的婚礼？"袁明静吃惊地瞪大了眼睛，提高了嗓门。

"人家也许就是邀请大家一起吃个饭吧。"

"不、许、去！"

……

胡社长退休了，果然，上级来人宣布社长、总编辑由邵建设一肩挑。此后，员工在称呼上一度出现了混乱，编辑部大多还是老习惯，继续喊"邵总"；行政和经营的人则基本改了称呼，见面喊"邵社"。也有年轻文员反应不过来，一紧张喊了个"邵总……社"，这倒是很全面，愿要哪个要哪个，您自个儿选。

邵建设在交接大会上表态，面对困难挑战，要创新思路，勇往直前。他不知道这个金融危机过后的传统媒体，能不能在互联网时代咸鱼翻身，反正目前他看不到未来，无论是广告、发行，还是其他领域的经营，几乎是全线下滑。他想自己有个整体思路后，来年初在集团大会上公布实施计划。所以，在这不到一年的时间内，能否积累些明年值得一讲的素材，他心里没底。邵建设盘算着，即便不能扭转颓势，也必须寻找个新突破，总不能让人骂咱黄鼠狼下耗子——一窝不如一窝，无论如何也要提振士气，在突破中树立信心。

集团中尚未发现能让他眼前一亮的项目，一些小打小闹的合作和开发，也不具备产生轰动效应的规模。广告联手编辑部，与企业进行深度合作，加强企业报道策划，不过是卖一卖传统媒体的老脸儿，主动进攻一番，但也不是家家企业都买账，这时候不光要靠媒体的老脸，还得刷刷人脸。

隋梦川深知此非长久之计，人家卖脸的吃的都是青春饭，卖老脸还能卖一辈子不成？报纸又不是齐白石的画，越老越有人捧场。而且，这种做法多少有损媒体的公信力，让人心里不踏实。

邵建设之所以支持隋梦川做会展，正是因为他找不到一个合适的发力点，来为自己的社长生涯闪亮开局。会展能够利用报社已有资源，在不需大投入情况下进行尝试开发，同时，这个项目也有足够的体量和潜力，能产生全国性影响，无论是面向读者，还是面对上级领导，都是一个足可以表现的题材。

在周例会上，邵建设就下一步的工作做了分工和安排，尤其是重点强调要在明年举办全国民间玉器收藏展，要"举全报社之力"办好这次展会，由戴佰盛牵头，隋梦川负责具体落实，编辑部和行政后勤须全力配合，并要求戴佰盛尽快召集一个各部门参加的专题研讨会，进行分工协作。

隋梦川顿感责任重大，会展成了新社长上台后的一个重要抓手，且要打造成报社亮点，暗自欣喜的同时，一丝不安却悄悄滋生，他看到了一些同僚脸上的木然，甚至不屑。

在戴佰盛尚未召集项目碰头会之前，隋梦川再次在广告公司内部进行了讨论，并责成黄立完善玉器收藏展的计划书。

黄立介绍了一个朋友，称他对会展业很熟悉，而且与隋梦川也认识，想过来一见，隋梦川问是哪一位，黄立卖起了关子，说等人来就知道了。

"咚咚"敲门声响起，黄立笑着过去开门："他来了。"

门口进来一对年龄相仿的中年男女，那男的进门便喊："隋总好啊！"

隋梦川愣了片刻，但很快便反应过来，这不是从报社辞职下海的于詹宇吗，虽然他从上到下都有些发福，也说不清是一脸的沧桑还是一脸的油腻，但五官还是认得出属于谁的。他剃着挺利索的小平头，厚厚的肚腩凸出，顶着一个大大的、亮闪闪的字母型皮带扣，如同轿车车头上的车标，率先伸到了眼前，爱嘛是嘛吧。休闲裤、休闲西服看起来品质不错，抬手让人能看见左手腕的大腕表和右手腕的又黄又亮的珠串。旁边那位女士也面熟，肯定就是汪晓丽了。晓丽身材保持得不错，皮肤保养得也与这个年龄很般配，感觉老也老不到哪儿去，少也少不了多少。短发烫得有一点小波浪，一身灰色的职业装，愈显形象干练，不过肉色的内衣胸位略微有点低，乳沟若隐若现，只有她那张本色的脸依然是下巴向前，微微仰着。

隋梦川赶紧起身迎上前："啊呀，是詹宇兄啊，多年不见了，真没想到是你！"

隋梦川一边握手，一边面向旁边那位表情平静的女士道："这位应该是晓丽嫂子吧。"

"是她，是她，这不是因为来见你，没敢换人嘛。"于詹宇道。

汪晓丽白了于詹宇一眼，马上转过脸笑对隋梦川。

隋梦川笑道："哟，啥意思，你打算回去就换人不成？真是财大胆儿肥呀！"

"没有没有，你别误会，我只是想换个开车的，省得她开车老挨罚。"于詹宇笑道。

"是呀，我二十年前就说，你这'干钩于'这辈子甭想脱钩，要是没晓丽这'汪'水，你'干钩于'早就成鱼干儿了，对吧嫂子？"

"哎呀，隋总你可不知道，我哪管得了他呀。"汪晓丽开心得一下子笑开了花，但这花却是由一堆皱褶组成，眼角、嘴角皱纹尽显，像是平静的湖面猛然间让一阵风吹皱了一般，虽然很快又恢复平静，但那些岁月的涟漪依然可见。

隋梦川招呼落座，二十多年没见面的老同事，见面最关心的就是"你现在干嘛"，还未等于詹宇开口，黄立就介绍起来："于总和汪总是大老板，他们生意做得可不小，人家手上有好几个公司。"

"哪里哪里，到处混饭吃，不如人家隋老弟，都升为广告公司老总了。"于詹宇道。

"我哪敢跟于兄比，你是毕业不久就下海游泳了，我不过是刚来海边溜达溜达罢了，我记得你当年离开报社是到运输公司任职吧。"隋梦川道。

"甭提了，我早就从那儿出来了，后来我就自己干了，现在有贸易公司、工程公司、科技公司、餐饮服务公司、投资公司，我还有个文化传媒公司，隋总，以后有机会的话可以合作合作。"于詹宇有些得意地道，尽管他手下多数公司只是个空壳。

"好哇，真没想到，于兄太厉害了，你这是干了好几个行业，佩服佩服，我真得五体投地了，这么多年我就没离开过报社，干广告还是刚刚上手，你得多多指教。"

"我们开始时还不是什么路子都不懂，怕啥？闯两回就懂了。"

"你说得真轻松，于兄是开啥车的？"

"怎么了？我开的是宝马越野车。"

"开玩笑啊，就你这人生，你是啥路都敢上啊，怎么也得开个变形金刚吧。"

"哈哈……你是说我做生意啊，要是有变形金刚就好了，别看我干的事儿多，但规模都不是很大，我跟晓丽做生意就这样，不跟自己较劲，不过你别说，我们还真跟变形金刚似的，见事不好就这样，'汽车人变形，出发！'"

隋梦川看了一眼在一旁光笑不说话的汪晓丽，问道："我记得嫂子是单位的工会干部吧，现在也不干了吗？"

汪晓丽道："我早就出来了，我们那个企业效益也不好，现在天天跟老于一块瞎忙活。"

于詹宇道："她刚在外面停车挨了罚，心里正别扭呢，不然的话我们早就上楼来了。"

"怎么回事儿？"隋梦川问道。

"晓丽开车到你们单位门口，门卫说没车位了，我们就只好顺着马路找地方停，有一段便道比较宽，我们就把车开了上去，朝你们这头儿走了一段后我回头看，老远就看见警察给我车拍照贴条子，我跑回去看了看，上面写着我们占用盲道。"

"那赶紧跟警察说挪车不就完了。"黄立道。

"警察贴完条就走了，就我这肚子，哪儿追得上。算了，车也不挪了，反正是要罚两百块。"于詹宇道。

"哎呀，这就不好意思了，没想到于兄回报社来见个面，还要先破费两百块。"隋梦川道。

"可不是，看来是见贵人，门票还挺高，一人一百。"于詹宇笑道。

"于兄高抬了，'贵人'倒算不上，顶多也就是个'常在''答应'罢了①，这样吧，改天我请于兄吃水煮鱼给弥补弥补，我还记得咱一个宿舍时，你们二位做蘸水鱼给我吃呢。"隋梦川笑道。

"呵，真有你的，过那么多年还记得。"于詹宇睁大了眼睛道。

"那当然了，我这人属狗的——记吃不记打，那可是我平生第一次吃蘸水鱼，可惜后来再没吃上，现在吃那些水煮鱼、酸菜鱼什么的，感觉都没你们当年做的好吃。"隋梦川道。

"真有那么好吃吗？你不会是学朱元璋吧，当了皇帝还念念不忘'珍珠翡翠白玉汤'。"

"不是，不是，我这不还没当皇帝嘛，现在说的都是真的，其实人家朱元璋也是真心的，忆苦思甜嘛。"隋梦川道。

汪晓丽听隋梦川的话开心了许多，没想到隋梦川还记得自己当年为了于詹宇露一手的事。虽然于詹宇跟隋梦川住一个宿舍时间不长，但那个年代能吃上一顿馆味菜就算是大餐了。刘宝瑞先生单口相声《珍珠翡翠白玉汤》说的正是这个道理，明朝开国皇帝朱元璋当年饿

---

① 古代皇宫内对嫔妃和宫女的称呼，《清史稿·后妃列传》："皇后居中宫；皇贵妃一、贵妃二、妃四、嫔六、贵人、常在、答应无定数，分居东西十二宫。"贵人，皇帝妃嫔封号之一；"常在"与"答应"同为最低级妃嫔。

昏时，俩乞丐用锅底米糇、涮锅水、白菜帮子、菠菜叶、馊豆腐做成杂烩汤喂他，朱元璋当了皇帝后，念念不忘那碗救命的"珍珠翡翠白玉汤"，记忆中永远都是美味，不过再让他吃二回，却比吃药还难受。

"真有你的，你是记着'吃'了，我得向你学习，这回我把'打'也记住，盲道上停车的事以后再也不干了。"于詹宇对于停车被罚还是有些不快，他接着道，"不过你说这盲道有啥用？不都是在便道上吗，压了盲道就罚，没压盲道就不罚。"

"盲道是一个城市的文明标志之一，是要考虑到所有人的出行需要。"隋梦川道。

"但有一点我想不明白，本来盲人就看不见道，还把地铺得凹凸不平，这不成心绊脚嘛。"于詹宇道。

"没办法呀，正因为看不见目标，所以要靠脚下的崎岖带人到远方。"隋梦川道。

于詹宇直着眼略思片刻，手摸着后脑勺，猛然间像是开了窍一般："呵，老弟说得有道理，你可没白在报社干，一句话顶我十句，可我觉得我都崎岖了一辈子了，怎么还没到目的呢？"于詹宇道。

"那可能是因为你目标太高远吧。"

"我也没要求太多呀。"

"于兄，你都做成大老板了还不满足，难道是嫂子要求太高？你跟我们可不一样，我们一般是两口子各干各的，你和嫂子是一起干，等于把两个人的目标叠加起来，那自然就高了呗，所以你往上走一步，相当于我们走两步，你爬的山头总比我们高一倍。"隋梦川道。

于詹宇扭脸看了一眼汪晓丽，说道："咦？我还是头一次听人这么说，晓丽，你说隋老弟说的是这么回事儿吗？"

汪晓丽正暗暗着急，嫌于詹宇不谈正事儿，不想听他们没完没了地闲侃，于是不假思索地道："我可没给你加码，就你挣那点钱，也就够我和闺女用的，你自己爱挣多少挣多少，可跟我没关系。"

"哈哈……"隋梦川没再继续话题，要按汪晓丽的回答，其实就是两个目标，于詹宇实现老婆和闺女的目标，自己的目标还没爬呢。

一旁的黄立对不上话，感觉自己像是局外人，赶忙见缝插针："隋总，于总他们听说咱要搞玉器收藏展，今天过来看看有什么可以合作的，他们做这种活动有经验。"

"对对，隋老弟，别看我不在文化单位，我可是没少干文化产业的事，我们参与过啤酒节，还参与过不少展会的筹办、布展，那个全国著名乡镇文化展我们还参与协办呢，去年咱们市有个小镇入围获奖，最后还是我们帮了忙的。"于詹宇不失时机地推介。

"是吗，真没想到，于兄虽然离开了报社，但干起文化来，丝毫不在我们之下。这个展会我们是头一次搞，肯定需要有经验的伙伴指导或者是合作，而且我们的人都没这方面的历练，如果展会项目合作，你是想参与哪个方面呢？比如是招商、布展、拍卖，或者其他一些商务服务方面？"隋梦川问道。

"看报社需要了，我们都可以参与。"于詹宇很自信地道。

隋梦川道："那好吧，这个展会被列为明年报社一项重要工作，而且马上要开一个专题会，由主管经营的戴社长召集，等开完这个会，听听有什么新指示，我们再看能否合作，如何合作，这样好吗？"

"好好好，今天本来也是过来看看你，多年没见面了，自打离开报社，咱俩也就通过几次电话，黄总我们很熟，早就听他说你来广告这边负责了，这位小兄弟还不知道咱俩曾住一个宿舍呢，都是老朋友、老同事了，有需要我出力的，尽管说。"于詹宇道。

"太好了，跟于兄见了面，我就更有信心了，这个展会咱们一定能够办好，我也没想到你跟黄总是朋友，这就好办多了。"隋梦川道。

"那今天就这样吧，等你们开完会我们再商量，今天晚上有时间吗？一起坐坐？"

"今天就不了，晚上我们孩子姥姥特别嘱咐回家吃饺子呢，找时间吧，我还特别想听听你们做生意的经验呢。"

"那今天我就不请你了，还是等你请我吃水煮鱼吧。"

"好，下次我们提前约时间。"

汪晓丽冲于詹宇道："瞧你，见面就让人家隋总请吃饭，你真好意思。"

"隋总也不是外人，我还有意见呢，二十年前吃蘸水鱼，二十年后吃水煮鱼，反正都是跟我老于过不去。"

"哈哈，就是需要多吃几回，我虽然不是陌生人，但也不知道于兄哪儿刺儿多，哪儿刺儿少，哪个部位最好吃，是不是，晓丽嫂子？"

"哈哈……哈哈……"几位在笑声中散场，隋梦川送于詹宇夫妇到电梯口，并嘱黄立送到楼下。

两天之后，戴佰盛按邵建设要求，召集了一个关于明年举办全国民间玉器收藏展的协调会，他虽不情愿，但也无奈，硬着头皮来牵头。

戴佰盛不愿做这个牵头人，原来有他的想法，他从外单位调入报社时间不长，对报社中层还不太了解，更难受的是自己并不分管编辑部业务，去给采编部门发号施令有些勉强。另外，这个从未干过的大活动让他总负责，他打心眼里不想冒险。对隋梦川的看法也颇为矛盾，心里多少有些埋怨，觉得这个刚上来的愣头青，真是无知者无畏，找了这么大一个麻烦。可反过来，他又觉得隋梦川是在用心干事，有点儿初生牛犊不怕虎的劲头儿。

其实在上次周例会上，邵建设基本上把分工思路都明示了，今天的分工协作会，不过是让大伙儿听听隋梦川他们的方案，然后再明确一下分工细节而已。

戴佰盛根据邵建设"举全报社之力办好展会"的精神，在会上宣布展会筹备分工：行政部门负责展会基建部分和后勤保障，经营管理部门参与招商，总编室负责协调编辑部的宣传报道工作和项目申报工作，网络要给开辟一个专题频道，总体策划、组织、招商工作由广告公司负责，各部门的进度要汇总至隋梦川那里，或者直接上报戴佰盛。另外，要在广告公司部分人员基础上成立一个筹备小组，组长由戴佰盛兼任。

这次会上，戴佰盛认可了隋梦川他们提出的筹备方案，并强调，为了保险起见，可以借鉴外部经验，借用外部力量，千方百计完成好这次展会。

有了领导指示，隋梦川自感压力有所减轻，当听了戴佰盛的最后讲话，他的认识又得以进一步提升。戴佰盛讲道：

"办公室的同志要把今天开会的情况做好记录，回头报给邵社长看……今天我在这里讲话，实际上是在替邵社长讲话，今天的分工其实也是按邵社长的意思进行的分工，不是我个人的意见，我最后还要强调一下，大家一定要明确此事的重要性，一定要深刻领会'举全报社之力办好展会'的含义，一定要做到两手抓两手都要硬，一手抓好本职工作，一手抓好这个展会分担的任务。这个工程，也可以说是'邵社长工程'，大家要急邵社长之所急，想邵社长之所想，大家不要认为是给隋梦川在做事，也不是在给我做事，你是在给邵社长做事。广告公司要做好整个项目的统筹工作，其他各部门要做好协助推进工作，争取到明年年终向邵社长交上一份满意的答卷。"

散会后，隋梦川因有些想法要请示，紧随戴佰盛来到他的办公室。戴佰盛进屋便把笔记本往办公桌上一放，头也不回地对隋梦川道："你先坐会儿，我去趟厕所，可把我憋坏了。"说罢转身走了出去。

戴佰盛刚出去不久，楼道里便响起戴佰盛不停的干咳声，接着似乎又有放屁声传来，听得出那咳嗽声似是在极力延时，但又实在比不过体内储备之充足，未盖过那夺路而出的气流声，以至咳声过后响起了一连串伴随着步伐"嘣嘣……嘣嘣……"的屁声。

隋梦川想起了歌手明亮的"屁事"，竟演变成了一个风波，再想到戴佰盛，今天也确实难为他了，他那胖胖的身子，大大的肚腩，谁知装了多少升气体，倘若不是自己紧随其后跟了进来，人家肯定是在屋里痛痛快快地释放，何至于为了掩饰而急匆匆奔向卫生间，结果在半路上便泄了气——也许这就是文明的一部分，人的行为不影响他人和环境，就是文明进步，那些善意的掩饰和做作，不能都冠之以虚伪吧……

隋梦川正想着，张姐进来了，她进屋冲隋梦川抿嘴微微一笑，这次连嘴都未张开，把信函往桌上一放，像一阵风般地转身快步而出，似乎是一口气都没喘，就完成了进出门的所有动作，这可能是她凌波微步的最高境界，不知她是在躲什么，还是着急去下一个门。

戴佰盛很快就回到了屋内，边踱着方步，边翻看送来的函件，问道：

"梦川你说吧，你还有什么事儿？"

"戴社，今天太谢谢您了，这个会算是给我减压了，不然的话我这儿的压力可太大了。"

"哈哈，有压力就要释放，你也不容易呀，这么大的活动，团队又没有这方面的经验，怎么就接这么个项目？"戴佰盛笑着道，感觉他像是在自嘲。

"不是外面接的，是广告部原来做过玉器展销，我们觉得可以做得更大一些，后来跟王希碌主任碰了碰，他们也做了一下调研，觉得可以一试，咱们有不少社会资源和文化资源。"

"啊，王希碌呀，这个家伙，他在广告的时候怎么不早点儿干？"

"不太清楚，可能还没来得及尝试吧。"

"这可比他搞个玉器展销复杂多了，涉及的部门和风险太多，你们可得用心准备。"

"是啊，学着干吧，实在不行再说。"

"再说？这可不能含糊，不行也得行，无论如何都必须干成，千万不能砸锅，这不光是你的脸面问题，还有邵社的脸面，单位的脸面，这事儿都报到市里了，干不好的话，还有市里的脸面问题。"

"是，我明白，可能真像您说的，我们需要寻求一些外面专业团队支持。"

"我是怕你们玩不转，你手下的那些人又不行，需要外包的话就联络一下外面的一些公司，挣多少钱倒是次要的，但一定要当成一项政治任务来做。"

"明白，我一定好好把握。戴社，我还想问一件事，就是关于广告公司机制改革的事，邵社让我听听您的意见，跟您先商量商量。"

"啊，这事……既然成立了公司，就应该按公司体制来运营，但你们自己可得把握好分寸，别给邵社找事儿，你那儿不就是多几个人嘛，有了项目，有了事儿干，消化几个人还不容易？至于分配机制，你也可以先拿个思路出来，但是你们公司的收入算是整个报社的，并不是你们广告公司自己的，所以还要看报社能够给你们提留多少，否则你们设计的激励方案以什么作前提，那不是井里捞月亮——白耽误工夫嘛。

"关于成立展会筹备小组的事儿，我也替你问了几个部门，他们也没有可派出的人手，我给你找两个吧，李扬波先让他去筹备组上着班吧，他跟小葛上不来呀，在一起也影响工作。另外，王希碌那儿有两个人，你需要的话可以让他派过来，你回头找一下老王吧，我看其他部门就算了，没必要让他们过早介入。"

隋梦川明白了，比起公司机制改革，看来领导对展会更感兴趣。

十一

"隋总，医药集团的广告有眉目了。"黄立兴冲冲地来到隋梦川办公室汇报。

"好，这么长时间了，他们终于定下来了。"

"我去找了两三趟那位周总，一开始他让我甭管了，说有信息他会告诉您的，还跟我说不是他的事儿，方案就在他们冯总那儿，一直没批，后来我就找了菲姐，让她赶紧派人去。"

"飞姐？……"隋梦川没反应过来，皱起了眉头。

"就是贾姐，贾菲，我让她赶紧安排人去采访冯总，前些日子我们一起吃饭，大伙儿说喊'贾姐'不如'菲姐'，以后都改叫'菲姐'了，这比'贾姐'好听，我们说期待她'腾飞'。"

隋梦川笑道："嗐，误会了，我还以为你给'空姐'改称呼了。"

"您说的还真是，那天吃饭时有人也这样说了，菲姐就菲姐吧，比贾姐亲切多了。"

"哦，这事儿是得靠贾主任那儿帮着推动，记者采访的事儿怎么样了？"

"菲姐那儿没问题，我要不是接二连三地催她，还不知道拖到啥时候呢。"黄立有些得意地道。

"辛苦你了，冯总他们最后能给咱们多少广告费？"

"目前预计是做一个整版的专题报道，然后再做两个半版的硬广告，总额不超过三十万元。"

"是吗？这也太低了，咱们没法给他做呀，这个版面数量应该五十万还差不多。"

"那您是不是再跟周总打个电话，我也跟菲姐说一下。"

"我肯定要找一下周总，明年展会的准备工作时间也很紧迫，已经成立一个筹备小组，戴社长任组长，我和要闻部贾主任、行政处唐处长任副组长，你和李扬波是具体项目负责人，你主要是招商，李扬波负责报社内部各部门的宣传对接。"

黄立正欲问，不是自己一直负责与编辑部的联络嘛，只听隋梦川继续道：

"李扬波呢，表面上让他负责宣传造势方面的工作，实际上对他不能抱有期望，听说他情绪不太稳定，也不知道能不能正常工作，咱们也替领导想一想，可能就是借此机会给他找个地方待着吧，免得他跟葛也夫闹别扭，影响工作。但领导们又不能说不用他上班，所以咱们该干就干自个儿的，等着公鸡下蛋——就别指望了，咱不跟他比，你要有心理准备。"

"我明白了隋总。我也听说，领导本来让李扬波去调研部的，但王老师就是不接，说是等他退休以后，爱谁来谁来，他到调研部就是图清静的，李扬波如果来了他担心把神经病传给他。王老师真行，他说他自己最近精神也不太正常了，李扬波若来，他肯定会病情加重，说不定他会出去咬狗，然后再回来咬人，王老师太有意思了，哈哈……"

"所谓嬉笑怒骂，皆成文章，这也无形中保护了他自己，就像《地道战》里说的，各村有各村的高招儿啊。"

"隋总，关于会展对外合作的事儿，于詹宇那儿还等您找时间跟他谈一次呢。"

"老于那儿如果真有能力，可以合作，我还欠人家两口子一顿水煮鱼呢，这样吧，你跟他约个时间，我请客，一起聊聊。"

"您是说让我也一起参加？"

"是啊，你不是跟他挺熟的吗，我不过是二十多年前跟他同住单身宿舍，上大学时也不是一个系的，还不如你了解他呢，你们是怎么认识的？"

"一开始是有个经商的哥们儿介绍认识的，一起玩过几次，我在原来的报社参与过经营，跟于总有过合作。"

"噢，你记住了，联系于总时，一定要跟他们说清楚是我来请客。"

"明白。"

"展会项目在市商委那儿已经批准了，传媒集团是主办单位，咱们广告公司是承办单位，当然了，承办单位、协办单位还可以添加，接下来就是网络招商宣传，需要在传媒网站上做一个频道，这个需要葛也夫那里支持，至于市里其他部门，比如公安部门的手续，需要行政处的同志协助，这些工作主要是筹备小组来完成，孟总、卢总还要盯着平时的广告业务，展会的事只能咱俩多分担一些。"

"这没问题，我尽快约于总他们，如果可以合作，他们也可以派些人手，比如客服人员什么的。您今明两天没有别的安排吧？"

"我没有，就是不知道社长那里有没有事儿。"

"好，那我就先联系于总他们，如果社里有重要的事儿咱再说。"

黄立离开后，隋梦川立即给周庆魁打了个电话：

"周兄最近可好，前不久我跟秦大夫在一块儿，听说您准备辞职下海了，那得抓紧给兄弟办点事儿呀，再不办也没机会了。"

"老弟，这个事儿暂时别对外说啊，辞职的事儿虽然我已下决心，但还没得到组织批准呢，冯总肯定已经有所了解，你说我在这个节骨眼儿上胳膊肘往外拐，给你们多送钱也不太好吧？"

"我明白您的顾虑，但话说回来，他们说您如何，其实已经并无大碍，反正以后不在这儿了，里外就这么一回。再说了，您也不能把我们的肉包子砸成白菜价，就您报的这价格，要是给外人知道了，您说这肉包子还有何脸面叫肉包儿，包多少个褶也没人买账啊，砸牌子了。"

"哈哈，老弟说的我懂，这样吧，你把报社刊例价和正常折扣给我传一份，最好是跟其他单位的合同也给我一个，我让冯总看一下，免得他误会……这个你不用担心，我知道保密的，你可以把合同单位遮挡一下，我主要是让他看看合同价，我也觉得我们的预算偏低……我问一下，如果冯总同意增加广告费，你们可不可以赠送一些广告版面？"

"我说周总呀，您真不愧是卖药的，价钱还没定呢，又盯上赠品了。"

"这个你说得不对，卖药的一般不搭售，没有说你买了盒心脏药，还附赠你治性病药的。"

"倒也是，你赠了人家也不一定要呀，要是买药还附赠棺材，那就更直接了，跟卖给他毒药差不到哪儿去。"

"嘿，一说吃药你就想到死人哈，你别以为棺材没人要，没有赠送的，可是有多拿的，听过刘宝瑞的《日遭三险》没有？那个爱贪小便宜的去给知县老爷家买棺材，花了一个棺材的钱顺手装了个小个儿的回来，本来是二少爷淹死了，他还给大少爷预备了一个。"

"哈哈，这个相声我听过。没事儿周总，我明白您的意思，广告版面可以赠送，我跟邵社长汇报一下，如果做五十万的广告，我们多赠半版广告应该不成问题。"

"这还差不多，这样我跟冯总建议增加预算时，也可以转达你们的诚意，还给我留点儿表现的余地，对不对？"

"好好好，俩好换一好，这样两全其美，谢谢周总了，改日喊上秦大夫，我请您喝酒。"

"行了，就你挣那点儿钱，还是自己留着吃包子吧，回头我来安排。"

"那怎么行，我知道您这是疼兄爱弟，但也不能老是吃包子，偶尔也让我们吃一顿炒菜呗，虽然不能跟您比，但是您支持了我的工作，请您也是应该的。"

"好吧，回头再说。"

请于詹宇两口子吃饭定在了转天晚上，除黄立外，隋梦川没有叫其他人，他特意从家带了瓶存放了数年的老酒，以示老室友之谊。黄立提前预订了小单间，他是这儿的常客，跟老板很熟。四人落座，黄立先去点菜，趁这工夫，于詹宇问道："隋总，展会合作的事有可能吗？"

"不是不可以，你们有这方面的经验就问题不大，这也是我们领导刚开会提出的指导意见。"隋梦川道。

"那就好，我不知道黄总给你介绍过没有，我们干过不少全国性的文化活动。"

"他跟我说过一些，这样吧，你把公司资料以及合作模式尽快给过来看看，时间紧迫，筹备小组已经成立了，下周马上就要腾出一间办公室正式上岗。"

"哦，那今天回去后我们立即传给小黄。"

"我可得事先提醒二位，因为这个展会是初次举办，我们是摸着石头过河，没有十足的把握让你们挣到大钱，如果百分之百能挣大钱的话，我们早就自己干了，这个道理你们也明白，所以于兄可别期望值过高，到时候不满意可别埋怨我。"

"当然了，怎么可能埋怨你呢，即使这次挣不到钱，咱们还有下回，第一次打好基础就行，所以开始的合作协议上，也应该把下次的权益写上，比如优先合作、共同发起什么的，毕竟我们也有投入。"

汪晓丽也接话道："就是呀，我们心里也没底，不知道需要投入多少呢，总不能让我们跟着赔钱吧，隋总你就放心吧，就冲你们哥儿俩这关系，我们赚了钱也不会忘了隋总的。"

隋梦川明白汪晓丽之意，便道："你们有顾虑我也理解，最好的解决办法只有一条，就是让展会结局圆满，不能过于计较个人得失。至于合作模式，你们先按以往经验写个草稿，我们再商量一下，如果说把第二次、第三次的合作也在协议中体现，我觉得这样要求也合理，但还是应该这么看：如果首战旗开得胜，那么肯定是有初一，就有十五；如果第一次咱们就干砸了，估计以后也就不会有以后了。你说是不是这个道理？"

"对对对，隋总说得在理。"于詹宇道。

黄立点完菜回来，告知要了一条五斤多的大鱼，也点了几个凉菜。

看着于詹宇发福的肚子，隋梦川问道："也没问于兄和晓丽嫂子吃水煮鱼习惯不，我今天是自作主张了。"

于詹宇道："没关系，上次不是说好了么，我们俩没问题，啥都能对付，你看我这肚子，人说宰相肚里能撑船，你知道我这肚子吗，我这儿能撑渔船，我都不知道吃了多少顿水煮鱼了，光跟黄立老弟就来过好几次。"

"那就好，不过现在的水煮鱼可跟以前大不一样了，应该叫'油泡鱼'才准确。"隋梦川道。

汪晓丽眼瞄着于詹宇，说道："还真是，每次我吃的时候，都恨不得用餐巾纸把油都吸掉，老于就不管不顾，怎么说他都不听，你看他这一身肉，看见他我就想起饭馆里的菜，感觉他身上出的汗都是油汪汪的。"

"嫂子这句话描述得好，于总那叫'富得流油'吧。"黄立道。

"富啥富，你不知道，小额贷现在还催着还账呢。"汪晓丽道。

于詹宇赶忙打断："嗐，吃饭你说这些干嘛，今天跟隋总一定要吃个痛快，不行再加一条。"

"好，于兄的船舱里也不差这一条半条的鱼了，今天我主要是想感谢晓丽嫂子，当年让我大饱口福，第一次吃了蘸水鱼，所以今天必须让二位吃个痛快。"隋梦川道。

"这点事儿还念念不忘，咱不提了。其实那次做得也不怎么好吃，头一回学着做。"汪晓丽道。

菜上桌了，看着鱼片浸在满盆黄澄澄的油中，隋梦川道：

"别看现在饭馆的菜是好吃了，但也没有你们当年做的那道蘸水鱼印象深刻，咱们以前做饭都是油在水上漂，现在却是菜在油里泡，看起来日子好了啊，吃饭就跟天天给自己加油似的。"

"是呀，现在的菜感觉好吃，主要原因就是油放得多，水煮鱼真端一锅水上来，那口感肯定不怎么样。"于詹宇道。

"于兄说得对，这道菜虽说名叫'水煮鱼'，真若水煮的话，其实并不讨人喜欢，人们喜欢的都是它油腻腻的样子，但这个样子是虚假的水煮鱼，真水煮鱼虽然听着好，却并无人买单，你说这是不是跟做人也有点像？"隋梦川道。

于詹宇听得有些糊涂："咦？比方说……"

"比如，文艺作品中的历史人物，都是经过加工出来的，《三国》里的刘关张在生活中肯定不是这个样子；再比如，人是动物，他本真的反应应该像婴儿一样，想哭就哭，想笑就笑，想爬就爬，想尿就尿，但在职场上见到的每一个人都是经过自我塑造、包装的，没有哪个老板说我不要包装过的，我就是要看真实的你，除非他是个疯子，或者是开动物园的；还有啊，比如你于总，裸体的你才是真实的你，但人们都喜欢看用裤子、皮带、礼帽装饰过的你，没人喜欢看裸体的你……不对，这个例子我举得不对，也许就有人喜欢。"

于詹宇笑道："哈哈，隋总这个例子涉黄啊，你在家里难道不是这样？"

"哼，在家我也不爱看，瞧他那身肥肉。"汪晓丽道。

"刚才这例子不对，我换一个哈，于总上门送过礼吧。"隋梦川道。

"送过呀。"

"你喜欢上门送礼吗？"隋梦川继续问。

"谁喜欢这个呀，那不是为了办事儿嘛。"

"你看，说实话了不是？你明明不喜欢上门送礼，还得装出来喜欢得不得了。对方呢，你老去送礼，他也喜欢得不得了，给你办事儿是不是？他喜欢的也是虚假的你。"

"你是在说我虚情假意吗？"于詹宇不解。

"我不是说你，其实咱们所有人都一样。"

"照你这么说，这样的例子可太多了，比如说谁都不想听挑毛病的话，都愿听好话。"

"那叫'良药苦口利于病，忠言逆耳利于行'，再比如说，今天晚上我们一起吃饭，我肯定喜欢听你说爱吃水煮鱼，而实际上你可能不爱吃水煮鱼，对不对？"隋梦川道。

"不不不，我是真的爱吃水煮鱼，媳妇都培养了二十年了，要不我怎么说肚子里能装下渔船呢。"于詹宇连忙辩解。

"我培养你吃鱼？难道你长成这样都是我的错了？但我也没让你非吃得像个胖头鱼似的，不说你自己管不住嘴。"汪晓丽道。

黄立接话道："汪总，于总可不像胖头鱼，这可是标准的金龙鱼体形。"

"对，我还是快要甩子的金龙鱼，看这肚子，都是满的，做鱼就做金龙鱼，做人还做于詹宇，行吗媳妇？"

"你贫不贫。"汪晓丽白了他一眼。

"哈哈，古有鲤鱼变美女追书生，今有书生变金龙鱼娶美女。"隋梦川道。

"你说的是越剧《追鱼》吧，她那是鲤鱼精，我是金龙侠。"

"金龙鱼产子，好运就要来，谢谢于兄给我们带来好运，来来来，我和黄总敬你们二位。"

酒快喝到尾声，除汪晓丽外，三个人喝光了这一瓶老酒，虽然于詹宇也带了两瓶酒，但隋梦川没让开瓶，借着酒兴，隋梦川说出憋了许久的疑问：

"于兄，我记得你离开报社时还是想从政的，为什么后来做起生意了呢？"

"别提了，世事难料呀，当时去了那家公司任总经理助理，但后来那位老总出事了，犯了经济案，我是他调过来的，估计在那儿也没什么前途了，慢慢就跟人出来做生意了。"

"难怪呢，其实谁都希望有个靠山，但就是不注意看山旁边儿住没住着愚公，不去想山也有靠不住的时候，不过你的情况还算不错，等于没在那儿待多久。"

"可不是么，现在想来也算可以吧，这也挺好，我们家本来经济状况不太好，对钱的渴望可能更迫切一些，我也就认头做下去了，后来晓丽单位也不景气，干脆就出来一起干了。"

隋梦川的电话响了，看是医药集团周庆魁的来电：

"隋总，你在家还是在外面吃饭。"

"我在外面跟同事吃饭呢。"

"你们是不是在吃水煮鱼？"

"对呀，您怎么知道的？"

"我刚才在过道儿看见你们单位小黄了，猜着你就在这儿。"

"哈哈，这么说您也在这儿了，这么巧哇，哪个单间？一会儿我敬酒去。"

"我和我哥还有秦医生在一起呢，在 288 号，我告诉你，那个广告预算冯总基本同意了，就按你说的额度办，你们抓紧起草合同吧。"

"太感谢了，这更得过去敬您酒了。"

电话打完，隋梦川对黄立道："医药集团同意增加广告预算了，周总今天正好跟朋友在这儿吃饭，我过去敬杯酒，表示一下谢意，你在这儿陪一会儿于总和汪总。"

"太好了，您要不要带瓶酒过去？"黄立问道。

"带一瓶也好，那就先用一下于兄的酒了。"隋梦川道。

"嗐，本来就是拿来喝的，拿去拿去，都拎过去吧。"于詹宇道。

"不用，一瓶就够了，表示一下即可。"说罢，隋梦川接过一瓶酒便去找 288 房间。推开房门，里面一股烟气、酒气扑面而来，一声"嗷——"的叫声以示对他的欢迎，看来这桌酒兴正酣。

周庆魁给隋梦川加了座，并介绍了席中三位陌生人。隋梦川表示碗筷就不用拿了，他已经吃饱。原来，这边的饭局是缘于给周庆丰的爱人看病，病好了之后周家兄弟答谢秦术仁和他三位要好的同事。隋梦川先向大伙儿举杯敬酒，一杯酒过后，周庆丰便问道：

"隋总，王希碟今天来了吗？"

"王老师没来，我们今天人少，跟一个朋友聊了聊项目合作的事。"

"哦，好久没跟他喝酒了，也不知他忙些啥。"

"听他说是啥也不想忙了，平时在家养鸟儿。"

"他还喜欢养鸟儿？"

隋梦川把王希碟养鹦鹉引起的纠结转述一番，周庆丰道：

"就他这样还想玩儿鸟，我怎么觉得是他让那只损（音 shǔn）鸟给玩儿了。"

"看来王老师碰上的不是一班的鹦鹉，可能是二班的，隋总回头告诉王老师，让他把那只鸟送我们医院去，我拿微波炉给扫描扫描看看。"秦术仁道。

"秦大夫，你那儿的微波炉都是带烧烤功能的吧，怪不得每次喝酒你喜欢要烤鸽子呢。"隋梦川道。

"我说错了，我是说超声波好不好。"秦术仁道。

"那也不行，你们这三甲医院还给损鸟儿做检查，岂不成宠物医院了。"隋梦川道。

"别乱说啊，今天你可说错话了，周大嫂可是刚在我们那儿看过病，你居然说是宠物医院，罚酒三杯。"秦术仁起身给隋梦川斟满杯。

"啊呀，误会误会，我认罚，秦大夫太阴险了，你可把我带沟里了。"隋梦川端起酒杯一饮而尽。

"没关系，我家老伴儿还恨不得当宠物呢，那待遇多高，我得天天喊着'宝贝儿'侍候她，备不住这次生病就是当不成宠物急的。"周庆丰话音刚落，房间内再次爆笑。

隋梦川说再敬杯酒就回去，不能让自己的客人等太久，周庆魁觉得多一个人酒桌气氛活跃了很多，酒喝得也更愉快，他们几位说治病的话题已经无话可谈，有些不舍隋梦川离开，便道：

"你们那边喝得也没劲，干脆你就坐这儿吧，跟秦大夫好好喝一会儿吧，那儿不是有小黄嘛。"

"我哪敢跟秦大夫拼酒，他的酒量总见不到底儿。"隋梦川道。

"瞧把你吓得，我那是胃下垂，你哪看得见底儿，喝一瓶往下垂一垂，喝一瓶往下垂一垂。"秦术仁边说边把手掌横过来比划着下沉状。

"拉倒吧，你整晚上喝都不醉，也没见你的胃垂出体外来。"隋梦川道。

"哥们儿，不能再说了，再说又要罚酒了，能垂出体外的那叫外痔。"秦术仁道。

"哎哟，跟大夫一起吃饭太危险了，一会儿给我们来盘放射烤鹦鹉，一会儿来盘大肠头，我受不了了，我得出去吐了。"

隋梦川起身躬腰做呕状，并借机解释不能冷落了自己的客人，于是伴着大伙儿的笑声作揖离开。

于詹宇和黄立商量了些合作上的事，待隋梦川归来，于詹宇表示两天内拿出合作框架协议。四人又小坐一会儿，隋梦川要了些点心，然后起身去买单，但被于詹宇拉住："你别管了，今天哪能让你买单呢。"

隋梦川本来是为了回敬当年的关照，便道："今天不行，我有言在先，今天我请客，你们不必客气。"说罢便往前台走。

于詹宇艰难地捧着肚子紧随其后，并示意汪晓丽跟上，黄立也在一旁帮腔劝道："隋总您就别管了，我们来吧。"

隋梦川没理会，一直走向收银台，于詹宇则在后面将他拉住，汪晓丽紧赶几步并挡在了收银员之前，并支付完毕。

隋梦川向来不喜欢这种场面，聚餐人当众拉扯不停，争抢着买单，似乎要打上一架分出个胜负，无非是面子上都要当个豪爽之人，但骨子里却不知是真情还是假意，掏完钱是真痛快还是真痛。本来是悄悄地吃个饭，现在却似演猴戏的武生，一个接一个蹦上舞台，让周围的食客围观他们的真假过招。隋梦川无心恋战，只好等事后再说，谁都会以为他这是半推半就。

"被省钱"的结果并未给隋梦川带来丝毫快乐，反而令他有些别扭，本来可以了却一个还人情的心愿，没承想又多了些许负累。

第二天，隋梦川在审看完与医药集团的广告合同之后，拿出四百元钱给了黄立，叮嘱他一定把钱退给于总，黄立虽不理解，但也只好表示尽量去办。

黄立问道："隋总，医药公司想在本周末就开始做广告，然后下周再做两次，付款这一条，他们有些不同意见，不愿意一次性付全款，他们想在合同签署之后先付一部分，比如说百分之五十或者多少，剩下的待广告执行完毕之后再结算。"

"可以，咱们并不是所有广告都要预付款，也有后付费的，尤其是这类国企，有广告合同就行，而且两个单位关系又很好，如果非要求人家交齐款项，那就显得双方之间没有信任，领导面子上也过不去。"隋梦川道。

"明白，那么我就改成先支付百分之六十可以吗？"

"可以，我看其他条款也没什么，都是标准格式，你尽快传过去让他们盖章吧，本周末就刊登广告，贾主任那边整版稿件准备好了吗？"

"采访倒是完成了，稿件也传给他们审着呢，但他们说老总这两天忙，没顾上看，这周末刊登可能来不及。"

"那你就跟他们商量一下，本周末先刊登一期广告，下周一再把整版采访报道和广告一起刊发。"

"好的，我顺便问一句，咱们广告公司员工有广告提成吗？"

"有是有，但广告公司的员工和报社其他部门的人是有区别的，咱们内部员工是以奖金形式体现，外部人员是以业务提成形式发放，计算办法稍微有一些区别，回头你到综合办要一下有关规定。"

"那像我们这些管理层也可以拿提成吗？"

"管理层是不应该拿提成的，因为管理层都是年终考核，报社还会给目标管理奖，跟普通员工不一样。"黄立似懂非懂地离开了。

与医药集团的合作进展顺利，周末刊登广告之前，三十万元的广告费已到账，下周一刊登的整版报道稿件和广告也已齐备，但到了周一当日，却出现了意想不到的情况。

《三水都市报》是上午编辑组版，中午开始印刷，在下午到傍晚时段把报纸投送到订户手中。但周一这天，一直到下午三点仍未见到报纸开印。询问得知，编辑部此时仍未结稿，版面尚待付印，原来是在等一条重要消息——飞船天空对接！

抢发当日新闻，这是《三水都市报》的老传统，否则当天的新闻只能在第二天报道。可这一等，所有的流程将会推迟四五个小时，制版车间、印刷车间、物流运输、投送站点，每个环节都像凝固了一般，只能静静地等待，但平静的外表下，所有人却像热锅上的蚂蚁，焦躁不安，不知道下一步将会发生什么。

整个下午，不知多少人如同在产房外等待难产的新生儿，越是难产越想看它是个啥样子。趁等候的时间，隋梦川来到了展会筹备组。筹备组办公室就设在广告公司一隅，李扬波早已从周刊编辑部搬过来，躲开了葛也夫，所以只要他来上班，大部分时间就坐在这里。平时，广告公司的小吕、小齐两个年轻女孩在这儿值班。

见隋梦川进来，李扬波抬了抬眼皮，欲言又止，嘴唇刚要动又缩回了脖子，低下头继续浏览网站。看他似乎有话要说，隋梦川便开口道：

"李兄在这儿还好吧，办公室有什么不方便的你尽管提出来，我们尽量解决。"

"没什么，挤点儿就挤点儿呗。"李扬波面无表情地嘟囔一句。

"回头我问问行政部门，看看能不能在这儿打个隔断，给你单独隔出一个空间来。"虽然整个屋子并不大，但隋梦川感觉办公空间倒是可以区分一下。

"就是嘛，又花不了多少钱，谢谢隋总了，唉，谁让咱不够格儿呢。"李扬波虽然有牢骚，但话语明显不像以前那样过激。

"小吕、小齐，你们可得多向李老师请教，李老师可是咱们报社的大才子，李兄也别太吝啬啊，这几个小年轻的好好带一带。"隋梦川道。

小吕、小齐应和着，并道："隋总，刚才我们又去看了一趟，报纸还没到，听说是下午三点多才拼完版，现在已经开始印了，但是报社这边还没见到报纸。"

"哼，龟兔赛跑！"李扬波阴阳怪气地道。

隋梦川很是吃惊，李扬波平日很少就业务问题发表自己的见解，生病之后更是寡言少语，没想到能出此言，便道：

"李兄是说报纸和网络发消息的事吗？网络可比兔子还快呢。"

"自杀，这是自杀！"李扬波继续道。

隋梦川听得懂，他这是在说纸质媒体以己之短争人之长，等消息无异于拼了老命。但他不想与李扬波讨论下去，前不久他精神上出过一次问题，现在刚病愈上班不久，便笑道：

"哈哈，说不定兔子又撞死在树上呢，乌龟不就又有机会了。"

"门儿都没有，到处都是兔子，顶多跑得过明早出发的乌龟。"李扬波所指，无疑是第二天早上出版的《三水日报》。

"抢发重大事件是咱们的传统，领导也无奈呀。"隋梦川道。

"出不出的呢，不出更好，出了还赔钱。"

"那哪儿行呀，不出的话不就更没前途了，有些工作赔钱也得干，你想啊，如果不用，留之何用？我们还得要有大局观。"隋梦川道。

"我没你觉悟高，反正我就知道我得挣钱，隋总我得找你，我的待遇怎么给定的？"李扬波问道。

"你的待遇？报社并没有特别说明，只是说你的人事关系暂时不动，仍由报社人事处管理，但工作出勤要在广告公司考核。这样吧，回头我问一下人事部门，你如果有想法也可以提出来，我们找领导研究。"隋梦川想跟他岔开这个话题，便接着道，"展会筹备工作就靠你们了，也不知其他部门进展如何，回头李兄给催一下。"

"我算个啥，人家谁听我的，反正现在进展不大，还是你自己催吧。"

"小吕，你们两个再去看看报纸来了没有。"隋梦川说罢，两位姑娘会意，起身离开办公室，屋内只剩下两人，隋梦川道：

"李兄你刚才问待遇问题是怎么回事儿，报社并没有说要改变你的待遇。"

"你这儿不是公司嘛，难道就不能自己定奖金什么的？"李扬波面无表情地问道。

"广告公司名义上是公司化运作，但除了业务人员有自己的奖励政策外，咱们这些报社派过来的人，人事关系还归报社管理，仍然执行报社的标准，工资也还是报社发放。"

"我怎么听说你们这儿能自己定奖金，卢玉生不是副处级不就拿副处奖金吗？"

"卢玉生虽然不是副处级干部，但他之前是广告部主任助理身份，所以拿个副处级别的奖金而已，不过他的基本工资却跟副处级干部不一样。"

"那你就不能给我发个正处级奖金吗？"李扬波实在忍耐不住，只好说出了自己的诉求。

其实隋梦川大概也能猜到，准备与他当面摊牌，让他憋在心里反而不好，便道：

"李兄你得弄清楚，我们虽然是公司，但薪资管理与报社无异，唯一不同的是，在公司任职的人，会根据经营业绩给予年终奖励。"

"这不跟没说一样嘛，还能有啥业绩，年年下降得那么厉害。"

"虽然广告收入一直在下滑，但努力不努力还是不一样，领导也看在眼里，激励还是要有的。"

李扬波无语，而让隋梦川更担心的是，他这个三天打鱼两天晒网的作风，在公司管理上该如何对待。

"李兄最近身体挺好的吧，我看你气色还不错。"

"也没什么大事，就是得经常去拿药。"

"这儿上班应该也不会比编辑部累，你要是有什么不舒服就跟我说一声。"

"我没有什么不舒服，就是心里经常不舒服，我来不来还得向你请假吗？"李扬波似乎有些不悦。

"你想多了，也算不上什么请假，咱俩这关系说那么严肃干嘛，我是怕影响这个展会的筹备，毕竟你还管那么多事儿呢。"

"我不管那么多，你们这儿还管考勤？我干那么多年都没人问过考勤。"

"哦，这里毕竟是一个公司，跟记者部门不一样，对考勤管理比较严格，这里所有人都要打卡，外出办事要打招呼或者补填单子，如果你有什么事可以提前跟我说，然后根据报社的要求，你该开假条就开假条，回头让公司综合办的人给你办理就行。"

"还那么多事儿，早知这样我都不过来了，我以前一个月不来上班也没人找我。"

"咱这儿也是没办法，你在这儿也是副总级别，不能让人觉得咱们没有管理意识，不以身作则。而且，一个企业越是不景气的时候，越需要抓管理，总不能让大家感觉是一盘散沙。"

"瞧你说的，感觉不是一盘散沙它就不是一盘散沙了吗？"

……

隋梦川不知如何回应李扬波，感觉才子李得病之后像变了个人，话茬子见硬，好像去哪儿修炼过似的，或者他吃的药有未曾发现的副作用，意外产生了神效，让他开了个窍？

小吕和小齐回来了，进门就喊道："报纸还没来，听说七八点能运到就不错了，下班前是等不着了。"

李扬波瞥了一眼，抓起一张旧报纸塞进手提包，然后起身往外走，边走边道："走喽，回家喽，又是一天，隋总我明天不来了哈！"

隋梦川无奈地笑了笑，嘱咐小吕、小齐几句便回了办公室。

第二天早上，隋梦川记挂着昨日报纸晚点的事，而且当日汽车限号，洗漱完毕便骑上自行车匆匆出门。快到报社时，他发现路边那家同福饭馆像是新增了早餐生意，门口不断有人进出。单位食堂天天去，何不在这儿换换口味，于是便停好车走了进去。

餐馆一楼本不是做早餐摆设，仍旧是圆餐桌，食客以中老年人居多，随便拼桌就餐。早餐品种除了常见的豆浆、豆腐脑、锅巴菜、云吞，甚至还有煮方便面，这玩意儿竟成了饭馆的外卖品，而挂面和手擀面反倒没有。吃方便面的一般都是年轻人，调料包往开水中一倒，满屋都是浓浓的调料包味，令其他美食甘拜下风。

方便面售卖也倒是方便，你只管把它一煮，不用管它量多量少，也无需对它的味道负责，更不用对它的质量负责。不可否认，方便面调料很有诱惑力，这令隋梦川想起了上学时的生活，那时晚自习后能在宿舍泡上一袋方便面，堪比财主过的日子，晚上睡得比谁都幸福，但记忆中的方便面，好像没有现在冲鼻子的飘香……

一位老大爷刚买了碗热豆浆坐下，后面便有人向他打招呼："二哥，您来得够早啊。"说话的是一位大妈。

"哎哟，李姐您早！"

"二哥，稀的您买完了，我那边排果子（油条）去，您别动了，我给带一根儿。"

"不用了李姐，我这儿有芝麻烧饼。"

不一会儿，大妈买了刚出锅的油条回来，往大爷的餐盘中一放，说道："二哥，给您来根儿果子，热和着呢。"

"谢谢，哎哟您看，我这儿有吃的，您还破费。"

"没事儿，不就是一根儿果子嘛，您都买豆浆了，还不搭根儿果子，我说二哥，一会儿打牌去吗？"

"今天上午我就不去了，我得回家看会儿报纸，昨儿晚上送报的来太晚了，我还没来得及看，我下午去，下午去。"

"好吧二哥，那我走了哈，我们家的还等我买早点回去呢。"

"好嘞！回见您了，回见……"

"见"字刚出口，大爷猛地咳了起来，边吃边聊给呛着了。隋梦川猜想大爷说的正是自家的报纸，对这样的忠实读者，隋梦川心生敬意，同时又有一丝愧疚，甚至有跟大爷聊几句的冲动。此前在编辑部经常参加读者见面会，与读者打交道还算得心应手，看大爷咳个不停，便放弃了打扰。

走出餐馆门口，隋梦川刚要推车离开，却发现不远处戴佰盛从一辆轿车上下来，也奔这个方向而来，便迎上前打招呼："戴社好，您怎么到这儿来了？"

"哟，是梦川哪，我过来尝尝这儿的早点。"

"我也刚在这儿吃完，还可以。"

"我也是前几天看到这儿新增加了早点，今天过来试一下，这个餐馆也干了好几年了吧。"

"嗯，是好多年了，我们以前还总来聚餐，现在也很少来了。"

"看来也不景气啊，老人们有句话，饭馆子改早点，饿汉子钻钱眼，不过现在这年头儿倒不一定了，早点也能做成大生意。"

"这话没听说过，是个什么道理？"

"早餐本来是个小买卖，辛苦活儿，起早贪黑的，经营正常的饭馆一般不去做，那些午餐晚餐做不好的，就会打早餐的主意，这跟抓救命稻草是一个道理。"

"您说的还真是，最近还有人说咱们呢，说报社多种经营是在抓救命稻草，弄得我也在琢磨，是不是有些事我们不该干。"隋梦川笑道。

"咱们那叫副业弥补主业，培育新增长点，或者叫产业转型，咱们的主业永远也不会放弃，跟他们开饭馆的可是两码事儿……你们的展会筹备工作进展怎么样了，得抓紧呀。"

"我这两天正想准备跟您汇报呢，目前报社几个协助部门推进不太理想，昨天才子李还说风凉话呢，我今天先去处理一下报纸晚点和客户投诉的事儿，然后再找您。"

"我知道了，我一会儿也要参加个会，其他部门……你私下跟他们做做工作。"

"做做工作？"隋梦川有些不解。

"这点事儿还不懂，私下沟通沟通感情嘛。"

"我懂了，我分别找一下吧，不耽误您吃早餐了，我先去单位。"

隋梦川刚进办公室不久，黄立满脸愁容地跑了进来，进门便道："隋总，这可坏事儿了，广告客户都不干呢。"

隋梦川笑道："我看你的脸就知道不吉利，怎么了，是不是昨天报纸晚点的事儿？"

"我想装吉利也装不出来呀，一大早医药集团办公室就给我打电话了，说他们的人到现在还没见到报纸，咱们昨天可能好多地方都没送到。"

正说着，卢玉生也来了，也是反映客户提意见的事儿。

隋梦川道："正好你们二位都在，昨天报纸晚点的事儿，肯定会有客户不满，我们自己要心里有数，理性地回应，本身报纸作为一个服务产品，并没有规定非得几点送达，每天都是个大概时间，咱可不像电视台，说几点几分播出就得几点几分播，我们昨天的报纸是晚了些，这也无法证明读者就不看、广告效果就差了不是？昨天晚上没看完，今天早上读者还是要看的。"

"话可以这么说，但也确实有不少订户昨晚没收到报纸，人家就说影响广告效果了，当天收到报纸的订户也都该睡觉了，肯定有影响。"卢玉生道。

隋梦川道："我今天早上吃早点时就听见一位读者聊天，他昨天没来得及看报，今天上午连牌局都不参加了，先把昨天的报纸看完再说，所以任何猜测都不是绝对的。我们是有不完美的地方，但不应成为广告客户不履行合同的理由，在处理这件事时要注意，我们既要有理有据，又要讲究说话方式，尽量跟对方解释，别把关系搞坏了。"

"如果有客户提出来给人家重新发布怎么办？"卢玉生问道。

"咱三个人当中你可是最有经验的了，你觉得我们能随便答应再次刊登吗？一处失守，就会全线崩溃，不在万不得已的情况下，绝不能出此下策。"隋梦川道。

"我明白了，可我担心那些没收来的广告费要不来了。"黄立道。

"存在这种可能。这样吧，你赶紧去跟业务人员和综合办值班人员交代一下，告诉他们回应客户时的原则，别引起更多麻烦，后面有什么事我们再商量。"隋梦川道。

黄立走了，卢玉生耷拉着脑袋一步一挪，边走边嘟囔："完了，本来挣一笔修车钱，这下子赔了，人家客户肯定不好好给广告费了。"

"怎么了，这期有你的客户？"隋梦川问道。

"是呀，好不容易又找人要了个广告。"

"你刚才说车子怎么了，不是好好的吗？"

"是好好的，前两天我一生气把它砸了，保险还不管。"

"这是怎么回事儿？"

"嗐，麻绳穿豆腐——没法提，我可算明白了，人要倒霉，真是喝凉水都塞牙。"卢玉生道。

"哟，这可不像咱们卢总的风格，以前经历过那么多大喜大悲，你都没愁过，啥事还能让你那么难受，居然到了砸自个儿车的地步，说说看，到底怎么了？"

"我跟您念叨念叨吧，无所谓。前几天我去北郊区办事儿，走的那条乡村公路不太宽，也就刚刚能错开车，我前面正好有一辆泥头车，一直在前面晃来晃去，就是不让我超它，还甩了我车一身泥，把我气坏了，等到了稍微宽一点儿的地方，我一踩油门蹿它前面去了，然后我就停下来，它也过不去了，我下了车走到那车旁，问驾驶员怎么开的车，嘿！他倒骂起我来了，这个臭不要脸的，也太不讲道理了吧，我就回我车从后排座上抽了根高尔夫球杆下来，我也不是真想打人，不就是想吓唬吓唬么，结果还没到他跟前，他的车斗里跳下来十几个工人，敢情那车苦布底下还装着一堆人呢，我哪知道他还有这一手，肯定他们是怕让警察看见才盖着的，这些人有拿棍子的，还有拿铁锹的，冲着我就来了，都快把我车围起来了，那司机指着我问'你拿根破杆子下来干嘛？你准备要砸谁呀？你砸呀！'隋总，您说这时候该咋办？"

"跟人家拼命？有句话不是说，愣的怕横的，横的怕不要命的。"隋梦川猜道。

"您别开玩笑了，人家那么多人，我就是连您的命都拼上也打不过呀。"

"这事你还是别惦记着我好，要不就是把球杆扔了，赶紧给人下跪？"

"不对不对，扔了球杆也没用啊，再说那也显得咱太尿了。"

"那你不跟人打，也不认尿，能怎么办？"隋梦川不解。

"我得装出来不是拿球杆下来打架。"

"嘿，那怎么装，在人面前拿着球杆跳舞？或者地上找个土疙瘩练练挥杆儿？"

"看您就猜不到，我告诉您吧，我砸车！"

"砸车？砸他们的车，那跟打架也没啥区别呀。"

"不对，我是砸自个儿车，我一看这阵势要坏事儿，咱好汉不吃眼前亏，嘴别给身子惹祸，该出手时就出手，该认尿时就认尿，说'哥们儿我谁也不砸，我准备砸我那破车'，说完就扭过头来，眼皮眨都不眨一下，朝我的汽车抡了三下，这帮家伙也愣了，大概是看我都这样了，也就没动手，回去上车了！"

"真有你的。"隋梦川叹道。

"想想这事儿也太惊险了！可怜我那车，真成破车了，保险也没法报，本想着靠这单广告挣点奖励，现在弄不好提成没挣着，人家还嫌我广告没给做好呢。"

看着卢玉生一本正经地在讲述自己砸车经过，隋梦川强忍着没笑出声来：

"我还真服了你了，反应真快啊，假如是我，还真不知道怎么应付。"

"当然得快呀，这点本事咱还是有的，躲过了一顿揍不是？他们可得意了，临走时还给我来一句，'我看你小子也是耗子尾巴长疖子——没多大脓水'，到这节骨眼上了，爱说啥说啥吧，让我下跪我都干，他们要是还不罢休的话，我当时就真给跪下了。没事儿，反正我也不认识他们，过后一走两散，不过我真心疼我那车呀，白挨一顿砸。"

"原来有这么一段历险记……广告的事你担心什么，他们没预交广告费吗？"

"没有，这是个合作多年的房地产公司，咱们的老客户，人家从来没差过咱们一分钱，谁知道这次他们会不会赖账。"

"你先放宽心吧，照你这么说，他们应该不会因为晚点不履行合同，毕竟是大公司，以后还得合作呢。"

"但愿如此吧，隋总，我们河北商会过几天有个工作联谊会，您有时间的话想邀请您参加，我介绍几个企业家您认识一下。"

"河北商会？"隋梦川问道。

"对呀，我现在是河北商会的副会长，您看，我刚印的名片。"卢玉生掏一张名片递给隋梦川看。

"好哇，恭喜恭喜，以后得叫你'卢会长'了，希望多介绍一些合作业务，另外报社的资源你也很清楚，需要支持的话你就说话。"

"您说对了，人家还真希望咱们给些支持，就是想让报纸给报道一下，您说这种事咱们哪个部门负责发消息？"

"这个可能够呛，一个城市的商会、协会得有几百家，除非很特殊的事，正常的活动和会议是不太可能给报道的。"

"我也觉得够呛，他们知道我是报社的，总觉得报社里边儿有人，这件事就好办了，非把这个任务交给我，让媒体报道一下，也是为了展示河北商会的影响力，您说我这个副会长也得硬着头皮接是不是？我哪里懂新闻，平日我连报纸都不看，也就扫两眼我拉的广告，我要是总编辑行了，一句话不就给他发了。"

"不会的，就是总编辑也不行，干什么都有规矩，你若真做了总编辑，到时候也会按规矩来，看来我要是参加你们的会还得小心点，你可别把我推前面去。"隋梦川笑道。

"您放心，我怎么也不能拿您当炮灰，不过我早就跟他们介绍过您的，说实话，这事儿我也只能拜托您，您跟编辑部熟悉。这些商会领导也是，老想上上电视、见见报什么的，以前他们曾托人找过一个记者，听说还给了记者劳务费，但最后也没见着报道。"

"也实在是难为你了，我给你出个主意，可以让他们试试，当然也不是百分之百能成。"

"您有什么好办法？"

"干编辑记者时也没少写报道，多少也积累一些经验，根据你们商会的特点，如果想让媒体关注，我建议把会议安排改变一下，一是在会议形式上有没有创新，商会一般都是企业的领导聚会，那么有没有可能打破这种领导开会的惯例，只要有创新形式，就可能产生新闻；二是可不可以去搞一次献爱心公益活动或者扶贫方面有影响的社会行动，而且活动要跟商会的工作融合在一起，这样的话媒体才可能关注，然后通过报道扩大社会影响。"

"还是您主意高，实在是高，这下子可把我救了。"

"我也不过是个'卖油翁'，'惟手熟尔'，你先试试吧，如果还不清楚再打电话问我，但是我有言在先，如果他们策划水平不高的话就别折腾了，那还是炒韭菜放葱花——白搭。"

"我回头跟商会说，如果能做，您就帮忙找记者报道一下；他们不做，那就不是我的事儿了，我们的联谊会还是希望您能参加，给他们讲讲宣传报道也行啊。"

"不了，你们商会活动我就不去了，你参加就能代表了，毕竟是你们的工作会，我去参加不伦不类，既插不上嘴，也听不懂。"

"您太谦虚了，有什么听不懂的，不去也罢，回头咱们再找机会单独联谊一次，最近您的事也多。"

卢玉生满心欢喜地离去。两天过后，隋梦川把报纸晚点给广告带来的影响进行了汇总，并简单写了个报告，把直接影响和潜在影响进行了分析，他拿着报告想给邵建设送去，但中途犹豫了，折返回了办公室，把报告塞进了抽屉。

隋梦川之所以打消送报告念头，是因为忽然想起邵建设曾在大会上说的那句话：有多大的权就有多大的难，该你为难的时候就得为难，否则要你在这个岗位上干什么。报纸等消息晚点，肯定是征求了总编辑的意见，把广告客户的不良反应说给总编辑听，有啥意义呢？无非是让他难堪，如同去当面打他的脸，既然已经发生，不管是个什么结果，都得自己扛着。也许邵总正为这事烦着呢，也或许他为自己的决定高兴着呢，此时去送一个对广告客户影响的报告，要么是让他烦上加烦，要么就是在他兴头儿上泼一瓢冷水。

玉器收藏展的展馆始终没有签订协议，主要还是价格问题，报社领导不想第一次在展会上投入太多，以降低风险，因为他们对于回报没有把握。但场馆协议不签，也就无法进行展会招商，与于詹宇他们的合作也就无法推进。隋梦川让黄立约贾菲吃饭，被贾菲拒绝了，说她每天晚上得回家给孩子做饭。

邵建设指望要闻部利用关系，帮着把场馆价格降下来，当然最好的结果是免费使用，或者展会结束之后再付款。贾菲的为难别人不懂，虽然要闻部经常围着市领导和政府部门转，但那都是进行宣传报道，都是让人家高兴的事，让她为了广告经营项目去求情，不仅没把握，本心也有些抵触。所以，当隋梦川找到她时，贾菲虽然一副笑脸，但说话却是软中带硬：

"隋总你放心，我一定尽力，都是报社的事，不过人家那边也很为难，虽然我们都是公家单位，但人家也得讲个市场规律，除非找市里大领导签字免费，问题是人家能给签吗？这样吧，我再跟主管部门领导说说看，即便是给咱优惠个一万两万的，那也是杯水车薪，跟打发叫花子似的，起不了什么作用……我觉得，实在做不了就不做了呗，咱们领导何必非要做呢，也够难为你的，刚从编辑部到广告，就干这么大的事，这不是赶鸭子上架嘛。"

贾菲说得句句在理，隋梦川勉强笑了笑，心里一阵别扭，却又无话可说，这个会展项目确实不是领导提出来干的，在贾菲嘴里自己成了鸭子，就算是鸭子也是自己上的架。他正不知如何回应，却听贾菲又道：

"听说你们经营和行政板块儿马上要选举经委会（经营管理委员会）委员了吧？"

"对，好像是下周要开会进行投票，我还没向贾主任表示祝贺呢，你当选编委会（编辑委员会）成员后咱们头一次见面吧。"

"是呀，我在想你到经营部门没多久，不干出点事儿来也不行呀，也希望经委会选举你能平稳通过，应该没什么问题吧，毕竟是领导着一个重要部门。"

"选举的事就顺其自然吧，领导让咱来也是求改变的，况且咱也没资格过来享受，想坐享其成都没机会了，已经不是报纸红火的年代，现在净干些求人的生意。"

"我们这儿其实也一样，看似采编工作轻车熟路，不怎么费劲，可是感觉没什么激情了，有了网络之后，记者们报道工作是轻松了，搜一搜抄一抄就完成了，可也有人这样说，以前是你长得平庸只有家里人知道，现在是全世界都能围观你，干不好就是在现眼。"

"有道理。"

"选举的事儿，你也别不当回事儿，会展场地我会尽量给问问。"

贾菲又关心地强调了一遍。

又几天过去了，始终没有等来贾菲的消息，隋梦川感觉已耽误不得，只好先跟戴佰盛汇报，并提出了新的解决方案：本着稳妥的思路，既干成事，还不担风险，那么可以考虑把场地租赁这一部分也拿出来合作，虽然最终是要从展览收益中去掉这块成本，但风险是由合作方承担，对方事先垫付。如此一来，人家也许会提出新的合作条件，报社在经营主导权上会发生变化。

戴佰盛表示认可："我们今明两年的任务是把这个大项目平稳地完成，同时把全国会议开好，至于这项目到底是要赚八块还是赚七块五，这都不是主要的，先不要计较了，没多大差别。"

之后，隋梦川把戴佰盛的意见和自己的想法向邵建设进行了汇报，邵建设表示赞同，但他还有些不死心："贾菲那儿到现在还没进展？"

"没有，我已经找过她两次了，始终没有回音，看来不太好办。"

"她不太好办，咱们该办还得办呀，不能像傻老婆等茶汉。"

"是，场馆迟迟定不下来，如果时间段让别的活动占用了，我们整个的活动时间就得改，况且场地不确定的话，其他招展工作、广告宣传都无法开展。"

"那就这样吧，按戴社长的意见办，你抓紧找合作方。"

有了社领导的首肯，隋梦川便让于詹宇修改合作方案，增加了场地费用由对方负担的条款，利润分成比例较此前方案也有所改变。合作协议经报社相关部门审核后很快就得以签署，招商工作共同管理，报社要负担展会的宣传推广。

展会筹备和招商工作按部就班地启动，葛也夫负责的网站也给展会增设了一个链接，但网站首页无窗口广告，隋梦川希望在网站首页上能醒目一些，便带队与葛也夫和网站的主管编辑们进行了一次联欢。饭桌上，葛也夫表明自己的难处：

"隋老弟，我们这些广告位是要收钱的，你们又不给钱，我们年终也要考核，你说我们咋办？"

"葛兄，这点事儿还跟我们计较，不都是报社的事儿嘛。"

"你说得是没错儿，是报社的事儿，可也不能只让你们舒服，那我们怎么办？打个比方说，你那脖子顶着脑袋是不是应该的？"葛也夫道。

"瞧你说的，脖子不顶脑袋还叫脖子吗？它要顶着屁股那叫大腿。"隋梦川道。

"对呀，你别看就该它来顶着脑袋，可也得好好用它，用不好它就会劳损，会得颈椎病什么的，不好好干了，然后就得又按摩又吃药的。"

"在其位就要谋其政，当一天脖子就得顶一天脑袋，再累它也不能放一天假，亲不亲是一家人，打断骨头还连着筋呢，脖子就算不好，谁也不能把它切了，然后把脑袋直接安膀子上。"隋梦川不明白葛也夫要说什么。

"连一块儿是没错，干活也是应该，但如果脑袋和脖子都有了毛病，那可是各用各的药啊。"

"哈哈，我明白你的意思，但你别忘了，你们编辑部才是露脸的脑袋，我们广告部充其量算个脖子，是个过路财神，吃的喝的从我这儿过一过而已，所以啊葛兄，你这脑袋别光顾着自个儿露脸了，关键时候也得替我们吆喝吆喝，刚才还说呢，搞不好我们就得颈椎病了，你不会希望我们这部分先坏掉吧？"

"得，我替你们把话说了，可你也得理解理解我们，你们现在是鸭脖子切下来卖，单飞了，比连一块儿卖还值钱呢。广告公司独立核算，我们也是独立核算，所以你也得替我们想想，我说实际点儿，咱们网站首页最上面除了政策学习窗口，就是我们部门的收费广告，还有我们部门搞的活动，你们这个展会已经做了链接入口，你还想要什么？"

"我就希望打开首页一眼就能看到展会招商广告。"

"……那好吧，你们提供个设计样稿，我让技术人员给做一下，但是你可别指望广告放我们眼眶子上啊。"

"明白，碍不碍眼你们看着办，搁在腰部以上总可以吧？"

"那好吧，争取给你们挤挤。"好歹也是编辑部的老同事，葛也夫也算给足了面子。

部门联谊初战告捷，虽然这次又成了鸭脖子，但网站首页广告算是争取到了。谁的地盘谁做主，这是人家的地盘，人家也有自己的生意经，理解万岁！

行政处也不能忽视，因为按戴佰盛的分工，行政处的人参与筹备展会的硬件设施和后勤保障，他们要根据展会需求尽早拿出一个合理的实施方案，并进行供应商的筛选。隋梦川又带着黄立和卢玉生约了行政处，唐相伍处长与部门几位弟兄很高兴地赴约。

隋梦川道："广告部发起的这个活动给各位添麻烦了，感谢唐处鼎力相助，后面的工作就更仰仗各位了，如果没有你们几位，我们这个展会也搞不成，我这里先敬各位，等展会完毕，再好好设宴答谢。"

唐相伍道："隋总客气了，别看咱们不是一个部门的人，你们的活动定当全力配合，有何吩咐尽管说话。"

"目前还没有多少事儿，知道你们部门也不容易，报社的杂事又多，我也担心展会的事儿给你们添乱。"隋梦川道。

"隋总不用担心，我们行政处的人是鸭子跑到冰面上——别看插不进嘴，站还是站得住的，你们展会的事不用担心，肯定不给你耽误，但说实话，这种事儿我们都没干过，到时候干得水平不高可别埋怨我们。"唐相伍道。

"怎么可能埋怨呢，感谢还来不及呢，我们也没干过，咱们一起多商量，多找行家请教，这也不是什么高新科技，对你们几位来讲是小菜一碟。"隋梦川道。

"你别捧杀我们，哪有那么简单，关键是我们也不知道谁是行家里手，现在也是无头苍蝇——乱撞，而且大伙儿平常事儿就一堆，我们忙点儿倒也不怕，最怕的是活儿干完了好处没沾着，自己还落一堆不是。"

"这个唐处放心吧，您还不知道隋总的为人，再说咱们几个部门是鸭子的脚板——都连一块儿，谁也离不开谁。"黄立帮腔道。

"对呀，黄总这个比喻好，荣辱与共，展会干成功了，肯定要申请奖励，有我们的，就有你们哥儿几个的。如果干得不好，我们是主要责任人，有雷也先打我们，怎么也轮不到你们哥儿几个扛着。"隋梦川道。

"好，有隋总这句话，我们即使白干也无所谓，来来来，我们哥儿几个也向广告的几位老总表示感谢！"唐相伍道。

"唐处客气了，这不算什么，我说过，展会结束我一定设宴答谢，刚才我看黄总特意点了一只烤鸭，知道这有什么寓意吗？"隋梦川道。

见无人应答，黄立接话道："这还不简单，到手的鸭子，飞不了了。"

"哈哈……今晚上我们跟鸭子干上了，吃啥菜都是鸭子味了。"唐相伍道。

唐相伍哪知，隋梦川也正奇怪呢，为何每次与兄弟部门会面，都不约而同地提到鸭子，从贾菲的赶鸭子上架，到葛也夫的鸭脖子单飞，又到唐相伍的鸭子嘴，最后黄立还来了个鸭脚板，他们就像商量好了似的，难道非要坐实干展会是鸭子走路——摇摇晃晃咋的？听了唐相伍的话，隋梦川心生一念，干脆就把鸭子说个够又如何，于是便道：

"唐处，我们干脆就鸭子话题搞个小酒令，从你那儿开始转，谁说出一句关于鸭子的俗语或者谚语，他就可以不喝酒，然后其他人喝一杯，不过刚才咱们说过的不算，不能重复。"

"这可不成，你们仗着有文化，我哪敢跟你们玩儿。"未等唐相伍说话，卢玉生迫不及待地提出抗议。

"没关系，又没规定谁说不上来罚谁酒，是谁说上来其他人喝酒，但是咱们加一条，如果到谁那儿他说不上来，他自己喝一杯就算了，这游戏也就终止了，不进行无限循环。"唐相伍道。

"好，这样挺好。"大家对唐相伍的提议表示认同，不就是一杯酒么，压力还不算太大，而且谁也不好意思轮到自己就喝一杯，让大伙儿扫兴。卢玉生也叫好，说出来别人喝酒，如果不想玩儿了，不过是自己喝一杯而已，无所谓。

"那我先开始了，说起咱这个展会活动，那是养鸭老板睡懒觉——不捡蛋（简单）。"

"好！谢谢唐处，这题切得好。"隋梦川与其他人一饮而尽。唐相伍开头切了个展会话题，一下子给其他人打开了思路，他身边的行政处同事道：

"第二个该我了，咱还说展会，要说展会的筹备工作呀，那是鸭子凫水——上面平静，底下紧捯腾。"

"哈哈，不错，不错。"唐相伍高兴，带头与大家举杯，行政处的人这样说，分明就是表明态度，我们在忙着呢，别以为我们不作为。

紧接着是卢玉生，他道："我想起来一句，黄鼠狼给鸭拜年——没安好心，你们喝酒！"

黄立马上回应："不行，是'黄鼠狼给鸡拜年'，这个不能算，我们不喝。"

"怎么就不能给鸭拜年？唐处说的那个养鸭老板也可以是养鸡老板。"卢玉生辩道。

"你说的是句老话，人家唐处是新创，能一样吗？你这个不能算。"黄立道。

"那鸭子跟鸡就住一块儿，给鸡拜年不就顺便给鸭子也拜了，人家没说罢了，其实也给鸭子拜了。"卢玉生道。

"那也不行，这句老话里没有鸭，不能算，大家说对吧？"黄立道。

卢玉生忽然眼睛一亮："那我换一句，黄鼠狼专咬病鸭子，这回没问题吧，该你们喝酒了。"

"好好好，我们喝酒……我们卢总的黄鼠狼有口福，身边的嫩鸭子、嫩鸡，哪个都没少吃。"黄立话里带话，拿卢玉生打趣。

"去你的，你少吃了，下面是你了，你来！"卢玉生道。

"好，我来……要说我们卢总，那是鸭子煮了又上屉蒸——就剩下嘴硬。"众人哈哈一笑，正要端杯，黄立突觉玩笑过分，便接着道：

"开玩笑，开玩笑，我也跟一杯，其实不是为了说你，赶上这句话了，祝黄鼠狼老弟吃上好鸭子，那病鸭子咱不吃行吗，对身体不好。"

"你可弄明白了，我姓卢，你姓黄，咱俩谁是黄鼠狼？你别喝了几杯酒连自个儿姓什么都忘了，怎么着，想跟着我姓卢啊。"

卢玉生急中生智的反击引起一阵哄笑，黄立无语，只好笑而作揖，带头把酒喝了，还又额外自罚一杯。

接下来又是行政处的同事道："要说展会这活儿我们真没干过，是不是赶鸭子上架？"众人一笑，再次举杯，下一位还是行政处的同事道："干活儿咱不怕，咱就怕鸡孵鸭子——白忙活。"

"说得好，这种情况不可能出现，有福同享，有难同当，谢谢各位，再敬一杯。"隋梦川又带头同饮一杯。

一圈儿下来，最后轮到隋梦川，虽然是自己提议的游戏，但转下来已经喝了不少，看着桌上的菜，他想起了那个传说故事中的对联——"丫头吃鸭头，鸭头咸，丫头嫌"，但又觉得不太合乎要求，既不是俗语，也不是谚语，只好灵机一动改了主意："哎呀，喝多了，我想不起来了，我认罚一杯，游戏终止。"

"那不行，你提议的游戏你不说？""合着是你让我们斗了一圈儿你看热闹，不行！""今天是你做东，你不说不能结束。"桌上立即嚷了起来。

唐相伍提议："这样吧，我们今天喝得确实挺多，也挺高兴，让隋总说一个，咱们就结束，好不好？"

隋梦川道："那好吧，我说一个，这杯酒呢我随大伙儿一起喝，也算作结束，这样可以吧？"酒都没少喝，有个别还想继续热闹的也不好意思反对。

"我想说，咱们行政处的同志做事，以及我们两个部门的合作，那是鸭子趴在了脑袋上——顶呱呱！来，我们广告公司向行政处同仁表示感谢！"

结束语同样切题，大伙儿都高兴，呼叫着一同干杯。

十二

　　李扬波好久没在单位露面了，这让广告公司综合办的人为了难，他们要报两个考勤，一是公司体制下的合同制用工，一是给报社人事处提供的报社事业编人员，如隋梦川、李扬波、老孟等人。负责的同志不知如何给李扬波填报，便去请示领导。隋梦川若明示下属弄虚作假，必会产生不良影响，只能让他们如实填写。李扬波的工资并不由广告公司发放，至于如何处理，报社自有规定。果然，发现未收到这月的足额奖金后，李扬波上班来了，他找隋梦川要说法，虽然明显让人感觉到他的怨气，但毕竟是老同事，还算讲点老交情，言语上比较克制。

　　"隋总，我的奖金怎么那么少呢？"

　　"李兄，咱俩的工资都由报社发放，你上个月不是这样吗？"

　　"我不管上个月，你这儿为什么不给我补。"

　　"这个问题你上次跟我谈过了，我哪有权随便给一个人补发工资，你这大才子还不明白这个道理，什么事儿都要讲个师出有名，'名不正则言不顺，言不顺则事不成'。"

　　"这我懂，但这个月为什么给我扣那么多？"

　　"是这样，你的工资虽然由报社发，但是需要广告公司给报考勤，你要想不扣工资奖金，那么就需要报全勤，你说咱俩都这么大个人了，去让人家小年轻的给咱作假，合适吗？不仅是报社不允许，人家

251

小年轻的刚工作不久，也不想去背这个锅。另外，要是有人捅出去，咱俩非得挨处分不可，咱们从做领导的角度来讲，也不能这么带队伍，你说是不是？"

李扬波无语，虽然不快，但又无话可说，他眼睛注视着前方，开始沉默着，隋梦川继续安抚道：

"自打我进报社咱俩就认识了，我不会去害你，你也给我个面子，以后不管单位有事儿没事儿，你经常露露面儿，让记考勤的知道还做不到吗？其实就这么简单个事儿，谁也别为难谁。"

李扬波继续沉默，隋梦川便接着道：

"我觉得你来广告也不是坏事儿，这里可以有一定的发挥空间，只要经营有业绩，就可拿提成和奖励，不像原来在编辑部，目前你在展会项目筹备组，你也知道，社领导对这个项目特别重视，把它作为明年的一项重点工作来抓，只要我们一起努力，把首届办成功了，往后会越来越好，奖励也少不了大伙儿的，所以咱们一起往远处看，好不好李兄？"

李扬波还是沉默，隋梦川又接着道：

"咱俩都一起那么多年了，我也不跟你玩儿虚的，如果你觉得那些东西太遥远，那你就在这儿把身体养好，只要咱们不让人家挑出什么过错，再过个三年五载的，你还怕正处待遇不会给你不成？看人家老孟，马上就退休了，听说正处待遇报社已经给办下来了，你这大才子还比不过他？"

李扬波仍然沉默。隋梦川开始有些担忧，他知道，才子李的沉默肯定不是金子，如果是的话，那金子也藏在火山深处的熔岩之中，何时喷发，无从知晓。

李扬波未等隋梦川继续下文，突然站了起来，说道：

"你甭说了，我走了。"

也不知隋梦川的话让他看到了希望，还是他已厌烦，说过之后便转身而去。

后来，虽然每天公司晨会上仍然见不到李扬波，但综合办的人跟隋梦川汇报说，不知什么原因，李扬波现在几乎每天都会不定时到单位来一趟，但是吃过中午饭休息一会儿就不知去向了。

这天晨会过后，隋梦川把老孟、黄立、卢玉生留了下来，四人碰一下当下广告公司的工作和面临的问题。

隋梦川道："几位辛苦了，现在是广告公司需要凤凰涅槃的时刻，必须在经营上寻找突破，同时又面临着队伍的能力建设和遗留问题的解决，所以一些人会不适应，外界也有些不同看法，比如加强管理、拓展新业务等，除了要完成传统的广告业务，我们还要推进展会以及与编辑部合作，开发政府和企业的推介广告，今天你们几位说说各自掌握的情况，孟总先说说看，传统广告业务和行政管理上，有什么值得注意的问题。"

老孟道："隋总你也知道，最近有几个员工辞职走了，有人风言风语说咱留不住人，钱给的不多还管那么严，能干的人都走了，那天我跟戴社在一块儿，他还问起我这事儿，我跟戴社说这事有，但未必是坏事儿。公司业务没以前忙了，减人增效是应该的，至于走的是不是人才，我反正快退休了，有嘛话说嘛话，我也不怕得罪谁，天要下雨，娘要嫁人，依我看哪，这些人早就该走了。"

隋梦川笑道："孟总是广告的老人，比我了解团队情况，说实话我还真不了解走的这些人干得如何。"

"要我说，人家压根儿就没想在这儿干得如何，他们哪一个没背景？还不都是在报社好的时候打招呼进来的，现在经营困难了，出去也不受人待见了，人家自然会走，跟咱管理有啥关系？走了正好，还免得我们裁员呢。瞧那个小迟，刚在这儿把婚礼办完，红包收了一大堆，辞职走了！人家这点儿掐的，啥都不耽误，隋总你多余去给他证婚。"老孟道。

"哈哈，我也是临时替领导上去的，再说咱证的是男女结亲，不是去证他跟单位白头偕老。"隋梦川笑道。

"也是，还不知谁熬过谁呢。"老孟道。

"不过我也听说了，走的这几位员工家境都不错。"隋梦川道。

"可不是么，岂止是不错，我不敢说走的那几个都是富二代，但确实不止一个家里有买卖呢。"老孟瞥了一眼卢玉生，卢玉生正低头看手机短信，他继续说道，"人家本来就不靠这个单位活着，不过是对外说在报社工作好听而已，你管理严了，他不方便了，可不就走了呗，那还不是觉得自个儿的生意重要，这谁不懂。当然我不是说卢总，人家卢总广告的活儿可一点儿没少干，拉广告比谁都拉得多。"

卢玉生一直在假装看着手机，听老孟说起了自己，抬头微微一笑，仍未开口。隋梦川道："是呀，人往高处走，水往低处流，咱不去纠结现实规律，我想咱们得反思一下，有没有做得不好的地方。"

"你不用多想，咱把他们当爹供着也没用，你给他个软床垫，他还想睡硬板床呢，你给硬板床，他又嫌不够软。人各有志，我觉得我们做得没错儿。"老孟道。

"就是，就是，我也认为我们没问题。"黄立也表示赞同。

"对！对！"卢玉生也连忙表态。

隋梦川道："那好吧，这个问题咱就不讨论了，我们按既定方针办，黄总那儿跟编辑部合作的形象广告没有问题吧。"

"有点儿问题。"黄立说完便停顿了。

"啥问题，说说看。"隋梦川道。

"我怎么总觉得这事儿像兔子尾巴——长不了。"黄立面露愁容。

隋梦川道："没关系，你说吧，我们又不是跟领导汇报，自个儿业务研讨怕什么。"

"你也曾讲过，广告经营之道在于开辟新的服务模式，我们现在以新闻带动广告是有点作用，但总体上还是换汤不换药，因为我们的宣传载体报纸没变。"黄立道。

"对呀，这只是有限的小变化，小变化也得变。俗话说，有多少水和多少泥，我们就像在孙悟空用金箍棒画的圈子里蹦跶，出不了大圈儿，你说说现在进展情况吧。"隋梦川道。

"最近开始了各区的形象宣传专版，就算是人家各区都配合，有个十次八次也就轮过一遍了。企业方面，像医药集团这样能要来钱的企业也不是很多，真正需要做营销推广的，差不多都到网上了，人家说咱报纸读者主要是老年人，而年轻人才是消费市场主体，所以很少投放报纸广告了，咱也不能找各区再要一遍钱，那不成了要饭的走老路——就啃老主顾，人家还不干呢。"

"各区形象宣传虽然对我们广告有所帮助，但改变不了大势，我们的读者是以中老年人为主，但中老年人也不是不吃不喝，老年人不消费的说法不对。"隋梦川道。

"您还说对了，老年人当然有消费，但那都跟咱没关系，有文章就给老年人总结了，说老年人花钱要么一毛不拔，要么砸锅卖铁，他们的花销居第一位的是治病吃药，但这类广告受政策限制不容易做；第二是上当受骗，买各种保健品和理财产品，咱报纸也不可能帮着干些不靠谱的事儿，陷阱太多了；第三是吃喝消费，但那都是给孙子买，孙子说吃什么就买什么，用不着看广告，孙子就定了。其他呢？房子他不用买了，汽车他也不买，就喜欢上个老年大学，还恨不得就来个三毛五毛钱的；出去旅游吧，还得找那些低团费甚至零团费的。外地有些报社为了维持运转，只能就报纸吃报纸，涨价，一年定价涨个两百块，有很多老年人不订了，一个城市一下子能掉好几万订户。"黄立似是有些越说越激动。

"你说的还真这么回事儿，我老娘去年腿疼，在老家怎么都治不好，听了邻居的话去庙里烧过香，在山石底下放过支山棍，还买过上万块钱的保健品，到县医院又照片子又打针，腿还是疼。后来没办法，我就把她接到三水来了，托熟人找了个大夫给看看，大夫给她腿部做了做按摩，然后告诉我老娘已经给她发了气功，回家后千万别太劳累，让她养一阵子，吃好喝好，啥药也不用吃，乱吃药的话他发的气功就不管用了。你们猜怎么着？后来好了，不疼了，老娘就到处说还是大城市好，儿子认识的神医多厉害，其实人家大夫告诉我，根本就没他什么事，他也治不了，那是给老人心理安慰，她的腿疼是退行性病变，到一定时候适应了，自然就不疼了。这个大夫若是忽悠我们，花几万块钱进去都很容易，那得吃多少冤枉亏。"卢玉生接着道。

"有病乱投医么，我这个天天搞广告的人还上当呢，有一次就让我老伴儿去了那家打广告免费诊疗的妇产医院，结果被忽悠花了两千多块钱。"老孟也忍不住说道。

"孟总，您带老伴儿去妇产医院干嘛，难道是有喜了？"卢玉生在一旁故作认真地问道。

"去你的，我都这岁数了，孙子都老大了，还有啥喜。"老孟道。

"有孙子怕啥，孙子领着叔叔去上学是常有的事儿，别看人小，人家是沙地里栽葱——辈儿大，我说您最近怎么紧着办退休呢，敢情是准备回家带二胎呀。"卢玉生道。

"我倒是不想退，你问问隋总他能让我继续干吗？你小子别胡乱想了，你以为我们都像你，要么不去医院，去医院就是撒气车开到修理铺——打胎来的。"老孟道。

卢玉生苦笑："不对了，孟总，我早就舍不得打了，都恨不得去做试管婴儿了。"

"哟，这可不像你，咋了？枪卡壳了？我还认识男科医院哈，就冲咱俩这关系，我给你找个熟人通一通。"老孟道。

"呵，您这是去通了多少回，跟大夫都混熟了吧，孟总，是男护士给通还是女护士给通？通次数多了上瘾不？"卢玉生道。

"你这臭小子，你还打算办个年卡不成，不计次数地通，就你那下水道，保管一次给你通好，当然你要是财迷想省钱呢，我可以借给你个皮搋子搋两下，要不今天下班后我帮帮你？"老孟道。

"您老也是，老随身带个皮搋子干嘛使，是不是想放两腿中间一夹，充大头呀。"卢玉生道。

"我还用充大头？说句不好听的，跟你肩膀上顶着的那个也差不多。"老孟道。

二人话茬子越来越有些不对劲儿，未等卢玉生开口，隋梦川赶紧道：

"哎……二位跑题了！你们这一老一少对话，倒让我想起了明朝大才子解缙的故事，他年少时有位当朝大臣考他，跟他对诗，大臣说上句：'二猿伐木深山中，小猴子也敢对锯（句）'。解缙就回下句：'一马陷足污泥内，老畜生怎能出蹄（题）'。你们二位虽然不是对诗，却是说对口相声的高手啊。"

"隋总，虽然我不懂历史典故，也不知道是哪个谢晋①，但我怎么觉得你把我们俩全给骂了？"卢玉生道。

"哈哈……哈哈……这叫螳螂捕蝉，黄雀在后，最后让隋总拣了便宜。"黄立在一旁都笑歪了。

隋梦川连忙解释："不不不，你们别误会，我不是那个意思，我是看你们一老一少斗嘴，便想起了那个历史典故，刚才黄总说的什么话题来着，居然把你们二位引到台上，来了一段对口儿……哦，想起来了，是老年人治病问题，敢情黄总才是始作俑者，点上一颗麻雷子你跑旁边听响去了，光看热闹了。"

"对对对，我们还没当上老年人，这就开始喝黄总的迷魂汤了。"老孟道。

黄立一看形势不妙，这若是三个人一齐来对付他可就坏了，于是赶紧示弱："三位老大，都是我不对，大人不计小人过。"说罢双手作揖，三人一笑。

隋梦川接着道："不开玩笑了，咱们接着往下说。对于老年读者的消费能力和消费特点问题，黄总的话虽然尖刻，但确有实情，这也

---

① 谢晋（1923年11月21日—2008年10月18日），中国内地著名导演、编剧，其执导作品《女篮五号》《红色娘子军》《舞台姐妹》《天云山传奇》《芙蓉镇》《最后的贵族》《老人与狗》获国际国内大奖。2005年，获第25届中国电影金鸡奖终身成就奖。2007年，获得第10届上海国际电影节华语电影杰出艺术成就奖。

不是我们能改变的，是一个社会问题，咱四个坐这儿研究到下辈子也没用。那么近期的大客户广告方面，卢总有什么想法和看法？"

"刚才黄总说的跟采编部门合作的宣传专版，各区政府我不知道，但企业方面我是觉得还是有些可能的，我的一些客户都是反复做广告的，也不是做一次就完了。"卢玉生道。

"你的客户可不是政府部门，再说还不是靠你的老面子、老关系，谁能跟你比呀。"黄立道。

"所以我们经营上眼睛不能只盯着报纸，还要跳出报纸看经营，发现更多的商机，比如我们要做的展会，这就是一次尝试，黄总展会方面进展还顺利吧？"隋梦川道。

"展会筹备方面目前还不错，咱们报纸也给发了几次消息，网络上也给做了招商广告，于詹宇那儿已经把信息都通过各种渠道向全国发布了，他们以前参与过全国性的评选活动，有一些资源，招商情况目前还看不出来，但据他讲，各地的反应还可以，毕竟是刚开始不久，关键时刻是明年五六月份。对了，于总他们提出一个要求，让咱们从今年年底到明年展会举办前，再多做几次招商广告，咱们双方协议没有注明应该做多少次，但有我们负责宣传的条款，广告也是一种宣传，有版面的话我们就得做，毕竟他们垫付场租费。"黄立道。

"我觉得可以考虑，假如展会全部是我们自己承办，那肯定会进行广告轰炸，现在有了合作方，我们如果不闻不问也不合适，毕竟主办方是报社，展会品牌也是咱们自己的，增加广告宣传并不为过，只要符合项目培育和发展需要，我们就支持。"隋梦川回道。

"另外我还想问个事儿，咱们这些各区和各大企业的形象宣传专版，有广告提成吗？"黄立问道。

"这不明摆着嘛，你拉来的肯定有你的奖励。"卢玉生插话道。

"我是想问别的部门，比如编辑部门给拉来的各区的宣传，有没有提成？"黄立道。

"当然有了，这要参照平日的广告激励政策。"隋梦川道。

"好吧，一会儿具体的我再问您吧。"黄立道。

"黄总不说我还没想起来问呢，隋总，前些日子我拉来那个广告专版，我可是把钱要来了，提成什么时候给发？我得赶紧修车去。"卢玉生道。

"你别哪壶不开提哪壶了，你就放心吧，孟总那儿做完单子，统计一下很快就发放了。"隋梦川道。

散会后，黄立自己留了下来，对隋梦川道："于总想约您吃饭，聊聊合作的事。"

隋梦川道："今天是吃不成了，我媳妇来电话让我别在外面吃饭，说家里有事商量，你告诉于总，咱们有事电话里沟通，不用非得吃饭，等庆功时再吃多好。"

"隋总，您说话自相矛盾了，回家也是吃饭商量事，外面咋就不行了。"黄立笑道。

"那可不一样啊，家是没事也得回去，外面是有事才会出来；家里吃饭吃嘛买嘛，外面吃饭有嘛算嘛，何况我们家媳妇很少给我下指令，人家偶尔行使一次权利，咱好歹也得配合一下。"隋梦川道。

黄立似是有点不好意思："行，那今天就算了，我跟于总说以后再找时间……隋总，那个医药集团公司的广告提成怎么开？"

"哦，最后不是还差二十万没给吗？"

"是呀，看来也够呛给了，听说他们冯总被调查了，周总也已经辞职走了，剩下那二十万估计要不来了。"

"如果人家不给，我们当然可以打官司，我们报纸当天出版时间是有毛病，但到了法庭上也不一定支持他，主要还是碍于两家单位和领导之间的面子。"

"那咱们还要吗？我问了好几次了，他们办公室的人总是说领导未定，咱们当天又有晚点问题，估计要来也很难。"

"现在也不好说咱们会采取什么手段，还是要看社领导的意思，毕竟这种宣传合作本来就是两个单位之间的交情，我们再等等看吧。"

"我想问一下，如果那二十万的广告费要不来了，这已经交了的三十万给不给广告提成？"

"给谁开提成？"隋梦川略显诧异。

"菲姐呀，她那天还问我了，说提成什么时候给。"

隋梦川一时语塞，不知如何答复。说实话，黄立提出的这个要求他从来没想过，这笔广告是集体努力的结果，是缘于两个单位和领导之间的良好关系，根本没想过该给谁提成。若非要说给某个人，那也只能是邵社长的功劳，当初去医药集团，也是邵社长提议并带队；要闻部确实是出了不少力，宣传专版是他们写的，但新闻报道记者是要拿稿费的，跟广告提成没啥关系；这笔奖励不开便罢，若把提成开给贾菲，如何平衡其他人的努力？面对黄立的问话，又不便当即回绝，否则就是否定了贾菲的功劳；立即同意也不好，不仅因为有邵社长的因素，而且自己心里也难以认同；当然，这也可能是黄立在打贾菲的旗号，或许贾菲根本就无此要求。想了片刻，他对黄立道：

"现在开提成不太合适吧，一是合同没履行完，另外，我觉得是不是先得问一问邵社，毕竟当初是他带队去的医药公司，合作成功还靠他的面子呢，如果他不要，咱们再说好吗？"

"也是，也是，好吧，那我告诉菲姐，她说要提成是为了奖励去采访的记者。"

"给记者奖励？不是有编辑部正常稿费和月评奖励吗？"

"不是那些，菲姐说的是要闻部自己的奖励政策。"

"哦，那你告诉贾主任，暂时先等一等吧，我得把医药公司的情况跟社领导汇报汇报。"

"好吧，那我回去了。"

隋梦川内心有种说不出的别扭，感觉这事有可能让自己猪八戒照镜子——里外不是人。不管是否贾菲提出来要这笔奖励，自己都面临一个无法选择的境地，给亦难受，不给亦难受，心中的那份天经地义突然间被别人的直白打蒙了，如同你正在火车餐车的一个空位上就餐，进来一个乘客却说这个座儿是他的，让你起身，乘务员也不给你判定是非，你如何去跟人家据理力争？

回到家，岳母和妻子早已做好了饭，隋梦川有些好奇："哟，今天怎么做得这么快呀，一进门就吃饭，老妈辛苦了，是晚上有什么社区活动吗？"

"没什么活动，今天妈妈高兴着呢，一会儿跟你说。"袁明静道。

吃饭时袁明静道："我和妈妈决定明年去国外旅游一圈，再不出去妈妈越来越老了。"

"好啊，想去哪儿？欧洲还是美洲？"

"这个还没想好，正在看资料呢，儿子如果不实习的话，他也可以跟我们一起去。"

"妈妈想去哪儿？"隋梦川问道。

"我无所谓，反正中国圈儿外头就没去过，你们去哪儿我跟着去哪儿。"赵姨道。

"我们想让你跟我们一起去，你走得开吗，能歇年假吗？"袁明静问道。

"明年肯定不行，明年一个展会，一个全国报业广告年会，两个会都由我们部门承办，肯定脱不开身。"

"我就知道你总有事儿，我们也没打你的主意，有你没你都一样，到时候你自己在家可没人管你。"袁明静甩话道。

隋梦川没回应，但他突然觉得她们的出行有点孤单，便问：

"有没有问问姐姐她们家，可不可以一起去。"

"姐姐家生活挺累的，她和姐夫不一定去，但是我想邀请姐姐同行，不行我就给她补贴一下，得一两万块钱吧，你说这样可以吗？"

"挺好啊，不然的话姐姐估计要等苗苗有能力了才行，可苗苗还没毕业呢。"

"苗苗倒是正好明年大学毕业，我本来想让她跟她妈一起去，但是工作还没着落呢，也不能不管不顾先出去玩儿，而且又没确定将来工作单位是哪儿，单位上有什么要求，所以她现在也拿不定主意，暂时就不考虑她了。说起找工作，苗苗个人简历想让你给看看，姐姐觉得你见识多，看的学生简历多，让你给苗苗改改，吃完饭我发你邮箱。"

"行，我试试看吧，现在的年轻人有各种新潮，咱都跟不上了。"

晚饭后，隋梦川从电脑上看着苗苗的简历，忽然觉得自己枉为一个编辑，哪儿有正儿八经地写过求职简历，毕业时学校直接分配，一屁股坐到报社后就没挪过窝。但是，既然姐姐和妻子如此信任自己，好歹也得表现一下，出于做新闻工作的敏感，他还是提出一点意见："苗苗的简历我有一点感觉，好像都是套话，不像是自己写出来的，也许有抄别人的成分。"

"我也觉得过于平淡，也许是网上扒来的一些表述吧。"袁明静道。

"跟她说把自己的特点一定要突出表现出来，比如这儿，她有文艺特长，同学们很欣赏她唱歌，虽然没参加过比赛获过什么奖，也可以写出不一样的感觉来，假如同学们平日夸过她是班级'唱将''金嗓子''情歌公主'之类的表述，可以很形象地概括。总而言之，让她把自己的特点写出来，尽量别去抄那些套话。"

"好，我告诉她，让她改一遍，其他还有吗？"

"呵，苗苗在班里还挺优秀，人家当副班长呢。"

"这个你就别管了，现在的大学生，毕业时差不多都有个一官半职，为的就是应聘时印象好一点，对就业有帮助，一个班里反正班长副班长得一二十个，再来几十个主席副主席、部长副部长、委员之类的，差不多每人都能混上个职务。"

"你是怎么知道的？我们招聘时收到的简历不少都是班干部，我还纳闷儿呢，那么多好学生怎么还没找到工作，居然都来我们这儿扎堆儿？"

"苗苗自己说的，你们那儿招聘来的员工，人家肯定不会告诉你。"

"原来如此，这就是说，学生们还没毕业就开始学习官场之道，享受官场福利了。"

"他们能享受啥，不就是弄了个假行头罢了。"

"如果假行头起了作用，蒙混过关，不也算是享受了福利吗？"

"行了，你就别较真儿了，瞎琢磨什么呀，快看你的简历吧！谁让用人单位把这当回事儿的，他们还不是看重这些东西，要是我招聘，在学校里当过官儿的排后面待选，我得先看看他有没有养成坏习气。"

"咱儿子在学校有什么职务吗？"

"你瞧你多关心儿子吧，连他在学校的情况都不知道，他刚上一年级要什么职务，等毕业时再说呗。"

"我的意思是让他尽早表现，最好是靠真本事成为同学中的佼佼者，可以锻炼他的工作能力，别到毕业时弄个不值钱的假学生干部。"

"你放心吧，咱儿子有想法，你知道他为什么报医学院吗？"

"他不是想治病救人嘛，觉得给别人治病有成就感，幸福感。"

"你这人脑子不记事儿，你忘了他在小学上生理卫生课的时候，老师让学生们不要趴着看书，说眼睛离物体太近，就容易逐渐变成近视，你知道咱儿子当时问的什么，'老师，那晚上睡觉时眼球要整晚上看着眼皮，而且靠得那么近，怎么也不近视？那样的话，是不是所有人都会近视？'……这话把老师给噎得，那个为难呀，就说'这位小同学很善于思考，建议你将来考医学院研究一下'，后来班主任跟我反映这事了，说孩子胡搅蛮缠。反正儿子在学校有事你都不出面，啥都不知道。"

"哈哈，这事儿我想起来了，你的意思是跟他大学上医学院有关系？"

"当然了，你儿子不是说么，先弄清自己，再去弄清世界，我觉得这是他想上医学院的初衷。"

"好呀，有个追求就好，总比上一个专业不对心思的名校强。"

"你甭马后炮了，上都上了，说啥也没用了，不过我倒挺愿意家里有个学医的，再有个学法律的更好，可惜没有第二个孩子，要不等他毕业了再让他考法律研究生吧。"

"这太不现实吧，人一辈子能干好一件事就不错了，你不能指望他是超人，做父母的对孩子没要求不对，要求过多也不好。"

"我就是这么一说，当初苗苗要是学法律就好了。"

"那是人家的孩子，就更别指望了，别总想让后代去背负历史重任，我们还没有老到要依赖别人的时候，法律你可以自己学，有记忆能力、理解能力就行，又不是让你去研究宇宙飞船。"

"呵，你说得倒轻松，一有事儿都是我去冲锋陷阵，你怎么不去？你怎么不学？"

"哎哟，我知道老婆大人辛苦，家里的事儿让你操心了，我工作是忙点儿，但儿子跟你亲也是事实，你还不是恨不得他天天黏着你，他平时都不理我。"

"哟，儿子跟我好你还吃醋了，别跟我说工作忙，别人家的男人都不忙？你就是找借口，别到时候把自己耽误了，让我去学习，我学了好伺候你？你倒不傻，快自己来吧。"

"听你这话，就好像我啥都没干似的，学无常师嘛，工作本身也是学习，学习做人，学习做事，学习处世，尤其是处理人与人之间的关系……哎，我今天遇上个事儿，有点棘手，你想想应该怎么办？"

"又遇上什么奇葩事儿，还有让你犯难的？"

隋梦川把到医药集团公司拉广告，以及贾菲通过黄立要提成的事讲述了一番，袁明静皱起了眉头："这事儿还真是不好办……"

"本来我觉得这笔提成是集体努力的结果，要是给的话你觉得该给谁？"

"你犯傻呀，当然是给邵社了，别人想送还没机会呢。"

"以前有过类似情况，邵社不会要的。"

"就你当真，真给他试试，我就不信别人没有给他送的。"

"那你说现在怎么办？贾菲都提出来要提成了，且不说邵社出过力，我也通过周总出过力，那小黄也跑过多次，社办室的同志也跟着邵社去过，总不能把这点提成都分开算吧。"

"是啊，分开给更难办，怎样权衡谁的功劳大，谁的功劳小？可是你不给贾菲，明摆着就是得罪她，而且她还有可能当副总编，你以后怎么跟她相处，人家都是有背景的人，你呢？倒是也'背井'，你是背井离乡，我们家也没什么根子门子，爸爸又死得那么早，你别为公家省那点钱得罪人了，没意义。"

"实在不行就参照法庭上的规矩，谁主张，谁举证，谁拿走，其他人都算放弃！不想了，想也没用，睡觉吧。"

……

中层干部大会进行了经委会委员选举投票，投票结果未当场公布，而是交给审计部门会后统计，同时每个人发一个厚厚的信封，里面是关于每个中层的测评表，需要每个人填写对其他中层的评价，然后交回人事处。

戴佰盛见到隋梦川时，特意问他选举前有没有打打电话，拜托一下投票的事，隋梦川告诉他没采取任何举动，戴佰盛叹道：

"唉，为嘛不打打电话呢，别人都在行动，你不出击就吃亏了。"

隋梦川道："谢谢戴社关心，我是这样想的，欣赏你的人不用求，讨厌你的人求也没用，如果打电话托付，那反倒作践了自己，让对方耻笑，与其让他们洋洋得意，还不如顺其自然吧。"

戴佰盛笑道："也好，也好，有道理，不过应该没什么问题。"

"戴社，有件事我想不明白，为什么评价一个中层，要让其他中层给打分呢？按理来说，中层之间虽然是同事，但某些方面就是对手，相互陷害的情况咱们这儿也不是没有。最主要的，部门之间其实并不了解，真正了解情况的是这个部门的员工，还有主管这个部门的领导。员工知道给他们带来了什么，主管领导知道他改变了什么。如果按人事处这样的测评，得出来的结果您觉得会准确吗？"

"之前都是这么干的，也没别的好办法吧。"

"戴社，我纠结的还不是这测评结果，这个测评可能也不会影响什么，我纠结的是自己不知道怎样下笔，本来对别人没感觉，却非要去评价人家好与坏，感觉这样太儿戏了，人们经常说不能随便冤枉一个好人，也不能轻易放过一个坏人，我要是都写成好，似乎是不负责任，要是都写成坏，于他人又不公平，所以我想不填写也许是最公平。"

　　"不一定吧，不填写也未必是公平，但那肯定是不作为，虽然填写不准确，但也能看出个大概，没有绝对的准确，只有相对的准确，但你说的不忍心草率下笔我也理解，但有什么办法能规避吗？"

　　"其实方法还是可以改的，比如在保留中层之间打分的情况下，增加领导打分和所在部门员工打分，然后给予三方不同的权重，这样出来的测评分可能相对来说更真实些吧。"

　　"有道理，我还没听说有这么干的，我可以向社委会反映一下。"

　　"我就是太较真儿，所以想跟您说一说，其实开会时好多人当场就把信封里的表格填完，开完会便交上去了，比印刷的速度都快。"隋梦川佩服别人的效率，但谁都明白，这是土地雷里装尼尼——糊弄洋鬼子，如此短暂时间就把几十个干部的评价写完，除非是超级计算机判卷，反正自己是无法做到精神和四肢分头行动，不仅有草菅人命之嫌，也心疼了那一沓纸——它若印成了文件，还可承载着使命，若做成了厕纸，还可为人一拭污秽，现在却独独充当了一回无谓的角色，成了草率评测人与不知情被评人之间看不见的角斗场，如若当真无所谓还便罢，一旦把它放入档案，那这沓纸岂不成了以公平公正名义包装而成的罪恶？老祖宗发明纸的时候，一定没想到有这种功能，这跟诺贝尔先生发明炸药后的想法并无二致吧。"

　　隋梦川突然觉得自己有些冒失，政策虽然不是戴佰盛制定，但他毕竟是分管行政的领导，如此不加掩饰地给人事工作挑毛病，也太把自己当回事儿了。于是，他想把话往回拉一拉：

　　"戴社我刚才也是瞎琢磨，其实不同单位应该有不同的测评方式，我想也不是一招鲜能吃遍天。"

"对，这话说得好，但是你也别抱太大希望，不用纠结，跟我说说就行了，至于那些测评表，填不填，怎么填……你自己看着办吧。"

看着戴佰盛那高深莫测的微笑，隋梦川似有所悟。

投票结果公布了，隋梦川以排名第四的票数入围，成为五个经委会成员之一，虽然刚到广告不久，但鉴于广告经营减缓了快速下滑态势，并有新项目开发，这为他赢得不少支持。

春节快到了，报社纪检部门突然通知隋梦川谈话，这让他大吃一惊，左思右想不知有啥情况。

进了纪检组办公室，主管领导窦书记虽然坐着未起身，但也是笑脸相迎："梦川来了，你坐。"那感觉不像是有什么问题。隋梦川坐在了窦书记的桌前。

"梦川调到广告有多久了？"

"还不到一年。"

"广告部对报社太重要了，听说你干得不错，也挺辛苦的，前些日子也刚刚入选经委会，希望你不负众望啊。"

"感谢领导和同事们的信任，报纸广告目前确实不景气，努力寻找新的机会吧。"

"这次找你来呢，是有点事需要问问。"

"您说吧，是什么事儿？"

"我这儿有封信，反映你一些问题，是寄到上级宣传部的，现在转到我们这儿了，由我们负责核实一下。"

隋梦川心里咯噔一下，心脏顿时像被人攥了一把：

"哦，能给我看看吗？"

"这不能给你看，主要就两个事，我问问你吧，一个是反映你在选举经委会委员之前进行拜票，请各个部门的中层吃饭，有这事儿吗？"

"没有啊！"

"你确定没有请各部门中层吃饭？"

"前一阵子有过几次吃饭座谈，但跟选举投票无关，当时是为了尽快推进展会项目，这事儿戴社那儿都知道。"

"噢，请过谁？"

"我们就跟要闻部、网络部、行政处他们吃过，就这三个部门，而且他们部门的其他员工也有参加，聊的都是展会的事，不可能去谈选举投票啊。"

"真是这么回事儿吗？回头我们会进行核实，其他的没有了？"

"没有了，您尽管核实，去问戴社长也行，他了解当时的情况。"

"那么还有一件事，有人反映你搞封建迷信，每天上班都要看看黄历，这是怎么回事，你也是党员干部，怎么能搞封建迷信，影响不好啊。"

"这就奇怪了，我没有这习惯，而且我自认为一点儿都不迷信，我们家也没人信迷信。"

"那人家怎么反映你公然对外说天天看黄历。"

"要不这样吧窦书记，我也不打电话，也不用做准备，您跟我去一趟我的办公室和我家里，看一看哪儿有黄历，这不就得了。"

"那倒不必，我们用不着去搜查，还没到那地步呢。"

"那这事儿怎么证明呢？……要不您问问广告部的几位副手，老孟、小卢、小黄他们……哎，我明白了，窦书记，不会是说这个广告副总黄立吧，我倒是说过天天看黄立，是不是他们就当成我看黄历了？"

"这……有这可能，那好吧，我们回头再找你周围的同事了解一下，你回去之后就这两件事写个情况说明交过来，写上日期，签上名字。"窦书记脸上露出一丝苦笑，隋梦川想了想便又问道：

"窦书记，请客的事我可以写说明，但这第二件'看黄历'的事我怎么写呢？我不能说是写信人误会了，毕竟我只是推断，咱不知道举报人的真实想法。"

"那你就写没有此事就得了。"

"啧啧，这位写信的同志真有意思，上面有名字吗？"

"没有，是匿名信，有名字也不会告诉你，这是保密规定。"

隋梦川很快就把情况说明送到了纪检组，事情似乎就这样过去了，但他"看黄历"的事却逐渐传开了，成了一些同仁的见面问候语，让隋梦川很无奈，别人都是开玩笑，也不能跟同事犯急——

甲："隋总，今天出门看黄历了吗？"

隋："一会儿就看，还没到上班点儿呢，不到点儿不能看。"

乙："隋总，最近看黄历了吗？"

隋："看了，谢谢关心，他近来无恙。"

丙："隋总，今年广告形势怎么样，看黄历了吗？"

隋："形势应该不错，我看黄立同志最近挺高兴的。"

丁："隋总，今儿个还用看黄历吗？"

隋："一会儿就看，除非这小子今天旷工，否则必看。"

戊："隋总，今天上午出来开会，肯定没看黄历吧。"

隋："没事儿，误不了，老孟在家替我看呢。"

己："隋总这都到年底了，该换新黄历了吧。"

隋："不换，我就爱看老黄历，说实话，想换新的也没有。"

庚："隋总，你天天老看这一张黄历，也不给它翻翻篇儿。"

隋："不光不能翻篇儿，还不能挂，我要是把他挂墙上，人家也不干呀。"

辛："隋总，今天天气好像不太好，黄历上怎么说的？"

隋："黄历说南风转北风，北风转东风，东风转西风，西风转南风。"

兄弟单位一些比较熟悉的同行，见面时也改了问候语，虽然是玩笑，但时间久了难免弄假成真，隋梦川想起来多少有些烦心。

这天到食堂吃午饭，隋梦川来得有些晚，大厅里稀稀拉拉已没多少人，恰巧贾菲也刚买完饭坐下，她似是想替隋梦川鸣不平，边吃边道：

"听说你'看黄历'的事儿闹得尽人皆知，也不知你怎么搞的，我跟黄立在一起那么长时间，也没人说我'看黄历'，你这是得罪了哪路神仙，黄历上没有指示？"

隋梦川笑道："唉，咱俩可不一样啊，你那是'贾（假）看'，我是'隋看'——随时看，谁让我看得太认真了呢。"

"瞧你这嘴，快赶上'黑嘴王'了，你就接着看吧。"

刚打完饭走过来凑桌的王希碟听见了谈话，屁股还没坐稳便接话道：

"谁又在背后说我坏话！"

"王老师，您今天怎么来食堂了，难得一见，我可不是说您坏话，是说您这徒弟快赶上您了，看黄历也能看出名，我看黄立都看好几年了，也没享受这待遇。"贾菲道。

"我们能跟你一样吗，你那是知彼知己，百看不殆；梦川是稀里糊涂，一看倾城，再看就倾国了。"王希碟道。

"要不我刚才说隋总快赶上您了呢，你们师徒二人说出来的话都是一个腔调，刚才他说我是'假看'，他是'随时看'。"贾菲道。

"本来么，您这大美女，光等着别人看你还顾不过来呢，哪还用看黄立，连我这老头儿都爱看美女，那黄立岂不更是秋后的蚊子——死叮（盯），再说你也不能老去看别人哪，看久了你就激动得流泪……不对，以后应该是我们激动得流泪……也不完全对，黄立肯定流的不是泪，他流的是哈喇子。"王希碟道。

"王老师您又拿我开涮，我发现，我就不能当您面儿说隋总，一说他您准帮腔儿。"贾菲道。

"哎呀贾主任，你这就太小瞧我的胸怀了，我可不是只对梦川一个人好，其实我对谁都不错，包括你在内，一直在帮你，你却不领情，你把黄立塞广告来了，我和梦川可二话没说就接了哈。"王希碟道。

听王希碟如此一说，贾菲立马没了反击之力，她低头挑了根绿菜叶，放在嘴里似嚼非嚼，慢慢蠕动着下巴。她心里当然清楚，黄立调动那是社领导的支持，跟你"黑嘴王"有个毛关系？"我和梦川"——这明摆着就是捆绑销售，是表明隋梦川听你的还是怎么着？不过，人家这么说自有人家的道理，别看老王离开了广告，真要想鼓捣点事儿他还有这个能量，除了嘴不饶人，他其他方面还是很有人缘，当然也是得益于这张"黑嘴"。

贾菲又往嘴里送了一口米饭，赶忙抬起头来，嘴巴边咀嚼边口齿不清地说着话，貌似是忙不迭地回话，实则像是以守为攻，也或许她本来就不想说太清楚：

"王老师，我心里能不知道吗，心里一直念您好呢，像您这样刀子嘴豆腐心的，咱单位有谁能比，回头我和小黄单独请您和隋总，真得好好谢谢你们二位。"

"你说什么？刀子嘴豆腐心，怎么这话听起来像说我是娘儿们似的。"王希碟道。

"哈哈……"贾菲听了大笑，顾不得形象，仰脸张开了满是饭菜的嘴，还差点儿呛到嗓子眼儿，于是赶紧以手遮挡，低头咽下，"王老师您误会了，您这样的人要算'娘'，那咱报社就没男人了。"

"哪能呢，有的是！听说新来大学生可男人了，上夜班时在电梯里就跟女朋友摸上了，这爷们儿竟然不知道电梯里有摄像头，让安保的人在监视屏上看了场激情戏。"王希碟道。

"我也听说了，现在的孩子别看在这方面胆大开放，实际上可真不像男人，太容易斤斤计较，您看一个个细皮嫩肉、油头粉面的，问他们高仓健是谁都不知道，怪不得有些老编辑感叹，长江后浪推前浪，一代更比一代娘。"贾菲道。

"也不能都怨孩子，后代不行肯定是前代的毛病。还有啊，现在都是什么文化环境，网络上、电视上挖空心思地让年轻人上套，管它俗不俗，有没有意义，博你眼球是唯一目的，看着挺热闹，可是不知不觉地就把人害了。"王希碟道。

"您说的我也有同感，这确实是一个很现实的社会问题，许多人感觉文化引导似乎有问题，但又说不出道理，而监管的人又未必看得清这种趋势，有人说是因为先发展再治理的习惯在作怪，不烂到家不去管，有人说是官员的从政态度问题，坐等船到桥头自然直。"隋梦川道。

"嘿，你说得太对了，有些管意识形态的人根本就不懂什么是意识形态，他可能连《论语》都没看过呢。"王希碟道。

"反正我是对现在网络和媒体上的有些节目不感兴趣，可我女儿她们喜欢，这可太可怕了。"贾菲道。

"是啊，为了博眼球，都在过度地迎合口味，甚至有意制造出一些新口味让人消费，也确实说不清会对社会带来什么影响。"隋梦川道。

"什么影响？等到外国鬼子再打过来就清楚了，咱们国家可以把成千上万的小鲜肉大军派到边境，让他们挤眉弄眼，扭动腰肢，嘴里再嘚啵些连二鬼子也听不懂的闹舌，你猜怎么着？鬼子们退了，给酸坏了，一个个都腿软了，这比核武器还管用。"王希碟道。

"哈哈，王老师，那叫'饶舌'，不是'闹舌'。"贾菲道。

"是吗，反正我的舌头绕不过来，说直话说得不会绕弯，让我闹一闹还行。"王希碟道。

"王老师，您说这鲜肉大军连鬼子都退了，那国内得酸成啥样儿？"隋梦川笑道。

"你可问对了，子曰：与善人居久而不闻其香，与不善人居久而不闻其臭。道理相同，咱们与酸人居，久而不闻其酸也。其实，从外到内，早就酸到骨子里去了……哎呀，不说了，再说我这份儿酸菜肉片就白买了，吃不下了……你们看，我都不自觉地养成习惯了，不吃酸的都不行，不过这跟女士怀孕爱吃酸的可不一样啊，我不是猪八戒，没到女儿国喝子母河的水。"王希碟道。

"哈哈，这都什么年代了，您不用亲自去，要不您网购一瓶子母河水试试……就是不知道有没有卖这东西的。"贾菲笑道。

"嘿，你这句话倒提醒我了，这个事先别外传啊，说不定有人听了之后回去就注册个公司，拿井水或者自来水灌装，就当子母河水卖了。我敢说那些不孕不育的女士们肯定得疯抢，就中国这消费环境，有卖的就有买的，管不管用无所谓，反正也喝不死人，多少也会起点暗示作用吧，你说是不是？贾主任。"王希碟道。

"王老师，这事儿我得认认真真地承认：您说得对！不就是瓶水嘛，它叫什么名也是水，又不是真让人怀孕，应该会有人喝，正好您也快退休了，这买卖您可以试试，肯定一本万利。"贾菲道。

"唉，可惜无缘呀，甭说一本万利，就是无本万利我也不去干，让我组织一帮人去打骗子我倒愿意。"王希碟道。

"哈哈，王老师菜都凉透了吧，不跟您闲扯了，您还是赶紧吃酸菜肉片吧。"贾菲道。

小泉来了个短信，问是否在忙着，隋梦川吃完饭便给他回电："喂，小泉，我刚才正跟同事说话，你有事吗？"

"梦川哥，你今年过年回家吗？"

"回呀，你有什么打算。"

"我也回，要不你别开车了，坐我的车算了，今年我媳妇坐火车回她的老家，就我和孩子回山东，你们家三个，坐得下。"

"可以是可以，那你时间合适吗，我可是大年三十那天才往回走，而且年后还不知哪天回来，我不像你，能多待几天。"

"我一般都是除夕前三两天就回去，也可以晚走两天，咱们一起走，过年期间就不干了，我搞批发，也不是零售，你要是着急回来咱就一起回呗。"

"别别，算了吧，你们孩子小，早点儿回家跟老人热闹热闹，在老家多待几天吧，而且车子坐满了人也累，你还要从北京往这边拐，我还是开车回吧。你媳妇今年怎么不跟你一块儿了？"

"本来我们在秋天回过她家的，她听说堂妹嫁了个老头，是个省里的领导，今年可能要一起回去过年，她非要回去看看，跟人家认识认识，我说那你自己回吧，我就不去了。"

"哦，儿子愿意跟着你走？"

"他倒是不想跟着我，可他妈怕他耽误节后参加考级，让我们爷儿俩过完节就赶紧回来练习。"

"孩子考什么级？"

"艺术，这不是在学琴嘛，还准备着美术考级呢。"

"哎呀，孩子也够累的，上那么多课，怎么样？他喜欢去上吗？"

"不愿意，但他妈天天逼着他学，也没辙，他妈说自己这一辈子就耽误在没上大学，她一定要让孩子拿齐人生中所有该拿的证，从出生证开始拿，然后从小学到大学毕业证，再拿硕士博士证，还有驾驶证、结婚证什么的，能拿的都拿，一个都别落下。"

"那可不一定能拿齐，你这边儿刚考完证，过些天又冒出新的资格证，你永远考不完。"

"不光考不完，我跟她说有些证给咱也不要，干嘛非要把证都拿齐了，给你拘留证、逮捕证、离婚证……你要吗？"

"人家不是说人生中该拿的证吗，你这是强词夺理。"

"不是，就算是人生该拿的证，这辈子也肯定拿不完，她不服，我说就有一个证，你花多少钱也拿不到，她问啥证？我说死亡证，只要你活着就不发给你，死了才给呢。"

"对，确实是这样呀，没有领完死亡证再去死的，倒是有死了之后又活过来的。"

"我媳妇不再跟我争了，我还不是怕孩子太累，她不能把自己没实现的都让孩子去完成，孩子下生又不是来给她还愿的。"

"那你们两口子的发展计划进展得怎么样了？"

"啥计划，挣钱哪有那么快，离她的目标还远着呢，公司做不大，甭想到政界混，不光咱没那个实力，而且现在啥也不懂。"

"是呀，不能急于求成，首先要去做事，就像明代王阳明先生说的，'知行合一''事上练'，随着你的企业一步步发展，干着干着好多道理也就明白了。"

"好的梦川哥，过年回家我再找你聊天儿。"

隋梦川回老家过春节，前后还是四天时间。小泉因为要陪孩子回来上艺术辅导课，也提早返回了北京。面对剩下的春节假期，隋梦川却有些茫然。

王希碌又召集同学酒局，戴佰盛也在其中，不过这次隋梦川并未受邀参加。戴佰盛成了王希碌的领导之后，尽管王希碌不会刻意把他当领导看，但那种上下级关系却让"黑嘴王"收敛了几分，酒桌上拿戴佰盛开玩笑的场面不见了，戴佰盛更加谈笑风生，其他人当听众的时间更长了，一场酒局下来，连戴佰盛自己都觉得没以前热闹，他若不紧着张罗举杯，这酒都喝不起劲儿来。

节后上班并没有多少急事要处理，春节期间本来广告就少，报上广告也以公益广告为主，另外还有些企业拜年广告。

中国的春节就是长，有的说正月十五之前都算过年，还有的说不出正月都是过年，反正人们还沉浸在节日的酒迷肉熏之中，没多少人惦记着品闻报纸油墨，有钱没钱还照样过年呢，看不看报更不影响吃饭，也难怪此时商家登广告的少。趁此时机，展会招商广告也发了两期，管它有用没用，也有必要向合作伙伴表明个态度。

广告业务之虑暂且不提，近忧却又来袭，剩下的节假日该咋过？隋梦川像突然走进了陌生的城市，不知所向……葛也夫、才子李、贾菲他们在三水怎么过年呢？报社领导们怎样过年呢？市领导怎样过年呢？……还有普天下受苦受难的人，他们怎样过年呢？不对，他们基本上都不是中国人，不过中国年……操心操多了，但不操他们的心可以，也还是得想想自个儿呀，现在跟以前似乎不太一样了，当个公司一把手该怎样过年呢？重要客户当然需要拜个年，见不见面两可，但单位领导和上级领导呢？

隋梦川想起了去年春节王希碌说的话，晚上睡觉前跟袁明静说了说那点心思。袁明静觉得有道理，是该与以前有所不同吧，但也不知该如何，只好道：

"别想了，还是做你自己吧，你不是一直赞同植物生存法吗，顺其自然，咱做不了动物世界，整天不是狗咬狗，就是你死我活的。"

"顺其自然也不是什么努力不做吧，起码得自强，比如说森林里的藤，它就知道攀附大树，如果是棵小树，它就得跟草去争夺阳光，这样它自己才能长大。"

"谁说可以不去努力了？想长大还得看你是不是有这个基因，如果本来就是个萝卜种儿，非要搭架子爬秧，爬得上去吗，蹲萝卜坑儿里得了。"

"这可不一定，只要萝卜一直有这个愿望，说不定早晚能进化得跟葫芦一样，能爬墙上树，人也是一步步进化来的。"

"哟……就算真有这猴年马月，萝卜进化成了葫芦，那人家原来的葫芦呢？恐怕早就成金刚葫芦娃了，连妖精都能打，比人还厉害。"

"哈哈……看来你没白跟儿子一起看动画片，不过还有一种可能，说不定人们嫌萝卜不好好在地里长，又进化得四不像，结果就没人种它了，最终萝卜混了个断子绝孙。"

"也不一定绝种，自己在野地里适者生存呗。"

"行呀老婆，你这是二小放鸽子——又回来了，说着说着还是又开始自然生长了。"

"讨厌……"袁明静伸出手指就要捏，隋梦川赶紧缩身而躲，差点儿掉下床去，她接着道，"其实这个顺其自然也是要辩证地看，前不久我们单位搞了个员工培训，请了个教育专家做讲座，那教授估计跟你一样，也是山里面走出来的，他说年轻人就得出去闯，别窝在家里焐柿子，等你焐红了也该烂了，趁着青涩赶紧出去混，你说这有理吗？"

"人家说个柿子就是山里面走出来的，那他要是讲文物还是从坟墓里爬出来的不成？你这城里人还不是说了半天萝卜葫芦的。"

"那也都是你教的，算了，我不跟你矫情，你不总是举这样的例子嘛，说卖香蕉都是趁着青绿的时候摘下来卖，要等它熟了再卖就晚了，那样的话可是当真黄了，全得烂在路上。"

"我说的是事实，你以为你吃到的是熟果子？不是，都是放熟的，除非你自己种，天天盯紧点儿，等恰到好处时摘下来，不然它就熟过了。不过，这两件事都能说明一个道理——没有什么绝对的生存方式，所谓的植物生存法，它们也未必是绝对地自然生长。人呢？一直都是在融入社会过程中成熟，社会也接受这种不成熟。"

"那是吃惯了呗，谁管他真熟假熟，我问你，换成你儿子，你是希望他走植物生存法，还是动物生存法？"

"那我反过来问你，假使你想让他走动物生存法，他会干吗？"

"那倒也是……"

短暂的沉寂过后，袁明静忽然推了一把快要入睡的隋梦川，问道："我问你，姐姐出国旅游的钱我想给她出了，你没意见吧？"

"你怎么突然问起这事儿了，我怎么会有意见，人家不是也照顾老娘吗？"隋梦川半闭着眼道。

"其实我是想，妈妈把她的玉镯给了我，没给姐姐，姐姐也没说什么，这对她也不公平，我给她出点儿钱也不过分。"

"对呀，就算是没这个玉镯，你能出点儿就出点儿，很正常，还用得着问我？"

"我知道你不会计较，但还得跟你说一下，毕竟也没给你们家什么。"

"哎哟，什么你家我家的，又不是我死了分遗产，有事就大家一家，没事就各管各家，钱这东西，用在刀刃上才叫钱，放在那儿只是财产。"

"年没过完你就胡说八道，你死了啥都不用想了……喂，那个手镯我想让你找人看看值多少钱，你们不是要举办玉器收藏展吗，回头拿到会上找个专家给鉴定一下。"

"那还用等到玉器展，我们单位刘欣，就是跟我一起分到报社的那个，人家现在是很有名气的玉器鉴赏专家，我拿给他看看不就得了。"

"是吗，那么厉害！那你上班后拿给他看看，我想知道大概值多少钱。"

"干嘛？你打算卖了它不成？"

"哪能卖呢，我老妈还不干呢，只要老妈还活着，我就不能把它卖了，挺好的东西，我还不舍得呢，我就是想了解一下。"

"好的，说不定我今天晚上做个梦就知道价值多少钱了，我先酝酿酝酿，让大脑皮质把钱的事儿存上，半夜就可以梦到钱了，所以今天睡前不数羊啦，开始数钱：一百万、两百万、三百万、四百万、五百万、六百万、七百万、八百万……"

"停！你白数了。"袁明静突然喊了一声。

"咋了？"

"你光说数字，后面没说'元钱'俩字儿，万一成了一百万只苍蝇或一百万个臭虫呢？"

"你这不是捣乱吗，我自己知道是钱就行，怎么会存成别的呢？要存也存你脑子里。"

"你得存得上啊，信不信我不让你睡了？"说罢，袁明静手指做掐捏状放到隋梦川肚皮上。

"好好好，我把钱加上，我重新数，一百万元、两百万元、三百万元、四百万元、五百万元……"

正数着，房门"咚咚！咚咚！"地响了起来。

"小静，你出来一下。"是老妈在敲门。

袁明静起身来到厅里，问："妈，您怎么还不睡，有什么急事儿？"

"我起来上厕所，听见你们俩说存钱，还几百万几百万的，哪来那么多钱？发什么横财了？你跟妈说说，咱可不能拿公家的钱啊。"

"哎哟，妈！我们俩数数睡觉呢，说着玩儿的。"

"你骗我，我听见你们说存钱了，没钱你们还存什么！"

"哈哈，他是说睡觉前多说钱字，然后就存在大脑里了，这样做梦能梦到钱。"

"什么乱七八糟的，梦到钱干啥？你说的是真的？"

隋梦川赶紧从床上起来解释："妈，是真的，有些人催眠数羊，一只羊、两只羊、三只羊，我们就是把它换成钱了，一百万、两百万、三百万，说着玩儿呢。"

"好嘛，吓我一跳，可别拿别人钱啊，咱们可不做那事儿，平安就好。"老妈不失时机地叮嘱。

"不会的，您放心吧。"隋梦川道。

"妈，您甭操心了，就他呀，放在他眼前他都不会拿。"袁明静道。

"行行行，那就好，瞧你们这数数得，可给我吓激灵了，快睡去吧，你们把灯关了，别忘了。"老妈慢悠悠回了屋，隋梦川和袁明静关掉厅里的灯回到房间，再没兴趣数钱，袁明静道：

"真搞笑，居然把老妈给惊动了，真要有个几百万谁还嚷嚷？早跟做特务似的悄悄地存了。"

"我想起前些日子一条新闻，不知道你看过没有，说南方有两口子在家闲着没事儿，幻想他们家如果中彩票五百万该怎么花，你猜怎么着，两个人跟真事儿似的，一个说想用来理财，一个想用它游山玩水，结果因为花钱意见不一致打了起来，最后还闹到了派出所。"

"我有点儿印象，真有意思，平时我们动不动就说想钱想疯了，看来还真不是开玩笑，人为财死，鸟为食亡，死都不怕，更何况发疯呢！"

"是啊，我也觉得这个钱的事儿格外敏感，不光是想钱能想疯的问题，我发现别的事儿真的假的都能说，唯独这钱的事儿不能随便说，一说准招事儿。"

"什么意思？"

"比方说，你们同事家里住着高档别墅，家里人当什么高官，而且家里还有多少存款和现金，你说这几样他最怕别人说哪一个？或者他自己最不愿意说哪一个？"

"这还用说，肯定是不想让别人知道有多少钱呗。"

"是不是钱的事最敏感？"

"那当然了，钱能让人发疯，也能让人眼红，容易惹祸，咱甭琢磨了，咱家又没钱，费那脑子，快睡觉吧。"

"得了，钱的事儿以后咱尽量不说了，梦一下总该可以吧，估计今晚不数钱也能梦到了。"隋梦川拍了一下脑袋，"不过千万别梦错了哈，不是贪污腐败，是那个镯子，记好了，是镯子……"

"别扯了，睡吧。"袁明静道。

一大早，袁明静便催着隋梦川出去吃早餐，换换老妈每天的馒头稀饭。年后的商业还没完全恢复，许多小馆子不愿早早地开门，比平日更难看到有早点卖。每天上班路过的那家同福饭馆，看了几次都没见它开门纳客，直到初十早上才发现有早餐开卖，人都排起了队。他们二人六点半就跟老妈打了招呼，告诉她不用在家做，他们出去吃并带回来，然后直奔同福饭馆。

七点前饭馆的食客还不是很多，但每张餐桌都三三两两地坐上了人，店堂里有几个身着橘黄色作业服的环卫工人正在用餐，格外显眼，他们应该是刚刚完成了清晨作业，跟那些匆忙赶着上班的人相比，此时他们是最悠闲的光顾者。

隋梦川和袁明静在一位环卫师傅对面坐了下来。这位师傅见桌上来了人，似是有意加快了吃饭的速度，只见他把本来还在一口口咬着吃的半个烧饼，又撕又掰扔进了还剩大半碗的豆腐脑里，三下五除二便倒进了肚子里，然后收拾起自己的碗筷，直接端到了操作间。

环卫师傅的一举一动令隋梦川不解，因为这里并不需要食客自己收拾餐具，大厅内亦无收集餐具的车子或清洗池，都是由服务员随时收拾。隋梦川边吃边走了神儿：环卫师傅匆匆离座，是怕那脏兮兮的作业服影响了别人吗？他难道养成了职业打扫习惯，是不想把残局留给别人看吗？我吃完后要不要也收拾一下碗筷？不收，显得不如环卫师傅有素质；收吧，这里确实又没要求，说不定还给人家添乱。

"你他妈的快点儿，我还要上班呢。"一声叫嚷打乱了隋梦川的思绪，他扭头一看，是一位三十来岁的男子手里拿着两根油条，像是在等什么。

"先生你怎么骂人呢！你的云吞不正给煮着吗？"做饭师傅抬了抬眼皮，很不高兴地说道。

"我在跟儿子说话，不是跟你说。"男子似是在解释。

"你怎么说话呢！谁是你儿子！你怎么没完没了地骂人呢！"卖饭师傅声音大了起来。

只见那位用餐男子从耳朵里掏出一个耳机，赶忙道："我不是跟你说，你看看，我正在打电话催我儿子赶紧过来，我得送他，这小兔崽子老是磨磨蹭蹭。"

"哦，误会误会，还以为你骂我们呢，你的云吞也煮好了。"卖饭师傅有点不好意思地笑了笑。

也难怪，这位男子用蓝牙耳机打着电话，两眼还盯着煮云吞师傅的一举一动，大概生怕错过了排队，着实容易让人误会。

隋梦川和袁明静走出餐馆，一小男孩半睁着眼、面无表情地走来。两位刚吃完早餐的大爷正在议论——

"你看，孩子来了，找他爸来了。"

"可不嘛，那大师傅都要抡勺子了，这早点铺要打起来可麻烦了，万一溅咱们一身热汤，你说咱招谁惹谁了。"

"这事儿怨谁？他在那儿乱说话，谁知道他是在打电话。"

"就是，他要是把脑袋别裤裆里，爱出啥响出啥响，谁也不会以为他在骂别人。"

"反正我看不习惯，光打电话还没事儿，就怕有些人一边说，一边两只手还上下左右乱比划，我弄不清他是在背台词儿呢，还是个神经病。"

听了两位老大爷的话，袁明静碰了一下隋梦川："我本来还想给你买一个蓝牙耳机呢，走路、开车时打电话方便，看来没必要了。"

"太好了，我们家又赚了一千块。"

"赚什么钱？"

"你没花钱买耳机，不就等于赚了钱嘛。"

"你这叫什么逻辑，假如我们天天不吃饭，是不是天天都在赚钱？"

"别抬杠啊，吃饭是生存必需，耳机是可有可无的事儿，这不是支持你不买嘛，省了钱也相当于赚了钱，你没看过网上那个打赌吃屎计算 GDP 的故事吗？"

"看过，你可真阿Q，我可不希望这样省钱，你要是挣得多，我才不这么走心思呢，还是实打实地把钱挣回来好，别玩儿文字游戏！"

"……"隋梦川无语。

隋梦川把手镯带到了报社，闲空时给刘欣打了个电话："刘老弟好，你今天在单位吗？"

"在呀，隋总有何吩咐？"

"想请你帮个忙，给看看一个老物件儿。"

"哦，是什么东西？"

"我们家有个家传的玉镯，也不知道是什么品相，我带到报社来了，你没事儿的话我过去找你。"

听说是看老玉镯，刘欣一下子兴奋起来，连忙道："你别过来，这儿不方便，我半个小时后过去找你。"

半小时后，刘欣说到就到。隋梦川从手提包里取出一个绒布兜儿，放在桌子上，取出那只玉镯递给刘欣。

"哟！还是羊脂玉。"刘欣情不自禁地叫出了声，但又马上恢复了平静，他拿起玉镯仔细地打量，对着灯光看了又看，又搓了搓那朵祥云纹饰，自言自语地道："没有刻这个花纹的话就好了。"

隋梦川问道："怎么了？"

"不知这纹饰怎么来的，一般不刻东西呀，假如没这个还值点儿钱。"

"确定是羊脂玉吗？在市场上大概是个什么价位？"

"估计也就三两万块钱吧。"刘欣淡淡地道。

"哦。"隋梦川听了有些失望。

"如果你们想出手，我找人试试，我给推荐一下，也许还可以卖高点儿。"刘欣也不知隋梦川让他看这玉镯的原因。

"好的，这是我老婆家的祖传，我拿回去问问她吧。"

"行，你们别客气，需要的话就找我。"刘欣也似乎有些失望，"你给我，我再看看，这个云纹不像是当初就刻上的，搞不懂……"刘欣放回玉镯，随即告辞。

隋梦川回家把刘欣的话对袁明静一说，袁明静也不解："不可能啊，如果是件好东西，也不会因为有个云纹就贬值了吧，等会儿问问老妈，看她知道不。"

晚饭时袁明静特意就手镯上祥云纹饰的事问了老妈，原来玉镯上的这朵祥云还真有来历，老妈告诉她：当年咱家有户老邻居，女主人爱慕虚荣，好贪个小便宜，她老公是你爸单位的什么科长，有一年她家里来了不少客人，家里餐具不够用的，就从咱们家借了几个盘子碗。那个时候每家的东西也都差不多一个模样，她还碗时，把她们家两个有裂口的送来了，咱借给她的可都是好的，明知吃了亏，咱家也没吱声。后来又有一个事儿，她老公的上级领导出面，给他们家孩子介绍对象，要跟对方父母一起吃饭，那会儿也没什么漂亮衣服，还想往好了打扮，她知道我有个手镯子，非要借去戴一戴。不借吧，准把他们家得罪了；借吧，你爸爸又担心，她要是送回来个冒牌货可咋办。那时又没相机手机什么的，没法拍照，不过这难不住你爸，他本身就有手艺，就连夜刻上去一朵祥云，还挺好看，我的小名不是叫小云么，就跟邻居说这是你姥爷给女儿刻的记号。借给邻居后那个担心呀，生怕她说摔了或者说丢了，还好，总算给送回来了。

听了老妈的讲述，袁明静和隋梦川一脸木然，回到卧室后，袁明静问隋梦川："你说刘欣会不会跟咱说谎，这镯子不止这个价钱。"

隋梦川道："算了吧，没必要费脑筋去猜想，反正咱也不打算卖，把它保管好了，你就戴着吧，是件好东西。"

袁明静道："我不是怕姐姐见了心里不舒服嘛，要不我早就戴了。"

十三

离玉器收藏展开幕还有一个月的时间，招商工作进入了最后冲刺阶段，如同孕妇怀胎已到九个月，既等待着欣喜的时刻，又有些惴惴不安，不知道身体哪个部位会出现不适应，毕竟报社的人没生产过这玩意儿。最怕的无疑是临盆难产，孕妇难产还有大夫帮忙，亲人们跟着着急，可这展会若是难产，一帮单位的亲们都会在旁边等着拾乐子，一伺难产之事被人围观，亲们会扒开人群往前凑热闹：借光您了，让我进去看看，我孩子轧着了……有利可图就是自己孩子，若没利益可沾，就欣赏一下那头被轧死的驴①。而且，这展会难产与孕妇难产还大不一样，展会难产不存在"保大人"还是"保小孩"的选择问题，怎么选都是死路一条。

由于报业广告年会与玉器收藏展同时举行，隋梦川他们已经忙得不可开交，广告公司平日闲散惯了的年轻人开始打起了小九九，以前没干啥活儿也发那么多工资，现在工作量陡然增加，也不知这付出跟自己有啥关系。牢骚也不是无端而发，筹备工作既琐碎又费口舌，还有诸多事项悬而未决，也许要等到临近开幕之时才有结果。未曾经过历练，自然干起来棘手，员工们牢骚满腹。

---

① 出自马志明、谢天顺相声作品《自食其果》。一好热闹者在马路上想挤进围观车祸的人群，谎称车祸中挨轧的是自己的孩子，待别人闪开缝隙，他近前一看，却是轧死一头驴。

也难怪，"由俭入奢易，由奢入俭难"，让一个原本在这里有大把时光可以消磨的人突然忙碌起来，他心里还正骂娘呢——你们这是"大德祥"改"祥记"，缺大德了，老子来这儿就是图舒服的，你们挣多少钱我根本不稀罕。也有部分员工能够适时调整心态，他们权当是下雨天打孩子——闲着也是闲着，好歹也是个锻炼机会，有了办展会的经历，说不定对日后工作变动有帮助，总比天天趴在办公室等着裁员要好得多，所以这些人还算有点儿工作热情。

会务筹备对所有人都是一个考验，更何况是两个会叠加在一起，会场酒店、灯光音响、标语背板、布展安保、餐饮娱乐、接站送站、领导讲话等一系列问题，已经分了几个小组分头行动。逢山开路，遇水架桥，千头万绪止于一端，所有的准备工作总是要汇集到隋梦川这里来，重要的环节再由他向社领导汇报。

于詹宇这边的招商情况还算不错，六月初时，已经有八成以上的展位被预订，但他见了隋梦川还是一脑门子官司："完了，这次算是赔大了，隋总，这可都是为了你呀！"

为谁呀！此时不装孙子更待何时，千万别较真儿，都是为自个儿，不管是为了自己的口袋，还是自己的职责，说为了别人还显得崇高一些。其实招商形势即便再好，于詹宇也会这么说，明摆着的事儿，即使赚了便宜也不能说赚了。老百姓有句话，吃着碗里的看着锅里的，这套路连幼儿园小朋友都会，小孩子就算已经肚皮吃撑了，排排坐吃果果时他也照样会接着，绝不说不要，拿在手上就是自个儿的东西，大人们就是这么教的，小孩子也不用懂什么叫得陇望蜀。山上的猴子没上过幼儿园，也没学过文化课，比人类更会玩儿，猴王霸占着所有的母猴佳丽，尽管自己宠幸不过来，但也绝不让其他公猴亲热，比我们古代的皇宫里面毫不逊色。对于詹宇来说，何况他还不知道到底能赚多少，反正得给合作方一些压力，给日后谈判留些筹码。

到了展会开幕前夕，展位招商超过九成，剩下一点儿馆内场地以及展馆门外的空地，被于詹宇他们出租给了一些玉器经销商，说白了就是摆成了零售摊位。

此次展会的定位是藏品展，并不接纳新品厂商来此零售，担心降低了办展品位，将展会搞成了旅游景区零售一条街。但展会并不禁止藏品交易，会场还特设一个专家鉴定服务区，有意成交的可以进行咨询鉴定，并交纳一定的鉴定费用。不用说，刘欣派上了大用场，他代表报社担当牵头人，邀请了几个省市的玉器鉴赏专家，组成了鉴定专家组。

面对首次全国性的民间玉器收藏盛会，一些玉器厂和商家不想错过这个机会，欲订展位前来售卖，但基本上被组委会一一回绝。合作起初，隋梦川与于詹宇他们就约定，除非在"万不得已"的情况下，否则一律不给新品厂商展位，以免藏品展变了味道，如同给人一盒老陈皮，打开一看却成了鲜橘子，虽然是同出一枝，但内涵却大相径庭，于是这些被拒绝了的商家便成了备选。

可话又说回来了，有的厂商表明参展的就是他们厂里的收藏品，这可如何对待是好？所以虽有条件规定，也无法做到滴水不漏、个个验明正身，是不是老陈皮也不能每个都尝一尝，新娶的媳妇是不是处女也不能查验完了再让进门吧。所以，报社方面若去挑于詹宇的毛病，还真不那么硬气。再说，这"万不得已"的约定又算什么条款？纸面上没有列出，但双方心知肚明，无非是指有重要领导打招呼，或者是招商形势不佳，以致展览难以正常举办的时候。

根据安排，玉器收藏展是上午开幕，报业广告年会是同一天的下午举行，目的就是让外地来宾能够尽量出席一下展会开幕式，一来可向兄弟媒体展示，二来可让这些贵客们为展会站台。

此时正是展会开幕的前一天，场馆内外都在紧张地布展，黄立和报社行政处、经营管理处的同志，代表报社负责现场协调，隋梦川则在报社接待前来参会的外地同仁。来开会的多为各地报社的广告公司老总、广告部主任，也有报社的社长、总编受邀出席。在展会前一天赶到的嘉宾，多半是为了出席第二天上午的展会开幕式。

到晚上十点，几乎所有的来宾都安排就位，隋梦川看过了广告年会举办大厅的布置，以及音响、灯光、背景切换，并检查了各种器材和桌牌摆放、会议流程。在场公司员工小齐告诉隋梦川，报社"两办主任"杨陌林陪着广告协会的秘书长刚来过，说是社领导让杨主任来把一下关，他让我们把主席台上的王希碛主任的桌牌拿掉了，因为主席台上都是协会领导和社领导，把王希碛桌牌放在下面第二排了。

　　杨陌林本来是总编室主任，胡社长退休后由邵建设兼任社长和总编辑，于是社办室和总编室的主任就合二为一了，但两个部门的人和职能还是分着的，铁打的衙门流水的官，部门是不能随便拆的，拆掉的话这么多人如何安置？邵建设曾问过是否可以把两个部门合并，一个人把两个人的活干了，反馈的结果让邵建设打消了这个念头：一个人干两个人的活儿？再增加几个人干还差不多！他们罗列出来的一堆事务，能让外人惊掉下巴，不知是因为多而惊，还是因为少而惊，更不清楚是领导没体察到民情，还是民情糊弄了领导。

　　隋梦川问道："不知道杨主任了解不了解，王老师目前还是报业广告协会的副会长，他不是要主持年会开幕式吗。"

　　小齐道："我说过了，但他们说副会长好几个呢，主席台上已经有咱们的邵社长和戴社长了，其他人都是协会领导和外地报社领导，开幕式也改由协会的人主持了，咱们报社只保留致欢迎辞，王老师那儿打算让他主持下半场的专题分享会。"

　　"哦，那要是把王老师放在下面第一排呢？"隋梦川道。

　　小齐道："当时跟杨主任也这么提了，可杨主任说您必须在第一排，您是现任老总，况且还要上台发言，所以就把您安排在第一排最左边位置了，第一排座儿带扶手，一共也就能坐六个人，要是再把王老师安排在第一排的话，外地来的领导又不好安排，所以杨主任干脆就把王老师调到第二排了。"

　　听小齐这么一说，隋梦川感觉似乎冷落了王希碛，却又不知说什么才好，这可能是杨主任跟戴社长以及协会方面商量后的结果，自己再提想法已没必要。隋梦川还挂念着展会布展的情况，他顾不得多想，赶紧叫车去展馆。

路上，隋梦川仍想着王希磲座席的事儿，虽然老王也许并不在乎，但主持人的变化怎么也得通知一声，以免临场让人尴尬，于是他给王希磲发了个短信：王老师好，刚得到通知，协会决定明天早上年会开幕式由他们的人主持，不用承办方管了，接下来的专题分享会请您主持，谢谢您了。

几分钟过后，王希磲回复短信：收到，他们已经通知我。

晚上的交通还算顺畅，平时四十多分钟的路只开了二十来分钟。隋梦川让司机停车等候，自己向会展中心大门走去，此时展馆内外依然灯火通明，工作人员、参展人员在紧张地忙碌着，不时有抬箱子、推车子的人进进出出，保安队伍已经各就各位，监控探头对准了每一条通道，以确保无人值守情况下展品的安全。

展馆外入口处，一老一少两个保安一边朝进出的参展客商叫嚷着，一边还在闲侃："那边儿是出口，别走！走这边儿，看不见牌子呀？嘛眼神儿！""这么大个儿的车怎么过得去？租个小拖车儿吧，要不你们就抬进去。""快点儿！快点儿！过会儿就关门了！"

这一幕，像极了电影中旧社会的码头，那些管事儿的吆五喝六，驱赶着上下船的人群。年轻的保安是个外地打工仔，在虔诚地听着老保安插空儿讲述着自己的辉煌经历：

"咱这人就是混了个人缘儿，我原来在商业街干保安，嘿，一条街没有不认识咱的，其实咱嘛话都没说啊，每次去吃早餐，只要往那儿一走，哪个摊儿都跟咱打招呼，咱可不想白吃人家的，该给钱给钱，但人家都给咱盛得满满的，卤都多给半勺，咱就有这面儿，改天我带你去吃一回。"

隋梦川在门口被老保安拦住了："干嘛的？这么晚了往里边儿跑啥。"

"我是展会工作人员，过来看看布展情况。"隋梦川道。

"看啥布展，明天上午才能看呢，你是工作人员？有工作证吗？"老保安毫不客气地道。

"我没有带，我是主办单位的，报社的，我有报社的工作证。"

"嘛玩意儿？报社的？你甭拿，你那些证在我这儿没用，我不看你的工作证，我这儿就看展会的胸牌。"

隋梦川无奈，只好打电话给黄立，让他把展会工作证送出来。不一会儿，黄立一路小跑送来了胸牌：

"抱歉，应该提前把胸牌拿给您的。"他又冲着保安笑了笑，"老师傅您可真行，我们展会总指挥您都不让进。"

"哎哟，是吗？是总指挥呀，您赶紧进去指挥指挥，再不指挥可就找不着调儿了。"

隋梦川没理会老保安，赶忙往展厅走，背后还传来自言自语的调侃声：

"我们这儿，三天两头换总指挥。"

看着进门远去的隋梦川和黄立，老保安继续跟年轻的保安白话："什么总指挥，我一看就是假的，瞧他那个样儿像吗？想糊弄我，没门儿！"

"大哥，您咋看出来他不是总指挥。"

"嘁，哪个总指挥不是屁股后面跟着一群人，要不他指挥谁去？你呀，等你干一阵儿就知道了。"

"大哥您懂得真多。"小保安仰慕不已。

"这算啥，这儿的大领导还听我指挥呢。"老保安来了劲头儿，炫耀起来。

"您是说咱这展馆的领导？您能指挥他？"小保安有些怀疑。

"那当然了，小子，我告诉你个秘密吧，我会算命，有几个领导我都给算过，我说什么他们信什么，你说这是不是听我指挥？不过你可别对外乱说啊。"

"哦，是这样啊，大哥您太牛了……回头您也给我算算行吗？"

"你小子有啥好算的，算算啥时候能变成保安小组长？人家领导是让我算算近期有没机会晋升。"

"您给我算算以后能不能发财呗，看看我的命运怎么样。"

"我天天跟你在一块儿看着你，你什么命我还用算吗？等我看不到你的时候你就该发财了。"

"大哥，那您跟领导这么好，为嘛还在这儿站岗呀？"

"你小子哪知道，我这不刚调过来吗，你以为我过来就是为了当保安的？还天天陪着你站岗？你很快也看不到我喽，我可不是为了挣这点钱，只要领导一升职，他能少给我吗，这儿的领导还要介绍我给他的大领导算算呢，他们的大领导更喜欢算命。"

小保安此时已经对大哥佩服得五体投地，赶忙道：

"大哥，您发迹了也帮帮咱这小兄弟，以后这站岗的事儿您就别管了，有我呢。"

"我站也站不了多久，你先好好干着吧，等机会。"

黄立和于詹宇带着隋梦川看了各处布展情况，多数展位已经布展完成，现场开始实行封闭，还有少部分展台仍在紧张地布置。开幕式舞台是重点，背景大屏的显示字样、图样他一一看过，话筒音响、灯光照明也进行了一次实战演示，虽然这不是演艺场所，但那不到半小时的开幕式也疏忽不得。

看着展馆门口空地上搭起的摊位和展厅内的展位情况，隋梦川问黄立："原来不是说还有几个展位没招满吗，现在看着都挤满了。"

黄立道："本来是差几个，幸亏于总找来几个厂家给填上了。"

"厂家？就是说展出的不是收藏品了吧？"

"还不知道呢，他们说也是收藏品。"

"那么这部分咱们没见到出租协议的如何计算？"

"于总说咱们跟他有约定，万一招商不利可以允许生产厂商来参展，这几个是他请来帮忙补空的，于总说也没收费，而且他跟戴社也打过招呼了。"

"跟戴社打了招呼？那……展馆外那些摊位是怎么回事？"

"门外不是咱们租的场地，于总说跟咱们展会不是一码事儿。"

"那是会展中心自己摆放的，还是于总他们招商来的？"

"这个……还真不太清楚。"

看黄立的表情，隋梦川觉得似乎有些问题，但又一时说不出哪儿不对，跟展馆的租赁合同中确实没有"包括展馆门前所有场地"的条款，但按照展会惯例，肯定是里外一致才对，但现在也说不上不一致，外面的摊位只是些空桌子，尚未摆放任何东西，也看不出是不是要展卖玉器……隋梦川容不得多想，在此关头，他深知也不能与于詹宇起什么冲突，双方有任何矛盾也只能待展会结束解决，他赶紧给戴佰盛拨通了电话。

"戴社您好，这么晚打扰您了。"

"梦川哪，正忙着了吧，我没事，你说吧。"

"有个情况跟您汇报一下，会展招商原来统计有几个展位没招满，今天看现场，发现于总他们找来几个厂商来参展，而且展馆外也搭起了一些摊位，估计是准备来进行销售的，我担心跟咱们的收藏文化主题有些不搭配。"隋梦川没问戴佰盛是否知情。

"哦，这事儿我这么想，与其让那些地方空着，倒不如把它填满了，这样显得也热闹，再说都这时候了，平稳不出事是关键，开幕式顺利举行是关键，其他的差不多就得了，别跟于总他们闹僵了，你明白吗？"

"好的，我明白。"

"好吧梦川，辛苦你了。"

戴佰盛的话很现实，若是较真儿清理非藏品展位，势必引发一连串纠纷，有情绪的商户会把矛头指向报社，影响开幕式举行。

展馆外突然传来一阵吵闹声，像是有冲突发生，隋梦川和黄立等人奔出门外，发现是两个保安与一外地参展商起了冲突，而且双方都动了手。黄立他们连忙上前把双方拉开，并弄清了事情原委。原来，这位参展商不喜欢他们的说话方式，嫌老保安出言不逊，便开口提醒，岂料老保安不吃这一套，你一言我一语地理论了起来，当客商抬手指向老保安时，一旁的年轻保安冲上来拔闯，打了客商的手，于是双方由推搡演变成了拳打脚踢。

架是被拉开了，老保安仍在一旁继续发着牢骚：

"嘛玩意儿！哪儿蹦出来你这号儿的，跑这儿来骂人！"

"你这嘴还会说人话吗？就你这臭嘴还在这儿把门，吃了大粪都没这么臭，你在这儿就是个臭门，快别糟践这大门了。"客商说话也不含糊。

"我嘴怎么了，让你进大门，又没让你进我嘴，就你这德性，白给我都懒得嚼。"

"咋了？你属狗的？不光吃屎，你还想咬人呢！告诉你，这要是你们家的门，请我都不来。"

"你多余，没人请你来这儿，赶紧麻利儿地走人吧你！"

这句话把客商噎得无言以对，他越想越气，本来是高高兴兴地来参会，却不料出师未捷先受辱，他往地上一坐，掏出手机打110报警，说保安打人，把他打坏了，任由别人好说歹说都不理会，无意缓和局面。

警察不一会儿就赶到，了解情况后便决定将小保安和客商带走做笔录。小保安在被带走的一刹那，突然觉得自己实在是太冒失，对大哥的一时崇拜让他昏了头脑，没把握好分寸，替大哥出手了，但大哥怎么没算算今晚上会有祸呢？他有些埋怨地朝老保安盯了一眼，声音中略带哭腔："大哥，这回您可是真的看不到我了。"

老保安虽然有些失措，但嘴上功夫依然坚挺："没事儿兄弟，放心吧，有哥在，你不用怕。"

看着被人围观的场面，隋梦川有种无地自容的感觉，就算没人去指责主办方，但展馆门口的这场冲突也让他有些难堪。夜色渐深，围观的人群很快散去，保安队来了个管事的副队长，他很不高兴地问老保安：

"你们为什么跟客商起冲突，咱们安保公司可是有纪律的。"

"嘻，我倒是没事儿，年轻人他压不住火。"老保安在说他的搭档。

"你这老同志，既然你在旁边儿，怎么就不控制一下场面呢？"

"我倒是没事儿，我是怕别人说三道四，说咱刚来没几天就想管这管那的。"

"不管你怎么说，我们是来维持秩序的，不是来打架的，有不足地方跟客人道个歉不就得了吗？"

"我倒是没事儿，我不是怕人家说咱安保公司人太屁没能力么，影响咱们形象。"

"这已经影响公司形象了，明天去跟主办方说明情况吧，等候处理。"

"我倒是没事儿，只要你们让我去，人家也愿意见我，我就去。"

看着老保安那副样子，黄立气不打一处来，这不是既想当婊子还想立牌坊么，他没好气地冲那位副队长道：

"我们主办方领导就在这儿呢，都看见了。"

老保安扭脸一瞧，哟，这不正是那位刚进去不久的"总指挥"吗？赶忙笑脸相向，跟副队长介绍：

"队长，这位就是主办方的总指挥，我认识他，刚才我们还说话了呢，是吧总指挥，我们值勤没问题吧？"

隋梦川尴尬地朝那位也正尴尬着的副队长笑了笑：

"我倒是没事儿，就是怕上级领导提意见。希望你们尽快补齐值勤人员，礼貌待客，注意维护三水形象。"说罢，他与黄立转身离开，副队长和老保安却犯起了嘀咕——这"总指挥"到底是真没事儿，还是假没事儿？

展会终于迎来了开幕式，报社请来了市委宣传部和商务委的领导，主持人戴佰盛一一做了介绍，尤其是那些外地报社客人的登台，让展会一下子彰显了全国影响力。邵建设致欢迎辞后，宣传部的领导宣布展会开幕。

开幕式没有太多议程，主席台上的领导们在背景屏幕前合影之后，戴佰盛发现了台下的隋梦川和他的团队，便喊了声："隋总你们也上来，你们是展会的功臣，过来一起合影，小黄、于总也都过来吧。"隋梦川看了看黄立和于詹宇，几个人紧迈几步，走上台去站到了领导们旁边。

合影很快结束，之后便由隋梦川引导着市领导和来宾们看展览，待领导们从幕墙前走开，组委会工作人员及参会者开始自由拍照留念。其实隋梦川上台跟领导合影前，李扬波就站在他身后不远处，当戴佰盛招呼合影时，李扬波本来也有抬脚跟上去的冲动，可他迟疑了一下，接着便打消了念头，两条腿不情愿地待在原地。站上台去的隋梦川，在强光的照射下也没注意到台下的李扬波。

李扬波悄悄离开了展馆，他心里愤愤难平，自己同样是筹备组重要成员，他想不通合影时为何没人理会，为何受了冷落。

下午两点半，报业广告年会在三水都市报大酒店举行，开幕式除了领导讲话和协会的调研报告宣读之外，下半场便是由王希碌主持的专题分享会。按照议程，当天晚上有招待酒会，第二天上午则进行地方经验介绍，然后进行协会换届选举、年度颁奖仪式并闭幕。

王希碌并未出席上午的展会开幕式，到了下午，他提前一刻钟来到了广告年会会场，没顾上落座，就左一个右一个地与外地同行们打招呼。王希碌与他们相识多年，而且几乎每年都要相见，不少人都成了好朋友，此次在三水市聚首，几位老友都迫不及待地想问问他为何不干广告了。

"老王，你怎么不干了呢？你不干这活儿别人谁干得了！"

"别这么说，接替我的也是好兄弟，他比我能干，你们多帮帮他，处久了就知道了。"王希碌瞟一眼正忙着安排和迎接领导的隋梦川，也不知道他听见了谈话与否。

"好你个隔壁老王，这回你到了隔壁咋就不回来了，也不管兄弟们了。"

"哎哟，是赵兄，欢迎欢迎，你还不知道吗，隔壁清静，隔壁清静。"

"王总，活儿不干没关系，但别忘了咱哥们儿，回头继续跟我们一起玩啊，明年还准备组织去埃及呢，希望你也一起去。"

"真的吗？我还真想去看看，争取争取。"

"王兄，你不是打算去西北转转吗，回头别客气，到了甘肃必须告诉我一声。"

"好，一定一定，谢谢老弟，也希望你在三水多玩几天。"

"老王你也太不够意思了，也不管兄弟们，自己开溜了。"

"不是不是，我已经老了，该退了，让年轻人上吧。"

"我说王总，这广告老总你不干也罢，现在活儿也不好干了，但协会的事你就还接着掺和掺和吧，回头咱们还一起组织活动呢。"

"这个……恐怕不太好吧，以后得让我们隋总多参加。"

"我说'黑老大'，你咋了？怎么躲到幕后去了？"

"兄弟你可别这么说，你是就漏了一个字儿，搞不好就把我给送进去了，咱就是靠'嘴'吃饭的，可不是靠'黑'吃饭的。"

"我觉得也是，这王总突然间不干广告了，莫不是有什么好事儿吧，是不是找了条近道儿？"

"兄弟猜错了，我马上就要到站了，还需要什么近道、弯道，说句实话，你就是给我条地道，我都来不及超车了。"

……

王希碌与老友寒暄着，隋梦川过来打招呼："王老师，您的座席给安排在二排了。"

"没事儿，哪儿都行，几位老总，隋总可是我们报社的后起之秀，也是我推荐过来的，没说的，你们多多关照。"

王希碟落座，看着年会和展会搞起来，领导、朋友们在三水相聚，一种自豪感油然而生，说明自己推荐的继任者没给丢脸。然而同时，那种已是边缘人的感觉多少有些不爽，免不了徒生落寞。当初是自己主动放弃了广告，而且也不曾主张承办这次年会，只想着尽快逃离是非之地。

　　邵建设致欢迎辞，感谢兄弟报社的领导和广告老总们来到三水，讲话中自然不忘介绍一下三水都市报未来发展蓝图，接下来便是协会领导作全国广告形势报告。

　　报告占去半个小时，听得出是想提振士气，但再一琢磨，就算不是泼瓢冷水，反正也是不痛不痒：

　　"同志们，我们又经过了一个奋斗的一年！我们的兄弟报社在西北市场上、东北市场上、华北的市场上，在全国各地市场上，都连续取得了很大的转变！"——咦，这语句听着好耳熟呀，不愧是位老领导、老同志，居然模仿了《南征北战》结尾我军师长的词儿——"同志们，我们又打了一个大胜仗！我们的兄弟部队在西北战场上、东北战场上、华北的战场上、晋冀鲁豫的战场上，在全国各个战场上，都连续取得了很大的胜利！"

　　这次年会的主题是"转型"，要在广告形式上转，要在服务领域上转，要在人才队伍上转，要从线下战场向网上战场上转。转型，成为与会者都急于弄清的一个大事，参会者都想从会上听到真经，于是中间休息时，几位早已难耐烟瘾的广告老总与王希碟聚到了场外，一边过着烟瘾，一边聊起会场上还没人说清楚的话题：

　　A："人家真正转型的，根本就不用喊，那些喊出来要转型的，肯定是已经晚了。"

　　B："可不是么，人无远虑，必有近忧，那些靠房地产、网络游戏和文旅产业发财的报社，才不着急广告转型呢。"

　　C："往网上转没问题，可我就想知道，这网上还是不是我们的战场？如果都没有我们地盘了，我们往网上转不转有何区别？"

王："这个问题问得好，当你还在觉得自己是媒体的时候，窗外已经遍地媒体，无处不媒体，无人不媒体，我们媒体应该考虑自己的定位问题，否则这广告没法继续干。"

　　C："那当然是了，但就算是全民皆兵，也得分出个正规军、游击队吧。"

　　B："快拉倒吧，你这还是线下思维，互联网时代不一样了，英雄从来就不论出处。"

　　A："那说明本来就没有英雄，不在战场上打仗的英雄不可能称雄一辈子。"

　　王："本来就是么，江山代有才人出，一代新人换旧人，网上风险更大，一项新技术诞生就可能会消灭一片，所以关键还是得有核心竞争力。"

　　B："这话听得多了，王总，你说说到底什么叫核心竞争力？"

　　王："我告诉你，譬如，一个弹丸小国要是抱上个核弹，美国也不敢拿它怎么样，对不对？这就叫核心竞争力。"

　　B："老哥，您又在开玩笑，非得抱着核弹才叫核心竞争力？那要是抱着氢弹就叫'轻心竞争力'，抱着糖弹就有'糖心竞争力'了？管它什么弹，一爆炸就全完蛋了。"

　　王："我不是开玩笑，你想呀，核弹要是爆炸了影响范围大不大？就是因为它的影响力大，所以才有了竞争力呀。"

　　B："我以为你的意思是说抱着核弹就什么不用干了呢？那算什么竞争力。"

　　王："那怎么行，影响力也是干出来的，现在可不是好酒不怕巷子深的时代了，有话你就得说，有屁就得听见响，憋着不放别人不知道你志气有多大，要么就得让人相信你的爆发力，纸糊的核弹顶多也就是到坟头烧一烧，吓不住活人的。"

　　A："老兄，不是每个人放出来的屁都是志气，有'痣疮'放的才是'痣气'，没痣疮的不过是臭气而已。"

C："问题可怕就可怕在这儿了，现在是能出气的就有影响，静悄悄的没出头之日，以前我们坚守谨言慎行，讷于言而敏于行，现在都不知做老实孩子对不对了，越是那些居心叵测的人，越早早地占领网络阵地了……哎呀，我操心呀，急得我天天上网研究，看看像我这样的能不能快速成功。"

王："哈哈，你很快就要成功了，哲学家早就说了——你思故你在，我们是没戏了，只能活在线下，死在网上，说实在的，你刚说的这个现象我也挺认同，但要谈这个做人问题就复杂了，老实孩子为什么非得老实呢？是我们需要这样的文化追求，还是没有给他不老实的条件，或者是人家老实孩子根本就瞧不上这种行为？"

A："这个问题确实复杂，网络太容易放大坏人坏事的作用，坏人比好人更容易成功，要不有人说呢，互联网互联网，一互联有人消亡，不互联自取灭亡。"

B："你们不是讨论媒体吗？怎么越听越跑出圈了。我是觉得哈，咱们传统媒体都到'上甘岭'地步了，还管它拿什么武器打敌人，用什么人去打敌人，能打死敌人自己活下来就不错了。"

王："你的话虽有道理，但不完全对，网上阵地也是阵地，阵地是守出来的，也是可以去夺过来的，问题是我们现在都像在'上甘岭'，别人什么武器都上，又是放火又是放毒，而我们还是用三八大盖，这样下去能守多久？"

C："我有一个问题想跟各位探讨，你们说网络到底算是纯市场还是意识形态领域？"

A："当然既有市场又有意识形态了。"

C："我觉得网络本身就是个媒介，它里面的文化产品就不用说了，经营性产品也具有意识形态特征，我倒不是说网络一无是处啊，但它能够玩坏了传统商业，还要玩坏传媒，而且还在不停地跟监管部门捉迷藏，你说还能有什么它玩不坏的？"

王："你这观点挺新，何以见得？"

C："你们想，现在人人都是自媒体了，那任何网络又何尝不是媒体，问题是可没把它当媒体管理，你比如说那些网游，害得一堆孩子中了网瘾，还有那么多骗财骗色骗粉丝量的，这些事要在报纸上它干得了吗？说直白点儿，网络就是一张报纸，所以首先应该从意识形态角度来考虑对它管理，我觉得市场中无论是买的还是卖的，都容易在意识形态上对人产生影响，比如游戏、虚假宣传、消费陷阱什么的，它影响人的意念远比实体店厉害得多，不动声色就把人骗了。当然了，像咱们本身就是媒体的网络就更不用说了，那本身就是媒介。"

王："嘿，哥们儿你行呀，就你这认识水平，应该快当宣传部长了。"

C："不行不行，咱差远了。"

A："别谦虚了，你还真有这潜质，我也觉得你差不多了。"

C："嘿嘿，还差点儿。"

A："还差点儿？你觉得还差多少？"

C："我琢磨着，怎么也还差零点零一吧。"

B："差那点没事儿，现在分币都没人在乎了，你就从了吧，让你干你就干，不过任务艰巨，我们都看好你哟。"

C："我从啥呀我？！"

A："从啥？老王不是说你能当宣传部长吗，你就从了老王吧。"

B："哎嗨，这可不对啊，你这是在骂人呢，什么'老王八'，看黑老大回头怎么整你。"说罢，大伙儿眼光不约而同地看向了王希磲。

王："没事儿，不就是个'老王八'么，你们尽管说，这话我都听习惯了，我就是那喊倒闭的电冰箱——'可耐可耐，人见人爱'，大人孩子都喜欢喊，现在可好，隔三差五我要是听不到一两回，我都浑身不自在了你们知道吗，不过我就纳闷儿了，也不知是王八羡慕人间王好就从了人姓呢，还是人类看上了王八长寿就从了鱼姓，反正我们姓王的跟水产品就没脱干系，你们想啊，除了王八外，还有龙王、王鱼、海贼王，这王那王的，但人家姓汪的虽然有水，都没沾上边。"

B："还真是的，陆地上的王不一定有水里的多。"

　　王："你们记得《聊斋志异》里有个故事吧，有人给当朝中堂送了副楹联，上联是'一二三四五六七'缺个八，下联是'孝悌忠信礼义廉'少个'耻'，骂中堂'忘八无耻'，我自从看了这个故事之后，我每周都过星期八，决不把它忘了，阶级斗争要年年讲、月月讲、周周讲，所以我的日历跟别人不一样。"

　　B："那你怎么过呀，你是每周都往后顺延，自排日历？"

　　王："不用那么麻烦，过除夕不都是'一夜连双岁、五更分二年'么，难道就不能一夜连两天？我把星期七和星期一联起来过，每到周日晚上不睡觉，加一块儿就是八了。"

　　哈哈……大伙一阵哄笑。

　　王："我还告诉你们，自从'老王八'让人叫了之后，我发现周围的人心情大好，幸福指数提高了，敢情这还是我为社会作贡献的一种方式呢，你们说，骂过我之后，你们是不是马上就幸福感增加了？"

　　"没有，没有，老王同志，咱不带这样儿的！"几位烟枪赶忙否认，有的刚吸进去的烟还没来得及拢起嘴唇向外吹，便急忙开口回应，只见那烟气在嘴边随着说话一下一下地涌动，像是在他脸上突然出现了阵阵团雾。

　　C："诸位诸位，看来呀，我还是不能随便就从了，如果从了老王，我岂不也成水产品了。"

　　A："谁让你从王姓了，是让你从了老王的意见，你是想坐地改姓呀，你家大人没意见？要不你跟我姓吧，我没意见。"

　　C："你快拉倒吧，咱不开玩笑，我觉得咱们的网络管理确实跟不上，我尤其不认同'自媒体'这个叫法，'自'是个人，'媒体'是公众平台，一个人胡说八道也叫干媒体，他有没有干媒体的素质，那岂不是要乱套么，加大了社会信息识别成本。"

　　A："行呀老弟，真有你的，还没忘了你的网络管理，回头给有关部门写个关于互联网的建议呗，咱在这儿开的正是全国报业的会，你干脆就给作个关于互联网的专题报告得了，怎么样？回头让老王找组委会，明天上午给你加上一个发言。"

C："见笑，见笑，我就是能作报告这次也来不及了。不说了，到时间了，咱们得回去开会了，这都怪我，我怎么觉得咱这个中间休息比正式会议开得还正式呢！"

B："哈哈，有黑老大现场主持，你敢不好好开吗？得了，诸位赶紧回座吧。"

A："我说王总，你今天下半场的专题分享会是不是不用开了，刚才都说那么多了。"

王："你瞧你，你这人真不厚道，我好不容易熬到了当一回主持人，而且有可能是此生最后一次主持，你们哥儿几个居然也好意思就这么剥夺了。"

A："不至于吧，等退休以后，你更方便出来当主持了。"

王："没错，当是能当，不过那个主持省事，就是带头喊个号子：一鞠躬！二鞠躬！三鞠躬！再鞠躬！"

C："哎哟，追悼会呀，我说王总，一会儿咱开会时你别喊号就行。"

王："有什么不能喊的，我们可以追悼一下逝去的纯真，激情的岁月，无私的友谊，给它们鞠鞠躬、送送行也可以呀！"

B："王总还真有创意啊，假如真搞这么个追悼会，那倒也成新闻界新闻了。"

……

几人紧走几步回到会场，下半场专题分享会内容比较具体，是网络广告和电梯间广告开发业务交流，协会请来了专业运营团队来演讲，并寻求与各地报社开展合作。此时，协会领导和各报社领导基本都退出了会场，有些当天才赶到的老总们又去观摩玉器收藏展，所以留下来参加专题分享的人并不是很多。不管人多人少，分享会也得继续。

王希碌看着稀稀拉拉的会场，早没了激情，强打精神儿走上前台。但"黑嘴王"这称号也不是白叫的，他不苟言笑的样子像是在说单口相声，反倒给现场增色不少，让大伙儿睡意全无，且看他开场小段：

"大家好！虽然参加下半场会的人不多，但也还是大家，今天下午的分享会由我来主持，在开始专题交流之前，我先给各位讲个笑话，不过我声明在先，这个笑话绝不是为了恶心各位，好让你们在晚上招待会上少吃点，我们报社虽然不富裕，但管顿饭还是管得起的，中国人不是有个传统么，朋友来了有好酒，豺狼来了有猎枪，在喝酒之前呢，我先给大家上点地方风味儿，不过这风味儿不是小吃，是个段子。"

话到这儿，似是吊起了全场的胃口，不知道这"黑嘴"要吐些什么，只听他接着道：

"刚才会间休息时，我和几位朋友聊天儿，说起了网络的话题，这让我想起了一个笑话，给大伙儿分享分享，咱不能只分享广告业务，既然到了咱这地头上，只要我老王有的，荤的素的都给各位分享一下。

"其实呀，再不分享我也没机会了，网上分享倒是看的人多，可那儿骂人的也多呀，我可没那闲工夫跟他们对骂，好在你们现场不会骂我，你们素质高，又不是在网上生活的蜘蛛侠，咱们都是线下的人，既不会吐丝，也不会粘人，就算是想骂我，也怕真打起来呀，线下打起来给的那可不是表情包，那是表情里面真起包！

"当然了，我这是瞎吹，其实他们刚才在外面都骂过我了，我还鼓励他们了呢，为了社会的幸福感，你们随便骂，我高兴着呢……台下这位先生说什么？问骂我什么了？不说了，晚上喝酒时我对着你喊，你别生气就行……

"不扯了，现在开始分享故事，在我们三水呀，有只苍蝇它靠扒高铁谋生，高铁咱都扒过吧，不是，咱都坐过吧，车厢里头跟高级酒店似的，没有风吹日晒，而且总开门关门的，苍蝇总有机会蹭车。这只苍蝇在铁路上打游击打惯了，偶尔回一趟老家，但城里的生活已经不太适应。某日，它跟一只在车站广场混日子的苍蝇炫耀，说自己飞得有多快，跑趟北京也就半小时，还吹嘘自己如何见多识广，最值得骄傲的是北京的大粪，甚至其他城市的大粪它都能吃到。"

说到此时，台下大多数人开始笑眯了眼，只听王希碌继续道：

"广场苍蝇不知道它飞行之快是啥样儿，便提出来跟它赛一赛，看看到底谁先飞到广场对面的那个公厕，为的是长长见识，它若真有本事呢，还可以跟着人家混混，至少也算认识了一个飞毛腿哥们儿。

"高铁苍蝇自恃经常以每小时三百多公里的速度出行，赢它不在话下，便答应比赛，哪知这高铁苍蝇扒车扒惯了，飞倒是还会飞，但它躲避路上的车水马龙、空中的风筝早已不习惯，看着广场苍蝇飞到前面，一着急撞上了大客车的前挡玻璃，脑袋开了瓢……

"唉，这场比赛也没安保措施，没有救护，高铁苍蝇就这样一命呜呼，死在了赛道上……

"飞到厕所的苍蝇闻着阵阵粪香，望着死去的对手，十分不屑地冷笑一声：小样儿，吃了点儿北京大粪就不知自己姓啥了，一个扒火车的，还当自己是火车头呢！瞧瞧，在线下你就不行了吧！"

包袱抖出，立刻引爆全场，但也让包括隋梦川在内的不少人陷入了沉思：不知这"黑嘴王"真的是在揶揄网络呢，还是在讽刺离开了平台之后的某些人，也或许他是在自嘲？

招待晚会在报社自营的大酒店举行，"两办主任"杨陌林和隋梦川交换了一下想法，便把王希碌安排在了领导席，坐这桌的有邵建设、戴佰盛以及报业广告协会的领导和外地报社的社领导。

协会领导首先敬酒，向与会人员表示感谢，接着便是邵建设代表三水都市报向来宾表示欢迎，并同戴佰盛、王希碌三人一桌一桌地敬酒，向每一位从外地来的同行们致谢。晚会还特邀相声演员到场助兴，但大伙儿期待的名角云大师没到场，只来了两个后起之秀。戴佰盛觉得有些美中不足，趁刘欣过来敬酒问道：

"刘欣，怎么云大师没请来，他可是咱们三水的名片啊，是不是你不想给人家钱呀。"

"戴社，这次还真不是，隋总那儿给留出预算来了，这次咱们可以给点儿钱。"刘欣道。

"对呀，该给人家就得给，老想白使唤人家，以后谁还愿意来，是不是隋总那儿手太紧，给不到位？"

"不是不是，这不怪隋总，是我没办到，云老师以前咱报社也请过，还算是给咱面子，本来这次他一开始也是答应来的，但后来他说政法委的庞书记有事叫他去，咱们这边儿就来不了了。"

"哦，那没办法，咱哪儿争得过庞书记，就是争得过咱也不能争，庞书记的事比咱的重要，好好好，现在这样挺好。"戴佰盛道。

隋梦川也带着展会筹备组几位主要人员向领导们敬酒，席中一外地报社领导正夸赞此次展会：

"邵社长，你们这个展会办得不错，挺有特点，效益也应该不错吧。"

"马马虎虎，这次小隋他们是初次干，还算可以吧。"邵建设尽管心中颇为得意，但嘴上还是低调回应，并顺便表扬了一番过来敬酒的隋梦川团队。

"我们哪里会干，主要是靠社领导支持，集全报社之力，否则我们也干不成，哥儿几个，我们一起感谢邵社和戴社。"隋梦川带头敬酒。

邵建设越发高兴，一饮而尽，接着道："你们选玉器收藏这个点比较好，要知道，古玉可是研究中国七八千年历史的主要途径，五千多年前的良渚玉，六千多年前的红山玉，已经相当精美了。"

"看来邵社长对玉石文化情有独钟啊。"一位协会领导道。

"我们报社有不少人喜欢收藏玉器，还出了位玉器鉴赏专家，就是刚才过来的那个刘欣，我还托他帮我踅摸个羊脂玉的手镯呢，他就在鉴定专家组里面，各位如果有需求，我安排刘欣陪你们转转，可别错过这个机会哟。"邵建设道。

说者无意，听者有心，隋梦川正在微笑着的脸如同冻僵了一般，肌肉长时间忘记了回收，以至于王希碌跟老下属们碰杯他都显得迟钝，于是赶忙再斟一杯，单独回敬王希碌。

招待酒会过后，广告协会连夜召集了一个常务理事会，沟通一下换届候选人名单。王希碌在协会中的职务按惯例是要让位的，于是隋梦川作为特邀代表也出席了会议，但隋梦川提出自己广告履历太浅，还希望王希碌继续留任，不妨待他退休之后轮换。尽管王希碌一再推让，但隋梦川坚持自己的意见，理由是这样不会影响广告工作，而且继续需要得到王副会长的指导。其实，除了隋梦川声称的理由外，他得知老王想参加协会组织的出国考察也是一个重要原因。他很清楚，一旦王希碌离开协会，出国考察准会泡汤，报社不可能再准许他随协会出行。而王希碌呢，他理解隋梦川的善意，当然自己也希望在协会多挂两年。各方都无关紧要，于是都半推半就，报业广告协会便让王希碌继续留任副会长。

第二天上午，年会进入经验介绍环节，隋梦川作为东道主代表，进行了广告经营探索汇报，另外还分别选择了四川、浙江、广东等地的代表做了经验分享。隋梦川因为一年来的努力，获得了协会颁发的创新奖，尽管上台拿奖杯的不止一家，但对于隋梦川来说，仍由衷地为自己高兴。

袁明静陪老妈出国已经十多天了，儿子暑期实习也没回来，隋梦川在忙碌中度过了无家人相伴的日子。展会顺利结束，经济效益也不错，听说上级领导进行了表扬，让报社写个总结汇报一下，这也正是邵建设想要的结果。邵建设把写报告的事交代给了杨陌林，杨陌林不太了解情况，又把写汇报的任务交给了隋梦川。

隋梦川用不到半天时间便写完了报告，他先问了问杨陌林，确认没有其他内容需要添加，便打印出来去送给邵建设审阅。

"这么快就写完了，好好好，你先在这儿等会儿，我看一遍。"邵建设拿起笔，逐字逐句地看了起来。

眼看着邵建设伏案良久，认真地对报告进行润色，隋梦川刚进门时的那种成竹在胸和自信，慢慢地变成了自惭形秽——领导就是领导，在邵建设的笔下，岂止是广告经营探索那么简单，几句话的添加，犹如醍醐灌顶，转眼间便可让人对此次活动另眼相看——"为本地传统文化深度挖掘树立了标杆""成为公共文化服务的有益尝试""为繁荣文化市场引行业之先，发挥了主流媒体的文化引领作用""大大提升了三水市的城市形象，以及在文化产业领域的话语权"……

看着邵建设的这些批改，隋梦川突然感觉矮了半截，不得不叹服领导的政治高度，这样的注解，自己怎么就想不到呢？这些话虽然看起来似是而非，但仔细一想又确有其意，让人看不出有何不对。而且，邵建设的批改不落俗套，倘若他写出"将来要办出亚洲，走向世界"这样的语句，隋梦川也不至于肃然起敬。

"你回去再顺一顺，然后交给杨主任就行了。"邵建设抬起头道。

"好的邵社，谢谢您。"隋梦川明白，社办室是要制作标准格式的上报材料，那是要用带着单位红头的特殊纸张打印。

"这次活动干得不错，继续努力啊。"

"一定一定，您放心。"

隋梦川忽然想起手镯之事，便问了一句："邵社，刘欣给您找到羊脂玉手镯了吗？"

"没有，他说不那么好找，以后有机会再说呗。"

"是是是，回头我也给您留意一下。"

"好啊，你也喜欢收藏玉器吗？"

"不是，我没有那种雅好，只是通过这次展会让我产生了一些兴趣。"

"哦，年轻人是应该培养点儿爱好。"

"惭愧呀，以前我还真没什么业余爱好，以后跟着您多学习。"

受到邵建设的表扬和指点，隋梦川如同喝了一肚子琼浆玉液，脚下轻飘飘地回到了办公室。

三水都市报的汇报很快便有了领导批示，批示中表扬了报社新一届领导班子有创新意识，也有魄力和担当。领导的批示在全报社中层干部会上宣读时，隋梦川却感到脸上火辣辣的，不知是对表扬有些害羞还是激动，反正是难以平静。虽然他不知道会场上有没有目光投向自己，但他仍感觉像被人围观了一般，那围观不但没有让他产生自豪与荣耀，反倒如芒在背。

展会虽然已经过去了十多天，但广告公司与于詹宇公司的结算还未了结。为此，双方决定先开一个沟通会，各自谈谈各自的想法。为了避免冷场和正面交锋的尴尬，双方商定隋梦川和作为老同事的于詹宇暂且回避，先由下属互通一下情况，报社这边由黄立牵头，对方则是汪晓丽带队，参会者主要是财务和项目分担人员。

隋梦川有些不太放心，黄立与对方的关系是难以捉摸，他想让老孟和卢玉生也一起参加，多只耳朵多张嘴，总比一个人要好一些，于是他抄起电话打给了老孟：

"孟总，明天咱们公司和于詹宇的公司商谈了结项目的事，您如果没其他重要事的话也参加一下吧。"

"隋总，这个项目不是由黄总负责吗？"

"黄立是个联络人，不能说就是他负责，这是报社的项目，我们都是负责人，您想想，连报社领导都参加了，这可不是黄立一个人的事儿。"

"当然当然，不过黄总挺能干的，有他就行了，我这老头老脸的，去了也插不上嘴。"

"您这是哪儿话，这个活动大家不是都参与了嘛，一块儿听听，看看还有什么说不到的事儿，争取尽快了结。"

"是是是，我明白，不是我驳你面子，我还正想请假呢。"

"怎么了孟总，您有事儿？"

"我儿媳妇就是这两天的预产期，你说我那儿子结婚晚，结了婚还不着急要孩子，他们不急我可急呀，我着急当爷爷呢，这好不容易要生了，正好我也快退休了，我就等着这一天呢，我得去医院盯着。"

"哦，这可是件大事儿，当爷爷事大，那您就忙您的吧。"

"好，等有喜讯我立即告诉你啊，你也快当上爷爷了。"

隋梦川苦笑着脸道："是是，是好事，我也跟着沾光了，这么早就有孙子了。"

老孟家里有事去不了，再问问卢玉生吧，他又拨通了电话，这次隋梦川长了个心眼，先不说啥事儿：

"喂，卢总你在哪儿呀？"

"我刚从报社出来，怎么了隋总，今天晚上有什么事儿吗？"卢玉生误以为公司晚上有饭局，隋梦川叫他参加，心里盘算着可以马上调头回去，于是脚下不自觉地松开了油门，准备调头。

"没有，今天还真想跟你喝酒的，可是手头有个活儿没完，去不了，你明天白天没啥事儿吧。"隋梦川说的倒也是实话，袁明静带母亲出国还没回来，晚上跟同事聊聊天儿也无不可。

"明天呀，明天倒没有什么事儿。"

"你明天要是没事儿的话，来报社参加一下会吧。"

"是什么会？公司的会还是报社的会？"

"是咱公司的会，明天下午跟展会合作方汪总有个沟通会，你也参加一下，把这事尽快了结。"

"咱公司都谁参加呀？"

"沟通会我和于总暂时都不参加，给同志们交流留点儿空间，咱这边你和黄立带队，你懂经营，多提点问题，跟对方交涉一下。"

"隋总，有黄总不就够了吗……您稍等，有警察，我把车停靠路边……喂，隋总，您听得见吗？啊，是这样啊，我明天下午有个重要的事儿。"

"你不是说明天没事吗？"

"我是说明天上午还没定什么事儿，下午我去见房地产公司的老总，都跟人家约好了。"

"那你能跟对方改一下时间吗？"

"哎呀隋总，这可是给咱挣钱的事儿，人家是金主儿，这老总好不容易答应见我，而且也有给咱广告的意向，您说我牛哄哄地还不待见人家，这不就把人得罪了么，眼看到手的业务就黄了。"

"那好吧，你去吧。"

隋梦川看得明白，老孟和小卢是不想掺和这档子事儿，别说只有黄立牵头，就是自己带队出席他俩都未必参加。再说了，人家一个忙着给咱长辈分，一个忙着给单位挣钱，不来就不来吧，除非是报社的中层干部会，参会人员必须逐个签字，这时他们一般不敢怠慢。

黄立向隋梦川汇报了沟通会的情况，双方并未出现多大争执，主要分歧在于那些玉器厂商的摊位问题上，对方说这些都是他们请来补台的，不但没收任何费用，还得感谢人家来活跃气氛呢，咱也没什么办法。双方说到这个问题时，汪晓丽团队中人称孙总的中年男性情绪有些激烈，那语气不像是在跟合作方沟通，倒像是来催债的，黄立说事后他也问了汪晓丽，得知那人并不属于她的公司，而是外包现场搭建方派来的，目的是一起来说明展会支出情况。黄立自言自语道：

"这个人的声音我听着有点耳熟，但我肯定没见过他。"

"管他呢，我们只跟于总、汪总他们对话，至于他们的合作下家，由他们来应对。"隋梦川没留意黄立在想什么。

虽然与于詹宇公司的合作有些小分歧，但双方总算分清了各自收益，也得到报社领导的认可，反倒是于詹宇有些不满，他在电话里对隋梦川道：

"要不是冲咱俩一起分到报社，还住一个宿舍，我才不想让你们分那么多呢，你们干什么了？还不都是我们给招商，我们到处跑。再说，你让单位挣那么多干嘛？有你嘛事儿？也不知你怎么想的。"

隋梦川笑道："感谢于兄，没有你们通力合作，还真不知办成啥样儿，不过你也差不多就得了，别那么多不满，咱们后面还有合作机会。咱给公家干事肯定不能去想自己，能把事儿干好就行了，你不用替我操心。"

然而，隋梦川做梦也没想到，接下来让他更走心思的事儿这就来了，纪检的窦书记又通知他谈话。在隋梦川眼里，窦书记人不错，平时总是笑眯眯的，但这次谈话时，他的表情有些严肃：

"梦川同志，这次不得不找你，我们连续接到反映你的信件。"

隋梦川一脸诧异："怎么了，又有人举报我，什么事儿？"

"这次可不是一封，是前后寄来了两封。"

"是吗，是一个人寄的吗？"

"这个我们不知道，因为是匿名信，内容又是打印的，所以说不好是一个人还是两个人。"

"我能看一眼内容吗？"

"可以给你看，那我就不给你念了，你自己看看吧，就里面提到的问题你解释一下，回头再写个书面报告。"

隋梦川接过那两封信，见上面没有手写的痕迹，两封信打印的字体也不一致，一封信是反映白送展会招商广告的事，称价值上百万，涉嫌收受好处费；另一封信是反映展会期间与合作公司私下招商，出售展位，涉嫌中饱私囊，让报社减少了收入。另外，还举报他接受合作方吃请，收受对方两瓶白酒。

看着匿名信反映的问题，隋梦川又好气又好笑，他对窦书记一一作了解释，介绍了与于詹宇合作的前后经过和协议内容。

窦书记道："听说你跟那位于总是一块儿分到报社的，两人还住一个宿舍，这么说你们关系相当密切了。"

"我们是一起分来的，但多年没有联系，其实我们合作还是通过黄立介绍的。"

"你说举报收受好处是无中生有，那么接受吃请是怎么回事？"

"这事儿确实有，但说来话长，本来是我请他们吃饭，因为之前见面时就有约定，我为了还他们两口子当年一个人情，因为在单身宿舍生病时，人家两人挺照顾我的。"

"这么说都快三十年的人情了，最后怎么就成了人家请你了呢？"

"我跟他当年一起分到报社，经常在一起吃饭，这算不算人情我不知道，举报信上说的那次吃请，确实是我为了请他们两个，我去买单时被他们拉扯着，当时没买成罢了。"

"当时什么情况姑且不论，但结果就是人家请你吃了饭，而且你还拿了人家的酒。"

"我想起来了，我是从家里带了酒去的，而且是存放了好几年的酒，虽然当天我没买单，但转天我就把饭钱给了黄立，让他转交给于总，您如果不信的话可以问问黄立。"

"哦，这么说你是想请他，结果是他请了你，就算你说的是实情，但结果就是结果。"

"过程应该是这样的。"

"我们还会进行调查的，你这样吧，关于这几件事，你回去写个说明，送到我这儿来。"

从窦书记办公室出来，隋梦川心中那刚刚完成一件大事的成就感顿时荡然无存，心中却填满了不解与烦躁。转过天来，他把书面报告送给窦书记，窦书记一边翻看一边说道：

"这几件事我们也了解了一下，半版广告应该收多少钱？"

"我们的刊例价一般是十五万，但根据不同的版序会有所增减，此外一般还有代理价和内部折扣价。"

"怪不得反映你白送出去上百万广告呢，我们也找当时负责广告版面的李扬波问了，虽然他最近精神状况不太好，病情也不稳定，但说起这事他仍然记得很清楚，他认为你就是未经批准白送了人家广告，而且没有收费，这是有问题的。"窦书记板上钉钉地说道。

"关于这件事，我也在情况说明里写了，回头我补充一下吧，重写一份，因为我们双方签订协议就是我们负责宣传，而且这是我们和他共同承办的项目，报社还是主办方，他们是招商和现场外包方，说把广告白送给外人是不是不妥？"

"我觉得人家李扬波说得挺有道理，你得想清楚，凭什么白给做广告，关键是谁授予了你权力？这么大的量，那可是好几十万的损失哪。"

隋梦川脸上露出一丝苦笑："窦书记，咱们现在广告非常少，经常拿公益广告填充版面，半版广告刊例是十五万，实际上根本就收不到这个价，而且做广告的企业也越来越少。"

对于窦书记提到的发布广告权力问题，隋梦川还真不好回答，虽然报社赋予了自己签批广告的权力，但也确实没有规定他能签批多少，要是挣钱的广告还便罢，但这是免费刊登，别人怀疑也有道理，窦书记点的是地方，若不是他指出来，自己还没意识到这个环节欠严谨。想来好在是报社发起的活动，也无需再跟窦书记申辩。但窦书记听了隋梦川的回答，明显有些不快：

"广告少啊，你们得去努力呀，广告多的话还要你们干什么？今天先谈到这儿吧，你回去重写，认识要深刻，李扬波同志虽然精神上不是很稳定，但认识还那么到位，你怎么还不如他站位高呢？我觉得他说得对，你要好好反思反思自己，深刻认识一下自己哪里错了，怎么连李扬波还不如呢，回去再写一份思想认识交上来，我们根据调查结果，再研究怎么处理。"

窦书记的谈话让隋梦川如梦初醒，规矩可不是弹簧，你强它就弱，你弱它就强，规矩的长短与你干了多少、困难多少并无关系。

妻子和岳母她们还没有回来，垂头丧气的隋梦川已没了找人聊天儿的兴趣，回到家坐在沙发上发呆，脑海里像过电影一般，回顾自己来到广告公司的前前后后——到底哪儿错了？什么原因惹得别人不满？是哪些人对自己不满？他们到底是为了什么？自己为何连李扬波还不如呢？

思来想去无任何结果，他脑子空空荡荡，目光漫无目的地在房间里移动，夕阳还没有完全褪去白天的热辣，阳光以近乎平射的小角度照进了客厅，光线扫射着地面，让平时并不显眼的地面一览无余，原来地板上已积攒了一层毛茸茸的灰尘，而在沙发、卫生间和卧室之间，竟隐隐约约走出了一条无尘小路，显示着隋梦川这些天的活动轨迹，以及他的得过且过。隋梦川对地上那些好多天未曾相互打扰的一切，竟产生了一种莫名的好感——原来，当生活变得极简，连尘埃都是陪伴，在你左右，彼此相安。

他循着阳光向窗外望去，这一楼窗外的风景他似乎从未好好欣赏过，虽然夕阳西下，但火热的空气还没降温，纳凉的人群也尚未出动，刚赶回家的学生浑身冒着热气，能感受到他们背包下湿漉漉的一片；小区里去年被锯掉树冠的白杨又长出了新枝，但比原来矮了许多，人们需要它遮荫和点缀风景，但不需要它参天，最好是不高不低的样子；楼前的垃圾箱一天的光景就顶盖满了，盖子下面露出了红绿相间的西瓜皮，一只流浪猫在垃圾中翻找着食物；知了不知啥时候上的树，感觉今天叫得格外欢呢；隔壁院子的保安队又在集合了，传来整齐的口号和脚步声，他们是不是吃晚饭也要先排队集合，对他们的日子还真有点好奇；旁边楼下传来女人的叫喊："站住，你这混蛋，给我回来！"引得楼下快递小哥不停地扭头张望，也不知这女人骂跑了老公，还是骂跑了孩子；楼上的邻居大概早早地吃过了晚饭，连人家的洗碗声都听得那么清楚——一楼的风景原来是这样的，若是住在三十层楼上，那里的风景会是一样吗？

他想起了去爬山时的感觉，爬山时你看的是别人的脚底，站上高峰你会俯视树梢和小山顶，可能住在高楼之上也会有这样的感觉吧。但是，这样的"励志鸡汤"也实在是太多，有的说"你在山下仰视的永远是别人的屁股，只有站在山巅才能俯视别人的头顶"，有的说"你是愿意一直仰视别人的屁股呢，还是愿意俯视别人的头顶呢"，有的说"你不经过仰视别人的屁股，如何去俯视别人的头顶"，这种拿个别场景换个概念去证明人生的手法，并不能触动隋梦川的激情按钮，他倒是又想起文成先生曾讲过的一句话：门不反锁，耳能飞进闹市；心不反锁，手能掬到清流。他不知这文字的出处，反倒是忽然间明白了些什么，但这门、耳、心、手、闹市、清流一些不搭界的东西，放在一起能说明什么呢？为什么遇上事才去想这些似是而非的东西？

手机响了，是小泉来电，隋梦川本来没心情聊天，但犹豫一下还是接通了电话。

"梦川哥，你吃完饭了吗？"

"啊，吃过了，吃过了。"隋梦川随口道。

"要是没吃我就找你去，嫂子不是出国了吗，她回来了没有？"

"还没回来，快了，再有两天就回来了。"

"哦，是吗，那我今天就不去了，等嫂子回来我给接风啊。"

"好，谢谢，不过她刚回来的话肯定还要倒时差。"

"倒什么时差呀，人家出国不都倒外汇吗？"

"倒时差你还不知道，你是真不懂假不懂啊？"

"我知道，跟哥开个玩笑，咱好歹也有个小学毕业证，算是有文凭的人。"

"好哇你小子，来三水没多久倒学会耍嘴皮子了。"

"见笑见笑，您多指教，我说哥，那等嫂子回来休息个一两天我再过来。"

"你不用客气，她肯定马上就得上班，还有别的什么事儿吗？"

"倒也没什么事……哥，你对协会、促进会什么的有了解吗，我有个朋友说能让我加入北京一个什么促进会，还说我一下子就是副局级了，这事我怎么听着不靠谱，有这好事吗？"

"他们凭什么让你加入？"

"他那个促进会有个贸易部门，让我过去当副手帮着他一起干，我还怕我自己的生意忙不过来呢，你说他这儿是个副局级别吗？"

"哦，我明白了，这个副局级别的事不好回答，我猜其中有的人就有，有的人就没有，不能说协会里没有，也不能说肯定有，反正社会上觉得你有你就有，觉得你没有就没有。"

"哎哟哥呀，我不开玩笑了，你倒跟我说起绕口令了，我越听越糊涂。"

"我不是跟你开玩笑，一两句话说不清楚，这事因人而异，具体问题具体分析，你把各个方面情况了解一下再说吧。"

"那好吧，我再问详细点儿，等见面时再跟你说。"

小泉的电话打乱了隋梦川的思绪，他不再多想，吃了点剩饭便开始写情况说明，只是如何去表明自己比李扬波正确却犯了难，连一个精神有问题的人都看出有问题了，自己哪儿做错了吗？这个情况说明该怎么写呢？是摆事实讲道理，还是态度好一点认错？怎样才能证明自己不比李扬波差呢？也不对，就是证明了自己比李扬波强又能怎样？李扬波又不是跟自己竞选总统……关键是有人认为自己跟于詹宇有私下交易，但怀疑是他们的自由，谁也没法拦着，是什么情况就写什么情况吧……那个请吃饭的事应该不会有问题，除非黄立不承认曾让他转交过饭费，可就算黄立承认了曾转交过又能怎样？别人完全可以怀疑是跟黄立联手做个样子，让人信服不那么容易……至于广告审批权的事，这事不能再含糊，他决定找一找戴社长。

第二天，隋梦川在给纪检送交报告之前，先来到戴佰盛的办公室，把有人写匿名信举报的事作了汇报。戴佰盛似乎也不好表态，他清楚得很，纪检有纪检的规矩，尽管他是隋梦川的主管领导，对情况基本心中有数，但油漆未干，最好别沾，老百姓有句话说得好，不打勤的，不打懒的，专打那个不长眼的。于是便安慰道：

"不是什么大事吧，是什么情况就说什么情况，我来报社晚，你说的那个广告审批权的问题，我也不太清楚，以前是怎么规定的？"

"我此前也不太清楚，到了广告之后也是按以前的惯例干的，没听说还要有个签批次数权限。"

"看来报社应该出台一些精细化的管理办法，每一个级别有每一个级别的签字权，这样就不会出现你这样的问题了。"

"是啊，除了有签字惯例之外，我觉得是报社自己的活动，所以也没多想。"

"按说也不会有什么事儿，但这事就怕较真儿，就算是报社自己的活动，要是按市场价跟你算起成本来，你根本就没法干，印刷半张报的成本大了去了；你要是跟合作伙伴计较成本，人家也肯定不干，这事就是两难呀。"

"可不是么，做了那几期报纸广告，合作方还觉得没起什么作用呢。"

"本来这事干得挺好，也都结了，怎么有人盯着你呢？而且还是连续有举报信，你自己也得反思反思，别光拉车不看道儿。"

"是，是，其实除了李扬波因为扣奖金的事有意见之外，我也实在想不出会有什么人对我下手。"

"唉，再好的刀伤药也不如不拉口儿，你自己的业得自己消啊！"

隋梦川并未理解戴佰盛的感叹，也不便问是啥意思，自己边咂摸这话的味道，边离开了戴佰盛的办公室。他本来还想去找邵建设汇报，但忽然间没了念头，悻悻而归。

十 四

袁明静和母亲、姐姐三人回国了，隋梦川忙前忙后地迎接女团归来，多多少少分散了他对举报信一事的关注。袁明静一脸疲惫，而老妈则显得余兴未尽，一进门连做饭都不让隋梦川下手："梦川你别管了，我来做，我不累。"

袁明静说："咱妈精神可大了，瞧这大包的东西，可不是我的，都是她要买的，也不知道她想送给谁，都那么多年不上班了。"

"高兴就好，头一回出去么，明年再换个地方出去玩儿。"隋梦川道。

"不去了！这一回就行了，浪费你们钱，还得你们陪着，出去这一次我就知足了，这辈子也算出去看了看。"在厨房做着饭的赵姨说道。

"为什么不去呢，身体要是允许就出去玩，其实花不了太多钱，您一高兴身体就好，身体好就等于省钱了，您可不是拖累我们，这是在帮我们呢。"隋梦川笑道。

"好好好。"赵姨听着心里高兴，但她最过意不去的是让闺女陪着，太拖累。

"妈，现在出个国不算什么了，人家都开始出地球旅行了，到太空玩一玩。"袁明静道。

"太空是哪儿？有什么好看的。"赵姨没听明白。

"太空就是空空荡荡的，什么都没有，就是小时候您老骂我们那句话：反了你们了，还要上天？现在最时髦的就是上天玩儿。"袁明静道。

"什么都没有去干啥，要去你们去，我可不去，看来我以前还骂对了呢。"赵姨道。

"我们也去不了，那可要不少钱哪，等我们能去的时候，估计地球人都搬完家了，到那时候您得使劲骂：怎么还不上天？"

"你胡说八道些什么呢，人死了才叫上天呢。"

袁明静无语。姐夫和苗苗也过来了，一家人除了隋梦川的儿子暑期实习没回来，也算是大团圆了。吃过饭后，姐姐一家早早回家歇息，赵姨也开始哈欠连天，尽显疲惫。隋梦川洗完碗筷收拾妥当，细心的袁明静发现隋梦川似乎并不活跃，言语没以往多，跟姐夫喝酒也没那么尽兴，她心里琢磨，难道这些天丈夫一个人在家有了情况？想到此，袁明静一下子来了精神：

"我说老隋同志，这些天在家里干嘛了？"

"我能干嘛，不是忙单位的事么。"隋梦川道。

"我怎么感觉不对劲呢，老实交代！你为什么不跟我们一起去旅游，明明展会开幕了你就可以走，可你找一堆理由不跟我们去。"

"哎呀，我走得了吗？那么多事儿。"

"算了吧，地球离了你就不转了？你不在报纸就不印了？我看你是成心的吧。"

"瞧你说的，我要是去了，没完没了地接国际长途，受得了吗？我不是跟你说了嘛，我来广告时间短，又举办这么大的活动，啥事都不敢懈怠。"

"不对，我们回来咋看你没精神呢，碍你事儿吧。"

隋梦川一听有些着急："你说的是哪儿跟哪儿呀，我告诉你吧，报社接到两封举报信，说我办展会有幕后交易，这两天刚向组织写完情况说明，还不知后面怎么样呢。"接着，他便把举报内容向袁明静叙述一番。

袁明静有些吃惊，她当然了解自己的丈夫，不会有啥问题，但让人调查毕竟不是好事。她沉默片刻，也不知该骂谁好，发牢骚道："我看你们那儿就没好东西，你还傻子似的光知道干活儿，要不人家老王不干了呢。"

"别这么说，是谁不怀好意还不知道呢，不一定是广告的人，也许是别的部门的。"

"别的部门的人能知道那么多？那么细？"袁明静不服。

"那也不一定，万一是广告的人说者无意，让别有用心的人利用了，这都有可能。"

"你呀，你根本就不是能跟人斗的主儿，别人是与人斗其乐无穷，你以为你会干活就能摆平一切？你也不看看你身边都是些什么人，蝴蝶去钻蜜蜂窝——肚子上没根刺儿，装什么幺蛾子！"

"你说得也不一定正确，管理手法人人各异，只要心存善念，遵循规则，干嘛非得刺激别人？"

"算了吧，你是不吃苦头不知道厉害……"袁明静话没说完，隋梦川的手机响了，是戴佰盛打来的。

"梦川，还没休息吧。"戴佰盛电话中问道。

"还没有呢，今天我岳母和媳妇刚从美国回来，正说着话呢。"

"那实在不好意思了，李扬波那儿出了点事，需要你马上过去看一看。"

隋梦川忙问道："李扬波怎么了？"

"听说是跳楼自杀了，别人刚给我打了电话。"

"啊！这是什么时候的事儿？他在哪儿跳的楼？"

"有一会儿了，说是从他家六楼顶上跳的，警察已经过去处理了，人也已经送医院了，你是他的部门领导，你先代表报社去帮着处理一下吧，回头看情况我们再过去。"

"好的戴社，我马上去医院看看。"

"李扬波自杀了……"袁明静喃喃自语，看着丈夫惊呆的表情和浑身的汗水，突然间不知该去同情隋梦川还是同情李扬波，坐在那儿半晌没话。望着隋梦川匆匆出门的背影，心中忽叹人生无常：这回可是土地爷掏耳朵——崴泥了，吃饭时刚说人死了叫上天，怎么这么快就发生了……

隋梦川赶到医院，无人理会他的到来，那里早已停止了抢救，尸体正移往停尸房，等待警方的调查。他看见李扬波夫人严玉箫在不停地哭，几位亲属好言相劝，让她先去亲戚家。不一会儿，行政处的唐相伍也赶过来了，他也是接到了戴佰盛指示，来协助处理李扬波的后事。有一位女性亲属发问：

"你们是哪儿的，报社的？"

"对，单位领导让我们来看看有什么需要帮忙的。"隋梦川道。

"人都死了，你们能帮什么忙？帮着验尸？"

隋梦川没吭声，他感觉对方像面对车祸的肇事方，眼中充满了敌意。

时间已近午夜，严玉箫被人搀扶着离开了医院，去亲戚家暂住，因为警方已经封锁了现场，主要是李扬波家以及六楼楼顶。

隋梦川和唐相伍决定各自回家，唐相伍自己开车，隋梦川打了出租。

出租车没开空调，大概是因为晚上气温还可忍受。车子跑起来，车窗灌进来的风并没让人感到凉爽，隋梦川忽然觉得，那风中混合着一些数不清、看不见的污浊，或许还混杂着一些散落的魂魄，随风扑到了人的脸上、身上。他对司机师傅道：

"师傅，你能把空调开开吗？我觉得这风不舒服。"

"没问题，要是觉得热我就开空调，刚才一直在医院门外停着车，所以车窗就一直这么开着。"

司机说罢便升上了车窗，打开空调，虽然没有马上让人感到凉意，但没了呼呼而入的风声，车内就安静了许多。

司机是个爱说话的人，没一会儿便开口聊了起来：

"这么晚了还来探望病人，早就不让进了吧。"

"噢，不是探望病人，是我们一个同事今天没了。"

"我还以为你是病人家属呢，这年头儿，什么怪病都有，我们小时候医院没这么多，也没见那么多病人，现在可好，医院越来越大，病人越来越多。"

"是，是。"隋梦川应付着。

"前些年我一个亲戚说是胃不好，每周都往医院跑，后来说是肝也坏了，再后来说肾也不行了，花了那些钱呀，结果人还是折腾死了，不过也幸亏人家单位好，有钱，哪像我们这些拉胶皮的，没人管，前年人家送我一张体检卡，我这才去查了查，说我肾上有个囊肿，得做手术，我没做，该吃吃，该喝喝，到现在还不是活得好好的，一会儿收工回去还得喝点儿去。"

"还是注意一下好。"

"我不像你们有个好单位，你同事得什么病死的？要是需要送花圈、花篮什么的，你告诉我，打个电话我直接给送过去，我给买的便宜。"

"谢谢，暂时不用，我这同事是跳楼了，还得等警察的结论呢。"

"啊……就是晚上送来的那个呀，我都拉过他们家两个人了，可惜，可惜呀，多好的单位，听说还是个什么领导，好像是跟你年龄差不多吧。"

"是，跟我是同事，比我稍大点儿。"

"这是何必呢，我听他们家亲戚说，看着电视上领导跟代表们合影，他突然间就不高兴，犯病了，家人还以为他出去溜一会儿，结果后来跳楼了。你说这事闹的，唉！人哪，有啥病都不怕，就怕脑子有病。"

"是吗？我们还不知道是什么情况，家属也没跟我们接触。"一直无精打采的隋梦川，被司机的话提起了精神。

"真是巧他妈给巧开门——巧到家了，今晚上医院急诊就这档子事儿大，过来人也多，加上你，我这是拉第三趟活儿了，第二趟拉的是他的一个姐姐，不知是不是亲姐啊，就是她说的，她弟弟看电视上领导跟开会的合影就犯病了，看来她挺了解这个弟弟，说他是个官儿迷，何苦来着，就他那点本事，搁哪儿都够呛，在下面得会喝，在中层要会说，在上面得会赶拨儿，他就会写点诗，哪儿当得了官。看来你们这同事还挺有才的哈。"

"是挺有才的，出过诗集。"

"可惜，可惜，我也不懂诗，还是什么不懂好，能挣钱吃饭就得了。"

司机师傅已经没了话，隋梦川却陷入了沉思，李扬波来到广告后，也许他过得并不愉快，不知该如何评价与李扬波相处这不到一年的光景，甚至多多少少有了一点负罪感。

袁明静一直没睡，不是不困，而是她在替隋梦川担着心，隋梦川进门后她马上就问："他真的是死了吗？没有救过来吗？"

"可能是真死了，我也没看到。"

"死就是死了，活着就是活着，还什么可能不可能的。"

"我没看到本人，只见到了家属。"

"不会再给你添什么事儿吧。"

"谁知道呢，该来的总会来，你甭担心了，又不是咱把他推下去的，早点儿睡吧。"

"你先别坐，先把衣服脱了，扔洗衣机里然后洗澡。你记着哈，以后去完医院或者灵堂什么的，回来就把身上的皮都扒了，赶紧洗！"袁明静心里烦，更加重了心中的那些忌讳，冲隋梦川嚷了一番。

警方担心老天下雨，当晚就对楼顶的痕迹进行了勘察拍照，等天亮之后又进行了第二次勘察，同时又向周围邻居进行了询问取证，调取小区内的摄像头记录，三天之内给出了自杀结论。原来，李扬波晚上七点多从家里出来后，先是走到了小区外，在马路上走了半个小时左右，又折返回到小区，他没进家门，而是踩着楼道的杂物，通过天井爬到了楼顶。楼顶较乱，也不平整，平时并没人上来，也没人看到李扬波跳楼的瞬间，脚印痕迹也很单一。

警方的调查相对延缓了严玉箫的情绪爆发，等她家封锁解除，设置起了灵堂，同事朋友前来吊唁时，已看不到她头两天悲痛欲绝的样子。

报社为李扬波在殡仪馆举行了遗体告别仪式，这一切都是行政处唐相伍指挥操持，邵建设和戴佰盛也到他家进行了慰问。应严玉箫的要求，报纸上还免费为其发布了一则两个名片大小的讣告，这大大超过了局级干部讣告的面积，以告慰逝者和家属。

讣告除言明去世时间外，还有四句简短的文字，也算是对李扬波的总结和评价，行文颇用心思，甚至是有些诗意，其中写道：怀才笔耕半生，不坠青云之志。忽作仙鹤飞去，唯留墨香人间。

隋梦川看着讣告，心中却有别样的滋味：李扬波壮志未酬身先去，却留墨香在人间，而自己呢，出师未捷心欲碎，去留肝胆两茫茫；李扬波从此与世无争，落得个如此评价也算圆满，而自己却从此死无对证——在李扬波看来自己做错了、自己站位不如李扬波的问题，这下子岂不是再无翻身机会……李兄！李兄！你不能走啊——这该是祝英台哭梁山泊的真情，还是座山雕挽留杨子荣的假意……罢了罢了，一蓑烟雨任平生，也无风雨也无晴，跟一个亡者唱什么戏，无聊！

小泉如约打来电话约吃饭："哥，嫂子她们回来了吧，这时差也该倒完了？"

"对，她们回来了，没问题了。"

"那我过去一起吃个饭呗，我媳妇也说好久没见你们了。"

"最近就算了吧，回头再找时间。"

"说好了给嫂子接风的，你不是说没问题了吗？"

"你嫂子是没问题了，我有问题了。"

"你有啥问题，也倒时差？"

"我不是倒时差，我是差点儿就倒霉了，最近单位里的事儿不太顺，回头再跟你说吧。"

"有啥事儿也得吃饭，你别找借口了，我媳妇刚好这两天住在这边儿，没去北京，就定明天吧，我们一家都过去。"

"老弟我不骗你，单位真的有事，我们一个同事跳楼了。"

"同事跳楼碍你嘛事了？又没砸着你。"

"他是没砸着我，事儿可是砸着我了，他是我部门的副手，好多事都得找我处理，这几天还不知会有什么事儿呢。"

"唉，说起来我都想跳楼，我这些日子也不顺。"

"你怎么了？你不是说要去什么促进会吗？"

"那还是个没影儿的事呢，我看差不多是忽悠我，可我几十万块钱可是真赔了。"

"怎么回事儿，促进会的人骗你了？"

"不是，钱的事儿跟促进会没关系，是做生意让我隔壁的商户把我坑了。"

"隔壁商户坑你？你不认识吗？"

"是很熟悉，要不熟悉还不会上当呢，让我压了几十万的货，百分之百砸手里了。"

"那你隔壁是卖什么的？怎么跟你扯上关系了呢？"

"本来也没关系，他是卖食品礼盒的，我是卖鸡肉的，他可能是不想干了，最近就一直关着门，前些日子有个人来买货，找不着他就来我们家问，说是跟他们家订了挺大量的货，东西是什么样的价，但联系不上他，这个来人就说我们在一块都熟悉，我要是有货的话他买我的也行，说是他的一个大客户要，就等把货拉过去了。你说我财迷心窍不是，一打听，他给的这个价格还真能挣点钱，于是我就按他说的数量订了货，我跟隔壁总打交道，大体上也知道他从哪儿上货，再说人家要的又是他们家卖的牌子，还给了我定金，结果我付了全款进货之后，那个来要货的不露面了，电话也联系不上了。后来等隔壁都搬空了我才明白，敢情这就是隔壁老板设了个局，他把东西都转卖给了我，我成了背锅侠，这个当上的。就算是以后见了面，人家假装什么都不知道，咱有什么辙，我又不是找他买的货，真是哑巴吃黄连——有苦说不出。"

"嘻，这叫嘛事儿！如果没有贪念，这种事也不会发生，还是老话说得好，你是铁匠卖大饼——不务正业，看着大饼软，对铁匠来说，它还不一定有铁皮好拿捏呢。"

"可不是么，我这不是卖大饼，我这是铁匠非要卖土豆，结果人家是土豆搬家——滚蛋了，我是抱着一堆土豆——玩（完）蛋了。盼着天上掉馅饼是我不对，但隔壁这家伙也太不地道了，在一块儿经商那么长时间了，他竟然坑我。"

"可能他也想找个别人坑，但是没有机会呀，越是身边人越是有机会利用。"

"所以我心里别扭呢，正好给嫂子接风，也想找你聊聊天儿。"

"就咱俩这样儿，还是先别聚了，回头再换个时间吧。"

"怎么了？在一块儿聊聊有嘛？"

"不是有嘛没嘛的问题，聚会本来是个高兴的事儿，可是你这儿刚被人骗，我这儿也是一头的包，就这状态下喝酒聊天儿，咱俩岂不等于让别人听一晚上苦戏，先是一出《秦香莲》，再来一出《孟姜女》，接着一出《白毛女》，最后一出《祥林嫂》，何必呢，弄得大伙儿都跟来吊孝似的。"①

"说的也是，那好吧，那就另找时间聚吧。"

送走李扬波，隋梦川在不安中度过几天之后，终于等来了社办室的通知——严玉箫来报社了，让他参与接待。从广告公司到报社会

---

① 出自于宝林、冯宝华相声作品《哭四出》。

议室只间隔五层楼，隋梦川一边思量着严玉箫来报社的目的，一边琢磨为何要让自己接待，难道严玉箫是来找广告公司的吗，应该不会吧……

推开会议室的门，见长长的会议桌的一头有三个人把着两个桌角而坐，在这能容纳五六十人的会议室里，显得很不协调。会议桌靠门口的一角，坐着"两办主任"杨陌林，邻角坐着严玉箫和另一位中年女性。她们面前桌上放着一个红布包袱，看那包袱有棱有角的样子，隋梦川心里咯噔一下——难道是把骨灰盒带来了吗？隋梦川在杨陌林身边坐了下来，杨陌林介绍道：

"这位就是广告公司的隋总，咱一起跟李扬波的家属聊聊，这位是李夫人严玉箫，这位是李扬波的大姐。"

"嫂子好。"隋梦川本来就见过严玉箫，便向她打了个招呼，但对方抬了一下眼皮也没言语，那眼光又对准了红包袱。

"他来有什么用，他也不是社领导。"坐一旁的大姐李扬葭冷冷地道。

"他是李扬波的部门领导，你们有什么想法，我们可以一起向社领导反映。"杨陌林道。

"你们领导为什么不来？跟你们说有用吗？"李扬葭一副不满的样子。

"大姐您不用担心，我们也是代表社领导来接待你们的，领导工作忙，好多大事等着处理呢。"杨陌林道。

"忙就不理我们了，我们家人都死了，天都塌下来了，这不是大事吗？"李扬葭继续变着脸道。

隋梦川赶紧声援杨陌林，接话道："大姐您不用着急，报社这么大个单位，那么多事儿，都是不同部门不同的人一级一级办理的，最终都会汇总到社领导那儿，不是所有的事儿都找领导干，又让他写稿，又让他印报、送报，那样的话把领导累死也忙不过来，您说是不是这个理儿？"

"你们领导累不死，你们领导要美死还差不多，我弟弟死了可省你们大心了吧。"李扬葭道。

"大姐不能这么说，我们都希望李扬波好，咱不用去猜测别人的心思，一点儿用也没有，您这次来有什么要求先跟我们说吧，我们会跟领导汇报的。"隋梦川劝道。

"我弟弟没了，我和我弟妹来不为别的，就是来问问你们单位给多少抚恤金。"李扬葭道。

杨陌林回道："我们人事部门会按照国家规定办理，您等一下，我马上就打电话问一下人事和工会。"

"你不用问，我们知道，不就是几万块钱么，那够干嘛用，我是想问除了这些还能给多少！"李扬葭道。

"您说的是额外再给补助呀，没有这个先例，我估计领导也不好定这事。"杨陌林道。

"呵，你就别装了，当我们三岁小孩呢！领导还有什么不能定的？要是给他自己捞钱的事儿试试，利利索索就定了。"李扬葭挖苦道。

"不是您说的那样，这涉及到劳动人事政策的一致性，不能一个人一个样儿，必须一视同仁。"杨陌林道。

李扬葭的火气好像越发大了起来："什么一视同仁，你知道我弟弟为嘛犯病跳楼了，他那天晚上关了电视说了句'他妈的不让我上台合影'就出去了，我正好要问问这位隋总，你们为什么不一视同仁，展会工作有他的份儿，开幕现场他也去了，怎么合影时就不让他上台了？"

隋梦川心里一下子沉重了起来，原来这李扬波的死还跟自己扯得上关系。再想到李扬波来广告部并没享受特殊照顾，他要求的正处奖金不但没拿到，而且还因为不上班被扣了奖金，隋梦川如坐针毡。至于玉器收藏展开幕式，当时情形记不太清，他赶忙道：

"李大姐，您说的展会那天合影的事儿吧，这事儿我得跟您讲清楚，其实我们当时并没有安排跟领导合影这个环节，是台上的人突然喊了一声，我们有几个人就上去了，当时没注意谁在现场，还有谁没上去，都是自己跑上去的，那个时候乱哄哄的，又有大灯照着脸，我真没注意到台下情况。"

"你眼里只有领导，你能注意到谁呀，反正这事让我弟弟想不开。"李扬葭道。

"这事儿如果是我们疏忽，那我们道歉。您不是也说他是犯病了吗，客观地来讲，如果他身体状态不好的话，什么事都有可能导致发病，一个人找件不愉快的事还不容易吗，也许在马路上看到堵心事儿就不痛快，您说是吧大姐。"隋梦川让李扬葭撑得别扭，但他也不愿默认李扬波的死与己有关，于是软中带硬地进行反驳。

李扬葭一改咄咄逼人的气势，语气略有缓和："是呀，你们可不是素不相识，你们在一起都那么多年了，谁对得起他。在那个姓葛的手下没落着好，到你这儿还把命搭上了，你说我这弟弟冤不冤。"

"李兄跟我们的关系一直不错，没有谁会故意整他，有对不住的地方也请嫂子和大姐原谅，尤其是现在单位经营状况不好，管理也更严了，我们也很无奈，也希望嫂子和大姐理解。"隋梦川道。

一直未说话的严玉箫突然开口："理解你们？你们谁理解他？他比你们谁差？"

说到"他"字时，严玉箫用手拍了那个红包袱，最后这一句话近乎嘶喊出来，就这一拍，让隋梦川确定那就是骨灰盒，原来人家是抬棺上阵来的，一种恐怖感袭上了心头，他似乎感觉到会有更难应对的事情发生。严玉箫问的也好，令隋梦川无言以对，起码到目前看来，假如自己也死掉了，估计还不如李扬波讣告的那四句评价，人家是社内大名鼎鼎的"才子李"，政治站位比自己高，没出过什么差错，人家还敢跳楼……各种胡乱想法在脑海里一闪而过。

见严玉箫开口说话，二位主任也没回应，李扬葭便道：

"弟妹，咱别跟他们浪费时间了，你们快说能给多少钱吧，跟你们说实话吧，我弟妹没有给他买墓地的钱，就算我弟弟不是因工死亡，你们给个几十万墓地钱也不为过吧。"

"这种事我们真没听说过，报社该给的会给你，但是额外给抚恤我没见过，这是公家单位，不是领导拍脑门就可以随便说的，凡事都要有个一定之规，要按政策行事。"杨陌林道。

"你没见过？谁知道！你们这破单位光去盯着报道别人，自己先讲讲良心，看看人家外单位怎么对职工的，死在你们这单位我都觉得冤得慌。"严玉箫道。

"……"杨陌林心里暗暗地道，"还有死了觉得痛快的地方？要有的话我还想去呢，你们干嘛不提前换一换呢！"——话没说出口，没必要去打这嘴仗，不然争吵更没完没了，但也不能就这样听人家数落下去，便道：

"那这样吧，你们二位在这儿稍等片刻，我们抓紧找领导汇报。"杨陌林给隋梦川使了个眼色，二人起身出了会议室，杨陌林先找了物业人员，叮嘱他们去会议室倒杯水。

隋梦川与杨陌林立即找到了戴佰盛，把李扬波家属来报社的情况作了简短汇报，戴佰盛皱起了眉头："告诉她们政策允许的我们不会少给，政策外的肯定不行，哪能突破政策，如果给了她们，将来别人家有事都如法炮制，这岂不是坏了规矩。"

"是啊，我们已经向家属说明道理了，领导不能随便出政策，这是国有单位，不是私企。"杨陌林道。

"但是，这时候我们也不能刺激她们，毕竟家里刚发生了不幸，要不这样告诉她们，这事需经报社领导班子开会研究，不是谁一个人能定的，让她们先回家吧。"戴佰盛道。

杨陌林和隋梦川一前一后回到了会议室，严玉箫和李扬葭四只眼盯着他们俩进门、坐下，就等他们开口带来好消息。

李扬葭迫不及待地问道："怎么样？你们领导同意了吗？"

"让你们久等了，我们把你们的要求跟领导汇报了，领导也让人事和财务部门查阅了相关政策，但确实找不到什么依据。"杨陌林道。

"你们怎么商量的我不想听，告诉我领导打算不打算给钱就行。"李扬葭有些着急。

"我们领导挺同情你们的，也让我们替他表示问候，但你们提的要求让领导为难了，这不是针对您一家一户的问题，还有两千多名员工呢，领导也不能突破政策，一旦突破，其他员工如果效仿，那就乱套了。"杨陌林道。

李扬葭猛地提高了嗓门："合着死我们家一个在职的还不算完，你们报社的人还没完没了地跳楼是吧？少拿别人找借口，我倒要看看你们单位还要死几个！"

"不是这个意思，咱不是说盼着发生这样的事儿，报社这么多人，谁家里还没点事儿，如果都来找单位要补贴，什么样的单位也招架不了。"杨陌林赶紧解释道。

"那你说吧，领导什么意见？"李扬葭道。

"因为涉及到政策之外的问题，需要等领导班子开会研究，看看其他领导什么意见，您今天就先回去吧。"杨陌林道。

李扬葭沉默片刻，说道："我先去个卫生间，回来再跟你说。"她刚走到门口，严玉箫也站起来，说一句"我也去一下"，便跟着走了出去，并随手带上了门。

坐在会议室的杨、隋二人看着那红包袱发呆，想一探究竟，却又恨不得远离它，杨陌林自言自语："她们不会是把骨灰盒拿来了吧……"

"我觉得差不多是。"隋梦川冷冷地回了一句。

二人都没了话，低头翻看手机，偌大的会议室里，与一个骨灰盒共处的感觉，让他俩心里有点发毛，仿佛那盒子里并非一堆骨灰，而是李扬波蜷缩其中，听着外面的谈话。

时间过得真慢，这二人去卫生间咋还不回来？五分钟过去了，时间虽然不长，但杨陌林感觉不妙："我出去看一看。"

隋梦川见杨陌林往外走，也起身跟了出来。

楼道里没有人，卫生间方向也并未传出什么声响，他们二人不自主地朝着卫生间走去，虽然不能进入女厕，但也可以走过门口往里瞥一眼，仍然没有看到任何身影，支起耳朵，也听不到里面有任何动静。

杨陌林拿出手机拨通了一楼服务台的电话："我是社办室老杨，你们问一下门卫，刚才有没有两个中年妇女出去。"

"杨主任，大楼进进出出的人不断，总有女性往外走。"

"我说的是几分钟前的事儿，就是下午来报社找领导的那两位，应该在前台登记过。"杨陌林语气有些着急。

"是那两个呀，她们是刚出去了。"

杨陌林挂断电话，眼睛直勾勾地看着隋梦川："坏了，她们把骨灰盒扔这儿了。"

"那给她打电话吧，问她们还回来不。"隋梦川道。

杨陌林打通了严玉箫的手机："喂，严老师吗？你们怎么走了，还有东西放会议室没拿呢！"

电话那头传来的是李扬葭冷冷的声音："我们知道，你们不是让我们等吗，就让他在那儿等着吧。"

"我说李大姐，那是李扬波的骨灰吧，你们怎么能把它放这儿呢！"杨陌林干脆说破。

"是呀，他是你们单位员工，让他在那儿等不是正好吗？"李扬葭道。

"李大姐，领导还没开会呢，您这样不好吧，再说哪能把亲人的骨灰乱放呢，这对死者也不敬吧。"杨陌林道。

"我这是给他办事，他不在这儿等谁在这儿，还怎么敬他，难道让他八十岁老娘过来等着？"李扬葭道。

"李大姐，报社可是新闻单位，不是存放骨灰的地方！"杨陌林语气略有些严厉。

"你们爱存什么存什么，想让我们存那儿，我们还不干呢。"李扬葭回道。

"那您什么时候过来拿走？"杨陌林问道。

"什么时候拿走？等你们给他路费他就走了。"

杨陌林无语，他干瞪着眼等着对方挂断电话，然后无奈地对隋梦川道：

"这不是胡搅蛮缠么，我要是说路费已经给李扬波了，不信她自己问去，这不又得吵起来。"

二人只好向戴佰盛汇报，戴佰盛还在等待着他们的处理结果，一听是这个局面，也犯了难，半晌没说话，在屋里踱起了方步。

"咱们可不可以给送回去？"杨陌林问道。

"这……这不行吧，抱骨灰一般是死者的子孙，没有的话也得找个侄男外女的，让咱哪个职工抱也不合适，就算是有人答应去送也不行，万一她们家属不开门，谁也不敢随便给人扔了呀，送的人也不能一直抱在手上，让人家一直当子孙，回头这位抱骨灰的跟我们要补偿咋办？"

戴佰盛继续在办公室踱着步，足足过了两分钟，他突然扭过头来问："明天上午会议室有会吗？"

"有哇，邵社不是召集了社委扩大会吗？"杨陌林道。

"哦，对对对，我差点儿忘了，骨灰盒的事儿千万不要对外人讲，免得影响扩大，越传越乱，回头把咱的会议室都说成灵堂了，癞蛤蟆趴脚面——不咬人它硌硬人。一会儿你去找一下邵社长，把今天的情况跟他汇报一下，就说我提议明天别开扩大会了，就在贵宾会客室或者邵社的办公室开个小范围社委会得了，然后把他的意见反馈给我。"

"好的。"杨陌林应着，戴佰盛继续说道：

"另外，你还要做好两手准备，一是你们明天继续给李扬波的亲属打电话，让她们来取走骨灰，同时找人咨询一下，如果她们拒不配合，可不可以让公安出面，警告她们别寻衅滋事。唉，最好别走到这一步呀……还有，把会议室的门锁好了，不行的话安排保安看着点，别让不知情的人进去了，若把进去做卫生的大姐吓出个好歹，咱又得赔人家。而且，咱把李扬波弄丢了也不行呀，别看放那儿没啥用，丢了，它可就无价了，咱得伸着脖子让人宰。"

戴佰盛又围着办公桌溜达了一圈，问道：

"梦川，是不是你跟李扬波关系还可以？能不能做做他家属的工作？"

"别提了，本来我也觉得跟他关系还不错，所以当初领导安排他来广告时我没拒绝，可后来的情况您不知道，他和我跟仇人似的，家属来了也这样，见我连话都不说，像是我把他从楼上推下去似的。"隋梦川道。

"也是呀，人没了，家属正想找个人出气呢。"戴佰盛叹道，"就这样吧，你们俩辛苦了，赶紧通知邵社，明天开会前我再跟他念叨念叨。"

二人从戴佰盛那儿出来，杨陌林又犯了难，说道："戴社想得还真周到，不过这会议室的门好多人能开，社办室的，物业保洁的，安保的，也不能一个一个地通知，那岂不等于广而告之。如果安排保安在门口把着，更是此地无银三百两，你说告诉不告诉保安实情？告诉他，反倒把事儿闹大了；不告诉他，让人家守灵，那又太缺德。"

"那就在门缝上贴个封条吧，盖上社办室的章，别让人进门不就得了。"隋梦川道。

"这个主意好，隋总你就好事儿做到底吧，等我一会儿，跟我一块儿把两头的大门封上，我就不找别人了。"

"放心吧，我跟你一块儿。"

下班时间早就过了，等杨陌林跟隋梦川回到社办室时，这里只有一个女文书还在守候，杨陌林告诉她可以下班回家，然后自己坐在电脑前，准备打几个字，本来以为挺简单的事，却发现不知写什么才好：写个"禁止入内"，人见必乱猜疑，有啥情况，会议室为何不让进了？写个"内有贵重物品，请勿入内"，又易生事端，万一有人好奇那贵重物品，动了邪念偷偷进去，吓他一跳倒不怕，倘若真像戴社说的，把李扬波弄丢了，那麻烦可就大了；写个"已有预定"，那么社办室其他人和物业部门不知底细，倘若他们按日常程序安排，进去打扫卫生、布置桌椅咋办？写个"装修改造，暂停使用"倒是可以，估计又会无端招骂，职工会说这帮败家子儿，好好的会议室怎么又要装修。

见杨陌林坐桌前良久，隋梦川忍不住问道：

"杨主任你写了多少字，还没写完？"

"一个字还没写呢，这不写了删，删了写，不知写啥好，担心让人误会，反倒坏了事儿。"杨陌林道。

隋梦川想了想："要不你写个'室内布展，非请勿进'怎么样？"

"嘿，这主意太棒了，还是你有经验，没白做展会，"杨陌林皱着的眉头一下子舒展开来，"管他布什么展，虽然展品仅此一件儿，过几天没展览也不会有人问，而且物业保洁人员也不会进去。"很快，他用白色 A4 纸打印出了两张告示，上面一行字"室内布展"，下一行字"非请勿进"。隋梦川拿起来一看："嗬，杨主任，你怎么给竖着排了，打算弄成对联吗？"

"我不是想封在门缝上么，如果有人推门，撕了也是从两行中间断开。"杨陌林道。

"要是撕开了，一边一行就更像白对子了，那可真成灵堂了，咱不能让人撕开，一会儿咱拿胶带贴上，还是横着写吧。"

"好，听你的，马上改。"杨陌林笑道。

二人贴完两个门的封条，杨陌林道："今天谢谢隋总了，明天她们过来的话，还得麻烦隋总帮着接待一下。"

"我还一堆事儿呢，真希望她们别来了。"隋梦川笑道。

"别价，她们不来骨灰盒咋办？让它占着那么大房子，那还不如给点儿钱呢。"杨陌林道。

"噢，我把这茬儿忘了，看来躲是躲不过喽，人说请神容易送神难，咱这神是不请自来，活人倒不好请了。"隋梦川无可奈何地道。

袁明静近来对隋梦川格外仔细，每天等他一回到家，都要问一问他在单位的情况，弄得隋梦川本来不想重复的事也只好再叙述一遍，如实交代之后，他刚要拿筷子吃饭，袁明静便又嚷了起来：

　　"你先别吃，先去洗澡换衣服。"

　　"这也算？"隋梦川放下筷子苦笑道。

　　"怎么不算？天天那么多晦气，还不去洗洗。"

　　赵姨对女儿道："先吃饭呗，干嘛非让他现在洗，天这么热，一会儿要是出去遛弯儿，还得一身汗。"

　　"不行，他今天跟死人在一起了。"袁明静坚持道。

　　隋梦川道："没关系妈，天热，我多冲几次澡也舒服。"说罢便去冲澡更衣。这边赵姨继续跟女儿发牢骚：

　　"不就是个骨灰盒么，照你这脾气，看来等我死了你们是不想见我了，那你们就把我骨灰撒到海里，让你们眼不见心不烦。"

　　"行，您想怎么着就怎么着，我可有话在先，我不是不孝，您有权安排后事，我也有权不执行，我还就把它搁家里摆着。"

　　"你这孩子，强词夺理，你这就是不孝，孝顺么，顺着才是孝。"赵姨给了女儿一个白眼。

　　"好了好了，妈！咱娘俩闲着没事儿找这别扭干嘛，说点儿高兴的好不好，围着骨灰盒说个没完，咱炖的这排骨还吃得下吗？您就不觉得晦气？"

　　袁明静说罢，赵姨瞥了女儿一眼，没再反驳。

　　第二天上午，七位社委会成员来到贵宾会客室开例会，除了邵建设、戴佰盛和参会记录的杨陌林外，其他五位领导当然不解个中缘由，因为除了平日会见来客，在这儿开社委会还是头一遭。有人还琢磨，大概是有重要精神宣布吧，小范围的人参加，小范围的空间，这气氛不同凡响。结果，神秘兮兮地度过了将近两个小时，那五位领导有些失望，会议跟往常没啥不同，还是些例行事务讨论，虽然也提出了李扬波家属来要钱的议题，但这对他们来说是隔夜的饭菜——不新鲜，每每有员工离职，要钱那是常态。

既然是常态，领导们自然就有常态的态度——"这事儿不能惯着，以后怎么得了""按规定办呗""再来捣乱我们就报警""报警也解决不了问题，警察也不想去管你单位内部的事，最终还得单位解决""我们既要考虑政策的一致性，也要考虑对职工的人文关怀""最好不要闹得满城风雨，不能让她们闹到上级领导那里""这个职工给了，下一个职工咋办？噢，对了，下一个不一定是跳楼的"……

会议纪要上的结论跟以前相差无几：责成职能部门依据有关法律法规，以及报社相关规定，对死者家属尽力做好安抚和政策宣讲工作，并拿出最终解决方案上报社委会分管领导。其实，最后这句话即使不做纪要，戴佰盛也得牵头，他是分管行政和经营的副社长，想躲也躲不掉。

散会之后，戴佰盛把杨陌林叫到了办公室，然后又让杨陌林叫来了隋梦川，戴佰盛问道：

"那骨灰盒也不能老放在会议室，今天跟家属联系了吗？"

"早上就联系了。"杨陌林道。

"怎么样？她们什么态度？"戴佰盛追问。

"她们说等社领导的决定。"

"报社财产也不是社领导的，哪是她想要就能要的？"戴佰盛有些气愤。

"我也警告她们了，有事儿说事儿，闹僵了未必有好果子吃，就算社领导开会没通过给钱，你们也不能把骨灰放这儿，再不取走，一切后果自负，报社也可以采取法律手段。我说完之后，感觉她口气软了一些。"

"怎么样，答应拿走了？"戴佰盛问道。

"她说，你们想得美，把李扬波搁你们单位我们还不干呢！他活着给你们干活儿，死了还想惦着让他继续卖命，没门儿！"

"什么混账话，居然说放在这儿为我们卖命，自个儿都不要命了，还来卖啥，卖惨呢？"戴佰盛说到这儿，忽然扭脸问隋梦川，"梦川，李扬波在你那儿负责什么工作？"

"本来是安排他负责广告审版、签付印，但他上班总没准儿，所以基本上还是我来签。"隋梦川说完，戴佰盛立马接着道：

"你们看，有命的时候都没好好卖，现在就算二十四小时在这儿上班，他能干啥？既当不了门神，又不能看家护院儿，难道广告拼完了也给他烧一份，让他审阅？"

杨陌林和隋梦川抿着嘴，却笑不出声来。杨陌林瞬间又满脸愁容：

"她们说下周就来拿回去，但同时她们也要拿到钱。"

"今天星期五，明后天又是休息日，实在不行下周一再看吧。"戴佰盛道。

"可今天社委会也没说给不给钱呀，她们还等着领导的决定呢，在电话里还跟我说了，下周跟李扬波的老娘一起来。"杨陌林道。

戴佰盛的脸又阴沉起来，李扬波的老娘已过八十，基本不能自理，出门还需坐轮椅，但他并没有理会杨陌林的话，却朝隋梦川说道：

"梦川，这次李扬波家属的事不好办，最好别在报社内外产生不良影响，我觉得把它限定在你公司范围内解决，这样比较好。"

隋梦川没领会戴佰盛的话，李扬波是报社的事业编干部，怎么会变成广告公司内部的事，这个所谓的广告公司，不过是报社的一个部门。他看着戴佰盛没有说话，只听戴佰盛接着说道：

"你回去拢一拢，找找跟你们关系不错的合作伙伴、广告客户，万不得已情况下，让他们设法帮咱解决一下，这样总比报社出钱好。但这事儿不要扩散，知道的人越少越好。"戴佰盛又把头转向杨陌林，"如果跟家属谈妥的话，她们不能向任何人透露，钱是谁给的，给了多少，否则我们不会给她让步……唉！咱还不是看她家里也不容易。"

隋梦川不解地问："您是说使用业务收入，但先不进报社财务账吗？"

"那肯定是要给人回报，人家也不会白给出钱，至于是采取降低折扣，还是收入不入账方式，你就看着办吧，反正要把事做好了。当然，也许到不了这地步，下周一再看看情况，但你得有个心理准备。"戴佰盛站起身来，稍稍提高了嗓门，"好了，咱该去食堂吃饭了，今天上午够累的了。"

待杨、隋二人准备出门时，戴佰盛似乎放心不下，又刻意叮嘱一番："等会儿，你们可记清楚了，今天说的不要外传，范围越小越好。"

杨、隋二人几乎是异口同声："明白！"那感觉像是在朝堂之上领命的清廷大臣，"嗻"的一声，转身抖擞而去，但结局将会如何，他们心里却一点底都没有。

周五的下午，报社内显得清静了许多，隋梦川吃过午饭回办公室不久，还没来得及闭目养神，黄立便着急地敲门进来：

"隋总，您上午去哪儿了，找您好几趟。"

"我在社长那儿开会呢。"

"我猜着就有事儿，所以也没给您打电话。"

"黄总，看你这么着急找我，估计又不是什么好黄历吧，我现在都不敢看你了。"隋梦川勉强笑道。

"您还猜对了，确实不是什么好事儿，您就凑合着看吧。"黄立哭丧着脸道。

"我是虱子多了不咬，债多了不愁，你就说吧，是凶是吉？"

"是这样，上午我接到一个电话，就是上次跟汪晓丽一起来参加沟通会的孙总，我这才想起来，这个人就是我在要闻部时写信告我的那个人，我跟他通过电话，怪不得口音有点儿耳熟呢。"

"他跟咱有啥关系？"隋梦川不解。

"本来跟咱没关系，他是汪晓丽雇的工程外包，但这个孙总在电话里大骂汪晓丽和于詹宇，说他们言而无信，欠了他们不少劳务费不给。"

"这跟咱也没关系呀。"隋梦川更加不解。

"是跟咱没关系，咱们把招商和现场也外包给他们了，可这个姓孙的说，展馆外面那些摊位是他帮着咱摆的，有些客户还是他帮着找来的，他找汪晓丽要钱，汪晓丽不给他，而汪晓丽则说姓孙的从商户那儿赚钱了，当然不给他摆场子的劳务费。"

"这跟咱还是没关系，他给你打电话干嘛呢？"隋梦川越听越觉古怪。

"这孙子从汪晓丽那儿要不来钱，可能想找咱要呗。"

"他跟咱没关系呀，我们凭什么给他钱，咱跟于总按合同办事，不能替他们去擦屁股。"

"本来是这个理儿，但听说我们不会理睬他，结果他威胁要来报社告咱，说有些展位咱们没向于总公司收取费用，他指的就是展馆门外摆的那些，说报社广告公司领导私下捞好处。"

"哎哟，这还真跟咱有关系了，真是皇帝不急太监急，他到底为嘛呢？"隋梦川还是一脸不解。

"这不明摆着嘛，他想找咱讹点儿钱，要不来钱他就折腾咱们，咱们一着急，就可能去折腾于总和汪总他们。"

"啧啧，这都是些什么秘诀……"隋梦川皱起了眉头。

"那咱能掏点钱摆平吗？"黄立问道。

"给这种人，怎么可能呢？！"

隋梦川本打算与黄立商量一下，可否请于詹宇帮忙解决戴佰盛提出的给李扬波家属的抚恤问题，现在也只好打消了念头。

……

这个周末过得真快，地球显然是没有忘记了转动，满足一下杨陌林和隋梦川的愿望，把周末的时光留住，以致不受欢迎的星期一还是准时到来了。

刚一上班，杨陌林和唐相伍便接到戴佰盛的指令，考虑到李扬波的老娘有到来的可能，必须安排医务室的人随时待命，备好急救药品，人员不够可以临时外请，不得离岗；物业安保部门增派人手，在一楼和会议室楼层值班。

一些路过大会议室的员工，好奇地看两眼门上贴的告示：咦？这儿要做个展览，怪不得例会没开呢，看来这个展览够档次，把唯一的大会议室都占了，以前报社做展览，一般也就用用一楼大厅。

从早上直到下午三点，杨陌林在漫长的期盼中接到了一楼前台的电话：

"杨主任，楼下有两位女士找社领导，说领导不在找您也行。"

"是上次来的李扬波的家属吗？"杨陌林问。

"好像是上周来过。"

"确定是两个人吗？还有其他人没有？"

"问过了，就是两个人。"

"那让她们到大会议室来吧。"杨陌林松了口气，赶忙打电话给隋梦川，告诉他两位家属驾到，让他到会议室来。

杨陌林抢先来到会议室门口，揭掉一个门的封条，站在门口等着其他人到来，他不想一个人面对开门刹那的恐惧，幻想着打开门后可能出现的各种场景：会不会是空空荡荡？会不会看见个活人？会不会看见个死人？或者像阿拉丁神灯那样冒出个精灵……等隋梦川赶到，他才刷卡慢慢推开房门，二人不约而同地瞄向了桌子角，真是谢天谢地，那红包袱还在原地纹丝未动，只是感觉屋内热烘烘的空气有些异味，也许与那盒子无关，但他们仍然屏住呼吸，实在憋不住便小吸一口。要不说人会疑神疑鬼呢，本来正值酷暑，更何况门窗关闭了三天，屋内就算一个板凳都没有，也会有些气味。

二人在门口木然地望着两位家属出电梯走过来，不悲不喜，就站在那里，不迎也不进。两位家属在前，杨、隋二人在后进了会议室，杨陌林先打开空调开关，然后与隋梦川开窗透气，四人按上次相同的位置落座。

严玉箫用手摸了摸骨灰盒，眼睛一直盯着它看。

四人谁也不先开口，屋内死一般沉寂。严玉箫一边看，一边向亡夫默默表示歉意，为了争取主动，还得把他放这儿镇守；李扬葭则在琢磨，骨灰放这儿已有三天，应该不会被人调包吧，看外观没啥变化，不知里面的东西换没换，假如换成满满的钱也认了，骨灰盒变成钱匣子，嘛也不吵了，拎着就走，当然若是装满钢镚儿可不行，别想糊弄我；杨陌林担心开口挨撑，刚想问候"这几天还好吗"，又怕对方回一句"你们不答复，能好吗"，肯定又僵这儿了，也不能问"您看李扬波在这儿过得还行吧，连根头发丝儿都没少"，若是回敬"那就让他住这儿好了"，或者"你们把他的头发都给找回来，一根都不见了"，那可就惨了；隋梦川本来就不受对方待见，也不知该如何先发话。

看来这几位都是玩儿"石头剪子布"的老手，谁先出手，谁就被动，瞅准时机后发制人才是上策。将近一分钟过去了，隋梦川打破沉默，说了句"我让人倒点水过来吧"，便起身来到门外。

今天不同于上次，楼道里已经有保安和物业的人员在守候，隋梦川让人上些茶水，借端茶杯的工夫先搭个话："大姐给您杯茶……严老师您来杯茶喝。"

四杯茶水像是湿热了空气，熏软了四人那僵着的脸，李扬葭还是忍不住先开了口：

"杨主任，我们的困难上次也跟你们说了，我们也不是来打架的。"

杨陌林在一边暗想：你这招法比打架还厉害，打架倒简单了，可以报警把人带走。

李扬葭接着道："我弟弟人已经没了，他本来要孩子就晚，现在孩子也没成人，还需要钱，而且家里老娘也八十多了，也需要赡养，他这一走，你们说我这弟妹她能不着急吗？"

杨陌林见李扬葭说话不像上次激烈，一直提着的心稍稍放松，他道：

"李大姐，我们理解你们家的难处，我们领导不是没考虑，会按政策最高标准来给抚恤的。除此之外，如果够得上困难家庭条件，工会那边也会给一些帮助。"

李扬葭心里清楚，严玉箫还有工作，而且家中老母也不是李扬波一个人赡养，所以要申请个困难家庭基本上没可能，于是她说道：

"杨主任，你们领导的心意我们领了，我弟妹虽说有工作，但是收入也不高，就她们家这样儿，上，上不去，下，下不来，哪头也靠不上，你们事业单位抚恤标准我也知道，那点钱能干嘛呀，你们送袋子米、送桶油什么的，解决不了大问题。"

杨陌林没开口，隋梦川起身去关闭了窗户，李扬葭继续道：

"我们家也有人在机关工作，公家的规矩也不是不懂，但是我这个弟弟也是太亏了，把家里折腾得不像样子，这两年他光生病，钱没多挣，还花了不少，前些年也不知让你们单位什么人带的，收藏什么破玉，花了不少冤枉钱，弟妹你拿出来，给他们看看。"

严玉箫把放在两腿上的一个随身布包拿到桌子上，杨陌林和隋梦川瞪大了眼睛，不知道这又是个什么故事，只听严玉箫说道：

"这个倒霉催的，把钱都买这些破玩意儿，都是你们单位害的。"说罢，她近乎是倾倒般地用手把里面的好几件玉器掏了出来，由于都没有包装，只是简单地用纸包裹，有的纸包被扒拉开，玉雕件噼里啪啦碰在了一起，其中一只手镯没来得及放稳便滚到了地上，在杨陌林"啊"的叫声中，手镯摔成了三截。

严玉箫见状，情绪顿时失控，捂着脸哭了起来，边哭边嚷："你这个傻子呀，害死人了你，这是中了什么邪呀，非得跟人家学，买一堆破烂玩意儿，领导还不是不喜欢你，你这是何苦呀你！"

杨陌林弯腰捡起摔碎的手镯放在桌上，李扬葭用手抚着严玉箫的肩膀，说道："弟妹别哭了，现在骂他有什么用，谁知他中了什么魔，这东西好歹别祸祸了，换不成钱送个人也好。"

严玉箫听了又有些激动："还送人？送人有啥用？回头我埋地里给他陪葬。"

杨陌林和隋梦川似乎都听出了话外音，报社领导中邵社长喜欢玉，难道李扬波是为了投其所好？二人不便表态，也不知以何言相劝，只能默默地看着，但二人心里想的却差不多：埋地里的事千万别让我们知道，万一被盗墓贼偷了，我们还沾个嫌疑呢……

"杨主任，我弟弟在单位大小也是个干部，工作也不太顺心，就这样没了，现在家里连个墓地都买不起，你说他冤不冤呢！"李扬葭见严玉箫不再说话，便接过来道。

杨陌林和隋梦川仍然保持沉默，李扬葭继续道："要不把这些都卖给你们，换了钱给他买墓地，也算是他自己的存项，你们要是把这收了，把该给的抚恤金给了，我就敢替我弟妹说再也不找你们。"

杨陌林露出一丝苦笑："李大姐，这话说归说，单位就算想帮这个忙，也不可能买私人的东西，这里不是自由市场，也不是当铺，我要是喜欢行了，我把它买了，可我又不感兴趣。"

李扬葭拉长了脸，一改刚才的平和："别净说那好听的，你就是喜欢也不会买，报社真想帮忙的话，能没办法吗？我们家的情况你也看到了，今天我们也不难为你，你回去跟领导好好商量一下，这么贵的东西还在你们这儿砸了一个，损失大了，我们也不拿了。"

"我们领导也在积极想办法，甭说是李扬波，对一般职工领导也会考虑的。"

隋梦川这儿又接起了电话，他起身走到门口："喂，窦书记呀……是我，我跟社办杨主任正接待李扬波的家属呢……完事儿找您一趟？好的，好的。"

"杨主任，我今天就信你一回，我们先拿骨灰回去，你们和领导好好考虑考虑，我希望三天后给个回话，三天后若没结果，我家老娘非得自己来不可，今天她就要过来，我没让。"说着她起身揽了一下严玉箫，"走吧弟妹，咱们带着扬波回家吧，都在这儿晾了三天了。"

送走了严玉箫和李扬葭，杨陌林通知保安和医务室解除警报，然后和隋梦川向戴佰盛汇报了经过。戴佰盛道：

"看来她们今天换了个打法，第一次是又硬又横，这次是又惨又软，但愿别有第三次进攻……老杨你把唐相伍叫来，让他一起来商量商量，这事不考虑周全还是不行啊，唐处跟隋总不一样，他是帮着处理过丧事的，他出面谈可能会好些。"

唐相伍不一会儿就赶到："戴社，您找我有事儿？"

"有事儿，前些日子你们行政处帮着料理李扬波的后事，跟她们家属没发生什么不愉快吧。"戴佰盛问道。

"没有啊，发生什么事儿了？"唐相伍吓了一跳，还以为自己有失误。

"跟你没关系，就是家属来报社两回了，除了正常的抚恤之外，她们想要买墓地钱，一直是陌林和梦川在跟她们谈，这事儿还得请你来帮忙。"戴佰盛道。

"戴社您说吧，让我干什么？"唐相伍道。

戴佰盛道："我是想，梦川那儿不是报社行政部门，他又是李扬波的搭档，别让他出面谈了，以后相伍你代替梦川，而且本来医疗和安保也归你负责。"

"没问题，杨主任您随时喊我就行。"唐相伍道。

"你们三位听着，她们不是要个墓地钱么，那也不能狮子大张口，上来就要几十万，先不管钱的问题是否能解决，我们首先落个态度好，主动帮着干点活儿。相伍你们以单位的名义联系一下卖墓地的商家，看看能不能划下价来。"

"戴社，单位出面未必就比个人出面好，除非是去批量购买……"唐相伍本来是要分析一下这个事儿，戴佰盛不等他继续就嚷起来了：

"好你个唐相伍，我刚发现，你不来时我和杨陌林是二百，你一来我们仨成二百五了，居然去批发墓地，留着等谁死？"

三位处长被戴佰盛说愣了，没人反应过来，戴佰盛道："我的名字里有个'百'，陌林名字里也有个'百'，相伍一来凑上个'五'，正好二百五，都去团购墓地了，还不是二百五？"

三位处长听了大笑，戴佰盛自己也乐了，他继续道："梦川，你别在旁边看我们的乐子，出这屋就不算了。相伍也别介意，我不是想骂你，我最近正好看了本书，刚学了一招儿，那书上介绍苏东坡和弟弟苏辙分别被贬到海南岛的儋州和广东的雷州，这事当时就有人揣测，这是当朝宰相章惇拆字拆出来的主意，挺有道理的，你们看，苏东坡字子瞻，其中有个'詹'字，本来已经被贬到惠州了，章惇还不满意，又把苏东坡贬到了儋州；苏辙字子由，当中有个'田'字，结果被贬到了雷州。我估计，当时要是有大庆油田，子由百分之百会被贬到大庆去，哥儿俩一个在海南受热，一个在东北挨冻，章惇岂不更得偷着乐？这个宰相还挺眼儿，连害人都玩儿文字游戏，让世人猜闷儿。"

三人听戴佰盛讲故事正入迷，戴佰盛马上换了副面孔："好了，咱说正事儿吧，老杨和相伍把三天后的事准备好，以迎战老太君出征，咱们还不知这第三仗是摆什么阵呢。另外，相伍尽快帮着联系一下墓地的事儿，你们俩可以走了，梦川先留下，你们三个得把这事儿处理好了，邵社那儿特意跟我说，不惜代价一定要处理好，而且还不能扩大影响，你们都懂得。好好干吧，干不好我也玩儿一回拆字儿，惩罚你们……呵，你们哥儿仨凑得好，名字里都有'木'，而且还是六个'木'，还分不开，那就都搁一个地儿吧，出了问题就罚你们仨爬树，而且是爬一棵树。"

杨陌林和唐相伍边笑边往门外走："我们先出去找找，看哪棵树好爬。"

戴佰盛道："你们自己找的不算，爬哪棵树得由我指定，我得看哪棵树长刺儿，而且还打滑。"

屋内只剩下两个人，戴佰盛叹道："真是苦中作乐呀……咱俩接着说，梦川，上次说的从外面弄点儿钱的事，你考虑了吗？"

"考虑了，本来想请刚合作过的于总帮个忙，但看来够呛了。"

"怎么回事儿？"

"黄立说有人要到报社告我，举报我和于詹宇他们有私下交易，刚才纪检已经给我打电话了，我猜十有八九是这事儿，哪还敢跟他们

346　＼坛城诀＼

谈钱的事儿。"接着，隋梦川便叙说一番跟孙闲人产生了交集的情况。

"这样的话，就先不要找于总了，你再想想其他客户吧，我跟邵社也沟通过，邵社的意思是尽量做工作，别让家属无休止地闹下去，影响报社形象，尤其是到上级部门告状，或者到报社门口打标语这种事，绝不能让它发生。"

"我明白，于总那儿不好办的话，那也只能走广告客户，要么暂时不收钱，要么给个特殊折扣，关键是我到广告时间短，熟悉的客户少，我跟卢玉生商量一下吧。"隋梦川道。

"反正知道的人越少越好，你自己把握好。听说今天家属来还摔了个手镯，也没拿走，还不知道会不会赖上咱们呢，但玉器这事儿挺敏感，这个不用说你也明白，绝不能把火引到邵社身上去。"

隋梦川微微点头，他似乎感觉到此事非同小可，领导虽未出面，却一直在运筹帷幄。

戴佰盛停顿片刻，自言自语地道："这个手镯留在这儿倒也用得上，实在不行就拿它做文章吧。"

"您说的意思是……"隋梦川不明其意。

"这事最好的结果当然是家属鸣金收兵，不找咱麻烦了，如果最终还是要出钱了结，那也得师出有名啊，钱不能随便给，如果有一天调查起来，你可以说报社赔她们损毁的手镯钱，报社财务也不能下账，但千万不能说谁弄坏的，那样的话，谁弄坏谁就有责任。"

隋梦川大致听懂了戴佰盛的想法，谁弄坏的？报社的桌子和报社的地板呗，这说得过去，他想起了家乡的老娘哄小孩："宝贝不哭，都怪这凳子，我打它，让你磕俺孙子，让你磕俺孙子，我打你，我打你。"就这几句话，小孩不哭了。但给了钱还不能说"给的"，要说成"赔的"，这算哪门子规矩呢？唉，领导也太难了，看来阿Q的精神胜利法也不是一无是处，关键时刻能起大作用，被强奸的只要承认是自愿，不仅仅是放过对方的问题，主要是保护了自己的名声，甚至是保护了整个单位的名声……Q妻和阿Q没关系，关公也没战过秦琼，怎么想起小泉了？也不知他们两口子这些日子怎么样了，小泉那个相当于副局的促进会岗位不知能不能去，要是成真的话，小泉也算是老家出来的人当中最大的官了……不琢磨了，窦书记还等着呢。

隋梦川顶着乱哄哄的脑袋，两腿木然地挪进了窦书记的办公室，出乎他的意料，窦书记听说他在处理李扬波家属的事，对隋梦川多了些同情，关于李扬波政治站位高的话没再提起，反倒进行了一些鼓励，让他放下思想包袱。果然，窦书记拿出的是举报信，是反映他和于詹宇有私下利益输送的，反正是没有任何证据，隋梦川把展会的前后经过又讲述一遍，讲明展馆外的摊位跟报社没合同关系，那是于詹宇与展馆方面私下操作的，有临时凑数的成分。

事情是讲清了，但人家信不信就难说了，谁去怀疑都合乎情理。让窦书记不好过多追问的是，这个情况隋梦川早已汇报给了副社长戴佰盛，但他还是这样说了一句：

"你们应该找人查一查，合作伙伴是不是有背着我们私下收费的事，看看是否有必要向法庭起诉他们，索要我们该得的利益。你如果不去追，那可就是你失职呀。"

隋梦川想，这可能正是那位孙闲人写举报信想要的结果，接下来可怎么去跟于总他们交涉呀！

谈话很快结束，隋梦川还是要提交一份情况说明，以及双方合同复印件，等待调查。

回到家后，袁明静照例关心地问他在报社的情况，隋梦川说一句"还不错"，便一头扎进了卫生间洗澡。等他换完衣服出来，袁明静盯着他问道："你今天什么情况？怎么回家后那么自觉？"

"这不是又见骨灰盒了么。"

"是李扬波的？还是又换了别人的？"

"你就别埋汰我们单位了，这一个还不够吗？我们是在减员增效，但不是一个个地往阎王那儿送啊。"

"我就奇怪了，李扬波让你得嘛济了，你怎么每周都见他，周周拜一回，你倒是实实在在地过礼拜了哈！"袁明静挖苦道。

"下礼拜想拜也拜不成了。"

"哎，我说你这人，你是犯贱还是脑子有毛病，怎么还拜上瘾了，对你们家祖宗也没见你拜得这么勤。"

"你不知道，骨灰今天是平安无事地拿回去了，但问题终究还没解决，下回人家就打算换个活人过来，那麻烦可就更大了。"

"啥意思，她们要换谁过来？"

"她们威胁把李扬波的老娘送过来，戴社长说这是老太君出征，问题是这老太君出门都要坐轮椅，真来报社一坐或者一躺，哪还用得着出什么招儿？人家无招胜有招，谁敢动她！老太太若真有个差池，那就更麻烦了，所以我说还不如骨灰放这儿呢，总比活人好伺候。"

"这种事不会都让你来管吧，报社行政部门的人呢？"

"领导今天说了，接待的事儿就不用我管了，但是又交给我个新任务，准备给她们家弄点钱，因为这钱不能从报社财务支出，怕影响不好。"

"唉，不正式支出你能怎么出？这事你还是小心点吧，要不干脆就说办不了，别给自己惹事儿。"

"那也不好吧，眼睁睁看着领导为难，这也不是他们个人的事儿，都是为了给单位解决问题，不会有事的，你放心吧。"

"我放啥心呀，你这才干了多久，就老有举报信告你，要是当真干点违规的事儿，岂不更留下了把柄。"

"不会有事的，这是领导特意安排的，又不是我贪私利，你就别担心了。"

袁明静将信将疑地端起了饭碗，不再追问。隋梦川何尝不担心有后遗症，但单位的难处总得有人去解决，想到这儿又稍稍放宽了心。

三天过去，隋梦川让卢玉生找个能出钱的客户还没着落，一次能做一二十万的广告客户也实在是少之又少，还不知啥时才赶上这么个主顾，就算是赶上了，人家还未必配合呢。

隋梦川又找广告代理公司谈，代理公司也不情愿，本来就已经给报社预交了代理费，再拿一二十万现金出来，要多少单代理费才合得上？假如之后没了广告，跟报社要回先垫付的钱也是麻烦，谁也不愿担这风险。

杨陌林紧张"期待"中的星期四马上就到了，他再次安排好了接待、保安，医务室急救人员随时待命，就等老太君驾到。可令他意想不到的是，这次严玉箫和李扬葭却只是打来电话，问领导决定给钱没有。杨陌林回复：领导正在想办法筹钱，但能筹到多少还不知道，报社肯定是出不来这钱。通话之后，杨陌林一直等到当天下班，也没有见到老太君的影子——这第二只靴子啥时落地呢？

姜还是老的辣，老太君周四没到，转天周五也没到，却在下一周的周二下午突然驾到，打了戴佰盛他们一个措手不及，敢情人家这几天练兵备战呢，不向报社透露丝毫信息。严玉箫上中学的儿子也来了，给奶奶推轮椅，这让杨陌林想起了《杨家将》里的杨文广，小小的年纪，便参加佘太君挂帅的十二寡妇征西，担当大任。他急忙把情况汇报给了戴佰盛，并安排医务室和保安随时待命。

戴佰盛忙不迭地叮嘱杨陌林：你们先应付着，把老太太迎到贵宾室，我待会儿过去一下，钱的事先不要说，但可以表明态度，就说报社在积极想办法，但目前尚未落实。

贵宾会客室不同于大会议室，一圈沙发最多能坐十人。李扬葭眼睛打量着房间，心想为嘛早不让我们来这儿谈，是嫌我们级别不够吗，非得我家老娘出来你们才重视，我们可是大小王都亮出来了，你们才出几个"2"，这还是不对等。戴佰盛本可以不露面，接待家属来访的事儿，有行政部门的人就够了，但他担心话不投机惹恼了老人。另外他还有个顾虑，自己始终不露面的话，家属也许会以为报社领导害怕，反而闹得更凶，所以该出场时就得出场。

老太太腿脚不利索，孙子和女儿把她搀扶到了沙发上，她说话吐字倒还清楚：

"这个沙发还挺舒服，睡在这儿也挺好的。"

杨陌林和唐相伍一惊，愣在一旁没接话茬儿，这是他们最担心的事，没想到老太太阵前率先亮剑，只听老太太接着问道：

"你就是杨主任？"

"大娘，我就是。"杨陌林赶忙回答。

"噢，不年轻了，也差不多了。"

杨陌林不知大娘这句话是何意，只好尴尬地说道："我比李扬波大不少呢。"

"我妈是说你差不多快退休了。"李扬葭补充道。

"你是不是我儿子扬波的同事啊？"老太太继续问道。

"是同事大娘，但我们俩不在一个部门。"杨陌林道。

"不在一个部门我们找你干嘛？"老太太不明白。

"大娘，我们是行政部门，就是专门处理报社事务的。"杨陌林解释道。

"哦，那我们要点钱你怎么不给办呢？"老太太追问道。

杨陌林暗暗叫苦，如何跟老太太解释她才能明白，先对付一句吧："大娘，报社给钱不能一个人定，得好多人一起商量才行。"

"妈，您别跟他说了，一会儿他们社长来，您跟他们社长说。"李扬葭见老太太聊起来没完，余太君跟小喽啰交手了，这不是选错对象么，白白浪费口舌，得赶紧叫停，让老太太保存体力，可别后半场没开始，前半场就累坏了，没想到老太太还是想说话：

"社长是什么官儿，比扬波的官儿大吗？"

"妈，您别问了，我告诉您吧，他们俩都比扬波官儿大，一会儿来的社长比他们俩官儿还大。"李扬葭不耐烦地指着两位处长对老太太道。

老太太听说自己儿子官最小，脸上黯然失色，缄口不语，屋内又是长时间的沉寂。

在老太太她们坐定十几分钟后，戴佰盛终于赶了过来，进门就站到老太太眼前，微微弯下腰，说道：

"大娘，实在抱歉，我刚才有个会，过来晚了。"说罢便坐在了老太太旁边的沙发上。

老太太当然不会起身，但她动了动身子，问道：

"你就是社长啊？"

"我是个副社长，我上面还有个社长。"戴佰盛道。

"哦，那还是不对，社长上面还有什么官儿呀？"老太太心不甘，她一心想见官最大的，没想到来的还是个副的。

"大娘，上面的官儿还多的是呢，你们家的事儿不用上面的大官儿管，找我就行了。"戴佰盛笑道。

"那我们家扬波的事儿你知道吧？"老太太问道。

"我知道，大娘，我来报社时间不长，但我认识他。"戴佰盛道。

"社长啊，我这儿子比我早死了，心疼死我了。"老太太面露悲伤，掏出手绢擦了擦眼角，接着道，"可到现在也没钱找地方安葬，你说他都葬不了，我这老太婆要是死了，岂不更没地方去，死都不敢死，那我也不能老活着呀。"

老太太说罢便哭了起来，严玉箫和儿子也开始抽泣不止，戴佰盛料到会有此场面，他打定主意，不能活鱼摔死了卖，早晚都得说的事，早说早了，干脆自己先来吧：

"大娘，李扬波去世我们也很伤心，您养了这么个优秀的儿子，很了不起。"

戴佰盛没料到，他这客套话居然发挥了神效，老太太很快停止了哭泣——人家都夸自己了不起了，哪还好意思哭个没完，每个优秀儿子的背后，都有个优秀的母亲么。只听戴佰盛接着道：

"关于你们想要点钱买墓地的事儿，实话跟你们讲，报社是没办法帮你们，公家必须按规定办事，这不能含糊。所以你们不要期望值太高，但也不用太失望，公家不好办，我们哥儿几个来想办法，杨主任、唐主任，还有隋总，就是跟李扬波一个部门的那个，我们几个正在想尽一切办法帮你们，我听说差不多有点眉目了。"

说到这儿，几位家属睁大眼睛等着公布喜讯，可戴佰盛突然话锋一转：

"今天你们来之前也没打个招呼，我马上还得开个会，实在对不起，关于钱的事我给你们吃个定心丸。一会儿呢，由杨主任跟你们详细说，你们先坐会儿，会议如果完得早，我再过来。"

刚有点高兴的家属看到戴佰盛要溜，立马拉下了脸，不知这位戴社长葫芦里卖的什么药。她们哪知道，戴佰盛是不想从自己嘴里说出来最终想法，让下属去宣布的话自己还有余地。见戴佰盛站起身来，李扬葭也站起身来，刚要上前阻拦，却听戴佰盛接着说道：

"杨主任你跟我来，去把隋梦川叫过来，我都跟他交代完了，唐处在这儿先陪一会儿客人。"

李扬葭听说他们是出去安排给钱的事，也不好意思再张嘴阻拦。杨陌林也不知道戴佰盛演的什么戏，默不作声跟着出了贵宾室。

来到楼道，戴佰盛边走边道：

"你快去把隋梦川找来，然后把李扬波的夫人和姐姐喊到会议室去，不要当着老太太面说，跟她说到明天也说不明白，告诉她们姐俩就给八万块钱，而且还不能马上给，限期半个月，剩下的事交给隋梦川想办法。另外你告诉她们，这钱算是抵那个摔碎的手镯钱，跟买墓地没关系，对任何人都要这么说，如果不答应我们就不管了，再来几次也没用。"

贵宾室里又开始了沉寂，虽然李家对唐相伍印象不错，但双方共同话题也仅限于办丧事，这也不能老挂嘴上，否则不惹得屋内哭声一片才怪。唐相伍看着坐在一旁一句话不说的孩子，终于找到了打破沉默的话题：

"小伙子长得好帅呀，上几年级了？"

"高二。"

"呵，过完暑假就是高三了，明年就考大学了，将来想学什么专业呀？"

"想学考古。"孩子脸上没有笑容，平静地回答唐相伍的问话。

"哦，这个专业不错，研究历史文化，不像别人赶热闹，都奔着计算机和金融去了。"

"我以后不想跟活人打交道，太麻烦。"

小伙子话一出口，严玉箫、李扬葭都抬起眼皮乜斜了一眼，唐相伍没了话题，老太太坐在那里像是什么都没发生，屋内又只剩下呼吸声。

杨陌林终于弄懂了戴佰盛的用意，他通知了隋梦川，然后便回到会客室，叫李扬葭和严玉箫单独出来说话，按照戴佰盛的安排，跟两位摊牌。隋梦川也表态，半个月内解决钱的问题。不出戴佰盛所料，虽然李扬葭和严玉箫有些失望，但还算是佘太君挂帅——马到成功，没到把老太太寄存这儿的地步。

李扬葭走时道："隋总，我们可就等你消息了，半个月后，算了，再饶你们两天，从下周一开始算起，两周时间，这下可以了吧，到那时要是没结果，那你们就看着办吧，我连你们领导一起告。"

可不是么，人家真够宽宏大量的，本来戴佰盛说的是半个月，人家又饶了两天，从明天周三算起到下下周的周末，一共十七天，而且参照政府部门办事的规矩，节假日不计在内，只算了工作日，用钓鱼人的话说，这是"四斤还高高的，掌柜的还饶两条啦"[①]，咱们还有嘛可说的。

隋梦川脑海里又幻想出她们的杀手锏打法：报社门口，八十多岁的老太太坐在轮椅上面向路人，后面严玉箫和李扬葭一人一头扯着一块标语，标语大意是报社领导爱收藏下属跟着遭殃——这不是拉不出屎来怨茅坑吗，炒股票赔了也不能去砸交易所呀，但这攻其要害的战术，即使不胜，也能让对手脱三层皮。

走在后面的杨陌林则长舒一口气："你们就放心吧，我们隋总办

---

① 出自高英培、范振钰相声作品《钓鱼》。

事儿没问题，何况这也是领导安排的。"他又抬手轻拍了一下隋梦川的后背，"老弟，后面就看你的了。"那种感觉，就像把接力棒递给了下家。

隋梦川也在想：怎么像是跑四人接力呀，第一棒唐相伍，第二棒杨陌林，第三棒给了我，这第四棒给谁呀？如果算上当初接受李扬波到广告，那就是自个儿跑了第一、第四棒，看来别指望会有人接棒了。

楼道里碰上了办公室的张姐，别看张姐年龄越来越大，人家精气神可是越活越年轻，走路越来越轻盈，嗓门也越来越脆生：

"哟，隋总在这儿呀，刚去你办公室了，他们说你刚出去，来，给你个会议通知，在上面签个字。"

隋梦川接过来一看，是报社的内部会，签完回执递了过去，张姐看着他的签字，笑道：

"隋总，我最近看毛主席诗词时可算是明白了，你这名字是不是来源于那句'别梦依稀咒逝川'，我猜得没错吧？"

隋梦川想起了王希碤从广告搬走时的情景，老王借用毛泽东的《念奴娇·鸟儿问答》跟张姐开玩笑，那时她还没有任何反应呢，但人不可貌相，海水不可斗量，人家张姐的大脑也可以有懂诗词的时候，只不过她这个猜测也太牵强了，隋梦川回道：

"哪儿跟哪儿呀，我家爹娘没文化，他们就是一个姓隋，一个姓孟。"

"哦。"

张姐像吞了口白开水，没一点滋味儿，说了声"拜拜"，转身离去。

老太君班师回朝，杨陌林也把那摔碎的手镯交给了隋梦川保管。隋梦川把它装进牛皮纸信封，在上面写上"宝玉"二字，以做记号，然后置入柜中封存，并加上一道锁。

他自己也搞不清为何写上这两个字，反正是扔也扔不得，用也用不上，交也交不出去，但愿它别像《红楼梦》贾府的"通灵宝玉"一般遁去，那就万幸了。

十五

报社中层会上宣布了重大人事变动，贾菲提拔为副总编，葛也夫调到一个新单位挂职锻炼，也提成副局级；因工作需要，戴佰盛与同城日报社一位副社长对调，职位不变。至于对调原因，事后小道消息说，是因为日报社领导不想要他们的那个副社长了，要求上级给做了个调整。

王希碟与日报社一要好哥们儿通电话时开涮："你们日报也太没大局观了，让他紧着你们一个地方祸祸就得了，干嘛让他转着圈儿地来祸祸我们？"

日报哥们儿也有理论："橘生淮南则为橘，橘生淮北则为枳么，换个地方说不定会是个宝贝呢。"

"那你说我们这儿算是淮南呢，还是淮北呢？"

"你自己比比看呗，我可不知道。"

"听你这话我怎么感觉要坏事儿呢，在你们那儿已经就变成枳了，在我们这儿能比你们那儿好？估计肯定变不回橘子，再变就连枳都不是了，那会是什么呢？不会直接长成陈皮吧。"

"你猜对了，我说会是个宝贝么。"

老王一听来气："呵，这大便宜宝贝，我们可不想赚你们便宜，回头让我们刘欣找个鉴定机构，管他是不是'B货''C货'，保证能拿到'A货'证书，我拿着鉴定证书给你们送回去，怎么样？"

"你送哪儿去？又不是我们这儿产的，给你们你就接着，还不感谢领导关怀，你这叫白吃馒头嫌面黑。"

"什么呀！这是神仙打架——凡人遭殃你知道吗？站着说话不腰疼！"

......

王希磙念老交情，想在葛也夫赴任前喝一顿送行酒，谁知葛也夫突然低调起来，虽嘴上言谢，但最终也未敲定时间，最后不事声张地上任去了。

纪检部门对隋梦川的调查结论没有出来，也许是没有什么问题，但他内心多么希望能天空飘来五个字——"那都不是事"；如果说有事，这个结论会是什么呢？这让隋梦川总觉得头上悬着一把剑，心里多少有些别扭，尤其是给李扬波家属凑钱的任务，这当口管也不是，不管也不是。

半个多月的凑钱期限已经过去了一周，隋梦川的日子像狗熊掰棒子，过一天扔一天，想不出有任何眷恋，一门心思都在期盼着明天会如何。虽说有两家代理公司表示帮忙，但人家也要再等等看，看看近期广告业务进展如何，也许就跟报社分手不干了呢。隋梦川只能理解，耐着性子等待。

好友秦术仁约他和袁明静一起去五台山，避避暑，逛逛庙，当然最主要的还是周末散散心，他知道隋梦川最近心烦，正好辞职去了北京的周庆魁来电相约，于是便有了本故事开头的一幕。

......

话说周庆魁、秦术仁和隋梦川三家六人出了五爷庙，并决定一起返回三水。周、秦两家完成了还愿之旅，对其他游玩已没了兴趣，而隋梦川呢，本来就是随着来、随着玩，出来散散心罢了，老婆孩子又没跟着，车往哪儿开都没想法。

两辆车开出景区驶上了高速，秦术仁问隋梦川："怎么样，这次来五台有收获吗？"

"当然有收获了，比家里凉快多了。"隋梦川明明知道秦术仁想问什么，但他不想说，便扯扯天气。

"你怎么不说还喝了一顿五粮酒呢，我不问你这些，我问你心里头有没有好一些。"

"你这当眼科大夫的，不先去问我的眼睛，一下子就问到内科去了，眼睛是心灵的窗户么，只有眼睛看到了，耳朵听到了，身体感受到了，才会影响到心里头，对吧？"

"别废话，那眼皮还是心灵的窗帘呢，你的窗户要是不得看，我给你装个雨刷擦擦，"秦术仁说着便抬动了手柄，喷出玻璃水擦了擦前挡玻璃，"我觉得吧，人每一次外出，都会多少有点儿收获，就看你是不是有心人了。"

"哥们儿，我体内一件儿都没缺，肯定有心，还跟窗户通着呢。说真的，我刚才还确实有些想法。"隋梦川边说边拍了拍胸脯。

"哦，说说看。"

"我这只是观后感啊，回头秦大夫给把把脉。我在想，不管是神创造了人，还是人塑造了神，有些做法在神界和人界其实都是相通的。"

"哪些做法？"

"你比如说，中国本土宗教和外来的佛教怎么融合的咱不知道，但五台山千百年来早已佛教、道教共事，你说当今的共享经济、共享平台还算什么新发明，神界早就这样做了。另外，龙王是水神吧，主管兴云布雨，但人们进了五爷庙，啥事都让他管，他管了那么多人间的事，算不算越界？土地爷会不会不高兴？太上老君会不会不高兴？会不会打小报告给玉皇大帝？"

"嘿，人家是看三国掉泪——替古人担忧，你可好，你是替人家神仙担忧，看来你比神仙还神呢，你是神中的经典——神经！"

"我还没说完呢，本来五爷是东海龙王之子，但在五台山呢，他其实又是文殊菩萨的化身，这样一来道教和佛教相通了，五爷多管点事也不悖理了，化身么，化即是变，变即可通，这就是变通。"

"这是你想的神界，那人界呢？"

"我给你举例子哈，比如说本来有的钱不能给，变个说法，给了；本来这儿不需要人，设个部门，编制有了；本来这官不好安排，改个称呼叫交流，人过来了；本来这人没多大权，安个巡抚头衔，能管好几个省；本来你觉得是为别人干事儿，变个思路，就是你自己该干的事儿；反过来讲，你把自己的事儿干好了，变个思路，也是为别人把事干好了。"

"哎哟，我觉得你最后这几句话说得好，可是我就纳闷儿了，你怎么也会说车轱辘话了。"

"我不老是前骨碌不动、后骨碌不动么，一换车轱辘就骨碌动了。"

"我的个妈呀，可给我骨碌晕了，一会儿我车没油我可不加了，让你来骨碌骨碌吧。"

"四个轮的不行，等到了三水，找个二轮的，手机一扫，我就骨碌到家了。"

"自行车呀，你怎么不说推圈儿呢？那更好骨碌。不管怎么说，看来你收获不小，有缘人呀，怎么样，许过愿没有？"

"其实我觉得不用那么刻意去做，人心即是佛，随时都有愿，王阳明不是说心即理、致良知吗，每个人心中的正当、利他追求都是一个圣坛，比如你秦医生，你对待病人的原则和态度，那就是你的追求，你心中的圣坛。"

"哟，对小弟评价这么高呀，今天我也有个大收获，挨夸了。"

"本来就是这样，你尽管是个普通医生，但你的内心一样圣洁伟大。"

秦术仁不好意思了，扭头看了一眼苗艳香："媳妇，你看看，你没找错人吧，我在别人眼里还是很伟大的，我也是个圣人了。"

"你呀，你就是个烂土豆——不禁夸，还圣人呢，没错儿，你是个'剩人'，我可不就是捡了个人家挑剩下的人呗。"苗艳香虽然心里正美着呢，但嘴上她还是得打压一下丈夫。

"哈哈……媳妇我服了，您是圣母还不行吗？"

两车开进了服务区吃午饭，一大车游学的小学生也正好下来就餐，他们蜂拥般进了餐厅，却几乎千篇一律奔向了方便面，对那些馒头、包子、饺子、面包之类统统不感兴趣。烤肠机那儿也忙不过来了，烤过的热肠卖光了，围满排队等候的学生，摊主兴奋地又从冰箱里搬出来一袋，不停地嚷着"马上就好""后面还有""一会儿再过来"。

过道和大厅里充斥着烤肠和方便面释放出的飘香剂味道，隋梦川看着那些吃得津津有味的孩子，他忽然想问一个问题：如果方便面和烤肠里没有诱人的飘香剂，他们会吃吗？那些不加飘香剂的食品厂能活多久？人以及人的许多行为，又何尝不是也在添加飘香剂呢？如果你的人生是一碗面，你会成为一碗飘香的方便面吗？你心中的坛城又是碗什么样的面？

吃完自助餐的周庆魁不知是对饭菜不满意，还是吃高兴了，一边擦嘴一边哼起了黄梅小调：

"我也曾赴过琼林宴，我也曾打马御街前……"

"呵，周兄的黄梅戏唱得不错呀。"隋梦川听着很是亲切，那是小时看过的《女驸马》中冯素珍考上状元后的一段唱。

周庆魁笑了笑，扬起手臂在空中摇了摇，打了一个响指，做策马扬鞭状，口中念道：

"打道回府——"

……

图书在版编目（CIP）数据

坛城诀／范二著 . -- 北京：作家出版社，2022.9
ISBN 978 - 7 - 5212 - 1920 - 3

Ⅰ. ①坛… Ⅱ. ①范… Ⅲ. ①长篇小说 - 中国 - 当代
Ⅳ. ①I247.5

中国版本图书馆 CIP 数据核字（2022）第 086356 号

坛城诀

作　　者：范　二
责任编辑：李亚梓
封面设计：百丰艺术
出版发行：作家出版社有限公司
社　　址：北京农展馆南里 10 号　　　邮　　编：100125
电话传真：86 - 10 - 65067186（发行中心及邮购部）
　　　　　86 - 10 - 65004079（总编室）
E - mail: zuojia@zuojia. net. cn
http: // www. ZUOJIACHUBANSHE. com
印　　刷：三河市北燕印装有限公司
成品尺寸：152 × 230
字　　数：302 千
印　　张：22.75
版　　次：2022 年 9 月第 1 版
印　　次：2022 年 9 月第 1 次印刷
ISBN 978 - 7 - 5212 - 1920 - 3
定　　价：56.00 元